KB198082

밤에 돌다리 밑에서

밤에 돌다리 밑에서

Nachts unter der steinernen Brücke

레오 페루츠 장편소설 신동화 옮김

NACHTS UNTER DER STEINERNEN BRÜCKE
by LEO PERUTZ (1953)

이 책은 실로 꿰매어 제본하는 정통적인 사철 방식으로 만들어졌습니다.
사철 방식으로 제본된 책은 오랫동안 보관해도 손상되지 않습니다.

나의 좋은 동료인 G. P.에게 감사하며

유대인 도시[1]의 페스트

1589년 가을, 프라하 유대인 도시에서 아이들 사이에 대역병이 기승을 부릴 때 궁색한 광대 두 명이 니콜라스 광장에서 유대인 묘지로 이어지는 벨렐레스 거리를 걷고 있었다. 머리카락이 센 이 두 남자는 결혼식에서 손님들을 흥겹게 해주는 일로 생계를 잇고 있었다.

날이 어두워지고 있었다. 두 사람은 이틀 전부터 빵 몇 입 외에 변변한 걸 먹지 못한 까닭에 배가 고파서 기력이 없었다. 광대들에게는 나쁜 시기였다. 요사이 신의 노여움이 죄없는 아이들에게 내리는 바람에 유대인 도시에서는 결혼식도 축제도 열리지 않았기 때문이다.

둘 중 한 사람, 곰 코펠은 텁수룩한 털가죽을 뒤집어쓰고 야생 동물로 변장하여 우스꽝스럽게 방방 뛰곤 했는데 벌써 일주일 전에 그 털가죽을 대금업자인 마르쿠스 코프르지비에게 맡겼다. 나머지 한 사람, 바보 예켈레는 은방울을 저당

1 13세기 프라하에 조성된 유대인 거주 지구, 즉 게토를 가리킨다. 이하 모든 주는 옮긴이의 주이다.

잡혔다. 이제 그들은 옷과 신발 외에 가진 게 없었다. 바보 예켈레에게는 바이올린도 남아 있었는데 전당포에서 그것을 받아 주지 않았다.

아직 날이 완전히 어두워지지 않았기에 두 사람은 천천히 걸었다. 그들은 자신들이 묘지에 들어가는 모습이 남들 눈에 띄지 않길 원했다. 아주 오랜 세월 내내 그들은 정직하게 일해서 번 돈으로 일용할 양식과 안식일에 필요한 것을 마련해 왔다. 그런데 이제는 경건한 묘지 방문객들이 이따금 빈자들을 위해 남겨 두고 가는 구리 동전을 밤에 묘석 위에서 찾아야 하는 신세가 되었다.

벨렐레스 거리의 끝에 다다라서 왼쪽에 묘지 담장이 보이게 되었을 때 바보 예켈레가 멈춰 서더니 구두 수선공 게르손 할렐의 집 문을 가리켰다.

「구두장이네 블륌헨이 아직 안 자고 있는 게 분명해. 그 애한테 곡을 연주해 줘야지. 〈나는 고작 여섯 살, 마음이 즐거워〉 말이야. 그럼 그 애가 문밖으로 나와 길에서 춤을 출 거야.」바보 예켈레가 말했다.

작은 고기 조각이 든 따뜻한 무수프를 상상하던 곰 코펠이 꿈에서 깨어났다.

「넌 바보야.」그가 투덜댔다. 「메시아께서 오셔서 병자들을 치유하신대도 너는 여전히 바보일 거야. 구두장이네 블륌헨이 나한테 무슨 상관이야? 그 애가 춤을 추는 게 나한테 무슨 소용이야? 나는 배가 너무 고파서 온몸이 아프다고.」

「배가 고파서 아프면 칼을 집어서 갈고 목을 매달아 죽으라고.」 바보 예켈레가 말했다. 이어서 그는 등에서 바이올린을 집어 연주를 시작했다.

하지만 아무리 연주를 해도 구두장이네 어린 딸은 나올 기미가 없었다. 바보 예켈레는 바이올린을 내려뜨리고 곰곰이 생각했다. 그러고 나서는 길을 가로질러 가서 열린 창으로 구두장이네 거실을 들여다보았다.

거실은 어둡고 비어 있었지만 작은 방에서 불빛이 흘러나왔다. 그리고 바보 예켈레는 구두장이와 그 아내가 등받이 없는 낮은 의자에 마주 보고 앉아 전날 땅에 묻은 자식 블륌헨을 위해 임종 기도를 읊는 모습을 보았다.

「그 애가 죽었어.」 바보 예켈레가 말했다. 「구두장이 역시 하늘에서 딱딱한 땅으로 추락해 버리고 말았군. 나는 가진 게 아무것도 없지만 그 애가 아직 살아 있게 할 수만 있다면 뭐든지 내주고 싶은 심정이야. 아주 조그만 애였는데. 그런데도 그 애를 볼 때면 세상이 그 애 눈 속에 들어 있는 것 같았지. 다섯 살짜리 애였는데 이제 차가운 흙을 씹어야 하는군.」

「죽음이 시장에 가면 뭐든 닥치는 대로 사는 법.」 곰 코펠이 중얼거렸다. 「죽음한테는 너무 작은 것도, 너무 사소한 것도 없어.」

그리고 두 사람은 계속 걸어가면서 나지막한 목소리로 다윗왕의 「시편」 구절을 낭송했다.

「이제 너는 전능의 그늘 아래 쉬고 있으니 어떤 재앙도 네게 닥치지 못하리라. 하느님이 하늘의 영들에게 명하시어 그들이 네가 가는 길을 함께하고 그들의 손으로 너를 날라 주니 너의 발이 돌에 부딪히지 않는 까닭이니.」[2]

이제 완전히 밤이 되었다. 하늘에는 어두운 비구름 사이로 창백한 달이 떠 있었다. 거리는 너무도 고요해서 강물이 흐르는 소리가 들릴 정도였다. 두 사람은 자신들이 하려고 마음먹은 일이 하느님의 명에 어긋나기라도 하는 듯 조마조마해하며 잔뜩 겁을 먹은 채로 좁은 정문을 통해 죽은 자들의 정원으로 들어섰다.

묘지는 주님의 날에 물결이 멈추는, 어두운 비밀에 싸인 삼바티온강[3]처럼 묵묵히 움직임 없이 달빛을 받고 있었다. 흰색과 회색 묘비들은 마치 저 홀로는 세월의 무게를 지탱할 수 없다는 듯 서로 기대어 서 있었다. 나무들은 당혹스러운 비탄에 잠긴 듯 잎이 진 큰 가지들을 하늘 위 구름을 향해 뻗고 있었다.

바보 예켈레가 앞장서고 곰 코펠이 그림자처럼 그 뒤를 따랐다. 그들은 재스민 덤불과 딱총나무 사이로 난 좁은 오솔길을 걸었고 비바람에 상한 랍비 아비그도르[4]의 묘비에 이르렀다. 이곳, 위대한 성자 — 망명 생활[5]의 암흑 속에서 그의

2 「시편」91편 9~12절. 유대인인 바보 예켈레와 곰 코펠이 유대교 성서인 『타나크』의 구절을 낭송하는 부분이므로 기독교 성경 번역본을 인용하지 않고 독일어 원문 구절을 한국어로 직접 옮겼다.
3 유대 전설에 나오는 강. 안식일에는 흐르기를 멈춘다고 전해진다.
4 아비그도르 카라. 14~15세기의 탈무드 학자이다.
5 선조들의 고향인 이스라엘 땅을 떠나 흩어져 사는 유대인들의 처지를 뜻한다.

이름은 한 줄기 빛을 뜻했다 — 의 묘에서 바보 예켈레는 납작한 마인츠 페니히 한 개와 3페니히 구리 동전 한 개 그리고 외국 동전 두 개를 발견했다. 이제 그는 단풍나무 아래에 저명한 의사인 랍비 게달야의 묘비가 있는 곳으로 걸음을 옮겼다.

그런데 돌연 바보 예켈레가 멈춰 서더니 동료의 팔을 낚아챘다.

「잘 들어 봐!」 그가 속삭였다. 「우리 말고 누가 있어. 휙 지나가는 소리와 소곤거리는 소리가 들리지 않아?」

「바보야!」 곰 코펠이 말했다. 그는 구부러진 보헤미아 그로셴 하나를 이제 막 발견해서 주머니에 쑤셔 넣은 참이었다. 「바보야! 바람이 시든 나뭇잎을 땅 위로 몰고 가는 소리야.」

「곰 코펠!」 바보 예켈레가 속삭였다. 「저기 담장에 가물거리고 반짝이는 게 보이지 않아?」

「네가 바보라면,」 곰 코펠이 투덜댔다. 「식초나 퍼마시고 막대기나 타고 숫염소 젖이나 짜. 난 좀 가만히 내버려두고 말이야. 네가 보는 건 달빛에 빛나는 하얀 묘비들이야.」

그런데 이때 갑자기 하늘에 뜬 달이 어두운 구름 뒤로 사라졌고 곰 코펠은 그것이 하얀 묘비가 아님을 깨달았다. 아니, 빛나는 형체들이 묘지 담장 바로 옆에 떠 있었다. 그것은 긴 하얀 내복을 입은 아이들이었다. 이들은 새로 만든 무덤 위에서 서로 손을 잡고 이리저리 몸을 흔들며 춤을 추고 있었다. 그리고 아이들의 수호자로 임명된 신의 천사가 인간의 눈에는 보이지 않는 채로 아이들 위에 있었다.

「신께서 내게 자비를 베푸시길!」 곰 코펠이 신음했다. 「바보 예켈레! 내가 보는 게 너한테도 보여?」

「세상의 창조주를 찬양할지어다. 오직 그분만이 기적을 행하시니.」 바보 예켈레가 속삭였다. 「블륌헨이, 귀엽고 순수한 그 아이가 보여. 그리고 이레 전에 죽은 이웃집의 두 아이도 보이고.」

자신들의 눈앞에 나타난 것이 다른 세계임을 깨달은 두 사람은 경악에 사로잡혔다. 그들은 몸을 돌려 냅다 달렸다. 묘비를 뛰어넘고 나뭇가지에 부딪히고 바닥에 쓰러졌다가 부리나케 몸을 일으켰다. 그들은 목숨을 구하기 위해 달렸고 다시 묘지 밖 거리에 다다르기 전까지 멈춰 서지 않았다.

그곳에 와서야 비로소 바보 예켈레는 자신의 동료를 찾아 주변을 두리번거렸다.

「곰 코펠.」 바보 예켈레가 불렀다. 그의 이가 달달 맞부딪쳤다. 「아직 살아 있는 거야, 거기 있는 거야?」

「살아 있어. 나의 창조주를 찬미할지어다.」 어둠 속에서 곰 코펠의 목소리가 말했다. 「참말이지, 죽음의 손이 우리 위에 있었어.」

두 사람은 자신들의 목숨이 붙어 있는 것이, 그들이 목격한 광경을 증언하라는 신의 뜻임을 깨달았다.

그들은 한동안 더 어둠 속에 속삭이며 서 있다가 자기 집에 숨은 왕인 고매한 랍비를 찾아 길을 나섰다. 고매한 랍비는 죽은 자들의 언어에 정통했고 심연의 목소리를 들었으며 신의 무시무시한 신호를 해석할 줄 알았다.

고매한 랍비는 자기 방에서 〈인드라라바〉 혹은 〈대모음

집〉이라 불리는 비밀의 책 위로 몸을 숙이고 앉아 있었다. 그는 숫자와 기호와 작용력의 무한함에 푹 빠져 있느라 두 사람이 들어오는 발걸음 소리를 듣지 못했다. 방문객들이 〈성스러운 빛에 평화를!〉 하고 인사를 건네자 비로소 그의 영혼이 머나먼 정령의 세계에서 지상의 세계로 돌아왔다.

그리고 이제 고매한 랍비의 눈이 두 사람을 향하자 그들이 말하기 시작했다. 그들은 신을 부르고 신의 힘을 찬양했다. 이어서 바보 예켈레가 묘지의 딱총나무 사이에서 소곤거리고 속삭이는 소리가 들리고 가물거리며 반짝이는 빛이 보여 자기가 얼마나 소스라쳤으며 자신이 곰 코펠에게 무슨 말을 했고 곰 코펠이 뭐라고 대답했는지, 그리고 달이 숨었을 때 자기들이 무덤 위에 떠서 유령의 윤무를 추는 죽은 아이들의 형체를 알아보았다는 것을 숨도 쉬지 않고 급하게 보고했다.

어두운 밤에 지혜의 서른두 개 숨은 길을 지났으며 마법으로 변신하여 인식의 일곱 개 문을 통과한 고매한 랍비, 이 고매한 랍비는 신의 신호를 이해하는 자였다. 이제 그는 유대인 도시에 죄인이 하나 살고 있음을 알았다. 그자는 몰래 숨어서 매일매일 악행을 저지르고 있었다. 이 죄인 때문에 대역병이 도시를 덮친 것이었다. 이 죄인 때문에 아이들의 영혼이 무덤 속에서 평화를 찾지 못하는 것이었다.

고매한 랍비는 말없이 멍하니 앞을 바라보았다. 곧이어 그는 일어서서 방을 나갔고 다시 돌아왔을 때 그의 오른손에는 죽이 든 대접과 과자 두 개가, 왼손에는 양각된 은접시가 들려 있었다. 은접시에는 유월절[6] 때 먹는 단 음식인 향료 친 사

15

과퓌레가 담겨 있었다.

「들게나.」 그가 죽과 과자를 가리키며 말했다. 「그리고 실컷 다 먹거든 단것이 든 이 접시를 가지고 아이들의 무덤으로 돌아가게.」

두 사람은 다시 한번 묘지로 가야 한다는 말을 듣자 깜짝 놀랐다. 하지만 고매한 랍비가 계속 말했다.

「두려워하지들 말게나. 말씀으로써 세상을 만드신 그분께서는 산 자들과 죽은 자들을 지배하는 힘을 가지셨고 오직 그분의 의지만이 관철된다네. 자네들은 묘지에 가서 아이들 중 하나가 다가와 단것을 맛보고 싶어 할 때까지 기다리게. 망자들의 영혼은 아직 지상의 음식을 잊지 못했으니까. 그러고 나서 그 아이의 옷자락을 두 손으로 붙들고는 시작이자 끝이신 그분의 이름으로 묻게나. 무슨 죄 때문에 대역병이 이 도시를 덮쳤는지 말이야.」

그리고 고매한 랍비는 제사장의 축복의 말을 내려 주었다. 그러자 두 사람에게서 두려움이 가셨다. 그들은 고매한 랍비의 명을 따르기로 굳게 마음먹고는 자리에서 일어나 떠났다.

두 사람은 묘지 담장에 몸을 기댄 채로 무덤 사이에 앉아 있었다. 그들 앞의 축축한 땅에는 향료 친 사과퓌레가 든 접시가 놓여 있었다. 주위는 고요했고 깊은 어둠에 싸여 있었다. 풀 한 포기 움직이지 않았고 구름 덮인 하늘에서는 한 줄기 빛도 비치지 않았다. 이렇게 앉아서 기다리는 동안 다시

6 유대교의 축제일.

금 두려움이 두 사람을 엄습했다. 곰 코펠은 고요함을 더는 견디지 못하고 혼잣말을 하기 시작했다.

「싸구려 양초라도 하나 있으면 좋을 텐데.」 그가 말했다. 「이렇게 어두운 데 앉아 있기는 싫다고. 오늘은 보름달이 뜨는 날인데 달이 보이지가 않아. 분명 닭이 울었어. 그래서 달이 사라져 버린 거야. 지금 집에서 난롯가에 틀어박혀 있으면 좋을 텐데. 땅에서 냉기가 올라와 옷 속으로 스며들고 있어. 냉기는 내 적이야. 바보 예켈레, 너도 춥구나. 덜덜 떨고 있잖아. 여기 땅 아래에는 수백 개의 방이 있어. 모두 잘 만들어진 방이고 창도 문도 없지. 추위는 그리로 들어가지 못하고 배고픔도 마찬가지야. 추위와 배고픔은 밖에 머물 수밖에 없고 둘이서 함께 시간을 보내야 해. 젊은이든 늙은이든, 빈자든 부자든 땅속에서는 모두가 똑같아……」

곰 코펠이 말을 멈췄고 마지막 말이 그의 목에 걸렸다. 왜냐하면 그들 앞에 구두 수선공 집 아이인 블륌헨이 하얀빛에 둘러싸인 채로 서서 두 손에 은접시를 들고 있었기 때문이다.

「블륌헨!」 바보 예켈레가 잠긴 목소리로 말했다. 「아, 네가 가버리다니! 날 알아보겠니? 나는 바보 예켈레고 내 옆에 곰 코펠이 앉아 있어. 내가 길에서 바이올린을 켤 때면 네가 껑충껑충 뛰며 춤추던 거 기억나니? 그리고 곰 코펠이 네발로 다니며 익살을 떨 때면 네가 웃던 것도?」

「그 모든 건,」 아이가 낯선 목소리로 말했다. 「그 모든 건 지난 일이고 순간에 지나지 않아요. 하지만 이제 나는 한도도 목적도 없는 진리와 영원 속에 있어요.」

은접시가 땅으로 미끄러져 내렸고 아이는 몸을 돌려 동료들에게로 돌아가려 했다. 이때 바보 예켈레는 자신이 무슨 지시를 받아 이곳에 왔는지 떠올렸다. 그는 아이의 옷자락을 꽉 붙들고 놓아주지 않으면서 이렇게 외쳤다.

「시작이자 끝이신 그분의 이름으로 부탁할게. 무슨 죄 때문에 대역병이 이 도시를 덮쳤는지 숨김없이 말해 다오.」

한동안 정적이 흘렀다. 아이는 움직이지 않고 어둠 속을 들여다보았다. 그곳에는 신의 천사, 영혼의 수호자가 산 자의 눈에는 보이지 않는 채로 무덤 위에 있었다. 곧이어 아이가 말했다.

「신의 천사가 말했어요. 주님의 종이 말했어요. 〈그것은 너희 가운데 한 여자가 저지른 모압[7]의 죄 때문에 일어난 일이다. 그리고 영원하신 그분께서 그것을 보았느니라. 영원하신 그분께서는 모압을 멸하셨듯이 너희를 멸하실 것이다.〉」

이에 바보 예켈레가 옷자락을 놓아 주었다. 그러자 아이가 바람에 실려 가듯 둥둥 떠나갔고 아이의 광채와 빛이 딱총나무의 어두운 그림자 뒤로 사라졌다.

바보 예켈레와 곰 코펠은 묘지를 벗어나 고매한 랍비의 집으로 갔고 자신들이 들은 이야기를 그에게 전했다.

아침이 밝아 올 때 고매한 랍비는 집집마다 심부름꾼을 보냈다. 그는 도시 주민들을 유대교 회당에 불러 모았다. 주민

7 성경에 나오는 인물 혹은 이 인물이 시조가 된 민족을 가리킨다. 모압은 아버지와 딸의 불륜 행위로 태어났다.

들은 남녀를 통틀어 한 사람도 빠짐없이 무리 지어 몰려왔다. 그리고 사람들이 전부 모이자 고매한 랍비는 돌계단 세 개를 올랐다. 그는 외투 속에 흰색 수의(壽衣)를 입고 있었고 그의 머리 위로 다음과 같은 문구가 적힌 깃발이 나부끼고 있었다.

만군의 주께서 자신의 영광으로 온 세상을 채우신다.

이제 주위가 모두 조용해지자 고매한 랍비가 말을 시작했다. 그는 하느님이 멸하신 저주받은 일족의 자식들처럼 간음의 죄 속에서 사는 여자가 그들 중에 있다고 말했다. 그러니 앞으로 나와 죄를 고백하고 주 하느님께서 내리시려는 벌을 받아들이라며 죄인을 불러냈다.

여인들 사이에서 속닥거리고 수군거리는 소리가 일었고 그들은 경악에 찬 눈으로 서로를 바라보았다. 하지만 앞으로 나오는 자는 아무도 없었다. 모압의 죄를 범했다는 자는 아무도 없었다.

다시 한번 고매한 랍비가 목소리를 높였다. 그는 이 숨은 죄 때문에 대역병이 도시의 아이들을 덮쳤다고 알렸다. 그리고 신성한 문자와 신의 열 가지 무시무시한 이름을 걸고 호소하길 이 고난이 끝나도록 죄인은 앞으로 나와 죄를 고백하라고 했다.

하지만 이번에도 고매한 랍비의 말은 보람이 없었다. 죄를 범한 여자는 침묵했고 제 길에서 벗어나려 하지 않았다.

그러자 노여움이 먹구름처럼 고매한 랍비를 뒤덮었다. 그는 신성한 두루마리를 함에서 꺼내 위대한 마법의 주문을 외웠다. 다윗의 저주를 받은 길보아산의 바위처럼 죄인이 바싹 메마르기를. 땅이 다단과 아비람에게 한 일[8]을 죄인에게도 하기를. 번뜩이는 자들의 이름으로, 불타는 자들의 이름으로, 휘황찬란한 빛들과 귀이자 눈인 자드키엘[9]의 이름으로, 죄인의 이름이 지워지고 그 일가가 저주를 받기를. 그리고 죄인의 영혼이 공포의 구렁에 빠져 그곳에 영원히 머무르기를, 하고.

그러고 나서 고매한 랍비는 회당을 나왔다. 그리고 유대인 도시의 거리마다 불안과 비탄과 당혹과 절망이 감돌았다.

고매한 랍비가 다시 집으로 돌아와 방에 앉아 있을 때 지난날의 한 사건이 떠올랐다. 푸줏간 주인 둘이 그에게 찾아와 하소연을 늘어놓은 적이 있었다. 그들은 간밤에 자신들이 가진 모든 걸 잃었다고 했다. 도둑이 가게에 침입해서 몹쓸 짓을 벌여 놓았다는 것이었다. 도둑은 자신이 끌고 갈 수 있는 만큼 고기를 가져갔고 남은 고기는 더럽혀졌다고 했다.

그때도 고매한 랍비는 주민들을 전부 소집했고 도둑에게 죄를 고백하고 힘이 닿는 한 손해를 보상하라며 훈계했다. 하지만 도둑이 침묵하고 악을 고수했기에 고매한 랍비는 마법을 걸어 도둑과 그 일가를 신의 자식들의 공동체에서 내쫓았다.

8 다단과 아비람은 모세의 명을 거스르다가 갈라진 땅에 파묻혀 죽는다.
9 유대교의 천사 중 하나.

그런데 그날 밤 개 한 마리가 고매한 랍비의 집 앞에 서서 길게 울부짖었고 절규를 그칠 줄 몰랐다. 개가 어찌나 끔찍한 소리로 구슬피 울던지, 고매한 랍비는 그 개가 도둑이라는 것을 깨닫고 마법을 풀어 주었다.

고매한 랍비는 생각했다. 〈신의 앎의 빛이 뚫고 들어가지 못하는 어두운 영혼을 가진 피조물조차 견디지 못할 만큼 마법의 힘이 대단한데 어떻게 그 간음하는 여자가 저주의 무게 아래서 삶을 이어 갈 수 있겠는가. 그 여자는 오늘이 지나기 전에 내 앞에 나와 죄를 고백할 수밖에 없을 것이야.〉

하지만 시간이 흘러 밤이 왔다 갈 때까지 기다려도 아무 소식이 없었다. 그러자 고매한 랍비는 손수 만든 작품이자 입술 사이에 신의 이름이 붙어 있는 말 없는 종[10]을 불렀고 지금 곰 코펠과 바보 예켈레가 필요하니 거리에서 그들을 찾아오라고 명했다.

두 사람이 오자 고매한 랍비가 그들에게 말했다.

「날이 저물고 그늘이 사라지면 다시 묘지로 가게. 그리고 바보 예켈레, 자네는 바이올린을 가지고 아이들이 초막절[11] 때 부르는 노래를 하나 연주하게나. 그럼 망자들의 유령이 그 소리를 들을 게야. 그들은 일곱 날 동안 지상의 멜로디를 통해 이 세상과 연결되어 있으니까. 그런 다음에 자네들은 여기로 돌아오게. 바보 예켈레, 자네는 연주를 멈추지 말고. 그리고 이 방에 들어서는 즉시 자네들은 다시 이곳에서 나가

10 유대 전설에 나오는 진흙 인형인 골렘을 가리킨다.
11 유대인의 추수 경축절.

21

야 해. 이때 뒤돌아보지 않도록 조심하게나. 내가 하고자 하는 일은 옥좌들, 바퀴들, 힘들, 군대라고도 불리는 불타는 자들에게 속한 비밀이니까 말이야. 자네들의 눈은 그것을 보아서는 안 되네.」

두 사람은 그곳을 나서서 고매한 랍비의 명을 따랐다. 바보 예켈레는 바이올린으로 초막절의 유쾌한 가락을 연주했고 곰 코펠은 자기 식대로 껑충껑충 뛰었다. 이어서 두 사람은 묘지의 무덤들 사이를 통과하고 적막한 거리를 지나 돌아왔고 그들 뒤로 빛 하나가 둥둥 떠왔다. 빛은 그들과 함께 층계를 오르고 고매한 랍비의 방으로 들어왔다.

두 사람이 방에서 나가자마자 고매한 랍비가 암흑의 서에 적힌 금지된 주문을 외웠다. 그것은 땅을 진동케 하고 바위를 송두리째 뽑는 말, 죽은 자들을 다시 삶으로 불러오는 말이었다.

그러자 아이가 피와 살을 가진 이승의 모습으로 그의 앞에 서 있었고 아이에게서 나던 빛이 꺼졌다. 아이는 바닥에 엎드려 울면서 죽은 자들의 정원으로 돌려보내 달라며 부탁하고 애원했다.

「나는 너를 진리와 영원 속으로 돌려보내지 않을 것이다.」고매한 랍비가 말했다.「그럼 너는 지상의 삶을 또다시 시작해야 하지. 만일 네가 내 질문에 답을 주지 않는다면 말이다. 유일자이자 단독자이신 그분의 이름으로, 과거에 있으셨고 앞으로도 있으실 그분의 이름으로 네게 간청한다. 이 도시에 대역병을 가져온 그 죄를 범한 자가 누군지 숨김없이 말해 다오.」

아이는 시선을 바닥으로 떨구고 고개를 가로저었다.

「하느님께서 누구의 죄 때문에 우리를 그분이 계신 곳으로 부르셨는지 난 몰라요. 우리 위에 있는 주님의 종도 그게 누군지 모르고요. 하느님 외에 그걸 아는 사람은 단 한 사람, 바로 당신이에요.」아이가 말했다.

그러자 고매한 랍비의 가슴에서 탄식이 터져 나왔다. 그는 마법을 푸는 주문을 말했고 아이는 영혼들의 고향으로 도로 날아갔다.

고매한 랍비는 집에서 나와 홀로 게토의 밤거리를 걸어 강으로 내려갔고 물가를 따라서 어부들의 오두막을 지나 돌다리에 이르렀다.

그 돌다리 밑에는 장미 덤불이 있었고 거기에 빨간 장미 한 송이가 달려 있었다. 그리고 그 옆의 땅에서 로즈메리가 자라고 있었다. 장미 덤불과 로즈메리는 장미 이파리가 로즈메리의 흰 꽃에 닿을 정도로 서로를 꽉 휘감고 있었다.

고매한 랍비는 몸을 숙여 땅에서 로즈메리를 파냈다. 이어서 그는 간음을 저지른 여자의 머리에서 마법을 풀었다.

검은 구름이 쏜살같이 하늘을 지나갔고 창백한 달빛이 돌다리의 교각과 아치에 걸렸다. 고매한 랍비는 물가로 다가가 로즈메리를 강에 던졌다. 그러자 로즈메리가 물결을 일으키며 표류하다가 콸콸 흐르는 강물 속으로 깊이 가라앉았다.

이날 밤 유대인 도시의 거리에서 페스트가 사라졌다.

이날 밤 드라이브루넨 광장의 집에서 유대인 마이슬의 아내인 아름다운 에스터가 숨을 거두었다.

이날 밤 프라하성에서 로마 제국 황제 루돌프 2세[12]가 비명을 내지르며 벌떡 꿈에서 깨어났다.

12 여기에서 로마 제국이란 신성 로마 제국(962~1806)을 가리킨다. 루돌프 2세(1552~1612)는 신성 로마 제국 황제이자 보헤미아 왕으로 프라하성에 거처했다.

황제의 식탁

1598년 어느 초여름 날 젊은 보헤미아 귀족 신사 둘이 팔 짱을 끼고 프라하 구시가의 거리를 걷고 있었다. 한 사람은 프라하 대학의 법학생인 페테르 자루바 폰 즈다르였다. 그는 가만히 있지 못하는 진취적인 정신의 소유자로 우트라크파[13] 교회가 권리를 인정받도록 하고 황제의 군주권을 줄이고 신분제 의회의 권한을 늘리기 위해, 경우에 따라서는 심지어 보헤미아 민족의 왕을 세우고 개혁된 신앙 고백을 얻기 위해 이런저런 계획을 세우고 있었다.[14] 그보다 조금 나이가 많은 다른 사람은 게오르크 카플리르시 폰 술라비체란 자로 베로 운 군(郡)의 영지에 살고 있었다. 그는 정치와 신앙 문제에는 별로 관심이 없었으며 그의 머릿속에는 황제의 주방을 위해

---

13 양형 영성체파(兩形領聖體派)라고도 한다. 기성 가톨릭교회에 맞서 보헤미아에서 종교 개혁을 이끈 후스파 세력 중 하나. 영성체 때 평신도에게 도 빵과 포도주를 둘 다 주어야 한다고 주장했다.
14 당시 보헤미아는 가톨릭 군주인 루돌프 2세의 통치를 받았다. 하지만 얀 후스의 종교 개혁 이후 보헤미아에서는 신교가 절대적으로 우세했기에 신교를 억압하는 군주와 현지 귀족 계급 사이에 갈등이 있었다.

최고 궁정청에 공급한 돼지기름이며 가금류며 버터며 달걀에 대한 생각이 맴돌았다. 그리고 유대인에 대한 생각이. 그는 이 힘든 시기가 유대인 탓이라 여겼다. 그가 프라하에 온 것은 돈 문제 때문이었다. 최고 궁정청과의 거래에서 여러 달 전부터 대금 지급이 밀린 것이었다. 게오르크 카플리르시와 페테르 자루바는 1년 전에 친척 사이가 되었다. 카플리르시 가문의 남자가 자루바 가문의 여자를 아내로 맞이한 것이었다.

앞서 두 사람은 성령 교회에 다녀왔다. 게오르크 카플리르시는 도중에 그토록 많은 유대인을 만난 데 놀라워했다. 페테르 자루바는 유대인들에게 이곳이 제집이나 다름없다고 설명해 주었다. 성령 교회의 온 사방이 유대인 거리와 유대인 집으로 둘러싸여 있다는 것이었다. 카플리르시는 예배를 보러 교회에 가려면 커다란 유대인 수염과 마주칠 수밖에 없다니 이 무슨 치욕스러운 일이냐고 말했고, 이에 페테르 자루바는 유대인들이 통처럼 큰 수염을 달고 다니거나 말거나 자기한테는 상관없다고 답했다.

게오르크 카플리르시처럼 베로운 군에서 나날을 보내는 사람에게는 프라하 구시가에 이것저것 볼거리가 많았다. 스페인 사절이 호화로운 마차를 타고 근위병과 미늘창병의 호위를 받으며 대주교궁으로 갔다. 바흐올더 골목에서는 바보 거지가 행인들에게 적선을 구하면서 두카트든 도블론이든 로즈 노블이든 포르투갈뢰저든[15] 다 받는다며, 자기에게는

15 전부 옛 금화 이름.

뭐든 다 귀하다고 했다. 틴 교회에서는 킨스키 백작의 하인인 한 무어인의 세례 의식이 성대하게 거행되었고 이 광경을 보기 위해 보헤미아의 지체 높은 귀족들이 몰려들었다. 이날 각각 조합 축제가 있던 인쇄업자들과 천막 제작인들이 각자의 깃발을 들고 플라트너 거리에서 마주쳤는데 두 행렬 중 어느 쪽도 상대편에게 길을 내주려 들지 않아 싸움이 벌어졌다. 요하네스 광장에서는 한 카푸친 수도사가 블타바강 어부들에게 설교를 했다. 수도사는 자기 역시 어부라고, 미제레레[16]는 긴 낚싯대이며 여기에 주기도문이 황금 낚싯바늘로 달려 있다고, 그리고 깊은 구렁 속에[17] 있는 것, 즉 죽은 자들이 가장 좋아하는 음식이 미끼라고, 자기는 이 미끼로 가련한 영혼들을 잉어처럼 낚아 연옥 불에서 꺼낸다고 했다. 그리고 크로이츠헤른 광장의 한 술집 앞에서는 푸줏간 주인 둘이 맞붙어 싸우고 있었다. 한 사람이 다른 사람보다 돼지고기 1파운드를 1헬러 더 싸게 판다는 이유에서였다.

하지만 게오르크 카플리르시 폰 술라비체는 이 모든 것을 보지도 듣지도 못했다. 그에게는 길에서 마주친 유대인들만 보일 뿐이었다. 구시가 광장에서 목에 쇠고리를 차고 칼을 쓴 유대인 남자가 사람들에게 조롱을 당하고 있었다. 남자의 가슴에 붙은 쪽지에 적혀 있기를 그는 〈반복적으로 심하게〉 시장 규정을 위반했다고 했다. 이에 게오르크 카플리르시는

16 〈불쌍히 여기소서〉라는 뜻. 「시편」 51편의 첫머리이며 이 시편 전체를 가리키기도 한다.

17 「시편」 130편의 첫마디.

기어코 그 유대인의 면전에 대고 자신이 그를 어떻게 생각하는지 말했다. 게오르크 카플리르시는 그 남자를 모이세스 아니면 에이시크라 불렀다. 베로운에 사는 유대인 둘의 이름이 그것이었기 때문이다.

「이봐, 모이세스 아니면 에이시크!」 그가 소리쳤다. 「오늘이 네 속죄의 날이자 고통의 날인가? 오늘 네 메시아가 와서 네가 이렇게 서 있는 꼴을 본다면 별로 기뻐하지 않을 거야.」

남자가 아무 대답도 하지 않았고 자신 역시 아무 대답을 기대하지 않았기에 게오르크 카플리르시는 발걸음을 옮겼다. 소광장에서 그는 페테르 자루바를 따라잡았다.

블타바 다리 뒤, 섬이 있는 곳에서 두 사람은 아무도 달아나지 못하게 삼엄한 경비가 이루어지는 가운데 〈호숫가의 마리아〉 교회로 이끌려 가는 일단의 유대인들과 마주쳤다. 그 교회에서는 예수회 신부가 유대인들을 세례받게 만들려고 히브리어로 설교했고 그들은 그 설교를 들어야 했다. 유대인들은 술 취한 사람처럼 걸어갔다. 그들은 설교를 듣지 않으려고 오래되고 검증된 방법을 썼던 것이다. 그리하여 그들은 이틀 밤낮 동안 자지 않고 깨어 있었고 이제 너무도 기진맥진한 나머지 교회에 가서 자리에 앉자마자 잠에 빠질 수밖에 없었다.

「여기도 유대인, 저기도 유대인, 저쪽에도 유대인, 이쪽에도 유대인, 어딜 가나 유대인이로구먼.」 카플리르시가 성을 냈다. 「이렇게 수가 늘어났으니 곧 있으면 이 나라에 기독교인보다 유대인이 더 많아지겠어.」

「전능하신 하느님의 손에 달린 일이지.」자루바가 말했다. 그는 새로운 친척이 오로지 돼지기름과 달걀과 유대인에 대한 말만 늘어놓자 짜증이 나기 시작했다.

「내가 저들의 숫자와 저들의 부유함에서 보는 건 하느님께서 우리 기독교인들에게 노하셨다는 슬픈 신호뿐이야.」카플리르시가 말을 이었다.

자루바가 이 생각에 맞장구치고는 그것을 이어 갔다.

「비록 저들은 개종하지 않은 자들이지만,」그가 말했다. 「어쩌면 하느님께서는 우리를 계몽하시려고 본보기로서 그들을 우리 눈앞에 두신 걸지도.」

「아, 계몽이니 뭐니 하는 소리는 집어치워! 정말 웃기는군!」카플리르시가 반은 재미있어하고 반은 성을 내며 소리쳤다.「저들이 우리 지방의 귀족 농가에 오는 건 계몽 때문이 아니야. 돼지기름과 버터와 치즈와 달걀과 아마포와 양모와 가죽과 크고 작은 가축을 사러 오는 거지. 저들은 현금을 지불해, 그건 사실이야. 유대인은 1슈타인[18] 양모에 대해 4굴덴을 테이블 위에 올려놓지. 현금으로 지불하지 않을 때는 담보와 훌륭한 보증을 제공하고. 그리고 그들은 영지 주인에게 하인 제복의 끈과 장식용 수술, 고급스러운 요리를 위한 계피며 생강이며 정향이며 병조림 육두구, 부인과 딸들을 위한 꽃과 베일을 가져다주지.」

「자네 스스로도 인정하는군.」페테르 자루바가 말했다. 「유대인들에 의해 상업이 번성하고 있다는 사실을 말이야.」

18 옛날 무게 단위.

「하지만 고인이 된 아버지께서는 내게 가르치셨어.」게오르크 카플리르시가 계속 말했다. 「유대인들에게는 아무것도 팔지 말라고 하셨지. 아버지께서는 늘 말씀하셨어. 각자가 끼리끼리, 그러니까 유대인은 유대인과 거래하고 기독교인은 기독교인과 거래해야 한다고. 그래서 나는 그 말씀을 평생 따라왔어. 저 위 성에 있는 자들이 대금 지불을 미적거리지만 않으면 좋을 텐데! 말해 보게, 페테르, 그 많은 돈이 어디로 가는 거지? 관세와 토지세와 지역세와 가옥세와 인두세와 소비세와 궁정 재정세와 분담금과 맥주세와 통행세 등등 황제의 돈이 어디로 흘러 들어가는 거지?」

두 사람은 성 앞 광장에 다다랐다. 그곳에서는 제복 입은 하인들, 관청 서기들, 전령들, 마구간 일꾼들, 귀족들, 고하위 성직자들과 장교들이 말을 타거나 도보로 바글바글 오갔다. 황제 근위대의 석궁 사수들이 문에서 경계를 서고 있었다.

「그거라면 필리프 랑한테 물어보라고.」자루바가 성의 높은 창을 손으로 가리키며 말했다. 「그 사람은 황제의 시종이야. 사람들이 말하길 그가 모든 국사에 손을 댄다더군. 그자라면 황제의 돈이 어디로 가는지 알지도 몰라.」

게오르크 카플리르시가 멈춰 섰다.

「이봐, 페테르!」그가 자신의 친척에게 제안했다. 「혹시 내가 저 위에 일을 처리하러 갈 때 같이 갈 생각 없나? 내 자네를 최고 궁정청 제2비서관인 요한 오스터슈토크에게 소개해 주지. 제1비서관이 청구서를 검토하고 문제가 없다고 판단하면 그가 나한테 돈을 지불해 주거든. 요한 오스터슈토크는 친절한 신사이고 우리 아버지의 육촌인데 우리가 친척지간이라는 소리를 늘 하지. 일이 다 끝나면 그가 간단히 식사나들자며 자네와 나, 우리 두 사람을 황제의 식탁에 초대할거야.」

「황제의 식탁?」 페테르 자루바가 말을 끊었다. 「나를 황제의 식탁에 초대한다고?」

「그래, 자네도 말이야, 페테르. 만일 자네가 나와 함께 간다면 말이지.」 카플리르시가 설명했다. 「흔히 말하는 황제의식탁에. 우리는 근위대 장교님들과 식사를 하게 될 거야. 요한 오스터슈토크는 항상 나한테 이렇게 경의를 표하지.」

「이봐, 게오르크!」 잠시 침묵한 뒤에 페테르 자루바가 말했다. 「아나 자루바가 자네의 형제 하인리히와 하나가 된 지이제 얼마나 됐지?」

「인보카비트[19] 이후 금요일이면 1년째야.」 카플리르시가의아해하며 대답했다. 「흐루딤 교회에서 식을 올렸지.」

「그런데 그동안에 아나가 자루바 폰 즈다르 가문 사람은황제의 식탁에 오른 음식을 먹지 않으며 지금껏 한 번도 먹은 적이 없다는 얘길 자네들한테 전혀 하지 않은 거야?」 페테르 자루바가 호통치듯 말했다. 「그리고 얀 지슈카[20]의 예언에대해서도 전혀 이야기 안 하고?」

게오르크 카플리르시는 어깨를 으쓱했다.

「어쩌면 하인리히한테는 이야기했을지도 모르지. 하지만

19 사순절의 첫째 주일.
20 후스 전쟁에서 후스파를 이끈 보헤미아의 전설적인 장군.

나한테는 아무 말 없었어.」 그가 말했다. 「내가 그걸 모르는 게 자네한테 무슨 몹쓸 짓이라도 되는 것처럼 쳐다보는군. 그래서 그 예언이 뭔가?」

「기억할지 모르겠네.」 페테르 자루바가 설명했다. 「프르지비슬라프의 진지에서 얀 지슈카가 임종할 때였어. 그때 그는 휘하 지휘관들을 소집했는데 그들 중 한 사람, 그러니까 내 선조인 리셰크 자루바 폰 즈다르를 바로 곁으로 불러 말했다네. 〈그래, 자루바로군. 리셰크로구먼. 걸음걸이를 보니 알겠어.〉 이어서 그가 말했어. 〈나는 과업을 완수하지 못했네. 실패하고 만 거야. 하지만 자네 가문, 자루바 폰 즈다르 가문에서 자네 같은 여우가 아니라 사자가 하나 나올 걸세. 그가 이 과업을 완수할 것이고 보헤미아의 신성한 자유를 다시 세울 것이야. 하지만 한 가지 명심하게, 리셰크, 잘 명심해 둬. 그는 황제의 식탁에 오른 음식을 먹어서는 안 되네. 그러면 모든 게 헛일이야. 그럼 그는 적임자가 아니게 되고 유혈과 참상이 보헤미아를 덮칠 거야.〉」

「그러고 나서 몸을 돌리고 죽은 건가?」 카플리르시가 물었다.

「응, 그러고 나서 죽었지.」 자루바가 확인해 주었다.

「예언을 하고 나면 항상 죽는다니까.」 카플리르시가 말했다. 「그런데 이봐, 페테르, 이 나라에 그런 옛이야기가 없는 가문은 하나도 없어. 우리 할머니는 카플리르시 가문에 대해 별별 이야기를 다 해주셨지. 조상 하나가 일명 게으름뱅이 왕인 바츨라프왕[21]을 술로 이겼는데 그 두 호걸이 비셰흐라트에서 사흘 낮 이틀 밤 동안 함께 술을 퍼마셨다는 둥, 그리고 지금은 홉이 자라는 자테츠 지방 어딘가에 살았다던 보헤미아의 마지막 용을 카플리르시 가문의 조상이 죽였다는 둥 하는 말이지. 하지만 그 이야기가 복음처럼 성스러운 사실이라 치더라도 지슈카가 그런 대단한 예언자였다고 누가 그래? 그가 전쟁 영웅이자 자유의 영웅이었다는 데 나는 이의를 제기하지 않아. 하지만 그가 예언자였다는 소리는 전혀 들은 적이 없다고.」

「지슈카가 눈이 멀었다다는 걸 잊지 말게. 전쟁 중에 먼저 한쪽 눈을, 이어서 다른 쪽 눈을 잃었지.」 자루바가 일러 주었다. 「때때로 하느님께서는 눈먼 자들에게 예언 능력을 부여하시고 눈먼 자들로 하여금 마음의 눈으로 미래를 보게 하시네. 그래서 나는 우리 아버지와 할아버지처럼 지슈카의 예언을 믿어. 자루바 가문의 누군가가 보헤미아의 옛 자유를 다시 세울 거라고. 그리고 어쩌면……. 요컨대 나는 황제의 식탁에 오른 음식을 먹지 않을 걸세.」

「좋을 대로 하라고.」 게오르크 카플리르시가 말했다. 「나는 보헤미아의 자유를 구하지 않아도 되니까 생각이 다르다고. 연주를 하면 춤을 추고, 일을 맡기면 열심히 하는 거지. 그럼 잘 가게, 페테르. 날 만나려거든 오늘 저녁에 내 숙소로 오라고.」

이 말과 함께 그는 가버렸다.

21　신성 로마 제국 황제와 보헤미아 왕을 지낸 바츨라프 4세(1361~1419)를 가리킨다.

페테르 자루바는 몹시 짜증스러운 기분이었다. 그는 부유한 게오르크 카플리르시가 자신이 묵는 여관에서 같이 점심 식사를 들자고 권할 것을 기대하고 있었다. 그것은 친척 사이에 아주 흔한 일이었기 때문이다. 이제 그 기대는 물거품이 되고 말았다. 페테르 자루바는 학우 두 명과 함께 살고 있었고 이웃집 부인이 그들에게 식사를 차려 주었다. 그들은 형편이 전혀 좋지 못했다. 지금 집에 가면 브라운소스를 곁들인 다진 허파고기와 작은 케이크 혹은 자두퓌레를 바르고 흰 치즈를 뿌린 과자가 그를 기다리고 있었다. 그는 이 투박한 음식들이 진심으로 지긋지긋했다. 그간 넌더리가 날 만큼 규칙적으로 매주 같은 날에 그것들을 먹어야 했다.

블타바 다리 쪽으로 내려가면서 그는 어느 식당 정원 앞을 지났다. 식당 주인이 작은 출입문 옆에 서서 굽실거리며 그에게 웃어 보였다. 페테르 자루바는 근검절약이 몸에 뱄고 식당에 가서 돈을 쓰기를 좋아하지 않았다. 그러나 이 식당 주인은 마치 오직 손님들의 행복만 생각하는 양 너무도 친절하고 믿음직해 보였기에 자루바는 까짓것 목이 달아나는 것도 아닌데 하는 생각으로 발걸음을 멈추고는 메뉴가 뭐가 있는지 물었다.

「저희 프랑스 주방장과 이탈리아 주방장이 오늘 뭘 준비했는지 아직 모르겠군요.」주인이 대답했다. 「하지만 한 가지는 지금 말씀드릴 수 있습니다. 네 가지 주요리와 여덟 가지 부요리가 나올 예정이고 여기에 더해 마지막 깜짝 메뉴가 하나 더 차려질 겁니다. 3보헤미아 그로셴에 이 모든 걸 드실 수 있습니다. 하지만 아직 준비가 덜 되어서요. 반 시간 동안 참고 기다리셔야 식사를 하실 수 있습니다.」

보헤미아 그로셴은 푼돈이 아니라 크고 무거운 은화였다. 하지만 네 가지 주요리와 여덟 가지 부요리에 이어 깜짝 메뉴까지 포함된 이런 식사에 3그로셴은 비싼 가격이 아니었고 그래서 페테르 자루바는 정원으로 들어가 이미 차려진 식탁 가운데 한 곳에 자리를 잡았다.

정원에는 여덟아홉 명의 손님이 더 있었다. 그들 모두는 서로 아는 사이로 보였으며 식탁과 식탁 사이에서 대화를 주고받았다. 한참 동안 음식이 나오지 않는데도 아무도 조급해하는 기색을 보이지 않았다. 마침내 주인이 페테르 자루바의 식탁으로 와서 존귀하신 나리께 몸소 시중을 드는 영광을 허락해 주십사 청했을 때는 거의 한 시간이 지났을 때였다. 그러면서 주인은 예고한 열두 가지 요리 중 첫 번째 것을 식탁에 놓고 말했다.

「부디 맛있게 드시길. 부드러운 사냥고기수프, 포타주샤쇠르입니다.」

주인은 수프 다음으로 두 가지 팬케이크를 식탁에 올렸다. 하나는 농가식으로, 다른 하나는 골파와 사양채를 넣고 조리한 것이었다. 뒤이어 두 가지 전채 요리가 추가로 나왔다. 송로 버섯을 넣은 잉어이리 요리와 다진 닭고기로 만든 쇼프루아가 그것이었다.

짧은 휴식 시간에 이어서 — 물론 주인이 시중을 드는 가운데 — 네 가지 주요리 중 첫 번째 것으로 부재료를 끼우고 속을 채운 민물 꼬치고기가 나왔다. 그리고 꼬치에 구운 콩팥, 고기수프 소스에 든 아스파라거스, 어린 백설콩, 차가운 요리인 송아지 혀와 속을 채운 족발이 뒤를 이었다.

페테르 자루바는 오늘 다진 허파고기와 자두퓌레나 실컷 먹을 게 뻔한 두 학우를 생각하니 그들이 조금 안쓰럽게 느껴졌다. 그는 카플리르시의 여관에 초대받지 못한 것도 더는 아쉽지 않았다. 그곳에 갔더라도 이만큼 운이 좋지는 않았을 테니까. 그는 이제 주인이 내놓은 꿩스튜를 맛만 보았다. 이어서 예고된 깜짝 메뉴가 나왔다. 황소 골수를 바른 구운 빵조각에 메추라기를 올린 것이었다. 그리고 마지막으로 설탕을 입힌 마르치판볼[22]과 이탈리아산 포도와 알알한 헝가리 물소치즈가 나왔다.

페테르 자루바는 이제 조금 피곤하고 졸렸다. 그는 꿈꾸듯 멍하니 앉아서 생각했다. 〈아마 스트라호프 수도원의 수도원장이나 큰 축제 날에 이런 식사를 할 거야.〉 하지만 그는 졸음에 겨운 상태에서도 시뻘겋게 성난 얼굴로 거리를 걸어 내려오며 혼잣말과 손짓을 하는 게오르크 카플리르시를 알아보았다.

페테르 자루바가 그를 불렀다.

「이봐, 게오르크! 이리로 오게나, 게오르크! 나 여기 있네.」

게오르크 카플리르시가 멈춰 서더니 얼굴의 땀을 훔쳤다. 곧이어 그가 정원으로 들어왔다. 그는 자루바에게 고개를 까

22 설탕과 아몬드 가루, 달걀 흰자로 만든 페이스트를 넣고 공 모양으로 만든 과자.

딱하며 인사하고는 손으로 식탁을 짚고 몸을 기댔다.

「여기서 날 기다린 건가, 페테르?」 그가 물었다. 「함께 이야기할 사람이 있다니 좋군. 페테르, 나는 저 위에 있는 자들한테 너무 화가 나서 한 치도 더 견딜 수 없어.」

「어째서 화가 난 건가?」 페테르 자루바가 살짝 하품을 하며 물었다.

게오르크 카플리르시는 신음을 뱉으며 의자에 털썩 주저앉았다.

「그 오스터슈토크 말이야.」 그가 설명했다. 「그 사람이 말하길 나한테 한 푼도 줄 수 없다는 거야. 돈이 없다면서. 그자는 성안의 재정 형편이 얼마나 안 좋은지 장황하게 설명을 늘어놓더니 나더러 우리는 가까운 친척 사이니까 자기 얼굴을 봐서 좀 더 기다려 달라고, 다음번에 오라고 하지 뭔가.」

「자네와 그 오스터슈토크가 그렇게 가까운 친척인가?」 자루바가 비몽사몽간에 물었다.

「친척?」 카플리르시가 격분하며 소리쳤다. 「혹 우리 할아버지네 수탉이 그자 어머니의 양계장에다 대고 한번 꼬끼오운 적이 있을지도. 우리가 친척 사이란 건 그런 거야. 그 말을 한 다음 그자는 나를 제1비서관에게 데려갔고 그곳에서 설왕설래가 벌어졌어. 〈우리한테는 돈이 없는데 어디서 돈이 나겠소!〉 다시 처음부터 시작이었지. 그리고 그 비서관 양반은 온 사방에서 황제의 돈을 원한다는 걸 보여 줬어. 나한테 청원서며 항의 편지를 한 다발 보여 줬지. 맙소사, 어떻게 그럴 수가 있는지! 그래, 페테르, 황제의 돈이 어디로 흘러 들어

가는 거지? 헝가리의 지휘관인 콜로니치는 국경 건물들을 보수하기 위해 돈이 필요하고. 죄르 요새의 사령관은 비축 물자가 부족하다고 하소연하니 요구를 만족시켜 줘야 하고. 린츠의 총독은 폐하의 건축 사업을 위해 돈을 요구하지만 기다려야 하고. 작년에 피렌체에서 황제의 동물원으로 온 호랑고양이 세 마리는 지금까지 대금 지급이 되지 않았고. 볼프 폰 데겐펠트 백작은 40년간의 봉사에 대한 치하를 황제의 하사품으로 받기를 원하지만 기다려야 하고. 성의 근위병들은 아직 급료를 받지 못해서 말을 안 듣고 고집을 부리기 시작하고…….」

「그런데 소문을 듣자 하니,」옆 식탁에 앉은 남자가 카플리르시에게 말했다. 「사흘 전에 올로모우츠의 주교가 황제의 식탁에 쓰도록 8백 두카트를 최고 궁정청에 꾸어 주었다던데요. 그 돈이 틀림없이 남아 있을 텐데요.」

「소문을 듣자 하니! 소문을 듣자 하니!」카플리르시가 남자의 말을 우스꽝스럽게 흉내 냈다. 그는 친구와 대화하는 중에 낯선 사람이 끼어드는 것을 좋아하지 않았기 때문이다. 「나는 낯선 사람들이 지껄여 대는 소리에는 신경 쓰지 않습니다. 불구인 사람이 줄 타는 모습을 눈먼 사람이 보았다는 이야기를 말 못 하는 사람이 하는 것을 귀먹은 사람이 들었다는 둥.」

그는 옆 식탁의 남자를 경멸하는 눈빛으로 훑고는 자루바에게 몸을 돌리고 말을 이어 갔다.

「이어서 내가 돈이 없으면 돼지기름도 없다, 나도 대금을 지불해야 하는데 그 기한을 미룰 수가 없다고 하니까 비서관 양반이 내게 묻더군. 이번에는 20굴덴으로 만족해 주지 않겠느냐고. 그러고는 지급 지시서를 써주면서 그걸 가지고…….」

그가 이야기를 그치더니 고개를 가로젓고 이맛살을 찌푸린 후 다시 말했다.

「이 무슨 풀치넬라²³ 희극 같은 인생인지!」

「지급 지시서를 가지고 어디로 가라는 건데?」 자루바가 물었다.

「식탁 밑으로 자빠지지 않게 의자를 단단히 붙들라고!」 카플리르시가 말했다. 「드라이브루넨 광장에 있는 유대인 마이슬의 집으로 가라는 거야. 그자가 돈을 지급해 줄 거라며. 나보고, 이 슐라비체의 게오르크 카플리르시보고 유대인 거리의 유대인한테 가라니! 말이 되는 소리야?」

카플리르시는 주머니에서 지급 지시서를 꺼내 쭉 훑어보고는 다시 집어넣었다.

「그러고 나서 마지막에는,」 그가 이야기했다. 「요한 오스터슈토크가 나를 장교들의 식탁에 앉혔지만 나는 도통 입맛이 없었어. 대충 먹는 둥 마는 둥 했지. 수프를 몇 술 떴어. 사냥고기수프였는데…….」

「나도 사냥고기수프를 먹었는데.」 페테르 자루바가 끼어들어 말했다. 「이어서 팬케이크랑 닭고기로 만든 쇼프루아에다 두 번째 전채 요리로는…….」

「그래?」 카플리르시가 길게 늘어지는 어조로 말했다. 「자

23 이탈리아 민속 희극에 나오는 우스꽝스러운 인물.

네도 그걸 먹었다고? 그리고 또 뭘 먹었지?」

「부재료를 끼운 생선 요리하고 또 그 밖에 뭐 이것저것.」
자루바가 하품과 싸우며 말했다. 「열두 가지 요리였지. 지나
치게 많았어.」

「꿩라구도?」 카플리르시가 궁금해했다. 「구운 빵에 올린
메추라기도 있었고?」

「맞아.」 자루바가 확인해 주었다. 「그걸 자네가 어떻게 아
는 거지?」

카플리르시가 의자에 등을 기대고 주인을 불렀다.

「이게 어찌 된 일이오?」 그가 주인에게 물었다. 「오늘 손님
들한테 내놓은 음식이 저 위 성에서 내가 대접받은 음식과
똑같다니 말이오.」

「저희 가게는 아주 정직하게 운영되고 있습니다.」 주인이
답했다. 「누가 알아도 문제가 될 게 없지요. 황제의 주방에서
는 잔뜩 뭘 끓이고 굽고 하지만 저 위에서 먹어 치우는 음식
은 그리 많지 않아요. 남은 음식을 식탁 시중꾼들이 주변 식
당에 팔지요. 저도 그중에 일정한 몫을 받고요. 하지만 평일
에만 그렇습니다. 일요일에는 서민들이 가게에 오고 이들은
3보헤미아 그로셴을 밥값으로 쓰려 하지 않으니까요.」

페테르 자루바는 사색이 되었다. 그는 잠이 확 달아나 버
렸다.

「게오르크!」 그가 불쑥 말했다. 「나는 황제의 식탁에 오른
음식을 먹었어.」

「정말이지 그렇군!」 카플리르시가 웃으며 말했다. 「어때?

인생이란 풀치넬라 희극이 아닌가?」

　하지만 페테르 자루바는 마치 맷돌이 가슴 위에 놓인 듯한 느낌이었다.

　「나는 황제의 식탁에 오른 음식을 먹었어.」 그가 속삭였다. 「복음주의의 자유여, 너는 어찌 되는 것인가? 나의 금빛 찬란한 보헤미아여, 너는 어찌 되는 것인가?」

　「그는 생각했어.」 나의 가정 교사인 의대생 야코프 마이슬이 말했다. 그는 치고이너 거리에 있는 〈셋방〉에서 열다섯 살 소년인 나에게 페테르 자루바와 황제의 식탁에 관한 이야기를 들려주었다. 「식당 정원으로 들어가면서 페테르 자루바는 생각했어. 까짓것 목이 달아나는 것도 아닌데 하고. 하지만 결국 목이 달아나고 말았지. 왜냐하면 그는 빌라호라 전투[24]가 끝나고 스물네 명의 다른 보헤미아 귀족들과 함께 구시가 광장에서 처형을 당했으니까. 그러니 김나지움의 역사 선생들과 역사 교과서 저자들, 이 모두가 아무것도 모르고 아무것도 이해하지 못한다는 걸 다시금 알 수 있어. 그들은 보헤미아 반란군이 빌라호라 전투에서 진 게 상대편 지휘관이 틸리[25]여서라느니 보헤미아군 총사령관인 만스펠트 백작이 플젠에 머물러 있어서라느니, 아니면 보헤미아군이 포병대를

　24　〈백산(白山) 전투〉라고도 불린다. 30년 전쟁 초기인 1620년에 보헤미아의 신교군과 황제군이 프라하 근처의 빌라호라산에서 전투를 벌였고 황제군이 대승을 거두었다.
　25　빌라호라 전투에서 황제군을 지휘한 요한 체르클라에스 폰 틸리 백작을 가리킨다.

제대로 배치하지 않아서라느니 헝가리 원군이 도와주지 않아서라느니 하며 온갖 설명과 세세한 증명을 너에게 늘어놓을 거야. 전부 헛소리지. 보헤미아 반란군이 빌라호라 전투에서 진 건 페테르 자루바가 그때 식당 정원에서 분별력을 발휘하여 주인에게 이렇게 물어보지 않아서야. 〈어떻게 12인분이나 되는 그런 음식을 단돈 3보헤미아 그로셴에 팔 수 있는 거요? 이봐요, 이건 국민 경제학적으로 볼 때 말도 안 되는 일이잖소!〉 어쨌든 그렇게 해서 보헤미아는 자유를 잃었고 오스트리아 땅이 되었어. 그리고 지금 우리에게 오스트리아-헝가리 제국 담배 전매와 오스트리아-헝가리 제국 군사 수영 학교와 프란츠 요제프 황제와 대역죄 소송이 있는 건 페테르 자루바가 집주인 여자가 만들어 주는 보헤미아식 팬케이크와 컬라치[26]에 넌더리가 났고 그 음식들이 그에게 충분히 고급스럽지 않았기 때문에, 그래서 그가 황제의 식탁에 오른 음식을 먹었기 때문이야.」

26 발효된 반죽을 꼬아서 모양을 낸 뒤 구워 낸 빵.

개들의 대화

1609년 어느 겨울날, 안식일에 유대인 베를 란트파러는 프라하 유대인 도시 우퍼 골목의 어느 집에 있는 자기 방에서 끌려 나왔고 프라하 유대인들이 이집트의 성채를 떠올리며 〈피톤〉 혹은 〈람세스〉라 부르던 구시가 감옥으로 연행되었다. 베를 란트파러는 다음 날 아침에 박피장에서 두 마리 들개 사이에 매달려 삶에서 죽음으로 보내질 예정이었다.

불운이 베를 란트파러를 평생 동안 따라다녔다. 젊은 시절부터 그는 되는 일이 하나도 없었다. 많은 직업을 전전했고 그러면서 갖은 고생과 노력을 다했음에도 가난에서 벗어나지 못했다. 그래서 남들이 반(牛)명절[27]마다 다른 웃옷을 입을 때도 그는 안식일이든 평일이든 똑같은 웃옷을 입었다. 최근에 그는 주변 마을들에서 기독교인 도축업자들이 남겨 두는 도살된 가축의 가죽을 사들였는데 하필 농부들이 8크로이처 값어치도 안 하는 가죽 한 장에 12크로이처를 받기로

---

27 유대교에서 종교적 계율에 의해 규정되지 않은 명절을 가리킨다. 역사적 사건에서 유래한 경우가 많다.

마음먹은 때였다. 우퍼 골목의 이웃들이 말하길 베를 란트파러가 양초 장사를 시작하면 틀림없이 더 이상 해가 지지 않을 것이라 했다. 또 하늘에서 금화가 비처럼 내리면 그는 방 안에 앉아 있고 하늘에서 돌이 떨어지면 그는 길거리에 나와 있다고도 했다. 막대기가 있으면 반드시 거기에 걸려 넘어지고 빵이 있으면 나이프가 없고 둘 다 있으면 소금이 없는 식이었다.

신성한 안식일에 즐거운 시간을 보내다가 체포되어 끌려간 일 역시 베를 란트파러의 불운에 속했다. 이 일에서 그의 잘못이 전혀 없다고는 말할 수 없었다. 진정한 불행이란 신으로부터 오지 않으니까. 그는 한 병사에게서 검은담비 모피로 가장자리를 장식한 외투 한 벌과 소매가 늘어진 벨벳 옷 한 벌을 본인도 인정하듯 이례적으로 싼값에 샀다. 구시가에 주둔하는 황제군의 사령관으로 불안정한 시국 때문에 황제로부터 막강한 전권을 부여받은 스트라솔도 대령이 이틀 전에 금지령을 내려, 중대장의 증명서가 없는 병사에게서 물건을 사는 행위를 금하고 이를 어길 시 교수형에 처하겠다고 한 사실을 베를 란트파러는 몰랐다. 그러한 명이 내려진 것은 구시가에서 정체불명의 병사들이 가택 침입을 일삼고 귀족 저택에서 귀중한 옷감이며 커튼이며 옷을 훔쳤기 때문이었다. 이 금지령은 관례대로 알트슐과 노이슐, 핀카스슐, 클라우스슐, 치고이너슐, 마이슬슐, 호에슐과 알트노이슐 등 유대인 도시의 모든 회당에서 공고되었다. 하지만 하필 이날 베를 란트파러는 자기 방에서 〈라야 메헴나〉[28] 혹은 〈충실한

목자〉라 불리는 책의 비밀스러운 가르침에 심취해 있느라
〈회당 출석〉을 빼먹고 말았다. 그는 도난품이 자기 손에 들어
왔다는 사실을 알게 되자마자 검은담비 외투와 벨벳 옷을 유
대인 공동체의 대표에게 고이 넘겨주었다. 하지만 때는 너무
늦었다. 구시가 부대의 사령관은 자신의 금지령을 어긴 데
격노한 나머지 무슨 말을 해도 들으려 하지 않았다. 그래서
베를 란트파러는 다음 날 아침에 경고의 본보기로 두 마리
개 사이에서 교수형에 처해질 예정이었다.

　유대인 원로들과 유대인 평의회 의원들은 이러한 운명이
그를 비켜 가도록 할 수 있는 모든 일을 했다. 그들은 이리저
리 뛰어다니며 부탁을 하고 약속을 했다. 하지만 전부 소용
이 없었다. 마치 운명의 힘들이 작당하고 베를 란트파러에게
등을 돌린 듯했다. 궁정 난로 관리인이 호의를 베풀었음에도
그들은 성에서 황제를 알현할 수 없었다. 황제는 열이 나 병
상에 누워 있었고 흐라드차니의 카푸친 수도원에서 아홉 명
의 수도사가 황제의 회복을 위해 밤낮으로 기도를 드리고 있
었다. 체르닌 폰 후데니츠의 부인은 스트라솔도와 인척 관계
였지만 프라하에서 사흘 거리인 네이데크의 영지에 있었다.
유대인에게 호의적이며 유대인들을 위해 여러 차례 힘을 써
준 크로이츠헤렌 수도원의 수도원장은 로마로 향하는 여행
길에 올라 있었다. 그리고 망명 생활의 빛이자 지도자이며
기독교도들도 그 말을 귀 기울여 듣던 고매한 랍비는 저세상
으로 떠난 지 오래였다.

28　유대교의 신비주의 경전인 『카발라』의 일부.

두 마리 들개는 아무 잘못도 저지르지 않았다. 단지 베를 란트파러에게 더 큰 치욕을 안기려는 이유로 두 개는 그와 동시에 죽임을 당해야 했다. 개들을 변호해 줄 이는 아무도 없었다.

교도관이 베를 란트파러를 데리고 들어왔을 때 두 마리 개 중 하나는 이미 감방에 있었다. 그 녀석은 비쩍 말라 뼈만 앙상하며 몰골이 궁색한 큰 시골 개로 헝클어진 적갈색 털에 눈이 커다랗고 예뻤다. 아마도 주인을 잃어버렸거나 집에서 도망친 것 같았는데, 벌써 며칠 전부터 굶주린 채로 구시가 골목을 이리저리 떠돌았다. 지금 개는 교도관이 던져 준 뼈다귀를 갉아 먹고 있었다. 교도관이 베를 란트파러와 함께 감방에 들어오자 개는 고개를 들고 으르렁거렸다.

베를 란트파러는 이 운명의 동반자를 불안하게 지켜보았다. 그는 큰 개들을 믿지 않았다. 녀석들은 농가에서 그의 가장 큰 적이었으며 그가 가죽을 가져가려 하면 항상 그것을 가만두지 않았다.

「무나요?」그가 물었다.

「아니.」교도관이 말했다. 「녀석에게 아무 짓도 안 하면 녀석도 아무 짓 안 할 거요. 사이좋게 지내보쇼. 내일이면 같이 힌놈의 골짜기[29]로 갈 테니까.」

그러고 나서 교도관은 베를을 개와 단둘이 남겨 두고 뒤돌아 문을 잠갔다.

---

29 성서에 나오는 골짜기로 인신 공양을 위한 제사를 올리거나 쓰레기를 소각하는 장소다.

힌놈의 골짜기, 이는 유대인 말로 지옥을 뜻했다. 교도관은 유대인의 말을 알았고 자주 써먹었다.

「힌놈의 골짜기라니!」 베를 란트파러가 몸서리치며 웅얼거렸다. 「내가 어디로 갈지 자기가 뭘 안다고! 내가 누군지 알기나 하나? 악의적으로 한 말이야. 눈빛 좀 봐. 저자가 물속을 보면 물고기가 죽을 거라고. 힌놈의 골짜기라니! 영원하고 정의로운 신이시여, 당신을 탓하는 게 아닙니다. 당신은 제가 공부하고 기도하고 단식하며 살아왔다는 걸, 양식으로 먹을 빵 조각을 정직하게 구해 왔다는 걸 보시지 않았습니까.」

베를 란트파러는 탄식하며 창살 너머로 하늘을 올려다봤다.

「별 세 개가 보이는군.」 그가 말했다. 「안식일도 끝이구나. 지금 우리 집 옆방에는 맥줏집에서 일하는 지몬 브란다이스랑 부인 기텔이 앉아 있겠군. 지몬 브란다이스는 분리의 기도인 하브달라[30]를 암송한 뒤에 이제 다가오는 한 주를 위해 축복을 노래하고, 자신과 아내에게 〈큰 기쁨과 건강을, 너의 입은 매 순간과 매시간 그만큼을 갈망하네〉를 축원하고, 기텔은 매번 안식일이 끝날 때처럼 이렇게 말하며 끼어들겠지. 〈아멘! 아멘! 정말로 올해는 메시아께서 오시기를.〉 그리고 이제 두 사람은 화덕에 불을 붙이고 저녁 식탁에 수프를 차리는 동안 내 얘기를 할지도. 그러면서 나를 불쌍한 베를 란트파러 혹은 어쩌면 착한 베를 란트파러라 부르겠지. 왜냐하면 내가 바로 어제 또 기텔에게 안식일 램프에 쓸 기름을 주

---

30 유대교에서 안식일의 끝과 새로운 한 주의 시작을 알리는 기도.

고 축복을 빌며 포도주를 건넸으니까. 기텔한테는 필요한 물건을 살 돈이 없었지. 오늘 나를 두고 불쌍한 혹은 착한 베를 란트파러라 말하던 사람들이 내일이면 베를 란트파러, 고인의 명복을, 아니면 베를 란트파러, 평온히 잠들길 하고 말할 거야. 오늘 나는 우퍼 골목의 〈수탉〉 건물에 사는 베를 란트파러였다가 내일이면 진리 속에 있는 베를 란트파러가 되겠지. 어제만 해도 내가 이 세상에서 얼마나 잘 지내 왔는지 몰랐어. 먹고 싶은 걸 먹고 글을 읽고 저녁이면 침대에 누웠지. 오늘은 적의 손이 내 위에 있어. 내 처지를 누구한테 한탄해야 할까? 땅바닥에 있는 돌한테 한탄해야지. 그게 무슨 소용이야? 신의 결정을 참고 견딜 수밖에. 찬양하나이다, 영원하고 정의로운 심판관이시여! 당신은 신실하신 신이며 당신의 행위에는 오류가 없나이다.」

이제 어두워졌기에 베를 란트파러는 얼굴을 동쪽으로 돌리고 저녁 기도를 드렸다. 그러고는 또다시 으르렁거리는 개가 시야에 들어오도록 감방 한구석에 가 바닥에 웅크리고 앉았다.

「하늘과 땅이 함께 얼어붙은 것처럼 춥군.」베를 란트파러가 말했다.「저 개는 가만히 있으려 하지도 않고 으르렁대며 이빨을 드러내는구나. 자기한테 무슨 일이 닥칠지 알기나 한다면! 하지만 저런 짐승한테 잃을 게 뭐가 있을 것이며 사람들이 무엇을 빼앗아 갈 수 있겠어? 감각적 생명을 잃을 뿐이지. 인간은 루아흐, 즉 정신적 본질을 잃고 우리 유대인은 생명과 함께 다른 모든 인간보다 더 많은 걸 잃어. 우리가『이삭줍기의 서』, 『네 줄의 서』, 『빛의 서』 같은 신성한 책에 심취할 때 얻는 달콤한 기쁨에 대해 다른 이들이 대체 뭘 알겠어.」

베를 란트파러는 눈을 감고 생각에 잠겼고 신의 천사들을 향해 열 계단 위로 이끌어 준다는 비밀스러운 가르침의 지고함과 심오함으로 도피했다. 왜냐하면 책에는 이렇게 쓰여 있기 때문이다. 〈지혜와 인식의 비밀에 몰두하라. 그러면 아침에 대한 불안을 극복할 수 있으리.〉 그는 아침에 대한 불안이 너무도 커서 거의 견딜 수 없었다.

그는 정통한 이들이 〈아피르욘〉, 즉 〈결혼식 가마〉라 부르는 신성한 힘의 세계를 머릿속으로 가로질렀다. 그곳에는 〈통찰을 가져오는 자들〉로도 일컬어지는 〈영원히 빛나는 자들〉이 살았는데 그들은 이 세상의 버팀목이자 기둥이었다. 그는 네 글자로 된 신의 이름을 간직한 움직이는 힘들에 관해, 그리고 그 힘들을 지배하며 〈은밀한 자들 중 가장 은밀한 자〉, 〈완전히 알 수 없는 자〉라 불리는 신비한 자에 관해 골똘히 생각했다. 또한 오직 앎을 가진 자만이 그 의미를 이해할 수 있는 알파벳 문자들을 차례로 떠올렸다. 그런데 그가 단어의 끝에서 신의 미소를 뜻하는 카프[31]를 숙고할 때 자물쇠가 풀리고 문이 열리더니 교도관이 또 한 마리의 개를 감방에 밀쳐 넣었다.

그 개는 흰색 푸들이었는데 털이 더부룩했고 오른쪽 눈 아래와 왼쪽 귀 위에 각각 검은 얼룩이 있었다. 베를 란트파러

31 히브리 문자 중 하나.

가 아는 개였다. 프라하 유대인 도시에서 이 개를 모르는 사람은 없었다. 왜냐하면 이 푸들은 모르데카이 마이슬의 집에서 오랫동안 키우던 개였기 때문이다. 이 모르데카이 마이슬은 부유했으나 나중에 가난하게 죽었다. 그리고 주인이 죽은 뒤에 개는 구시가와 유대인 도시의 거리를 방황하며 때로는 여기서, 때로는 저기서 먹을 것을 찾아다녔다. 이 개는 누구와든 쉽게 친구가 되면서도 새 주인을 찾으려 하지는 않았다.

「고인이 된 마이슬의 푸들이잖아.」 베를 란트파러가 당황해서 중얼댔다. 「이 녀석의 목숨도 빼앗으려는 거야! 누가 죽은 마이슬한테 그의 푸들이 언젠가 교수대에 매달릴 거라는 말을 했을까!」

그는 두 마리 개가 서로 짖으며 달려들고 뒹굴면서 개들의 방식으로 인사를 나누는 모습을 바라보았다. 하지만 곧 개들이 시끄럽게 구는 데 짜증이 났다. 개들은 그칠 줄 모르고 감방 안에서 이리저리 서로 뒤쫓으며 으르렁거리고 짖어 댔기 때문이다. 더군다나 이제 온 동네의 개들이 이 시끄러운 소리에 합세했다. 때로는 가까이에서, 때로는 멀리에서 개들이 컹컹대고 울부짖었다.

「조용!」 베를 란트파러가 두 마리 개를 향해 성을 내며 소리쳤다. 「늘 그렇게 으르렁거리고 짖어 대야겠어? 조용히 좀 있을 순 없는 거냐? 지금은 늦은 시각이고 사람들은 자고 싶어 한다고.」

하지만 쇠귀에 경 읽기였다. 개들은 그의 말을 듣지 않고 계속해서 소란을 피우며 펄펄 날뛰었다. 베를 란트파러는 한

참을 기다렸다. 그는 두 개가 아마 놀다가 지쳐서 누워 잠들 거라 생각했다. 그 자신은 잠을 잔다는 생각을 하지 않았다. 자기가 잠을 이루지 못하리라는 걸 알고 있었다. 그는 이날 밤 마지막 시간까지 깊은 몰입 상태에서 성스러운 대상들과 연결되어 있고 싶었다. 하지만 개들이 그것을 허락하지 않 았다.

비밀스러운 가르침인 카발라는 그 가장 심오한 깊이를 파 고든 자들, 그 심연을 통과하고 그 정점에 힘겹게 오른 자들 에게 특별한 종류의 대단한 힘들을 부여한다. 베를 란트파러 는 자기 목숨을 구하는 데 이 힘들을 사용해서는 안 되었다. 그것은 신의 의지를 거역하는 일이었기 때문이다. 하지만 이 힘들을 사용하면 그의 말을 들으려 하지 않는 저 피조물들을 복종하게 만들 수 있었다.

사람들이 고매한 랍비에 대해 이야기하길 그는 멜로힘, 즉 천사들이 마치 자기 하인인 양 그들과 말을 했다고 한다. 하 지만 베를 란트파러는 베일을 벗은 비밀과 그 마력을 살면서 단 한 번도 사용한 적이 없었다. 왜냐하면 그는 천성적으로 겁이 많은 사람이었고 신비스러운 가르침의 불꽃이 저처럼 불이 아닌 것에 불을 붙이고 그것을 삼켜 버린다는 것을 알 았기 때문이다. 하지만 지금 이 순간 베를 란트파러는 엄청 나게 겁을 먹고 덜덜 떨면서 그것을 시도하기로, 비밀스러운 주문과 마법의 기도를 이용하여 성가신 개들을 복종시키기 로 마음먹었다. 이 개들은 그의 마지막 밤에 영혼의 평화를 방해하고 신에게 다가가는 것을 허락하지 않으려 들었다.

베를 란트파러는 달이 구름 뒤에서 나올 때까지 기다렸다가 감방 벽을 덮은 먼지 위에 손가락으로 바브라는 문자를 썼다. 바브 속에서 하늘이 세상의 땅과 하나가 되므로 모든 주문은 이 글자로 시작해야 한다.

그는 바브 밑에 황소를 나타내는 문자[32]를 썼다. 지상에서 사람들과 함께 사는 모든 피조물이 이 문자 속에 집약되어 있다. 그 옆에 신의 전차를 뜻하는 문자를 먼지 위에 쓴 다음 그 아래에는 신의 이름 열 개 중 일곱 개를 규정된 순서대로 적었는데 그중 첫째가 에흐예였다. 그것은 〈항상〉 그렇다. 왜냐하면 이 이름에는 황소를 조종하고 이끄는 힘이 담겨 있기 때문이다. 그러고 나서 그는 힘과 권능을 내포한 문자를 에흐예 밑에 썼다.

이제 베를 란트파러는 달이 다시 구름 뒤로 사라질 때까지 기다렸다. 이어서 신의 일꾼이며 신과 세상 사이에 있는 천사 열 명의 이름을 불렀다. 천사들의 이름은 〈왕관〉, 〈본질〉, 〈자비〉, 〈형상〉, 〈신의 심판〉, 〈엄격한 인내〉, 〈화려함〉, 〈존엄〉, 〈근원〉, 〈왕국〉이었다. 그는 하늘의 세 가지 원초적 힘을 속삭여 불러냈다. 그리고 마지막으로 큰 목소리로 하계의 천사 무리인 〈빛들〉과 〈바퀴들〉과 〈신성한 동물들〉을 불렀다.

이 순간 푸들이 시골 개에게 말했다. 「저 사람이 왜 소리를 지르는지 모르겠군. 때로는 저들을 이해할 수가 없다니까. 어쩌면 배가 고파서 저러는지도.」

베를 란트파러는 자신의 마법 주문에 어떤 오류가 있었는

32 히브리 문자인 〈알레프〉를 가리킨다.

지 도무지 알 수가 없었다. 앞서 그는 신의 이름 일곱 개 중 첫 번째 것 아래에 테트를 적었는데 이는 잘못된 기억에서 비롯한 것이었다. 테트는 힘과 권능이 아니라 파고듦과 인식을 내포한 문자이기 때문이다. 그리고 이렇게 주문이 달라지자 그는 피조물들을 지배하는 힘을 얻은 게 아니라 그들의 말만 알아듣게 된 것이다.

베를 란트파러는 그 점을 깊이 생각하지 않았다. 푸들이 시골 개에게 하는 말을 자신이 갑자기 알아듣게 된 데 놀라지도 않았다. 그것은 그에게 당연한 일로 여겨졌다. 아주 간단하고 아주 쉬운 일이었다. 다만 그는 어째서 자신이 지금 껏 그들의 말을 알아듣지 못했는지 이해할 수가 없었다.

그는 구석 자리에서 몸을 바로 일으키고 개들이 나누는 말에 귀를 기울였다.

「나도 배가 고픈걸.」 시골 개가 투덜댔다.

「내일 푸줏간으로 데려가 줄게.」 푸들이 시골 개에게 약속했다. 「너희 시골 개들은 혼자서는 앞가림을 못 하지. 너는 두 발로 똑바로 서서 걷고 주둥이로 지팡이를 들 거야. 그럼 사람들이 그 기술을 보고 살점과 지방이 붙은 좋은 뼈다귀 하나를 줄 거라고.」

「우리 농장에서는 두 발로 걷지 않아도 뼈다귀를 줬는데.」 시골 개가 말했다. 「죽도 줬고 말이야. 그냥 농장을 지키고 여우가 우리 거위를 덮치지 못하게 경계만 하면 됐지.」

「그게 뭐야, 〈여우〉라니?」 푸들이 물었다.

「여우.」 시골 개가 되풀이했다. 「여우가 뭔지 어떻게 설명해 줘야 할까? 여우한테는 주인이 없어. 여우는 숲속에 살지. 밤에 와서 거위를 훔쳐 가. 그게 여우야.」

「그럼 숲은 뭔데?」 푸들이 질문했다.

「너는 아는 게 하나도 없구나.」 시골 개가 투덜댔다. 「뭐라고 설명해야 할지 모르겠네. 숲이란 나무 서너 그루가 아니라 네가 보는 곳마다 나무밖에 없는 거야. 나무 뒤에 또 나무가 있지. 여우는 그곳에서 와. 여우가 거위를 끌고 가버리면 나는 몽둥이찜질을 당했지.」

「나는 한 번도 맞은 적이 없어.」 푸들이 으스댔다. 「우리 주인이 나한테 두 발로 걷고 춤추는 법을 가르칠 때도 안 맞았지. 주인은 늘 내게 친절했어. 우리한테도 거위가 있었지만 여우가 괴롭히지는 않았어. 여기에는 여우가 나오는 숲이 없으니까. 만일 이곳에 숲과 여우가 있었다면 주인이 나한테 말해 줬을 거야. 주인은 내게 모든 걸 말해 줬고 나한테 아무것도 숨기지 않았어. 심지어 나는 주인이 다른 사람들이 찾지 못하게 돈을 어디에 묻어 뒀는지도 알아. 그리고 그 돈이 누구 것인지도.」

「맞아, 사람들은 돈을 묻어 두지.」 시골 개가 맞장구쳤다. 「뭐 하러 그러지? 돈은 먹을 수도 없는데.」

「너는 뭘 모르는구나.」 푸들이 나무랐다. 「돈을 묻어 두는 건 영리한 행동이야. 우리 주인은 영리한 일만 했어. 사람들이 주인을 아마포에 싸서 들고 간 그날 밤 나는 주인 곁에 있었지. 그런데 그 전에 한 남자가 돈주머니 하나를 주인에게 가져왔어. 그자는 그게 80굴덴이고 이걸로 빚은 청산되었다고 말했지. 우리 주인은 그자와 함께 문으로 갔어. 아주 천천히 걸었어. 주인은 아팠거든. 그리고 주인이 돌아와서 내게 물었지. 〈이 돈을 어찌해야 할까? 내가 떼어 버린 돈이 날 따라오는구나. 그들이 내일 여기에 왔을 때 이 돈을 발견하면 안 돼. 단 한 푼도 발견하면 안 돼. 오늘 밤사이에 여기서 돈을 치워야 해. 그런데 어디다, 말해 봐, 어디다 치울까?〉 주인은 기침을 하고 통증을 호소했고 줄곧 입에 손수건을 대고 있었어. 이어서 주인이 말했어. 〈단 한 번도 행운을 누리지 못한 사람을 하나 알고 있지. 이 돈이 그 사람한테 도움이 될 수 있을 거야. 행운, 나는 그에게 행운을 남겨 줄 수는 없지만 80굴덴은 남겨 줄 수 있어. 그 사람이 이 돈을 가져야 해.〉 곧이어 주인은 손으로 이마를 치고 기침을 하며 웃었어. 〈그 사람, 베를 란트파러한테 딱 맞는 상황이야. 여기에 금화가 비처럼 내리면 그 사람은 없지. 그는 짐수레를 끌고 시골로 갔으니 말이야. 정말이지, 도와주기 어려운 사람이라니까.〉 주인은 한동안 곰곰 생각한 뒤 지팡이와 모자와 외투를 집었어. 그리고 돈주머니도. 그런 다음 우리는 밖으로 나가 거리를 지나 강가로 갔지. 그리고 그곳에서 주인은 나한테 땅을 파게 시켰고 돈주머니를 파묻었어. 주인이 말했어. 〈베를 란트파러가 도시로 돌아오면 그 사람의 외투를 붙들고 이리로 데려와라. 이 돈은 그 사람 거야. 이제 나는 그에게 돈을 줄 수가 없어. 왜냐하면 오늘 나는 모든 사람이 가는 길을 갈 거니까. 베를 란트파러는 너도 아는 사람이야. 걸음걸이가 구부정하고 앞니 세 개가 없어.〉」

「그건 안 좋은데.」시골 개가 말했다.「그 사람은 뼈다귀를 그만 갉아 먹어야 해. 그 사람한테 죽을 먹으라고 해.」

「그렇지만 나는 그 사람이 누군지 몰랐고 지금도 모르는 걸.」푸들이 소리쳤다.「누군지 생각나지가 않아. 그 돈은 아직도 땅속에 있어. 누구한테 앞니가 없는지 내가 어떻게 알아볼 수 있겠어. 사람들이 주둥이를 열고 길거리를 다니는 것도 아닌데 말이야. 그들 중에 누가 베를 란트파러인지 내가 어떻게 알겠어?」

그사이 베를 란트파러는 개들이 자기 이야기를 한다는 것을 알아차리고 깜짝 놀랐다. 그때부터 그는 온통 집중해서 대화에 귀를 기울였다. 그리고 이제 마이슬의 푸들이 자기를 오랫동안 찾고 있었다는 소리를 듣자 그는 구석 자리에서 나와 원망이 가득하고 슬픈 목소리로 말했다.

「내가 베를 란트파러야.」

「당신이 베를 란트파러라고?」푸들이 외치고는 뒷발로 서서 흥분한 채 꼬리를 흔들기 시작했다.「보여 줘! 주둥이를 열어 봐! 그래, 이가 없네. 그러니까 당신이 베를 란트파러군. 좋아, 내일 함께 가서 당신 돈이 묻힌 곳을 알려 주지.」

푸들은 이렇게 말하고는 다시 앞발로 착지했다.

「내일이라고?」베를 란트파러가 날카롭게 웃으며 소리쳤다.「내일? 나는 베를 란트파러라니까! 내일 우리 셋은 모조리 교수형에 처해진다고.」

「누가 교수형을 당한다고?」푸들이 물었다.

「나, 너, 그리고 저기 저 녀석.」베를 란트파러가 잠든 시골 개를 가리키며 말했다.

「왜 나를 교수형에 처하려는 건데?」 푸들이 놀라서 물었다.

「명령이 그러니까.」 베를 란트파러가 답을 주었다.

「당신은 교수형에 처해질지 모르지.」 푸들이 말했다. 「하지만 난 아니야. 나는 교수형을 당하지 않아. 문을 열기만 하면 나는 금세 달아나 버릴 테니까.」

푸들은 제자리에서 빙빙 돌기 시작했고 그러다 바닥에 누웠다.

「나는 이제 잘래.」 푸들이 말했다. 「당신도 다리 사이에 머리를 묻으라고! 그러니까 당신이 베를 란트파러로군. 아니, 나는 교수형을 당하지 않아.」

이 말과 함께 푸들은 잠들었다.

아침 동이 틀 때 문이 열렸지만 베를 란트파러를 형장으로 데려갈 사형 집행인은 오지 않았고 유대인 평의회 의원인 레브[33] 암셀과 레브 심하가 감방으로 들어왔다. 스트라솔도 대령이 수많은 청원과 촉구에 못 이겨 150굴덴의 벌금을 내는 조건으로 베를 란트파러의 벌을 면해 주겠다는 의사를 표했고 유대인 원로들이 즉시 벌금을 치른 것이었다.

「감옥에 갇힌 자에게 자유를, 속박된 자에게 구원을 가져다주노라.」 레브 암셀이 외쳤다. 「우리에게 은총을 베풀어 주신 신을 찬미할지어다.」

이어서 레브 심하가 똑같은 이야기를 단지 더 절제된 말로 표현했다. 「자네는 자유네, 레브 베를. 우리가 자네를 위해

33 유대인들이 이름에 붙이는 호칭.

벌금을 치렀다네. 이제 집으로 가도 돼.」

　하지만 베를 란트파러는 무슨 말인지 이해하지 못하는 듯했다.

　「그 개! 그 개!」 그가 소리 질렀다. 「개가 어디 갔지? 방금 전까지 여기 있었는데. 마이슬의 개 말이오! 내 돈이 어디 묻혔는지 그 개가 알아. 80굴덴!」

　「레브 베를, 자네는 자유의 몸이네.」 유대인 평의회 의원들이 다시 말했다. 「무슨 말인지 모르겠나? 신의 도우심 덕에 자네는 벌을 면하게 되었네. 이제 집으로 가도 돼.」

　「그 개! 그 개!」 베를 란트파러가 비탄하며 울부짖었다. 「그 개 못 보았소? 문으로 나갔는데. 마이슬의 푸들 말이오. 나는 반드시 그 개를 찾아야 해. 80굴덴! 이런 불운한 놈 같으니, 이런 실패자 같으니! 그 개는 어디 있소?」

　이후 오랜 세월 동안 사람들은 프라하 유대인 도시와 구시가에서 베를 란트파러의 모습을 목격했다. 그는 개들 뒤를 쫓아다니고 개들을 유혹해서 다가오게 한 뒤 꽉 붙잡고는 눈 아래와 귀 위에 검은 얼룩이 있는 흰 푸들을 못 봤느냐고 물었다. 그리고 만일 그 푸들과 만나거든 자기, 즉 베를 란트파러는 교수형에 처해지지 않았으니 우퍼 골목으로 자기를 찾아오라고 전해 달라 했다. 푸들에게는 아무 일도 일어나지 않을 거라고, 교수형을 당하는 일은 없을 거라고, 벌금이 푸들을 위해서도 지불되었다고 말했다. 개들은 베를 란트파러를 물려고 덤벼들었고 그의 손을 뿌리치고 달아났다. 그러면 베를 란트파러는 개들 뒤를 쫓았고 아이들은 베를 란트파러 뒤를 쫓았고 어른들은 고개를 절레절레 저으며 말했다. 「불쌍한 베를 란트파러! 저이는 그날 밤 감방에서 무서운 나머지 인간의 영혼을 잃고 만 거야.」

사라반드[34]

추밀 고문관이자 보헤미아 재상인 즈덴코 폰 로브코비츠 공이 첫 손주의 세례식을 맞아 프라하 시내 저택에서 베푼 연회에 참석한 손님 중에는 황제군 대위인 유라니츠 남작이라는 사람도 있었다. 그는 하루 이틀 전에 크로아티아인가 슬라보니아[35]로부터 보헤미아 수도에 도착했다. 다른 신사들은 연회 성격과 유행에 맞게 트임이 들어간 흰색 안감의 소매와 금실이 수놓인 자주색 벨벳 상의에 무릎 부분이 끼는 금란 바지를 입고 비단 양말에다 비단 끈이 달린 공단 신발을 신은 반면, 유라니츠 남작은 여행 복장에 가죽 바지를 입고 목이 긴 장화를 신은 채로 나타났다. 그는 마지막 역참에 짐을 맡겼는데 아직 오지 않았다며 양해를 구했다. 더군다나 그는 국경 장교의 관습대로 머리와 수염에 돼지기름을 발랐지만 사람들은 너그러이 이해해 주었다. 그는 기독교의 숙적

---

34 17~18세기 유럽 궁정에서 유행한 춤 혹은 춤곡을 가리킨다. 2분의 3 박자나 4분의 3 박자에 느리고 장중한 곡조가 특징이다.
35 오늘날 크로아티아의 북동부 지방.

인 튀르키예인과 끊임없이 싸우느라 바쁜 나머지 무엇이 유행에 맞는 기사의 차림이고 무엇이 부적절한 차림인지 배울 틈이 없었기 때문이다.

유라니츠 남작은 마음껏 연회를 즐겼다. 그는 술을 마시며 지치지도 않고 오래도록 흥겹게 춤을 췄다. 물론 춤 솜씨는 그다지 좋지 않았다. 악사들이 지그를 연주하건 쿠랑트를 연주하건 아니면 사라반드를 연주하건 그에게는 아무런 차이도 없었다. 그는 어느 춤을 추든 똑같이 뛰어오르면서 춤 솜씨보다 훨씬 더한 열성을 보였다. 요컨대 이 용감한 장교는 마치 조련을 받은 곰처럼 앙증맞게 춤을 췄다. 음악이 잠시 멎을 때면 그는 마주치는 사람마다 붙잡고는 세례를 받은 아이의 건강을 위해 건배했다. 또한 부인들에게는 입에 발린 소리를 늘어놓았는데, 안목깨나 있는 사람들이 부인의 아름다움을 찬양하는 소리를 들었다며 한 사람 한 사람에게 호언장담하는 것이었다. 그러면서 그는 폰 베르카 공의 세 딸 중막내에게 각별히 관심을 쏟았다. 그녀가 많은 사람이 모인 자리에 모습을 드러낸 것은 이날 밤이 처음이었다. 몹시 아름답지만 조금 수줍음을 타는 이 앳된 아가씨에게 그는 자신의 무용담을, 성공한 공격과 습격이며 튀르키예인을 골려 준그 밖의 일들을 이야기했다. 그리고 그 일로 세상이 떠들썩했지만 별로 대단한 일은 아니라고 말하는 것을 절대 잊지 않았다. 또 그는 아가씨에게 자기 고향에서는 곡식 두 말이은화 일곱 닢 값어치고 맥주 한 통이 반 굴덴인데 자신이 그곳에서는 부자라 할 만하다고, 그리고 훗날 그의 영지에서 함께 살 운명을 지닌 여자는 깃털, 양털, 꿀, 버터, 곡식, 가축, 맥주 등 만족스러운 삶에 필요한 모든 걸 풍족하게 가질 수 있을 것이라 했다. 그러려면 타고난 훌륭한 몸매만 있으면 족하다고, 왜냐하면 그는 귀족 혈통이나 방정한 품행보다 그러한 것을 훨씬 높게 치기 때문이라고 아가씨와 눈을 맞추며 덧붙였다.

그런데 손님 중에는 베네치아 출신으로 그야말로 멋쟁이 신사인 젊은 백작 콜랄토가 있었다. 베르카 공의 세 딸 중 막내에 대해 무슨 권리라도 가진 양 여기는 콜랄토는 유라니츠 남작 자체가 마음에 들지 않았고 그의 등장 또한 탐탁지 않았다. 유라니츠 남작이 다시 나름의 방식대로 폴짝거리고 껑충거리며 아가씨와 함께 사라반드를 다 추자 백작은 몸을 숙여 인사하고는 다가가 지극히 정중한 투로, 어느 고명한 발레 대가에게서 대단한 춤 기술을 그토록 완벽히 익혔는지 부디 알려 달라고 했다.

유라니츠 남작은 자신에게 불리한 농담이라도 웃는 낯으로 받아 줄 줄 아는 사람이었다. 그는 웃으며 자기는 춤에 그다지 정통하지 않다고, 따라서 정말이지 진심으로 부디 양해를 바란다고, 하지만 춤을 추는 것이 굉장히 즐겁고 그것이 아가씨와 다른 손님들에게 폐가 되지 않았으면 한다고 말했다.

「스스로를 과소평가하십니다그려. 겸손이 지나치시오.」 콜랄토가 말했다. 「아주 어려운 동작을 식은 죽 먹기처럼 쉽게 소화하시지 않습니까. 그 정도 솜씨라면 곧 성에서 황제 폐하께 선보일 대규모 분수 공연과 전원(田園)을 배경으로 한 발레 공연에서 목양신 중 하나, 아니 어쩌면 실레노스 역도 맡으실 수 있겠소.」

남작이 태연하게 말했다. 「나는 군인이고 따라서 무엇보다 칼춤에 익숙하오. 또 이제껏 살면서 플루트나 바이올린보다는 대포를 연주한 적이 더 많소. 그러니 숫염소 발과 뿔을 가진 실레노스 역으로는 다른 배우를 찾는 게 좋을 것 같소. 그리고 식은 죽 이야기를 하셨으니 말인데, 식은 죽이라고 만만히 보았다가 큰코다치지 않도록 조심하시오.」

이 말과 함께 남작은 몸을 숙여 인사하고는 아가씨에게 팔을 내밀어 춤 대열로 같이 돌아갔다.

젊은 콜랄토는 두 사람의 뒷모습을 눈으로 좇았다. 얼간이 같은 남작이 베르카 집안의 아름다운 아가씨 곁에서 물러나려 하지 않으니 그의 분노는 점점 더 커졌다. 그리고 이제 비꼬는 말로는 적수를 흔들 수 없다는 것을 알고 다른 방법을 쓰기로 결심했다. 그는 춤추는 두 사람에게 다가가 절묘한 솜씨로 남작의 다리를 걸었다. 그러자 남작이 발라당 넘어지면서 아가씨는 아니었지만 바로 옆에서 춤추던 신사를 끌고 함께 바닥으로 쓰러졌다.

춤 대열에서 소동이 벌어졌다. 악사들은 연주를 멈췄고 웃음소리와 무슨 일이냐고 묻는 소리, 당황하여 외치는 소리가 들렸다. 하지만 혼란은 곧 가라앉았다. 남작이 금방 바닥에서 일어나 자신이 넘어뜨린 신사를 일으켜 주었기 때문이다. 처음에 신사는 매우 언짢아했지만 자신의 옷과 레이스, 끈이 멀쩡한 것을 보고는 평정을 되찾았다. 그는 남작에게 몸을 돌려 더할 나위 없이 정중하게, 하지만 조금 놀리는 투로 말했다.

「가만 보니 무도회가 단조로워지지 않게 적당히 분위기를 바꿀 줄 아시는 것 같소.」

유라니츠 남작이 모자를 살짝 들며 사과했다. 그러고 나서 아가씨를 찾았지만 그녀는 이제 옆에 없었다. 자신의 기사에게 닥친 낯 뜨거운 불운에 부끄럽고 당황한 나머지 난리 통에 이미 홀을 떠난 것이었다. 그사이 음악이 다시 시작되고 쌍쌍의 사람들이 다시 가지런히 늘어섰으며 춤이 계속되었다. 유라니츠 남작은 춤 대열을 지나 콜랄토에게 갔다.

「어디 말씀해 보십시오. 악의를 가지고 일부러 그러신 것이오?」 남작이 물었다.

젊은 콜랄토는 거만하게 남작 너머 허공을 바라보며 아무 대답도 하지 않았다.

「꼭 대답을 들어야겠소.」 남작이 재차 말했다. 「아가씨 앞에서 날 웃음거리로 만들려고 악의를 가지고 그러셨는지 말이오.」

그러자 콜랄토 백작이 말했다. 「그렇게 불손하게 묻는 말에 답할 의무는 내게 없소.」

「귀족에게 모욕을 주셨으니 그에 걸맞은 보상을 하셔야 마땅하오.」 남작이 이야기했다.

「고향에서 나막신을 신고 수소 뒤나 따라다니는 많은 자들이 이곳에서는 귀족이라 자칭하오.」 콜랄토 백작이 어깨를 으쓱하며 말했다.

남작의 얼굴에서는 근육 하나 움직이지 않았다. 하지만 이전에는 거의 눈에 띄지 않던 칼자국이 이제 이마에서 모반(母斑)처럼 빨갛게 타오르고 있었다.

「보상을 거부하시고 날 계속 모욕하시니 더 이상 기사 대접을 해드릴 수 없소.」남작이 언성을 높이지 않고 말했다. 「천한 머슴 놈처럼 지팡이로 두들겨 패서 정신을 차리게 해드려야겠소.」

콜랄토 백작은 손을 들어 남작의 얼굴을 치려 했으나 남작이 그 손을 꽉 붙들었다.

이제 콜랄토는 마지못해 다른 어조로 남작과 이야기했다.

「이곳은 적절한 장소가 아니오. 용건을 해결하기에 적절한 때도 아니고.」그가 말했다. 「그러니 한 시간 후에 킨스키 정원에서 기다리겠소. 정문은 잠겨 있지만 작은 옆문이 열려 있소. 그곳에서 상대해 드리겠소.」

「스페인 포도주만큼 강렬한 말이군.」남작이 흡족해서 말하고는 손을 놓아주었다.

두 사람은 검으로, 하지만 입회인 없이 결투하기로 합의하고 헤어졌다. 얼마 후 남작은 베르카 공의 딸에게 작별을 고하지도 않고 연회장을 떠났다.

그사이 젊은 콜랄토는 옆방으로 갔고 카드 테이블에 앉은 연회 주최자 즈덴코 폰 로브코비츠와 마주쳤다. 콜랄토는 옆자리에 앉아 한동안 게임을 지켜보았다. 그러다 그에게 물었다.

「귀공께서는 유라니츠 남작이란 사람을 아십니까?」

「이것 보게. 이 게임에서는 녹색 7에 모든 것이 달렸네.」 로브코비츠 공이 말했다. 「오늘 처음 해보는 게임이야. 유라니츠라고? 그래, 알지.」

「우리 쪽 사람입니까? 그 사람, 귀족입니까?」 콜랄토가 물었다. 「정말이지 예의라고는 모르는 자더군요.」

「유라니츠가? 뭐, 예의가 없을지도. 하지만 분명 좋은 집안 출신의 진짜 귀족이네.」 즈덴코 로브코비츠가 말했다. 그는 귀족 계보를 머릿속에 전부 꿰고 있어 혈통에 관한 문제에서는 둘째가라면 서러울 정도였다.

콜랄토는 다시금 한동안 게임을 지켜보았다.

「웃기는군.」 즈덴코 로브코비츠가 말했다. 「이 게임에서는 녹색 7과 다이아몬드 잭만 있으면 원하는 대로 다 할 수 있네. 이길 수밖에 없지. 하지만 그렇지 않다면, 정신을 놓았다간 어마어마한 돈을 잃을 수 있다네. 유대인 마이슬도 못 빌려줄 만큼 엄청난 액수를 말이야. 그런데 로렌츠 유라니츠가 뭐 어쨌다는 건가? 술을 너무 퍼마시기라도 했나?」

「그건 아닙니다만 그자와 다툼이 좀 있었습니다.」 콜랄토가 이야기했다. 「오늘 밤에 다시 보기로 했습니다.」

그러자 즈덴코 로브코비츠가 손에 든 카드를 내려놓았다.

「유라니츠하고?」 그가 목소리를 낮춰 물었다. 「그렇다면 당장 가서 신의 가호를 빌게나! 유라니츠는 무시무시한 검객이네.」

「저도 검이라면 제법 다룰 줄 압니다.」 콜랄토가 말했다.

「하, 자네 검쭘이야! 유라니츠는 말이야, 자네 귀를 확 움켜잡을 걸세.」 늙은 로브코비츠가 말했다. 「정말이네. 그와 엮이는 것은 좋지 않아. 난 그 사람을 알아. 악마와는 결투하더라도 로렌츠 유라니츠 남작과는 결투해서는 안 되지. 가서 원만히 잘 해결하게. 사과를 한다 해도 자네 명예에는 아무런 해가 되지 않을 것이네. 아니면 내가 대신 사과해 줄까?」

「원만히 잘 해결되면 알려 드리겠습니다.」 콜랄토가 말했다.

킨스키 정원의 큰 원형 화단은 프라하 귀족들이 자주 검을 가지고 결투하는 장소 중 하나였다. 그곳은 잔디밭이었고 자갈길로 둘러싸여 있었다. 잔디밭 한가운데로 덩그러니 선 두 그루 느릅나무 사이에 분수가 있었고 찰싹거리는 물소리가 멀리서도 들렸다. 이끼로 뒤덮인 해신 석상이 몸을 쭉 편 채 암초 위에 누워 있었고 풍화된 사암제 인어와 트리톤, 세이렌은 수조 테두리에 웅크리고 앉아 갈대와 암초, 그리고 하늘을 향해 가파른 각도로 엇갈리게 물줄기를 뿜고 있었다.

이 잔디밭에서 콜랄토는 남작과 만났다. 남작은 크로아티아 하인 둘을 데려왔고 그들은 횃불을 들고 있었다. 하현달이 떠 있었기 때문이다. 두 크로아티아인은 거칠게 콧수염을 길렀으며 목덜미에 머리 다발을 두툼하게 땋아 내렸다. 그들은 분수 석상 앞에 서서 몸을 숙인 채 성호를 긋고 중얼중얼 기도했다.

「내 하인들에게는 말이오.」 남작이 콜랄토 백작에게 설명했다. 「이 인공 분수는 엄청난 기적이라오. 한 번도 본 적이 없는 것이오. 저놈들은 저기 저 넵튠이 내 수호성인인 경건한 라우렌티우스라고 믿소. 인어와 트리톤은 이 성스러운 순교자를 돕고 물줄기로 시원하게 해주도록 하늘에서 내려보낸 천사가 되오. 성인은 철망 위에 누워 있으니까.[36] 그렇소, 내 크로아티아 하인들은 경건하고 성인을 굉장히 숭배하오. 그러니 이곳 모든 교회를 무릎을 꿇고 기어서 지날 것이오. 시내에 술집이라고는 하나도 없어도 말이오.」

남작은 횃불이 잔디밭과 자갈길을 밝히도록 두 하인에게 위치를 정해 주었다. 두 적수는 규정된 거리에서 서로에게 다가가 검으로 인사했다. 곧이어 콜랄토가 땅에서 자갈을 집어 들어 공중으로 똑바로 던졌다. 두 사람 모두 미동도 없이 귀를 기울였다. 그리고 돌이 바닥에 떨어지자마자 결투가 시작되었다.

결투는 오래 걸리지 않았다. 지금껏 살면서 검으로 여러 상대의 웃옷을 구멍투성이로 만든 적 있는 콜랄토는 이번 상대가 동시에 네 명도 능히 상대할 만한 자라는 것을 깨달았다. 그중 셋은 시쳇말로 어린애 손목 비틀듯 제압한 뒤 나머지 한 사람에게 패거리가 더 있느냐고 물을 자였다. 유라니츠 남작은 로브코비츠 말마따나 실로 무시무시한 검객이었다. 처음에 그는 제자리에 가만히 있으면서 콜랄토가 공격하게 놔두었다. 그러다가 검을 휘두르고 지르며 자갈길을 따라

36 라우렌티우스는 로마 총독의 노여움을 사 뜨거운 철망 위에서 순교했다.

잔디밭을 지나 분수까지 콜랄토를 몰아갔다. 그사이 그는 콜랄토에게 날씨가 너무 쌀쌀하지 않으냐고, 사촌인 프란츠 콜랄토를 마지막으로 본 게 언제냐고 물었고, 분수 둘레를 두 번 돌아 다시 잔디밭을 지나 자갈길로, 이어서 또다시 똑같은 경로로 콜랄토를 내몰았다. 그리고 마침내 결판이 났다. 콜랄토 백작은 자신이 저항할 수도, 퇴각할 수도 없는 상황에 처했음을 깨달았다. 그는 분수 테두리에 등을 기댄 채 숨을 몰아쉬었고 남작의 검이 그의 가슴을 겨누었다.

「이제 끝인 것 같소이다.」 남작이 말했다. 「나는 포도주 한잔 마시듯 아주 편안하게, 아무런 가책도 없이 귀공의 몸에 검을 꽂을 수 있소. 귀공은 이 비참한 세상의 온갖 곤궁과 압박으로부터 해방될 테고 말이오.」

콜랄토는 아무 말도 없었다. 트리톤의 물줄기에서 차가운 물방울이 그의 얼굴로 튀었다. 이상하게도 그 말을 듣고 난 후에야 가슴을 조이는 두려움이 엄습했다. 결투하는 동안에는 느끼지 못한 강렬한 두려움이.

「성스러운 자비에 대해 어떻게 생각하시오? 전능한 성령이 자비를 얼마나 좋아하는지, 또 자비를 베푸는 자가 얼마나 큰 공적을 쌓는 건지 숱하게 말들 하지 않소?」 남작이 물었다.

「귀공께서 날 살려 주신다면 영원토록 함께할 진정한 친구를 얻을 것이오.」 콜랄토가 두려움에 떨며 말했다.

남작이 짧고 날카롭게 휘파람을 불었다.

「나는 귀공의 우정을 얻으려 한 게 아니오.」 그가 말했다.

「그것으로 뭘 할지도 모르겠고.」

이 순간 콜랄토는 나지막한 음악 소리를 들었다. 플루트 소리, 바이올린 소리, 그리고 북소리. 마음을 움직이는 장엄한 사라반드가 덤불 뒤에서 서서히 다가왔다.

「귀공께서는 아마도 검술보다는 춤에 능숙하실 것 같소만.」남작이 말을 이었다. 「결투에서 내게 목숨을 잃으셨으니 춤으로 되찾으시오.」

「춤으로 말이오?」콜랄토가 물었다. 그에게는 이 모든 것, 그러니까 남작의 목소리, 찰싹거리는 분수 소리, 가슴에 닿은 칼끝, 그리고 이제 아주 가까이에서 들리는 음악이 그저 힘겨운 꿈만 같았다.

「그렇소. 춤으로 목숨을 건지고 싶다면 춤을 추시오.」남작이 말했다. 그의 이마에 있는 칼자국이 다시 타오르고 있었다. 「귀공께서는 아가씨 앞에서 날 웃음거리로 만들었소. 그러니 춤을 추시오.」

남작이 반걸음 물러났고 콜랄토는 몸을 일으켰다. 이제 그는 남작 뒤에 횃불을 든 두 명의 하인 외에도 크로아티아 하인이 다섯 명 더 있는 것을 보았다. 전부 하인 제복을 입고 있었다. 그중 셋은 악사였고 둘은 권총을 쥐고 험상궂게 쳐다보고 있었다.

「지금부터 아침 해가 뜰 때까지 춤을 추시오.」남작의 목소리가 울려 퍼졌다. 「프라하 온 거리를 돌아다니며 춤을 춰야 하오. 지쳐서는 안 되오. 그러지 않는 편이 좋을 거요. 춤을 멈추면 몸에 총알이 박힐 테니까. 만약 싫다면 말씀하시오.

어쩌시겠소? 날 기다리게 할 셈이오?」

두 크로아티아 하인이 권총을 들어 올렸고 악사들은 악기를 연주했다. 그리고 콜랄토 백작은 죽음의 두려움에 휩싸여 사라반드를 추기 시작했다.

밤을 맞은 프라하의 거리와 광장에 기이한 행렬이 지나갔다. 횃불 든 하인들이 선두에 서고 이어서 플루트, 바이올린, 북을 든 악사들이 갔으며 그 뒤에서 콜랄토 백작이 춤을 췄다. 권총을 든 두 하인이 백작을 따르며 감시했고 유라니츠 남작은 맨 끝에 갔다. 그러면서도 그는 횃불 든 하인들에게 검으로 방향을 지시하며 길잡이 역할을 했다.

행렬은 좁고 구불구불한 길을 따라 오르락내리락했고 귀족 저택, 폭이 좁고 기울어진 박공지붕 집, 교회와 정원 담, 포도주 주점과 돌우물을 지났다. 그들과 마주친 사람들은 행렬에서 전혀 이상한 점을 발견하지 못했다. 악사 뒤에서 춤추며 다가오는 기사가 조금 과음을 했고 흥이 나 있으며 좋은 친구 중 한 명이 악사와 제복 입은 하인과 더불어 그를 숙소로 데려가는 거겠거니 여겼을 뿐, 그가 목숨을 구하려 절망적으로 춤춘다고는 아무도 예상하지 못했다. 이제 콜랄토는 지치고 기진맥진한 나머지 더는 나아갈 수 없었고 심장이 터져 버릴 것 같았지만 남작에게 자비를 베풀 기미가 보이지 않아서 계속 춤을 출 수밖에 없었다. 바로 그때 행렬은 조그만 광장에 도착했고 그곳 한가운데에는 성모 마리아상이 있었다. 크로아티아인들은 그 석상을 보자마자 털썩 무릎을 꿇고 성호를 그으며 기도문을 외었고 덕분에 콜랄토는 바닥에 주저앉아 한숨 돌릴 수 있었다.

유라니츠 남작이 쩌렁쩌렁하게 너털웃음을 터뜨렸다.

「애석하게도 이건 생각 못 했군.」그가 이렇게 말하고는 마찬가지로 성호를 그었다. 「이런 일이 벌어지리라는 것을 예상했어야 했는데. 그렇소, 내 크로아티아 하인들은 신앙심이 깊소. 그리스도와 성모 마리아에게 진 빚을 잘 안단 말이오. 저기 권총을 든 키 큰 녀석은 개중에도 가장 믿음이 깊소. 일요일에 말을 훔치러 가느니 자기 손을 잘라 버릴 놈이지.」

그사이 크로아티아 하인들은 기도를 마쳤고 일요일에 말을 훔치지 않을 하인만이 아직 무릎을 꿇고 있었다. 그러자 남작이 호통을 쳤다.

「일어나, 이 염병할 놈아! 성모 마리아님이 네놈 얼굴을 지긋지긋해하신다.」

예나 지금이나 프라하시에는 십자가상과 성자 석상이 수백 개가 있다. 그것들은 광장에서, 벽감에서, 구석진 곳에서 수난을 당하거나 축복을 내리거나 간절히 호소하며 서 있다. 교회 정문 앞에, 병원 앞에, 구빈원 앞에, 그리고 돌다리 위에도 있다. 따라서 크로아티아 하인들은 그런 조각상을 지날 때마다 털썩 무릎을 꿇고 기도문을 중얼대거나 연도(煉禱)를 암송했고 콜랄토는 잠시 휴식을 취할 수 있었다. 처음에 유라니츠 남작은 이 상황을 그냥 느긋이 받아들였다. 그는 성스러운 일에 관해서라면 크로아티아 하인들이 굉장히 진지하다는 것을 알고 있었다. 그러나 하인들의 경건한 순진함이 적에게 그처럼 도움이 되자 곧 짜증이 나기 시작했고 이 상황을 어떻게 해결할지 곰곰이 생각했다. 심사숙고 끝에 굉장히 재미있는 생각이 떠오른 남작은 큰 소리로 웃음을 터뜨렸다. 정말이지 그가 이날 밤 콜랄토에게 치는 장난 가운데 절정이라 할 만했다. 콜랄토는 유대인 도시의 거리에서 사라반드를 춰야 했다. 그곳에는 십자가상이나 성자상이 하나도 없었으니까.

당시에 프라하의 유대인 도시는 아직 장벽으로 둘러싸이지 않았다. 장벽은 스웨덴군이 도시를 포위하던 시절에 비로소 세워졌다. 사람들은 잠긴 대문을 두드리지 않고도 구시가 거리에서 유대인 도시로 갈 수 있었다. 그리하여 남작은 행렬을 이끌고 발렌틴 골목을 통과해 유대인 지구로 들어갔다. 행렬은 좁고 꼬불꼬불한 길을 지나고 묘지 담장을 따라 블타바강 가까이 갔다가 되돌아 유대인 목욕탕, 시청, 제빵소, 문이 잠긴 푸줏간을 거쳐 휑한 벼룩시장을 지났다. 악사들은 악기를 연주했고 콜랄토는 춤을 추었으며 거리에는 그에게 휴식을 줄 성인상이 없었다. 행렬이 지나갈 때면 여기저기에서 창문이 열리고 잠이 덜 깬 겁먹은 얼굴들이 밖을 내다보았고 다시 창문이 닫혔다. 행렬을 수상하게 여긴 개들이 이곳저곳에서 짖어 댔다. 횃불을 든 두 하인과 그 뒤를 따르는 악사들이 치고이너 거리를 벗어나 고매한 랍비 뢰브의 집이 있는 브라이테 거리로 접어들었을 무렵 콜랄토는 녹초가 되어 있었다. 그는 신음을 뱉으며 비틀거렸고 가슴을 붙잡고 가냘픈 목소리로 도움을 청했다.

위층 방에서 강한 마력을 지닌 성스러운 책 앞에 앉아 있던 고매한 랍비는 그 목소리를 들었고 그로부터 깊은 절망감을 감지할 수 있었다.

그는 창가로 가서 밖으로 몸을 숙이고는 도움을 청하는 자가 누구이며, 어떻게 도와주면 되겠느냐고 물었다.

「예수상이오!」 계속 비틀비틀 춤을 추는 와중에 콜랄토가 마지막 힘을 그러모아 헐떡이며 겨우 말했다. 「제발 부탁이니까 예수상을. 아니면 전 끝장입니다.」

고매한 랍비 뢰브는 횃불을 든 남자들과 악사들, 춤추는 콜랄토와 제복 차림에 권총을 든 두 하인, 웃고 있는 남작을 한번 둘러보았다. 그리고 그 짧은 순간에 춤추는 남자가 왜 그토록 예수상을 달라고 절규하는지를, 그리고 목숨이 위태로운 사람을 구해야 한다는 것을 알아차렸다.

길 건너편에는 화재로 파괴된 집 한 채가 남아 있었다. 그곳에는 세월과 연기로 검게 변한 벽 하나만이 똑바로 서 있었다. 고매한 랍비가 그 벽을 손으로 가리켰다. 그러고는 달빛과 곰팡이, 그을음과 비, 이끼와 모르타르를 가지고 마법의 힘으로 벽에 그림이 나타나게 했다.

그것은 〈에케 호모〉[37]였다. 하지만 그것은 구세주도 아니요, 하느님의 아들도 아니요, 갈릴리산맥에서 성도 예루살렘으로 와 민중에게 가르침을 주고 그로써 죽은 목수의 아들도

---

37 Ecce homo. 라틴어로 〈이 사람을 보라〉라는 뜻으로 가시 면류관을 쓴 예수의 초상화를 가리킨다.

아니었다. 아니, 그것은 다른 종류의 〈에케 호모〉였다. 그럼에도 그 모습에는 엄청난 숭고함이 깃들었고 그 얼굴에 드러난 고통은 너무도 감동적이었기에 돌처럼 냉정한 남작은 벼락을 맞은 듯 자각에 이르러 누구보다 먼저 털썩 무릎을 꿇었다. 이 〈에케 호모〉 앞에서 그는 자신이 이날 밤 자비를 베풀지 않고 신을 두려워하지도 않은 것을 뉘우쳤다.

나에게 이 이야기를 비롯해 옛 프라하의 이야기를 숱하게 들려준 가정 교사, 의대생 야코프 마이슬이 잠깐 이야기를 멈췄다.

「더 이야기할 내용은 별로 없어.」 그리고 그는 다음 말로 이야기를 마쳤다. 「뒷이야기는 그다지 중요하지도 않고. 젊은 백작 콜랄토는 이후 평생 다시는 춤을 추지 않았고 유라니츠 남작은 군복을 벗었다고 해. 그들에 대해 내가 아는 건 이게 다야. 고매한 랍비 뢰브의 〈에케 호모〉는 어떻게 되었느냐고? 그건 그리스도가 아니었어. 그건 유대인이었어. 그 그림에서 고통을 드러낸 건 수 세기에 걸쳐 핍박과 조롱을 받아 온 유대인이었어. 아니, 유대인 도시에 가지는 마. 그곳에 가서 찾아봐야 헛수고야. 그림은 세월과 비바람에 사라졌고 아무런 흔적도 남지 않았으니까. 그냥 내키는 대로 거리를 돌아다녀 봐. 그러다 집집마다 짐을 끌고 다니는 늙은 유대인 행상을 본다면, 거리의 아이들은 그 뒤를 졸졸 따라가 〈유대인이다! 유대인이다!〉 하고 외치며 돌을 던질 테고 그는 멈춰 서서 아이들을 쳐다보겠지. 자신의 것이 아닌 눈빛으로,

그처럼 경멸의 가시 면류관을 쓰고 채찍질을 견뎌야 했던 선조들로부터 전해 오는 눈빛으로. 네가 그 눈빛을 본다면, 고매한 랍비 뢰브의 〈에케 호모〉를 일부나마, 아주 조금이나마 본 게 될 거야.」

지옥에서 온 하인리히

로마 황제이자 보헤미아 왕인 루돌프 2세는 잠 못 이루는 불안한 밤을 보냈다.

벌써 11시경부터 불안이 시작되었다. 그는 피할 수 없는 무언가가 다가오고 있음을 예견하며 불안해했다. 창과 문을 잠가도 피할 수 없는 무언가가. 그는 침대에서 일어나 망토를 걸치고 급한 걸음으로 침실을 서성였다. 이따금 그는 창가에 멈춰 서서 밖을 내다보았다. 저기, 가물거리는 띠 모양의 강 너머로 유대인 지구의 지붕과 박공 들을 알아볼 수 있었다. 한때, 여러 해 전에 밤마다 그곳에서 연인인 아름다운 유대 여인 에스터가 그를 찾아오곤 했다. 암흑의 마귀들이 그의 품에서 그녀를 빼앗아 간 그날 밤 이후로 더는 그런 일이 없었다. 그 유대인 지구의 집들 가운데 한 곳에는 그의 비밀 보물, 숨겨진 보화, 즉 유대인 마이슬의 금과 은도 있었다.

옐레니 프르지코프[38]에서 몰려오는 소리들, 그러니까 바람

---

38 〈사슴 해자〉라는 뜻. 프라하성 외곽의 골짜기로 루돌프 2세 때 이곳에서 사슴을 비롯한 사냥용 야생 동물을 길렀다.

이 몰고 가는 시든 나뭇잎이 바스락거리는 소리, 나방이 윙윙거리는 소리, 수관(樹冠)이 내는 솨솨 소리, 개구리와 두꺼비 들의 밤 노랫소리, 이 모든 소리가 황제를 혼란케 했고 그의 불안을 증폭했다. 이어서 1시경에는 도깨비와 유령 들이 찾아왔다.

1시 반에 황제가 문을 열어젖히고 신음하는 목소리로 시종인 필리프 랑을 불렀다.

하지만 그즈음 필리프 랑은 매년 그렇듯 멜니크에 있는 자신의 영지에서 과일 수확 일을 하고 있었다. 필리프 랑 대신 시종 체르벤카가 나이트캡을 머리에 비뚤게 쓴 채로 헐레벌떡 달려왔다. 그는 작은 아마포 수건으로 황제의 이마에 돋은 땀방울을 조심스럽게 닦아 주었다.

「폐하.」 체르벤카가 세게 내뱉듯이 말했다. 「옥체를 보전하시라고, 찬 밤바람을 쐬지 마시라고 제가 충심으로 누누이 말씀드리지 않았습니까. 하나 폐하께서는 이 늙은 종의 말을 귀담아듣지 않으시는군요.」

「가서 아담 슈테른베르크와 하니발트를 데려오너라!」 황제가 명했다. 「그들과 할 이야기가 있다. 그리고 콜로레도한테 가거라. 라인팔이나 말바시아 같은 독한 포도주를 가져오라고, 짐에게 그게 필요하다고 전해라.」

황제는 황제의 식탁을 담당하는 세 명의 음료 담당관과 열한 명의 카버[39] 중 누구누구가 순번에 따라 각각 어느 요일에 근무하는지 정확히 알았다. 하지만 황제는 콜로레도 백작이

39 궁정의 식탁에서 고기를 썰어 주는 사람.

몇 주 전 뇌졸중으로 죽었고 이제 젊은 부브나 백작이 궁정에서 제2음료 담당관직을 맡고 있다는 사실을 몰랐거나 잊어버렸다.

황제의 추밀 비서관인 하니발트가 먼저 방으로 들어왔다. 하니발트는 날카로운 얼굴에 은백색 머리카락을 가진 키가 크고 수척한 남자였는데 체르벤카가 찾아갔을 때 그는 아직 일하는 중이었다. 곧이어 수석 마필 관리관인 아담 슈테른베르크 백작이 잠옷 바람으로 슬리퍼 한 짝만 신고 왔다. 황제는 급한 걸음으로 방 안을 서성였고 망토가 황제의 어깨에서 미끄러졌다. 이제 황제가 걸음을 멈췄다. 그의 표정에서 흥분과 당혹감과 피로가 드러났다. 황제는 숨을 들이마시고는 이날 밤과 지난 이틀 밤에 일어난 일에 대해 이야기를 시작하려 했다. 이때 문이 열리고 체르벤카가 젊은 부브나 백작을 들여보냈다. 포도주 주전자를 든 하인이 그 뒤를 따랐다.

황제는 부브나의 얼굴을 뚫어져라 들여다보더니 소스라치며 한 걸음 뒤로 물러나 물었다.

「너는 누구냐? 뭘 하려는 거냐? 콜로레도는 어디 갔느냐?」

「폐하, 황송하오나,」 하니발트가 말했다. 「콜로레도 백작은 얼마 전에 하느님의 뜻에 따라, 우리 모두가 가야 하는 길을 떠났다는 사실을 기억해 주십시오. 폐하께서 아시는 일이고, 폐하의 충직한 종을 위해 대성당에서 열린 미사에도 몸소 참석하셨습니다.」

「그리고 이자는 그의 후임자로서 폐하를 모시는 보이테흐 부브나입니다.」 이제 슈테른베르크 백작이 말을 꺼냈다. 「이 보이테흐 부브나는 훌륭한 부모를 뒀지요.」

「그런데 이자는 베른하르트 루스부름과 닮았구나.」황제
가 말했다. 그러고는 방어하듯 팔을 올리면서 다시금 한 걸
음 물러났다. 「이자는 정말 깜짝 놀랄 만큼 루스부름과 닮지
않았느냐?」

때때로 황제는 새로운 얼굴들을 무서워하곤 했다. 새로운
얼굴들은 그를 불안하게 했다. 황제는 그 얼굴들 속에서 오
래전에 죽은 자들의 모습이 보인다고 믿었으며 죽은 자들이
자신을 따라다닌다고 망상했다. 오래전에 황제는 루스부름
장군을 결투 죄로 투옥하여 총살시켰다. 그리고 욱해서 저지
른 이 행위는 황제의 영혼을 무겁게 짓눌렀다. 새로운 얼굴
을 마주할 때마다 그 루스부름이 적개심에 찬 조롱 어린 눈
으로 황제를 쳐다봤다. 루스부름은 자꾸만 무덤에서 나와 황
제를 위협했다.

「루스부름요? 아, 어딜 봐서요!」아담 슈테른베르크가 가
볍게 말했다. 「루스부름은 체구가 작았고 넓적한 코와 두툼
한 턱을 가진 자였습니다. 폐하께 말씀드리건대 저는 보이테
흐 부브나의 바지 앞트임에 속옷이 삐져나와 있을 적부터 이
친구를 알아 왔습니다.」

「그럼에도 이자는 베른하르트 루스부름을 닮았단 말이
다.」황제가 소리쳤다. 그의 이가 맞부딪쳤다. 「너는 누구냐?
어디서 왔느냐? 지옥에서 온 것이냐?」

「폐하를 모시러 왔습니다. 저는 프라스티체 출신입니다.
그곳은 저희 집안의 자그만 영지로 차슬라우군(郡)의 호테보

르시 옆에 있습니다.」젊은 부브나 백작이 설명했다. 그는 무슨 일이 일어나고 있는지, 왜 황제가 자기에게 이토록 심하게 호통을 치는지 영문을 몰랐다.

「네가 거짓된 유령이 아니라면, 주기도문을 외고 열두 사도의 이름을 대고 신앙 개조(信仰個條)를 열거하라!」황제가 말했다.

젊은 부브나는 당황한 빛을 띠고 의문에 찬 시선을 슈테른베르크 백작에게 던졌지만 백작은 열심히 고개를 끄덕였다. 그래서 부브나는 주기도문을 외우고 열두 사도의 이름을 읊었다. 그는 사도 다대오를 빼먹고 그 대신 성 필립보의 이름을 두 번 댔다. 이어서 그는 신앙 개조를 열거했는데 중간에 막혀서 나아가지 못했다. 이때 그의 뒤에 서 있던 시종 체르벤카가 답을 속삭여 주어 그를 곤경에서 구해 주었다.

두 번째 신앙 개조가 끝나자 황제가 만족했다.

「좋아. 좋아.」황제가 말했다. 「자네 말이 맞네, 아담. 짐이 착각한 거야. 이자는 베른하르트 루스부름과 닮지 않았어. 루스부름, 그자가 고이 잠들길. 짐은 오래전에 그를 용서했어.」

체르벤카가 황제의 뒤로 다가와 어깨에 망토를 둘러 주었다. 황제는 젊은 부브나의 손에서 포도주 주전자를 집어 그것을 비웠다.

「재미있군! 재미있어!」이어서 황제가 말했다. 「여기 이 성에서 이상한 일들이 일어나고 있어. 오늘 밤 또다시 누가 이 방에 와서 짐을 괴롭혔다네.」

「오늘 밤 누가 폐하를 찾아왔습니까?」 하니발트가 황제의 대답을 이미 알면서도 물었다.

「그자의 사자(使者) 중 하나 말이야.」 황제가 나지막하게 신음하며 말했다. 그는 악마의 이름을 말하기를 좋아하지 않았다.

「또다시 향료 상인의 모습을 하고요?」 하니발트가 은백색 머리칼을 매만지며 물었다.

「아니, 인간의 모습이 아니었어.」 황제가 답했다. 「이틀 전 일이야. 그때 그자의 사자들이 처음 왔어. 셋이서 밤중에 까마귀와 뻐꾸기와 뒤영벌의 모습으로 나타났지. 하지만 그들은 흔한 까마귀나 뻐꾸기처럼 울지 않았고 인간의 목소리로 짐에게 말하고 짐을 괴롭혔다네.」

「하느님께서 우리 죄인들을 도와주시길!」 체르벤카가 경악해서 웅얼거렸다. 그리고 포도주 주전자를 든 하인은 서둘러 성호를 긋기 위해 한 손을 자유롭게 만들려 애썼다.

「뻐꾸기는 짐이 성사와 미사와 철야 기도와 성유와 성수를 포기하기를 원했어.」 황제가 이야기를 계속했다. 「뒤영벌의 모습을 한 녀석은 내게 소곤거렸지. 우리의 희망, 주 예수께서 육신으로 오시지 않았고 성모 마리아께서 원죄 속에서 잉태하셨다고 말이야.」

「그렇다면 그 새들이 어떤 놈들이고 어디서 왔는지 아주 뻔하군요.」 아담 슈테른베르크가 생각에 잠겨 말했다.

「까마귀의 모습을 한 세 번째 녀석은 이제 때가 되었다고, 더는 기다려서는 안 된다고, 짐이 세례와 성스러운 십자가와

미사와 성수를 포기해야 한다고 열심히 설득했지.」황제가
이야기를 이어 갔다. 「안 그러면 자기를 보낸 그자가 내 머리
에서 왕관을 빼앗아 가고 그것을 짐의 모든 권력과 함께 악
당이자 무뢰한의 손에 넘기겠다면서.」

　황제가 악당이자 무뢰한을 운운할 때면 그것은 오스트리
아 대공인 동생 마티아스[40]를 두고 하는 말이었다.

　「하느님께서 그것을 허락하지 않으실 겁니다.」하니발트
가 말했다. 「제국과 폐하의 운명은 신의 손안에 있지, 적대자
의 손안에 있지 않습니다.」

　「그렇습니다. 영원히 아멘.」체르벤카의 목소리가 들렸다.

　「어젯밤에는 그자의 사자들 중 두 녀석, 그러니까 뻐꾸기
와 뒤영벌의 모습을 한 놈만 왔어.」황제가 계속 말했다. 「뻐
꾸기는 교황을 로마에 거주하는 타락한 스페인 사제라 불렀
고 뒤영벌은 짐에게 제 주인과 그만 맞서고 그자의 뜻을 따
르라며 속닥거렸지. 안 그러면 짐에게 화가 닥칠 거라고, 비
밀 보물이 짐의 손에 들어오지 않고 3월의 눈처럼 흔적 없이
사라져 버릴 거라고, 그래서 짐이 절망에 빠질 수밖에 없을
거라고 말이야.」

　「폐하께서는 비밀 보물에 대해 알고 계십니까?」슈테른베
르크가 물었다. 「저는 여기도 빚, 저기도 빚밖에 모르는데 말
입니다.」

　「그리고 오늘 밤에는 또다시 세 놈이 왔어.」황제가 말을
이었다. 「그런데 뻐꾸기 모습을 한 녀석만 말을 했지.」

　40　루돌프 2세의 동생. 후일 신성 로마 제국 황제가 된다.

「그놈이 폐하 앞에서 베네딕투스[41]를 지저귀지는 않았겠지요.」슈테른베르크가 말했다.

황제가 갸름한 손등으로 축축한 이마를 훔쳤다. 그의 눈빛은 멍했고 그의 영혼에는 공포와 죽음이 서려 있었다.

「그 녀석이 말하길 자기와 두 동료가 경고하러 찾아오는 건 이번이 마지막이라고, 다음번에는 한 녀석만 올 거라더군.」황제가 이야기했다. 「그놈은 인간의 모습으로 나타날 것이고 짐이 그놈한테 답을 주어야 한다고 했어. 그러니 잘 생각해서 답하라더군. 짐의 대답이 제 주인의 마음에 들지 않으면 그자가 짐의 왕관과 황제의 권력을 그 악당한테, 그 아첨꾼한테, 그 무뢰한한테 주겠다며 말이야. 그리고 그 악당의 치하에서 해가 뜨는 곳부터 지는 곳까지 모든 나라에 전쟁이 찾아올 거라 했네.[42] 이와 함께 일식과 월식이 일어나고 하늘과 땅에는 불과 피의 징표가 여럿 나타나고 폭동과 유혈과 전염병과 기근이 닥칠 거라고. 모든 인간이 절망하고 많은 이가 죽고 그래서 관을 짤 널빤지를 구하느라 도처에서 난리가 날 거라고 했어. 짐이 들을 수 있었던 건 여기까지네.」황제가 이야기를 마쳤다. 「짐은 문밖으로 뛰쳐나갔고 여기 이 친구와 마주쳤지.」

그러면서 황제는 지친 채로 맥없이 팔을 움직여 시종 체르벤카를 가리켰다.

41 미사 중에 부르는 찬미가.
42 루돌프 2세가 죽은 후 마티아스가 제위에 있을 때 일어난 30년 전쟁 (1618~1648)을 암시한다.

「그렇습니다.」 체르벤카가 말했다. 「그리고 저는 온몸을 덜덜 떠시고 이마에 땀방울이 돋은 폐하의 모습을 발견하고는 감히 폐하께 옥체를 보전하시라고 충심으로 부탁드렸지요.」

슈테른베르크는 젊은 부브나 백작을 향해 황제에게 포도주 주전자를 건네라고 신호를 주었다. 왜냐하면 황제는 대개 포도주를 두 주전자째 마시고 나면 금세 자리에 누웠고 어두운 상상과 우울한 생각이 한동안 물러났으며 잠을 자려는 욕구가 생겼기 때문이다. 황제는 그것을 〈고뇌를 잊는 일〉이라 불렀다.

그사이 하니발트가 물었다.

「황송하오나 폐하께서는 예고된 사탄의 사절에게 줄 답을 이미 생각해 두셨는지요?」

황제는 침묵했고 손으로 이마를 훔치고 곱슬곱슬한 머리카락을 헤쳤다. 그의 숨소리가 들리고 가슴이 오르락내리락했다. 침묵은 잠깐 동안 지속되었다.

황제가 가톨릭 신앙을 배반하고 우트라크파 이단으로 마음이 기울지 않을까 하는 두려움에 때때로 사로잡히던 하니발트는 슈테른베르크에게 속삭였다.

「메투오, 네 카이사르 인 아포스타시암 데클리넷.」[43]

「옵티메! 옵티메!」[44] 한마디도 알아듣지 못한 슈테른베르크가 대답했다.

---

43 Metuo, ne Caesar in apostasiam declinet. 〈참으로 황제께서 배교로 기울까 두렵군요〉라는 뜻의 라틴어.
44 Optime! Optime! 〈아주 좋아요! 아주 좋아요!〉라는 뜻의 라틴어.

이제 황제가 말하기 시작했다. 그는 낮은 목소리로 천천히, 조심스럽게 표현을 골라 가며 말했다.

「자네도 알지 않는가, 하니발트.」 황제가 말했다. 「보헤미아의 정세가 얼마나 불안한 상태이며 이곳에서 나라의 평화와 종교가 얼마나 위험에 처했는지 말이야. 따라서 우리는 현세의 지혜를 동원하여 날뛰는 적대자를 얌전하게 만들려 노력해야 하고 이로써 그자가 가져오는 해악을 물리쳐야 하네. 신께서 우리에게 맡기신 나라들이 위협을 받고 있으니 말이야. 짐은 전쟁을 원하지 않네. 전쟁은 모든 사람에게서 음식과 가축과 농작물과 교역과 상행위를 파괴하고 뒤흔들며 제 외투 속에 엄청난 죽음을 지니고 있지. 짐은 평화를 원하고 평생 그것을 지키기 위해 노력해 왔어. 짐은 모든 인간을 먹여 살리는 고귀한 평화를 원한다네.」

「아무렴요!」 슈테른베르크가 외쳤다. 「비가 오건 눈이 오건 날씨가 좋아져야지요.」

「사악한 적대자가 교만하게 제힘을 뽐내지만 그 힘은 전혀 대단하지 않습니다.」 이제 하니발트가 말했다. 「그자는 자신의 지옥에서만 힘을 발휘할 뿐 지상에서는 그러지 못합니다. 그자의 위협은 공허하며 악마의 속임수이자 꾸며 낸 것입니다. 그리고 그자의 그물과 덫을 피하는 데는 정말이지 현세의 지혜가 필요하지 않습니다. 우리에게 필요한 건 오직 하나, 우리를 구원하신 주 예수에게서 한 치도 벗어나지 않는 것입니다.」

「필요한 건 오직 그것뿐입니다.」 슈테른베르크가 따라서 말했다. 그러고는 다시금 부브나를 향해 황제에게 포도주 주전자를 건네라고 신호를 주었다. 「말씀 잘하셨습니다, 하니발트, 말씀 잘하셨어요.」

「그러니까 모든 게 그저 악마의 속임수이자 꾸며 낸 것에 불과하다.」 황제가 깊은 탄식과 함께 속삭였다.

「하니발트는 영특한 두뇌를 가졌습니다. 제가 폐하께 늘 말씀드리지 않습니까.」 슈테른베르크가 이야기했다. 그러고 나서 그는 막대기처럼 서 있는 부브나에게 다시 신호를 주었다.

「……우리를 구원하신 주 예수에게서 한 치도 벗어나지 않는다.」 황제가 속삭였다. 「좋은 말이로군. 영혼을 위로해 주는 말이고 해독제처럼 강력한 말이야.」

이제 마침내 황제의 시선이 부브나 백작에게 가닿았다. 황제는 부브나의 손에서 주전자를 집어 그것을 비웠다.

「모든 게 속임수에 불과하다!」 이어서 황제가 말했다. 「재미있군! 재미있어! 그러니까 자네는 보이테흐 부브나로군. 짐은 부브나 가문 사람을 하나 알지. 존경해 마지않으며 추억하는, 사랑하는 아바마마와 함께 부브나 가문 사람 땅에서 멧돼지 사냥을 한 적이 있다네. 그런데 자네는 어떤가? 어떻게 지내는가? 자네는 유대인 마이슬한테 얼마나 빚을 졌지?」

젊은 부브나의 얼굴이 새빨개졌다. 대부분의 보헤미아 귀족 젊은이처럼 그 역시 마이슬에게 차용증을 써주고 돈을 빌렸던 것이다. 왜냐하면 집에서 보내 주는 돈이 얼마 안 되었기 때문이다. 부브나가 더듬거리며 말하기 시작했다.

「17라인 굴덴입니다. 폐하께 용서를 바랍니다. 옳은 일은 아니지만 게임에서 돈을 잃는 바람에 다른 방도가 없었습니다.」

부브나의 고백은 황제에게 일종의 만족감을 준 듯했다.

「괜찮네. 괜찮아.」 황제가 부브나의 말을 끊었다. 「호기롭게 빚을 졌을 뿐인데! 용감하게 유대인한테 달려갔을 뿐인데! 괜찮네. 괜찮아.」

이제 시종 체르벤카가 느릿느릿한 걸음으로 뻣뻣하게 격식을 갖추고 황제에게 다가갔다.

「폐하!」 체르벤카가 말했다. 「제게 주어진 의무에 따라 간청을 드리고 충심으로 바라옵건대 이제 침소에 드시지요.」

언젠가 스페인 사절은 이렇게 썼다. 〈이상한 일들이 프라하 궁정에서는 일상적이고 극히 평범한 일이다.〉

프라하에서 세인의 이목을 별로 끌지 않은 그런 이상한 일들 중에는 모로코 황제가 보낸 사절의 화려한 행렬도 있었다. 이 행렬은 앞서 이야기한 그날 밤의 사건이 있고 나서 이틀 뒤에 파곳과 코넷과 샬마이와 팀파니 소리가 울려 퍼지는 가운데, 사절과 수행원들이 묵는 숙소인 〈물푸레나무 지팡이〉에서 출발하여 말라 스트라나의 거리와 흐라드차니를 지나 프라하성으로 올라갔다.

이 사절은 앞서 베네치아에서 모로코 함대에 쓸 함포, 탄알, 화약, 삭구의 납품을 위한 협상을 벌였다. 이어서 그는 주군의 인사와 경의와 우정을 담은 편지를 루돌프 2세에게 전하려고 베네치아에서 프라하로 왔다. 그의 주군은 로마 황제의 주선을 통해 스페인 왕실과 관계를 개선하기를 바랐기 때문이다. 스페인 왕실은 모로코의 해상 무역에 훼방을 놓음으로써 손해와 손실을 입히고 있었다.

모로코 사절이 베네치아로 올 때 리차 푸시나에서 진홍색 비단옷을 입은 베네치아 귀족 열두 명이 그를 기다리다가 환영 인사를 전했다. 사절은 자수품으로 덮인 곤돌라에 올라탔다. 배에는 아름다운 양탄자가 깔려 있어 그 위에 앉을 수 있었다. 현악 연주가 울리는 가운데 휘황찬란하게 푸른 하늘 아래로 배가 물길을 미끄러져 나갔다. 바다는 얕고 잔잔했으며 맑은 물속으로 온갖 종류의 물고기가 보였다. 이어서 물의 도시가 궁과 수도원과 종탑 들과 함께 그의 눈앞에 모습을 드러냈다. 성 안드레아 성당 앞에서 또다시 귀족 열두 명이 그를 기다리고 있었다. 사절은 부첸토로라 불리는 납작하지만 너른 배에 탔고 진홍색 공단 차일 아래에서 넓은 수로인 카날 그란데를 따라 나아갔다. 이곳 집들은 아주 크고 높았는데 어떤 것들은 알록달록하게 칠한 석조 건물이었고 또 어떤 것들은 흰 대리석 건물이었다. 첫째 날에 사람들은 그에게 성 마르코의 보물을 보여 주었다. 그것은 열네 개의 보석으로 무게가 각각 8백 캐럿이었고 다수가 금장식품이었다. 하지만 개중에는 지르콘과 자수정으로 된 용기도 있었고 심지어 단 하나의 에메랄드를 깎아 만든 작은 병도 있었다. 사절은 베네치아인들이 전함에 필요한 모든 걸 생산하는 병기

창 또한 보았다. 다음 날 아침에 사람들은 아주 성대한 의식과 함께 그를 시뇨리아[45]로 데려갔고 그는 총독에게 편지를 전했다.

궁과 황금 돔, 노 젓는 소리 한번 들리지 않는 가운데 조용히 물길을 미끄러져 나가는 배, 현악 연주와 푸른 하늘, 이것이 승리의 도시, 베네치아였다. 이 도시는 큰 지혜로써 통치되고 손님에게 경의를 표할 줄 알았다.

이곳 프라하에서는 그에게 별로 경의를 표하지 않았다. 그는 벽이 눅눅하고 휑한 집을 숙소로 배정받았는데 좁고 곰팡내 나는 방에는 별다른 집기가 없었다. 보헤미아 재상의 하인 혹은 비서가 이 숙소로 찾아와서 황제가 알현을 허한 날과 시간을 통고했고 이러한 종류의 알현에서 관례적으로 치러지는 의전을 알렸다. 그리고 이제 황제의 시종관 둘이 전혀 호화롭지 않은 차림으로 단지 말만 적당히 잘 갖춰 타고 사절과 수행원들을 저 위 성으로 수행했다.

성문 앞에서 근위대장이 사절을 맞이했고 성안 뜰을 거쳐 폭이 넓은 계단을 오른 다음 몇 개의 복도를 지나 어느 방으로 그를 안내했다. 보헤미아 재상인 즈덴코 폰 로브코비츠와 최고 재무관인 노스티츠 백작이 그곳에서 그를 기다리고 있었다. 모든 아프리카 언어에 능통한 작은형제회 수도사가 통역을 맡았다.

두 고위 관리와 박식한 수도사가 사절과 그의 수행원들, 즉 맘루크[46]와 심부름꾼과 시중꾼과 악사 들을 알현실로 안

45 중세 이탈리아 도시 국가들의 최고 관청.

90

내했다.

알현실 한가운데에는 천개(天蓋) 아래에 옥좌가 있었다. 바닥에 깔린 양탄자는 걸을 때 소리가 나지 않게 했고 벽에 걸린 양탄자는 신화 속 장면과 사냥 장면을 보여 주었다. 사절을 위해 등받이 없는 의자와 방석이 준비되어 있었다. 사절의 어두운색 수염은 그가 입은 흰 비단옷과 선명한 대조를 이루며 두드러졌다.

사절 뒤로 맘루크 수행원 세 사람이 자리를 잡았다. 그들 가운데 가장 지체 높은 이인 늙은 남자는 한쪽 눈이 없었고 금 자수가 놓인 베일로 덮인 크리스털 쟁반에 모로코 군주의 친서를 들고 있었다.

악사들은 뒤쪽에 물러나 있도록 명을 받았다. 알현실은 고관과 궁정 관리와 근위대 장교 들로 가득 찼다. 최고 궁내관인 카를 폰 리히텐슈타인이 잠시 모습을 드러냈다. 그는 지시된 사항들에 만족하는 듯 보였다. 그는 사방으로 인사를 하고 감사를 표한 뒤 사라졌다.

빠르게 연타하는 북소리가 잠깐 울렸다. 문이 활짝 열리고 의전관이 지팡이로 바닥을 세 번 치자 그 뒤에서 황제가 날랜 발걸음으로 활기차게 주변을 둘러보며 알현실로 들어왔다.

황제는 모자를 살짝 들어 보였다. 깊숙이 허리를 숙였던 고관과 궁정 관리 들이 몸을 일으켰다. 근위대 장교들은 입상처럼 부동자세로 서 있었다. 이제 의전관이 신호를 주자

---

46 옛 이슬람 세계에서 군인으로 양성되던 노예.

보헤미아 재상이 앞으로 나와 황제 폐하에게 모로코 황제의 사절을 소개했다.

사절이 고개를 숙이고 오른손을 터번에 대고는 규정대로 격식을 차려 황제에게 세 번 절을 올렸다. 그런 다음 한 걸음 물러나 크리스털 쟁반에서 주군의 친서를 집었다. 그는 친서를 자기 입술에 대고 누른 뒤 보헤미아 재상에게 건넸고 재상은 그것을 황제에게 전했다. 황제는 봉인을 뜯고 편지를 펼쳤다. 이어서 편지를 보헤미아 재상의 손에 돌려주었고 재상은 그것을 통역사에게 낭독하도록 건넸다.

이 순간 파곳과 코넷과 샬마이와 팀파니가 짧고 요란한 음악을 연주하기 시작했다. 맘루크 중 하나가 춤 동작을 하더니 길게 늘어지는 소리로 외쳤다. 의전에서 예정에 없던 행동이었다. 이어서 정적이 찾아왔고 박식한 수도사가 낭독을 시작했다.

「신의 뜻에 따라 아틀라스산맥 이편과 저편의 서아프리카를 다스리는 강력한 통치자이자 황제이며, 페스와 자고라와 트레미사의 왕이며, 모리타니와 바르바리의 군주인 나, 물라이 메흐메트는 나의 형제인 로마 황제이자 보헤미아 왕에게 안부 인사를 전하며 만수무강을 누리고…….」

「하인리히야.」 사절을 뚫어져라 쳐다보던 황제가 느닷없이 말했다.

「……만수무강을 누리고,」 통역사가 잠시 당황했다가 다시 낭독하기 시작했다. 「신의 올바른 깨달음을 얻기를 기원하니…….」

「저자에게 물어보라.」황제가 낭독을 끊고 사절을 가리키며 말했다. 「예수 그리스도께서 우리를 구원하시기 위해 육신으로 오셨음을 믿고 인정하는지 말이다.」

「오직 그 깨달음만이 천국의 문을 열어 그곳에서 영원히 살…….」

「물어보아라.」이제 황제가 아주 큰 소리로 외쳤다. 「예수 그리스도께서 육신으로 오셨음을 믿고 인정하는지.」

자리에 있는 사람들 사이에서 속닥거리는 소리가 일었다. 보헤미아 재상과 최고 재무관이 황제를 진정시키려 다가갔다. 박식한 수도사는 친서를 내려뜨리고 사절에게 몸을 돌려 몇 마디 했다.

사절은 잠시 동안 말없이 멀거니 앞을 쳐다봤다. 이어서 그는 자신을 향한 질문이 본인과는 상관없다 여기고 물리치는 듯한 손짓을 했다.

「인정하려 들지 않는구나.」황제가 소리쳤다. 「그렇다면 신앙 개조를 읊으라고 해라.」

통역사는 황제가 원하는 바를 사절에게 전달했다. 사절은 고갯짓으로 자신이 황제의 바람을 충족시킬 수 없다는 것을 암시했다.

「저자는 하인리히야.」황제가 짧고 단호하게 말했다. 「오, 참담하고 또 참담하구나! 저자는 하인리히다. 지옥에서 온 자야.」

이제 보헤미아 재상과 최고 재무관과 의전관은 황제가 모로코 사절을 오래전에 황실 마구간에서 말먹이꾼으로 일했던 하인리히 트바로흐라는 자로 여긴다는 것을 깨달았다. 세 사람은 되도록 빨리 알현을 마무리 지어야 한다는 데 의견을 같이했다. 아무래도 황제는 착각에 빠진 것 같았는데 이 상황이 더욱 곤혹스러운 게 하인리히 트바로흐는 출신이 미천할 뿐 아니라 도둑질을 저지른 것이 밝혀져 투옥된 자였기 때문이다. 황제는 옛날 동전과 메달의 굉장한 애호가로 훌륭한 컬렉션을 모았는데 그자가 황제의 주머니에서 로마 금화세 개와 은메달 하나를 슬쩍했다. 만일 마지막 순간에 창문창살을 줄질해 끊고서 탈옥하지 않았더라면 그는 교수형에 처해졌을 것이다. 황제는 도둑질을 당한 데 몹시 격분했고 주변 사람들은 그자가 달아나 교수형을 면했다는 사실을 황제에게 비밀로 했다.

하지만 보헤미아 재상과 나머지 두 고위 관리가 염려스러운 소동을 막으려 미처 무언가를 하기도 전에 황제가 옥좌에서 일어나 사절에게로 다가갔다.

「들어라, 하인리히!」 억누른 두려움과 공포가 드러나는 근심 어린 목소리로 황제가 말했다. 「짐은 네가 어느 나라에서 왔으며 내게서 무엇을 듣고자 하는지 아느니라.」

보헤미아 재상과 최고 재무관과 의전관은 안도의 한숨을 내쉬었다. 자리에 있는 다른 궁정 사람들은 모두 어안이 벙벙한 표정을 하고 머리를 맞댔다. 그도 그럴 것이 황제는 모로코 사절에게 보헤미아어로 말했던 것이다.

「짐은 너에게 대답을 주기를 거부하지 않을 것이다.」 황제가 목소리를 높여 말을 이었다. 「너를 보낸 자에게 돌아가서 말해라. 짐은 우리를 구원하신 주 예수에게서 한 치도 벗어나지 않을 거라고. 이것이 짐의 생각이며 그 때문에 나의 제국과 모든 권력을 잃는다 해도 그것을 고수할 것이다.」

황제는 기운이 다 빠져서 말을 멈췄다. 두 손은 덜덜 떨리고 이마에는 땀방울이 돋아 있었다. 사절은 몸을 앞으로 살짝 기울이고 두 팔을 가슴 위로 교차시킨 채로 꼼짝 않고 서 있었다.

황제는 마저 할 말이 오직 자기 앞에 선 자만을 위한 것인 양 목소리를 죽여 계속 말했다. 「옛날에 짐이 플랑드르산 수말을 보려고 마구간에 갔을 때 도둑인 너는 내 주머니에서 나의 이교도 머리 금화 세 개를 훔쳤고 그것을 팔아 번 돈을 술로 탕진했지. 그 때문에 너는 비참하게 저세상으로 가야 했고 죗값을 치렀어. 짐은 너를 용서했고 너에게 자비를 베풀어 달라고 신께 청하려 한다. 그러니 이제 평화를 다오, 하인리히! 내게 평화를 주고 이곳을 떠나라. 신께서 너를 위해 준비해 두신 곳으로 떠나라!」

황제는 두 걸음 물러난 뒤 멈춰 서서 사절 혹은 악마의 사자를 다시 한번 바라봤고 마치 작별을 고하듯 두 손가락으로 성호를 그었다. 그러고는 몸을 돌려 문으로 나갔다. 마비된 것처럼 우두커니 서 있던 의전관은 퍼뜩 정신을 차린 듯했고 지팡이로 바닥을 세 번 쳤다. 빠르게 연타하는 북소리가 울리고 문이 닫히고 알현이 끝났다. 보헤미아 재상인 즈덴코 폰 로브코비츠는 이렇게 별 탈 없이 일이 끝난 데 대하여 하늘에 감사 기도를 올렸다.

이날 저녁, 땅거미가 지고 얼마 안 되어 사절이 뒷문을 통해 숙소인 〈물푸레나무 지팡이〉에서 나왔다. 저녁나절 술집에 가는 보헤미아 수공업자 같은 옷차림이었다. 두꺼운 천으로 된 웃옷을 걸치고 회색 모직 양말과 튼튼한 신발을 신고 넓은 펠트 모자를 쓰고 있었다.

그는 아래위 신시가를 지나 도시 밖에 있는 포도원으로 향했고 이어서 시골길을 계속 가다가 보티치 개울을 따라 들길을 지났다. 마침내 그는 작은 마을인 누슬레를 에워싼 과수원과 아마밭에 다다랐다.

이곳에는 순무와 양파와 비트를 키우는 농장이 있었고 그 한가운데에 작은 집 한 채가 서 있었다. 두레우물의 테두리 위에서 고양이 한 마리가 자고 있었다. 소똥 냄새와 젖은 흙 냄새가 났다.

모로코 황제의 사절이 그 작은 집으로 들어갔다.

농장 주인인 늙은 대머리 남자가 화덕 옆에 앉아 불 위에서 부글부글 끓는 우유수프를 쳐다보고 있었다. 노인은 자리에서 일어나지 않았다. 그는 까끌까끌한 턱을 손으로 문지르고 방문객에게 고개를 끄덕였다.

「또 왔구나.」 노인이 말했다. 「늘 니고데모[47]처럼 밤에 찾아오는구나.」

「오늘 성에 갔었어요.」 방문객이 의자를 찾아 두리번거리며 말했다.

「그렇게 조심성이 없어서야.」 농장 주인이 말했다. 「나쁜

47 예수를 섬기던 바리새인. 남의 눈을 피해 밤에만 예수를 찾아갔다.

일을 당할 수도 있었어.」

「주인을 섬기는 자는 주인이 명하면 그런 일은 물론이고 더 위험한 일도 감수해야 해요.」 방문객이 이야기했다.

「뭐, 무사히 돌아왔으니.」 노인이 말했다. 「너는 항상 운이 좋았어. 누가 강에 빠뜨리면 주둥이에 물고기를 물고 돌아오지.」

노인은 우유수프를 탁자 위에 놓고 상자에서 빵 반 덩이를 꺼냈다. 두 사람은 식사를 시작했다.

「네가 저기 아프리카에서 아주 높은 사람이 되었다니 도저히 믿을 수가 없구나. 무어 황제가 조언을 구하려고 너를 찾아온다니 말이야.」 노인이 이렇게 말하고는 우유수프에 적신 빵 조각을 입에 밀어 넣었다.

「정말이라니까요.」 사절이 대꾸했다. 「저와 제 군주는 베드로와 주님만큼 가까운 사이예요.」

「그리고 베네치아에서 그곳을 통치하는 대공이 열하루 동안 제 돈을 들여 너를 대접하다니 이것도 믿기지가 않고.」

「하지만 사실인걸요.」 방문객이 장담했다. 「제가 그곳에서 트럼펫 주자와 고수(鼓手)와 문지기와 하인과 심부름꾼과 노잡이 들한테 아낌없이 베푼 돈만 가지고도 여기 프라하에서 한 사람이 반년 동안 살 수 있을걸요.」

「그리고 너의 수많은 노예들과 하인들, 그리고 몇 명인지는 모르겠다만 네 부인들, 이걸 나보고 믿으라고?」 노인이 시비조로 말을 이었다. 「물론 나도 전에 부인이 몇 명 있었지. 하지만 그 여자들은 짜증스러울 뿐이었어. 여기 보티치 지방

여편네들은 전부 아무짝에도 쓸모가 없으니까. 내가 만일 다시 부인을 하나 얻는다면 멀리서 데려올 거다. 미홀레나 예세니체 같은 낯선 지방에서 말이야. 그런데 네가 참된 신앙을 버리고 튀르키예인이 되었다니, 그건 잘못된 일이고 전혀 마음에 들지 않는구나. 너는 천국에 가기는 글렀어.」

「이쪽 성직자 놈들이 옳은지, 아니면 우리 쪽 성직자 놈들이 옳은지는 신이 아시겠지요.」 방문객이 대꾸했다.

「네 녀석은 고집불통이 되어 버렸구나.」 노인이 짜증을 내며 말했다.

한동안 두 사람은 말없이 식사를 이어 갔다. 그러다 농장 주인이 말했다.

「저 위 성에서 누굴 만났니?」

「즈덴코 로브코비츠요.」 방문객이 대답했다. 「많이 늙었더라고요.」

「생활 방식 때문이야.」 농장 주인이 설명했다. 「나처럼 살아야지. 낮에는 순무랑 무랑 적양배추를 먹고, 아침저녁으로는 우유수프에 곡물빵 한 조각을 곁들이고. 그럼 젊음을 유지할 수 있어. 황제 폐하도 보았고?」

「황제 폐하가 저를 영접했어요.」 방문객이 이야기했다.

노인은 문 쪽으로 시선을 돌려 문이 닫혔는지 확인했다.

「그런데 사람들 말로는 황제는 머리가 한참 모자란다던데.」 이어서 노인이 말했다.

「황제가요? 머리가 모자란다고요?」 방문객이 소리쳤다. 「그의 주위에 있는 모든 이들 중에 황제가 제일 똑똑한걸요.

황제는 제 비단 정복(正服)에, 제 터번과 모로코가죽 신발에, 제 수염과 손에 낀 에메랄드에 한순간도 현혹되지 않았어요. 황제는 그러지 않았다고요.」

노인은 식사를 멈추고 의아해하는 눈길로 방문객을 쳐다 봤다.

「그래요, 아버지. 황제는 저를 알아봤어요. 그토록 오랜 세 월이 지났는데도 저를 알아본 거라고요.」하인리히 트바로흐 가 반은 자랑스럽고 반은 슬픈 어조로 말했다.

훔친 탈러

  후일 황제 루돌프 2세가 되는, 황제 막시밀리안 2세의 젊은 아들이 펠리페왕의 궁정에서 교육을 받고 이제 막 스페인에서 돌아와 있던 때였다. 어느 날 그는 수행원도 하인도 없이 말을 타고 프라하를 벗어나 그의 작은 성인 베나트키로 떠났다. 그곳에서 며칠을 보내기 위해서였다. 그런데 어쩌다 보니 어둠이 깔릴 때 길에서 벗어나 끝이 보이지 않는 빽빽한 숲속으로 점점 더 깊이 들어가게 되었다. 이제 승마용 말을 타고 더는 갈 수가 없어 하는 수 없이 전나무 아래의 축축한 이끼 위에서 밤을 보내기로 마음먹었을 때 조금 떨어진 곳에서 불빛이 보였다. 그는 그곳에서 나무꾼이나 숯쟁이 들이 저녁 식사를 준비하는가 보다 하고 추측했고 그들이 베나트키로 가는 길을 알려 줄 수 있을 거라 생각했다. 그래서 나무줄기에 말을 매어 놓고 불이 있는 곳으로 걸어갔다.
  숲속 빈터에 다다랐을 때 갑자기 두 남자가 그의 앞에 서 있었다. 두 남자는 거인 같은 몸집에 불타듯 새빨간 머리카락을 가졌고 손에는 어마어마하게 큰 막대기를 들고 있었다.

그리고 그가 장작불 혹은 숯불이라 여겼던 것은 세 개의 반짝이는 무더기였다. 하나는 금화 무더기였고 두 번째 것은 탈러 은화 무더기, 세 번째는 페니히 동화 무더기였다. 금화와 은화와 동화가 어찌나 많은지 곡식 부대 세 개를 가득 채울 수 있을 정도였다.

젊은 대공은 자신이 빽빽한 숲에 재물을 숨기려는 두 명의 도둑과 맞닥뜨렸다고 생각할 수밖에 없었다. 하지만 그들이 무섭지는 않았다. 보니까 그들에게는 막대기 외에 다른 무기가 없었고 그 정도는 자신이 검으로 쉽게 제압할 수 있었기 때문이다. 그래서 그는 태연한 어조로 그들에게 베나트키성으로 가는 길을 알려 줄 수 있느냐고 물었다.

둘 중 한 사람이 말없이 막대기로 동쪽을 가리켰다. 하지만 젊은 대공은 이제 이 모험에 흥미를 느끼기 시작했다. 그래서 떠나는 대신 두 남자에게 대체 당신들은 누구냐고 물었다.

「우리 수하들은 나를 위대하고 강력한 자라 부르지.」길을 알려 준 남자가 대답했다. 「그리고 내 동료는 무섭고 힘센 자라 불리고.」

이 말을 듣고, 아니 그보다는 목소리의 울림을 듣고 황제의 아들은 그들이 지상의 존재가 아님을 알게 되었다. 그들은 유령이나 악마였다. 그 시절 그는 아직 대담하고 거리낌 없는 젊은이였지만 그럼에도 두려움이 엄습했고 마음 같아서는 멀리 달아나고 싶었다. 하지만 무슨 일이 있어도 그런 감정을 들키고 싶지 않았다. 그래서 그는 그들을 여전히 피와 살을 가진 사람으로 여기는 양 굴면서 이렇게 많은 돈이 어디서 났느냐고 물었다.

「첫째로 태어난 자이자 세 왕관[48]의 상속자여.」 앞서 말한 자가 이야기했다. 「그걸 아직 모른다면 언젠가 알게 될 거다. 금은 불에서, 은은 공기에서, 동은 물에서 나온다는 사실을 말이야.」

「그럼 이 돈은 누구 거지? 당신들은 누굴 위해 이걸 지키고 있는 거지?」 황제의 아들이 다시 물었다. 그는 자기 목소리가 힘 있게 들리게 하려고 애썼다.

대답은 이랬다. 「이 모든 건 박해받는 종족의 한 사람을 위한 것이다. 장차 너의 종[49]이 될 모르데케우스 마이슬 말이다.」

그리고 이제껏 침묵하고 있던 자가 그자보다 더 무시무시하게 울리는 목소리로 되풀이해 말했다.

「너의 종인 모르데케우스 마이슬 말이다.」

황제의 종, 그 시절 프라하 유대인은 그렇게 불렸다. 그리고 젊은 대공의 마음속에서는 잠시 동안 불쾌함이 두려움을 압도했다. 그는 입을 삐죽였다.

「이게 전부 유대인의 것이 된다고?」 그가 소리쳤다. 「안 될 소리. 나도 내 몫을 가져야겠다.」

48 신성 로마 제국 제위와 보헤미아 왕위, 헝가리 왕위를 가리킨다.
49 원문의 단어인 Kammerknecht는 〈궁실의 종〉, 〈국고의 종〉이라는 뜻으로 신성 로마 제국 시대 유대인들의 법적 지위를 나타내는 표현이다. 기독교도에게 공공연하게 차별받던 유대인은 군주에게 법적 보호를 받는 대신 보호세 명목으로 돈을 바쳐야 했다.

그는 자신의 용기를 보여 주기 위해 제일 가까이에 있는 은화 무더기에서 탈러 하나를 집었다. 은화의 한쪽 면에는 아버지의 초상이, 다른 면에는 나라의 문장(紋章)인 보헤미아 사자가 있었다.

두 악마 중 과묵한 자, 즉 〈무섭고 힘센 자〉가 위협하며 막대기를 들어 올렸지만 다른 자가 그의 팔을 막았다.

「욱하는 성질하고는. 이게 무슨 짓이야?」 그가 소리쳤다. 「〈욱하는 자는 우상 숭배자나 같다〉라고 적혀 있는 거 너도 알잖아.」

그러고 나서 그는 황제의 아들에게로 몸을 돌렸다.

「그 탈러를 가져라, 가지라고!」 그가 말했다. 「그것이 원래 정해진 주인의 손에 들어가기 전까지 네게는 행운도 평화도 없을 것이다.」

바로 다음 순간 모든 게 사라졌다. 두 남자도, 숲속 빈터도, 세 개의 반짝이는 무더기도. 그리고 황제의 아들은 어두운 전나무 숲속에 홀로 서 있었다.

이제 그는 더 이상 두려움을 억누르려 애쓰지 않았다. 그는 냅다 달렸고 돌과 나무뿌리에 걸려 비트적거렸다. 큰 나뭇가지가 그의 머리에서 모자를 낚아챘고 외투는 덤불에 걸려 버렸다. 마침내 말을 발견하자 그의 마음이 진정되었다. 그는 악마가 가르쳐 준 방향으로 말을 몰았고 잠시 후 베나트키로 가는 길에 이르렀다.

그런데 다시 말을 타고 갈 때야 비로소 그는 훔친 탈러가 여전히 손안에 있는 것을 알아차렸다.

다음 날 젊은 대공은 사랑하는 아바마마인 황제가 프라하 성에서 열병을 앓고 있다는 기별을 받았다. 곧장 프라하로 돌아가기 위해 길을 나선 그때 말이 쓰러지며 다리가 부러졌다. 그는 농가의 마차를 타고 여정을 계속했는데 이번에는 마차의 굴대가 부서졌다. 그렇게 온갖 우연과 방해를 겪고 난 후 마침내 프라하성에 도착했을 때 아바마마는 늦게 온 아들에게 노여움에 찬 모진 말을 퍼붓고서 벽 쪽으로 돌아누웠고 어떤 변명도 들으려 하지 않았다.

그런데 이게 다가 아니었다. 그가 프라하성을 떠나 있던 동안 그의 방 가운데 한 곳에 불이 났던 것이다. 스페인 왕에게 선물로 받은, 가장 아름다운 플랑드르 양탄자가 불에 타 못 쓰게 되고 말았다. 게다가 그가 제일 좋아하는 개로 〈회돌이〉라 불리는 작은 스페인 그레이하운드가 성을 나갔고 아무리 수색해도 찾을 수가 없었다.

젊은 대공은 어째서 이 모든 불운이 자기에게 닥쳤는지 잘 알았다. 더는 훔친 탈러를 가지고 있어서는 안 되었다. 그것이 주인으로 정해진 남자의 손에 들어가게 해야 했다.

황제의 시의(侍醫) 두 사람 가운데 하나가 세례를 받은 유대인이었다. 그리스의 칸디아에서 프라하성으로 불려 온 자였다. 그는 레반트, 이탈리아, 독일의 모든 유대인 공동체를 알았으며 세례를 받았음에도 불구하고 프라하 유대인들과 관계를 맺고 있었다. 젊은 대공은 이자에게 모르데케우스 마이슬에 대해 물어봤다.

시의는 수염을 쓰다듬으며 긴 생각에 잠겼다. 이어서 그는 그 유대인이 어디에 사는지, 어떤 사업이나 직업으로 생계를 꾸리는지 물었다.

「내 생각에 그자는 대단한 마법사이자 연금술사야. 보이지 않는 세계에서도 큰 힘을 발휘하고 여기 이 나라에 살고 있네.」황제의 아들이 말했다.

시의가 고개를 가로저었다. 그는 모르데케우스 마이슬이란 사람을 몰랐으며 이름조차 들어 본 적이 없었다.

이제 젊은 대공은 하인 두 명을 유대인 지구로 파견하여 모르데케우스 마이슬이라는 자를 수소문하게 했다. 두 하인은 아무것도 알아내지 못한 채 돌아왔다. 두 사람 중 하나는 프라하 유대인의 모든 세금과 부과금을 장부에 기록하는 황제의 국고 출납관과 세리 서기도 찾아갔다. 하지만 그들 역시 모르데케우스 마이슬이란 자에 대해 아는 게 없었다.

모르데케우스 마이슬을 찾지 못하자 황제의 아들은 하늘의 뜻에 맡긴 채 모험을 감행하고 운명의 힘을 시험해 보기로 결심했다.

그는 거의 늘 잠겨 있는 쪽문의 열쇠를 구했다. 어느 저녁에 그는 남의 눈을 피해 쪽문으로 성을 빠져나왔고 흐라드차니를 내려가 돌다리에 이르렀다. 그리고 한동안 그곳에 서서 강물을 내려다보다가 난간 위로 몸을 숙이고 탈러를 손에서 미끄러뜨렸다.

그는 탈러가 이제 영원히 물결 속으로 사라질 것이라 생각했다. 그런데 바로 그 순간 다리 아치 밑에서 작은 어선이 나타났다. 배에 앉은 남자는 노를 놓고 머리를 만지더니 사납게 욕설을 해대기 시작했다. 누가 자기한테 돌을 던졌다고 생각한 것이다. 이어서 그의 시선은 발치에서 선박용 램프의 불빛을 받고 있는 탈러에 가닿았다.

「이건 신의 섭리야.」 황제의 아들이 이렇게 속삭이고는 격렬하게 뛰는 심장에 손을 갖다 댔다. 그는 탈러가 이제 제 길을 가기 시작했음을 알았다. 목적지에 닿기까지 탈러는 어쩌면 여러 사람의 손을 거쳐야 할지도 몰랐다. 그리고 그는 그 여정을 따라가야 했다. 그러지 않으면 평온을 되찾을 수 없었기 때문이다. 배에 탄 남자를 놓쳐서는 안 될 일이었다.

배에 탄 남자는 그사이 탈러를 집어 들었다. 그는 탈러를 이리저리 자세히 살펴본 다음 몇 차례 노를 저었고 다시금 그것을 살펴보고는 진짜가 맞는지 소리를 들어 보려고 바닥에 던졌다. 이어서 탈러를 다시 집어 들고 사방을 둘러본 후 그것을 외투 주머니에 쏙 집어넣었다.

젊은 대공은 황급히 다리를 내려가 크로이츠헤른 광장을 가로지른 다음 블타바강 가를 따라갔고 방앗간 바로 뒤에서 그 남자를 발견했다. 남자는 배를 말뚝에 매어 놓고 좌석 아래에서 생선이 든 양동이를 꺼낸 뒤 한 손에는 양동이를, 다른 손에는 선박용 램프를 든 채로 베들레헴 거리를 천천히 걸어 올라갔다. 그는 옆면이 정원과 맞닿은 작은 집 앞에서 멈춰 섰다. 그가 램프를 땅바닥에 내려놓고 이제 막 현관문의 쇠고리를 움직이려 할 때 정원 담장의 그늘에서 한 남자가 튀어나오더니 그의 팔을 붙잡았다.

「들고 있는 게 뭐지? 생선인가?」 남자가 고압적인 투로 짤

막하게 물었다. 이어서 그는 자신이 원하는 것을 남에게 명령하는 데 익숙한 사람처럼 이렇게 말했다.

「자네 외투와 모자, 그리고 생선이 든 이 양동이가 나한테 필요하네.」

「날 좀 가만 내버려두고 썩 물러가시오!」 어부가 완전히 어처구니가 없어서 투덜대고는 팔을 뺐다.

하지만 신사는 썩 물러가는 대신 주머니에 손을 넣고는 약간의 돈을 꺼내 어부의 손에 쥐어 주었다. 어부는 램프 불빛으로 자기가 받은 것을 살펴보았다. 그러고는 만족스러운 웃음을 지으며 말했다.

「나리, 두카트 하나만 더 주시죠. 나리께서 원하시면 제 윗옷과 셔츠와 바지도 드리겠습니다. 그리고 저는 하느님께서 창조하신 모습으로 집에 가겠습니다.」

어부는 낯선 남자에게 형편없이 닳은 데다 생선 비린내가 진동하는 외투와 넓은 챙으로만 이루어진 모자와 생선이 든 양동이를 건넸다. 그런 다음 램프를 들고 신사에게 건강하고 아울러 모든 일이 잘되기를 기원하고는 가장 가까운 모퉁이 뒤로 사라졌다. 어부는 돈을 받아서 기쁜 나머지 외투 주머니에 남아 있던 탈러는 생각하지 못했다.

낯선 남자는 외투를 몸에 걸치고 모자의 남은 부분을 깊이 눌러쓰고는 양동이를 들고 문을 두드렸다. 하녀가 문을 열어 주자 그는 주문한 생선을 가져왔다고 말했다.

하녀가 남자를 들여보내 주었고 그는 하녀를 따라 층계를 올라갔다. 층계 위에는 아주 예쁜 젊은 여자가 서 있었다. 그녀는 자칭 어부라는 자가 오는 걸 보고 손수건을 코에 갖다 댔다. 남자는 모자 챙을 약간 위로 구부리고 여인에게 눈짓을 보냈다. 그러자 여인은 자기의 연인을 알아보았다. 이렇게 수를 써서 연인은 하인들에게 들키지 않고 이 집에 들어오는 데 성공한 것이었다.

젊은 여자는 곧장 하녀를 생선과 함께 부엌으로 보냈다. 이제 단둘이 있게 되자 남자가 여자에게 속삭였다. 며칠 전부터 그의 머릿속에는 어떻게 하면 그녀를 만날 수 있을까 하는 생각뿐이었다고, 하지만 빌어먹을 생선 장수 같으니, 그자의 외투는 냄새가 너무도 지독해서 견딜 수가 없다고 했다. 여자는 남자의 손을 꼭 쥐고 눌렀고 그를 침실로 이끌었다. 그리고 두 사람은 함께 밤을 보냈다.

앞서 젊은 대공은 외투가 탈러와 더불어 다른 이의 손으로 넘어가는 장면을 목격했고 이어서 외투가 집 안으로 사라지는 것을 보았다. 이제 그는 외투가 다시 나타나기를 기다렸다. 그는 이리저리 왔다 갔다 했다. 피로가 몰려왔고 시간은 아주 더디게 흘러갔다.

아침이 되어 동이 트기 시작할 무렵에 그는 외투의 새 주인이 다리를 창밖으로 먼저 내밀고 훌쩍 나오더니 이어서 두 손으로 배나무의 두꺼운 가지를 붙잡고는 이 가지에서 저 가지로 이동하며 아래로 내려오는 모습을 보았다. 마침내 그는 익은 배처럼 잔디밭에 떨어졌다. 젊은 여자가 잠옷 바람으로 잠시 동안 창가에 나타나 외투 주인의 등 뒤로 손 키스를 날리고는 외투를 던졌다. 손 키스는 목적지에 도달했다. 하지만 외투는 배나무 가지에 걸려 버렸다. 외투 주인은 몸을 일으킨 후 상당히 힘겹게 정원 담장을 기어올랐고 몇 차례 망설이고 숙고한 끝에 아래로 뛰어내렸다. 착지한 후 그는 손으로 무릎을 문지르고 복사뼈를 더듬었다. 이어서 그는 한쪽발을 살짝 끌면서 잽싸게 그곳을 떠났다. 외투는 배나무 가지에 걸린 채로 남아 악취를 풍기며 바람에 부풀었다.

젊은 대공은 외투가 금방 새 주인을 찾으리라는 점을 의심하지 않았다. 그리고 실제로 오래지 않아 포도주 통을 잔뜩실은 마차가 그리로 다가왔다. 배나무 가지에 걸린 외투를보자 마부가 마차를 멈추고 채찍 손잡이로 외투를 아래로 끌어 내렸다. 이어서 그는 외투를 등 뒤에 있는 포도주 통 위로던지고서 가던 길을 다시 갔다. 그리고 황제의 아들은 마차를 쫓아갔다.

그리 오래 걸리지는 않았다. 소광장에 있는 한 여인숙 앞에서 마차가 멈춰 섰다. 포도주 통들이 마차에서 요란스럽게내려지고 말들이 마구간으로 이끌려 가고 마차는 차고에 들어갔다. 마부는 외투를 들고 유대인 지구로 건너갔고 몹시번화하긴 했으나 좁은 골목에 지나지 않는 브라이테 거리에서 헌 옷 가게로 들어갔다.

유대인들의 낯선 얼굴과 특이한 몸짓, 그들의 분주한 움직임, 그리고 자신이 이리저리 군중에 떠밀리며 헌 옷 가게 앞에 서 있는 상황, 이 모든 게 황제의 아들에게는 어지러운 꿈처럼 여겨졌다. 저 위 성에서는 분명 그가 사라진 것을 이미알아차렸을 것이고 이제 모두가 그를 찾으려 동분서주하고 있을 터였다. 하지만 여기 유대인 지구에서 그를 찾는 자는 아무도 없었다. 그는 단지 호기에 이끌려 탈러를 손에 넣은 그 순간을 저주했다. 그는 밤을 꼬박 새웠고 피곤하고 배가 고팠다. 비참한 기분이었다. 하지만 이대로 떠나서는 안 될 일이었다. 이곳에 남아서 탈러가 어디로 가는지 봐야 했다.

유대인 거리에 많이 있는 이동식 간이음식점에서 그는 삶은 달걀 한 알과 사과 한 알, 빵 한 조각을 샀다. 그러고는 더는 시끌벅적한 거리에 서서 기다리고 싶지 않아서 헌 옷 가게로 들어갔다.

손에 외투를 든 헌 옷 장수는 끈질기게 설득하는 마부의 말을 듣는 와중에 새로 들어온 자에게 흘깃 시선을 던졌다. 헌 옷 장수는 한눈에 그의 모자와 주름진 옷깃과 장신구와 신발이 어느 정도 값어치인지 어림잡았고 이와 동시에 자신의 가게를 찾은 이 방문객이 물건을 사거나 팔러 온 게 아니라 아직은 알 수 없는 다른 이유로 왔다는 것을 알아차렸다. 이어서 헌 옷 장수는 방문객에게 무엇을 도와드리면 되겠느냐고 물었다.

젊은 대공은 여기 가게 안에서 좀 쉬면서 아침 식사를 하게 해달라고 부탁했다. 자기는 밤새도록 서 있었고 아직 먼 길을 더 가야 한다고 말했다. 그러고 나서 그는 신발 한 켤레와 허리띠 하나를 옆으로 밀어 치우고서 벽에 붙은 벤치에 앉았고 달걀과 빵을 꺼냈다. 헌 옷 장수는 다시 외투와 마부에게로 몸을 돌렸다.

「이걸 어쩌라는 거죠?」 헌 옷 장수가 물었다. 그러면서 그는 외투를 이리저리 돌렸다 뒤집었다 했고 손가락으로 기운 자리와 구멍 난 곳을 가리켰다. 「팔리지도 않는 이런 물건은 가게에 넘쳐 난다고요.」

「그렇지만 12페니히 값어치는 한다고요.」 마부가 주장했다. 「누구든지 외투는 필요하잖아요. 그리고 새 외투를 살 돈이 안 되면 헌 외투를 사는 법이고요.」

「그래도 이런 건 아무도 안 산다고요.」 헌 옷 장수가 이의를 제기했다. 「요즘은 목수나 솔장이도 귀족처럼 소매를 트고 안감을 댄 외투를 입고 다녀요.」

「그래도 12페니히 값어치는 나가요.」 마부가 헌 옷 장수를 설득했다. 「솔장이나 귀족은 안 살지 몰라도 미천한 사람이라면 살 거라고요.」

헌 옷 장수는 수심 가득한 얼굴로 다시금 외투를 이리저리 돌려 보기 시작했다.

「키두시[50]에도 하브달라에도 쓸모가 없어요.」 헌 옷 장수가 이야기했다. 그는 이런 표현을 씀으로써 외투가 아무짝에도 쓸모없다는 것을 유대인들의 어법으로 말하려 했다. 「속을 비운 달걀 정도의 값어치죠. 이건 어부가 입던 외투예요. 생선 냄새를 없앨 수가 없다고요.」

「어부가 입던 걸지도 모르죠.」 마부가 인정했다. 「그렇지만…….」 그는 잠시 생각에 잠겼다. 「10페니히 값어치는 한다고요.」

「8페니히 드리죠, 나리!」 헌 옷 장수가 이렇게 말하고는 돈

50 유대인들이 안식일을 시작하며 낭송하는 축복의 기도.

을 세어 탁자에 놓았다. 「8페니히, 손해 보는 장사예요. 하지만 손님 얼굴을 봐서, 그리고 오늘 첫 거래이기도 하니까 다음번에 또 오시라고 이렇게 쳐드리는 겁니다.」

마부는 얼마간 구시렁거리고 망설이다가 8페니히를 호주머니에 쓸어 넣고 쿵쿵거리며 문으로 나갔다.

벤치에 앉아 빵과 달걀을 먹어 치운 젊은 대공은 거래가 이렇게 끝나 몹시 흡족했다. 마부가 그 돈을 거부하고는 외투를 가지고 가버릴까 걱정했기 때문이다. 만일 그랬더라면 휴식은 끝났을 테고 그는 피곤한 몸을 이끌고 외투 속 탈러를 계속 뒤쫓아야 했을 것이다.

헌 옷 장수는 외투를 구석에 있는 헌 옷 무더기로 던졌다. 젊은 대공은 주머니에서 작은 칼을 꺼내 사과 껍질을 벗기기 시작했다. 그가 이 일에 열중하는 동안 아무리 봐도 서기인 것 같은 한 남자가 가게로 들어와서 황동 단추와 퍼프소매가 달린 검은색 웃옷을 찾았다. 헌 옷 장수는 좌판에서 그런 웃옷을 몇 벌 가져와 칭찬을 늘어놓으며 서기에게 추천했다. 그러나 서기의 마음에 드는 물건은 없었다. 어떤 건 너무 길고 또 어떤 건 너무 꼭 끼고 이건 옷감이 너무 거칠고 저건 가격이 너무 비싸고 하는 식이었다. 숱하게 흥정이 오간 끝에, 그리고 가게 주인이 열의가 지나친 나머지 최고 성백(城伯) 나리가 구시가에 갈 때 입는 웃옷조차 옷감의 고급스러움으로 따지면 이것 반만큼도 미치지 못할 거라고 장담을 늘어놓은 끝에 서기는 가게를 떠났고 거래는 성사되지 않았다.

「보아하니 정말이지 지긋지긋한 직업이구려.」 젊은 대공이 사과를 베어 물으면서 말했다.

「지긋지긋한 직업. 딱 맞는 말씀입니다.」헌 옷 장수가 맞장구쳤다. 「그리고 근심과 괴로움이 가득하죠. 값을 흥정하는 사람이 열둘이면 그중 한 명꼴로 물건을 사지요. 좌판 없이 장날에 물건을 들고 와 파는 상인들도 우리한테 큰 피해를 끼치고요. 그자들이 가격을 망쳐 놓거든요. 게다가 우리는 세금을 내느라 등골이 휘는데 이건 공정하지가 않아요. 여기에 대해서라면 출애굽 얘기만큼이나 할 말이 많습니다. 하지만 가장 나쁜 건 우리가 기독교인 도시에서 장사를 하도록 허락해 주지 않는다는 거예요.」

〈이런! 결국 그런 이야기인가?〉 미래의 황제가 속으로 생각했다. 〈네놈의 유대인 도시에 그대로 있으라고. 안 그러면 질서와 훌륭한 평화 대신에 불안과 골칫거리가 생길 테니까.〉 이어서 그는 헌 옷 장수를 달래기 위해 짧은 격언을 큰 소리로 말했다. 저 위 성에서 그의 하인 중 한 명이 곧잘 하던 말이었다.

「세상에는 고뇌가 가득하니,
모두에게 각자의 고뇌가 있다.
네가 건강하고 튼튼하다는 걸,
항상 위안으로 삼아라.」

「저는 건강합니다. 그분의 이름을 찬양할지어다.」헌 옷 장수가 말했다. 「아프려면 시간이 필요한데 저한테는 시간이 없거든요. 하지만 저는 이 직업이 저의 죄에 대한 속죄로서 제게 주어졌다는 걸 압니다.」

「아니, 그건 당신의 죄에 대한 속죄가 아니라 당신이 르우벤[51] 일족에 속하기 때문이오.」 젊은 대공이 설명했다. 「스페인에서 내가 배운 바에 따르면 르우벤 일족에 속하는 자들은 우리 구세주의 옷을 차지하려고 주사위로 내기를 했으니까. 그래서 그 후손들은 평생토록 헌 옷을 가지고 장사를 해야 하고 근심 또 근심과 고생과 괴로움 외에는 아무것도 얻을 수 없는 거요.」

「우리 현자들이 써서 남긴 책들에는 그런 내용이 전혀 적혀 있지 않습니다.」 헌 옷 장수가 고개를 가로저으며 반박했다. 「더군다나 저는 르우벤 일족도 아니고요. 저는 성직자 가문 출신이고 레위[52] 일족에 속합니다.」

하지만 젊은 대공은 레위 일족에 대해서도 잘 알았다.

「레위 일족에 속하는 자들도 한몫했소.」 그가 설명했다. 「그들 중 한 명이 우리 주 예수께 식초와 쓸개즙을 마시라고 주었지. 그래서 그 종족에 속하는 자들은 늘 목이 마르지만 제대로 된 건 마실 수가 없소.」

「그런가요?」 헌 옷 장수가 약간 비꼬듯이 물었다. 「저는 목이 마르면 포도주 반 쇼펜[53]을 곧잘 마시는데 말입니다.」

---

51 야곱의 장남이지만 아버지의 첩과 간통을 저질러 장자의 권리를 박탈당했다.
52 야곱의 셋째 아들.
53 약 250밀리리터.

젊은 대공은 이러한 반박에 흔들리지 않았다.

「그렇다면 당신은 구원을 받은 것이오.」그가 헌 옷 장수에게 일렀다. 「그리고 당신에게서 저주가 풀린 거요.」

이어서 젊은 대공은 자신이 그 밖에도 유대인과 그들의 역사에 대해 잘 안다는 것을 보여 주기 위해 주제를 바꿔 설명을 이어 갔다.

「당신네 유대인들은 당신들에게 현자 솔로몬왕이 있었다며 뽐내고 자랑하지.」그가 말했다. 「하지만 그자는 일흔 명의 부인, 그리고 거기에 더해 3백 명의 창녀를 달고 살았고 그리 현명하지 않았소.」

「그는 얼마나 많은 달콤함과 얼마나 많은 쓸쓸함이 여자들 치마 속에 숨어 있는지 알았습니다.」헌 옷 장수가 대꾸했다. 「하지만 이것 하나는 알아 두십시오. 우리 시대의 모든 왕들을 갖다 대도 — 그래요, 로마 황제를 갖다 대도 — 그들은 솔로몬왕의 위엄에 털끝만큼도 미치지 못합니다.」

젊은 대공은 이러한 설교를 몹시 못마땅하게 받아들였다. 그에게 사랑하는 아바마마는 솔로몬왕보다 훨씬 우위에 있었다.

「로마 황제 폐하를 두고 그 무슨 불경스러운 소리요.」그가 유대인을 힐난했다.

「저는 황제 폐하의 충직한 종입니다.」헌 옷 장수가 말했다. 「세금과 부과금도 언제나 꼬박꼬박 잘 내고 있고요. 주님께서 그분의 권능을 높여 주시길! 적들의 칼이 결코 그분의 땅을 침범하지 않기를!」

이때 문이 스르르 열리더니 이상한 작은 형체가 가게로 들어섰다. 그것은 소년이었다. 소년의 신발은 너무 컸고 웃옷은 구석구석과 끝부분을 온통 기웠으며 작은 모자는 어찌나 자주 빨았는지 색이 다 바래 있었다. 손에는 거친 아마포로 만든 자루를 들고 있었는데 그것은 조금만 차 있었다.

「저 왔어요.」 소년이 이렇게 말하고는 구리 동전 두 개를 가게 탁자에 놓았다. 「그분의 이름을 찬양할지어다. 오늘도 돈을 가지고 올 수 있었어요.」

「네가 온 것을 축복할지어다!」 헌 옷 장수가 인사를 건네고는 구리 동전을 주머니에 쓸어 넣었다. 소년은 구석으로 가서 헌 옷 무더기를 열심히 뒤적였다.

「저 아이는 제게 돈을 내죠.」 헌 옷 장수가 의아해하는 눈으로 바라보던 젊은 대공에게 설명했다. 「2페니히가 수중에 있으면 그걸 내는 거예요. 하지만 저 아이한테 매일 돈이 있는 건 아니랍니다. 그 대가로 저 아이는 제가 그날이나 전날에 산 옷들의 주머니를 뒤져 그 안에 든 걸 전부 가져가는 거예요. 뭘 찾아내느냐고요? 항상 똑같은 것들이죠. 빵이나 과자 쪼가리, 호두, 사과나 순무, 끈 조각, 단추, 못, 빈 병, 이 모든 게 저 자루 속으로 들어갑니다. 때로는 아무것도 못 찾는 날도 있지요. 웃옷을 헌 옷 장수한테 가져가 팔기 전에 주머니를 전부 비우는 사람들도 있으니까요. 가끔 저 아이는 리본, 장갑, 털실 뭉치 같은 보물을 발견하기도 하죠. 그리고 운이 아주 좋으면 주석 숟가락이나 심지어 손수건도 찾아내죠. 그리고 믿기지 않으시겠지만, 그런 물건들을 가지고 저 아이는 자기 엄마와 어린 두 동생을 부양한답니다. 돈요? 아뇨, 저 아이가 돈을 발견한 적은 단 한 번도 없어요. 옷을 파는 사람들이 주머니 속에 돈을 놔두지는 않죠.」

「세상의 주여! 저를 위로 들어 올리지 마시고 아래로 내동댕이치지 마십시오!」 옷 무더기 위로 일어난 먼지구름 속에서 돌연 소년의 목소리가 들려왔다.

「무슨 일이냐? 뭘 찾은 거야?」 헌 옷 장수가 물었다.

「오늘을 찬양할지어다!」 소년이 이렇게 말하고는 손에 탈러를 들고 구석에서 나왔다.

「탈러다!」 헌 옷 장수가 소리쳤다. 그는 거의 숨이 멎을 지경이었다.

「네, 정말로 탈러예요.」 소년이 속삭이듯 말했다. 소년은 흥분과 불안과 환희로 얼굴이 창백해졌다가 빨개졌다가 다시 창백해졌다. 소년의 눈은 물음을 담고 있었다.

「뭘 그렇게 쳐다보니? 그건 네 거야.」 헌 옷 장수가 말했다. 「윗옷 속에 그걸 놔둔 바보는 다시 오지 않을 거야. 그 돈은 이미 까맣게 잊었을걸. 오래전에 술값으로 다 써버렸다고 생각하겠지. 걱정 마라. 나는 이 가게에 오는 사람들을 잘 아니까.」

소년이 공중으로 껑충 뛰었다. 그 바람에 신발이 거의 벗겨질 뻔했다. 소년은 가게 안에서 이리저리 다니며 춤을 추기 시작했다.

「어이, 너! 그 돈으로 뭘 할 생각이지?」 젊은 대공이 물었다. 그는 탈러를 더 쫓아가야 할까 봐 걱정이었다. 「새 신발을 살 생각이냐? 아니면 새 모자? 웃옷?」

소년이 멈춰 서서 그를 바라보았다.

「아뇨, 나리.」 소년이 대답했다. 「아버지께서는 — 돌아가신 그분께 축복을 — 제게 이렇게 가르치셨어요. 신발 하나로 신발 둘을 만들 수는 없다. 그리고 모자 하나는 늘 모자 하나로 남을 뿐이다. 하지만 탈러 하나는 쉽게 둘이 될 수 있다고요.」

소년은 아마포 자루를 집어 들고는 다음 순간 문으로 나갔다.

「네 이름이 뭐냐? 어디로 가는 거냐?」 황제의 아들이 뒤에다 대고 물었다. 하지만 소년에게는 더 이상 그 말이 들리지 않았다.

「저 아이는 모르데카이 마이슬이라고 합니다. 그리고 저 애가 어디로 가는지는 저도 모르고요.」 헌 옷 장수가 말했다. 「저 아이는 항상 바삐 움직이거든요. 어쩌면 오늘 중으로, 지금 당장 탈러 하나를 둘로 만들려고 할지도요.」

밤에 돌다리 밑에서

저녁 바람이 물결 이는 강물 위로 미끄러지듯 불 때면 로즈메리꽃은 빨간 장미에 더 바싹 붙었다. 그리고 꿈꾸는 황제는 자신의 입술에 닿는 꿈속 연인의 입맞춤을 느꼈다.

「늦게 왔군요.」 연인이 속삭였다. 「누워서 기다렸어요. 이토록 오래도록 기다리게 하다니.」

「나는 늘 여기에 있었다오.」 황제가 대답했다. 「나는 누워서 창을 통해 밤을 내다보고 있었소. 구름이 움직이는 걸 보았고 수관이 솨솨 소리를 내는 걸 들었지. 나는 짐스럽고 요란한 하루를 보낸 까닭에 피곤했다오. 눈이 절로 감기는 것 같았지. 그토록 피곤했소. 그리고 마침내 당신이 온 거요.」

「내가 왔다고요? 그리고 내가 당신 곁에 있다고요?」 연인이 물었다. 「그런데 어떻게 내가 당신한테 왔다는 거죠? 나는 길도 모르는데, 한 번도 간 적이 없는데. 누가 나를 당신한테로 데려간 거죠? 누가 밤마다 나를 당신한테로 데려가는 거죠?」

「당신은 내 곁에 있고 나는 당신을 품에 안고 있소. 그 이상은 나도 모르오.」황제가 말했다.

「그럼 아마도 내가 아무런 자각 없이 거리를 지나 층계를 올랐나 보군요.」연인이 속삭였다.「그리고 나와 마주친 사람들은 놀라서 나를 바라보았지만 아무도 내 길을 가로막지 않고, 아무도 나를 멈춰 세우지 않았고요. 대문이 활짝 열리고 문들이 열렸고, 이제 나는 당신 곁에 있어요. 이건 옳지 않은 일이에요. 내가 이러면 안 되는데. 콸콸 흐르는 강물 소리가 들리나요?」

「그렇소, 들리오. 당신이 내 곁에 있는 밤이면 강이 평소보다 더 세차게 흐른다오. 마치 우리에게 자장가를 불러 주려는 듯 말이오. 처음으로 강물 소리를 들었을 때 당신은 무서워서 울었지. 당신은 울면서 이렇게 절규했지. 〈나한테 무슨 일이 일어난 거지? 여기가 어디지?〉」

「나는 무서웠어요. 나는 당신을 알아보았고 내가 왜 당신 곁에 있는지 이해할 수 없었죠.」연인이 말했다.「처음 봤을 때 당신은 우윳빛 말을 타고 있었고 갑옷 입은 자들의 행렬이 그 뒤를 따랐죠. 번쩍번쩍 빛나는 모습에 말발굽 소리가 요란하게 울렸고 트럼펫 소리가 환호성을 올렸어요. 나는 집으로 달려가서 〈황제 폐하를 봤어요〉 하고 소리쳤죠. 심장이 멎는 것만 같았어요.」

「처음 봤을 때, 당신은 어느 집 벽에 몸을 붙이고 어깨를 조금 올린 채로 서 있었지.」황제가 말했다.「마치 달아나거나 숨으려는 듯 작은 새처럼 겁먹고 주눅 든 모습으로 그렇게 서 있었지. 그리고 갈색 곱슬머리가 당신의 이마로 떨어졌고. 나는 당신을 바라보았고 내가 당신을 잊지 못하리라는 걸, 틀림없이 밤낮으로 당신을 생각하리라는 걸 알았지. 하지만 내가 다가갈수록 당신은 더욱 멀어지는 것 같았소. 매 순간 당신은 내게서 계속 멀어졌고 너무도 닿을 수 없는 존재가 되어 버린 나머지 마치 당신을 영영 잃은 것 같았지. 그러다 당신이 와서 내 곁에 있게 되고 내가 당신을 품었을 때, 그때는 기적 같고 꿈만 같았소. 내 심장은 행복감으로 벅찼고 당신은 울었지.」

「그랬죠. 그리고 오늘도 울고 싶고요. 우리가 있는 여기가 어디고 우리한테 무슨 일이 일어난 거죠?」

「당신에게서 얼마나 좋은 향기가 나는지!」황제가 말했다. 「이름 모를 섬세하고 자그마한 꽃의 향기가 당신한테서 나는군.」

「그리고 당신에게서도요.」연인이 속삭였다. 「당신하고 있을 때면 마치 장미 정원을 거니는 것 같아요.」

두 사람이 모두 침묵했다. 물결 이는 강물이 콸콸 소리를 내며 흘러갔다. 한 줄기 미풍이 불어왔다. 그리고 로즈메리와 장미는 입맞춤을 하고 있었다.

「당신 울고 있군.」빨간 장미가 말했다. 「눈이 젖어 있고 뺨에 눈물이 이슬방울처럼 맺혀 있어.」

「내가 우는 건 당신한테 가야 하면서도 가고 싶지 않기 때문이에요.」로즈메리가 말했다. 「내가 우는 건 당신에게서 떠나야 하면서도 머물고 싶기 때문이에요.」

「떠나서는 안 되오. 당신은 내 것이고 내가 당신을 품고 있소. 나는 백 일 밤 동안 신께 당신을 달라고 기도했소. 신은 내게 당신을 주셨고 이제 당신은 내 것이오.」

「그래요, 나는 당신 거예요. 하지만 나를 당신한테 준 건 신이 아니에요. 나를 당신에게로 이끈 건 신의 손길이 아니에요. 신은 내게 노하셨어요. 나는 신의 노여움이 두려워요.」

「신은 당신에게 노하지 않으셨소.」 황제가 말했다. 「어째서 그분이 당신한테 노하신단 말이오! 신은 당신을 바라보고 웃고 용서하시오.」

「아뇨.」 연인이 속삭였다. 「신은 웃지 않아요. 나는 신의 명을 어겼어요. 웃고 용서하는 건 신이 아니에요. 하지만 될 대로 되라지요. 신이 나를 저주하고 쫓아내라지요. 나는 당신 곁에 있고 당신에게서 떠날 수 없어요.」

그리고 로즈메리와 장미는 두려움과 더없는 행복 속에서 전율하며 서로 꼭 달라붙었다.

「오늘 당신의 하루는 어땠나요?」 로즈메리가 물었다.

「나의 하루는 불쌍한 사람의 하루였소.」 장미가 말했다. 「근심과 고생과 괴로움이 함께했지. 고관대작들과 하위 관리들, 악당들, 떠버리들, 악동들과 사기꾼들, 대단한 바보들과 보잘것없는 바보들, 이들을 전부 상대했지. 이게 나의 하루였소. 그들이 와서 내 귀에다 이런저런 말들을 지껄여 댔지. 나쁜 말들, 어리석거나 공허한 말들, 무가치한 말들을. 그들은 이것저것 요구하면서 나를 성가시게 했다오. 하지만 눈을 감으면 당신이 보였지. 이것이 나의 하루였소. 당신의 하루는 어땠지?」

「나를 둘러싼 목소리들과 그림자들, 이게 나의 하루예요. 나는 마치 안개 속을 지나듯 하루를 통과하죠. 나는 길을 잃은 채 갈 곳을 몰라요. 나의 하루는 진짜가 아니에요. 그건 가짜예요. 환영들이 나를 불러요. 나는 내가 말하는 소리를 듣지만 내가 무슨 말을 하는지 몰라요. 그러고 나면 하루가 흘러가요. 허깨비처럼 산산이 흩어지고 연기처럼 날아가 버려요. 그리고 나는 당신 곁에 있어요. 오로지 당신만이 진짜예요.」

「하루 중 어두운 때에 시대의 혼돈이 몽마(夢魔)처럼 나를 내리누를 때면,」황제가 말했다. 「그리고 내 주위에서 세상이 부정과 간계와 거짓과 배반으로 난리를 피울 때면 나의 생각은 당신에게로 달아나오. 당신은 나의 위안이오. 당신과 함께 있으면 모든 게 명료해. 당신 곁에 있을 때면 세상 돌아가는 걸 이해할 것만 같아. 허위와 거짓을 꿰뚫어 보고 불성실한 자들의 마음속을 들여다볼 수 있을 것만 같아. 이따금 나는 더 이상 홀로 방향을 잡지 못하고 당신을 부르오. 큰 소리로, 그럼에도 아무도 듣지 못하게 당신을 부르지. 하지만 당신은 오지 않아. 왜 오지 않는 거지? 내가 당신을 부를 때 무엇이 당신을 잡아 두는 거지? 무엇이 당신을 매어 두는 거지?」

대답이 없었다.

「어디 있는 거요? 내 말이 안 들리오? 당신이 안 보이는데 아직 거기 있는 거요? 방금 전까지만 해도 당신을 품고 있었는데, 당신의 심장 박동과 숨결을 느끼고 있었는데, 어디 있는 거요?」

「여기 있어요. 당신 곁에 있어요.」연인의 목소리가 울렸다. 「한순간 마치 내가 멀리 떠나 있는 것 같았어요. 마치 내가 집에서 방에 누워 있고 달빛이 내 베개에 떨어지고 새 한 마리가 푸드덕거리며 방 안을 날아다니다 다시 나가는 것 같았어요. 그리고 고양이가 있었어요. 정원에서 나온 고양이가 창턱으로 뛰어올랐고 뭔가가 쨍그랑거렸어요. 그리고 나는 누워서 가만히 귀를 기울이고 있다가 당신이 〈어디 있는 거요?〉 하고 외치는 소리를 들었어요. 그러고 나서 나는 당신 곁에 있었어요. 방이며 달빛이며 고양이며 깜짝 놀란 새까지 이 모든 건 아마 꿈이었나 봐요.」

「어린애 같은 꿈을 꿨군.」황제가 말했다. 「어렸을 적에 나도 들판과 숲, 사냥, 개들, 새들과 온갖 동물들에 관한 꿈을 꿨지. 그리고 잠에서 깰 때면 의욕이 넘치고 즐거움이 가득한 채로 아침을 맞이했지. 그러다 나중에는 악몽들이 찾아와서 나를 불안하게 했소. 밤이면 지금이 벌써 아침이기를 바랄 때가 많았지. 하지만 밤은 낮보다 아름답소. 사람들의 시끄러운 소리는 멎고 이제 종소리와 바람 소리와 나무 소리와 강물 소리와 새의 날갯짓 소리, 이런 세상의 목소리만 여전히 들리지. 그리고 우리 위로는 영원한 별들이 있고 창조주의 뜻에 따라 별들은 제 길을 가오. 나는 자주 이런 생각을 하곤 한다오. 신이 천체들을 만드신 것처럼 인간들을 창조하셨다고, 그리고 저 위에서 질서와 복종이 영원하다면 여기 아래에서는 불안과 다툼과 혼란이 영원하다고. — 어디 있는 거요? 왜 말이 없소? 무슨 생각을 하는 거요?」

「어떻게 내가 예전에 당신 없이 살면서 행복할 수 있었는지를 생각하고 있어요. 어떻게 그랬는지 이해할 수가 없어요. 내가 당신 곁에 있을 때면 별들이 제 길을 가다가도 멈춰야 한다고, 시간이 멈춰야 한다고 생각하고 있어요.」

「시간은 멈추지 않소. 누군가 행복할 때면 시간은 하필 쫓기는 짐승처럼 흘러가고 무한 속으로 시시각각 추락하지. 이리 와서 내게 입맞춤해 주오! 어디 있는 거요?」

「나는 당신의 입술에 닿아 있어요. 나는 당신의 심장에 닿아 있어요. 나는 당신 곁에 있어요.」

꿈과 행복에 취한 채로 로즈메리꽃이 빨간 장미로부터 떨어졌다.

「이제 가야 해요.」 연인이 말했다. 「안녕, 나는 이곳에 머물 수 없어요. 이제 가야 해요.」

「어디로? 어디로 간단 말이오? 가지 마오! 왜 이곳에 머물면 안 된다는 거요?」

「모르겠어요. 나를 놔줘요, 잡지 마요. 나는 머물 수 없어요, 가야 해요.」

「가지 마오! 어디 있소? 당신이 안 보이는구려. 어디 있는 거요? 방금 전까지만 해도 당신을 품고 있었는데, 어디 있는 거요? ─ 그녀가 어디로 가버린 거지?」

「그녀가 어디로 가버린 거지?」 황제가 소리치고는 고개를 들어 주위를 둘러보았다.

시종인 필리프 랑이 침실 안에 서 있었다.

「폐하께서 신음하고 외치시는 소리를 듣고서 들어왔습니다.」 그가 고했다. 「폐하께서는 분명 악몽을 꾸신 모양이군요. 그래서 신음하고 외치신 겁니다. 폐하를 깨워 드리는 게 나았을지도 모르겠군요. 폐하께 또 말레 디 테스타[54]가 생기지 않도록 말입니다. 바깥에 몇 사람이 서서 알현을 청하고 있습니다. 아침 식사를 대령하라 할까요?」

「그녀가 어디로 가버린 거지?」 황제가 속삭였다.

모르데카이 마이슬의 아내인 아름다운 에스터가 드라이브루넨 광장에 있는 자신의 집에서 깨어났다. 아침 햇살이 그녀의 얼굴에 떨어지고 그녀의 머리카락을 불그스레 빛나게 했다. 고양이가 소리 없이 방 안을 돌아다니며 여느 때처럼 우유 사발을 기다렸다. 창턱에 있던 작은 화분이 깨진 채로 바닥에 놓여 있었다. 옆방에서는 모르데카이 마이슬이 왔다 갔다 하면서 늘 드리는 아침 기도를 읊었다.

그녀가 몸을 일으키고 갈색 곱슬머리를 이마에서 쓸어냈다.

「꿈을 꿨어!」 그녀가 속삭였다. 「항상 밤이면 밤마다 똑같은 꿈! 아름다운 꿈이야. 하지만 창조주를 찬미할지어다. 그냥 꿈일 뿐이야.」

54 male di testa. 〈두통〉을 뜻하는 이탈리아어.

발렌슈타인[55]의 별

……그의 보헤미아 뇌는 어찌나 섬세한지,
유리잔이 쨍그랑거리는 소리도 견디지 못했다.
어디에서 숙영하든 간에 그는
수탉이며 개며 고양이를 잡아들인다.

그는 대군을 모아,
황제를 위해 여러 전투에서 승리했고,
또한 많은 돈과 땅을 선사했으며,
무고한 사람들을 자주 교수형에 처했다.

이제 그는 죽음의 길을 가야 하니,

55 보헤미아 출신의 장군인 알브레히트 폰 발렌슈타인(혹은 발트슈타
인)을 가리킨다. 30년 전쟁 때 황제군의 총사령관으로 혁혁한 전공을 세웠으
나 그의 세력이 커지는 것을 두려워한 신성 로마 제국 황제 페르디난트 2세
가 보낸 자객에게 암살당했다. 명장으로 이름을 날렸으나 물욕과 명예욕이
강했다고 전해진다. 훗날 작가 프리드리히 실러가 그를 주인공으로 삼아 희
곡「발렌슈타인」을 썼다.

개들이 짖고 수탉들이 울도록 놔둘 수밖에.

— 발렌슈타인의 묘비명 중에서

위대한 수학자이자 천문학자이며 눈에 보이는 세계에 해박한 요하네스 케플러는 1606년경 프라하 구시가의 쓰러져 가는 집에서 찢어지게 가난하고 곤궁한 생활을 하고 있었다. 창문으로 내다보이는 광경이라고는 편자 및 못 제조공의 공방, 술 취한 군인들이 떠들어 대는 술집, 판자 울타리와 그 너머로 개구리가 울어 대는 웅덩이가 전부였다. 튀코 데 브라헤[56]가 죽고 나서 케플러가 황실 천문학자 자리를 물려받았을 때 관청에서는 여러 거창한 약속을 했고 연간 1천5백 굴덴의 급료를 주겠다고 했다. 하지만 당시 프라하 궁정의 관례대로 약속은 잊혔고 돈은 지급되지 않았다. 케플러가 분할급으로 몇 굴덴을 지급받고자 하면 며칠 동안 보헤미아 궁정 재무국을 찾아가 청원해야 했다. 그는 다음 날 어떻게 병든 아내와 세 아이와 자기 자신의 생계를 이어 가야 할지 막막할 때가 많았다. 더군다나 당시에는 물가도 비쌌고, 케플러가 1606년 달력에서 예언한 대로 가을과 함께 이른 혹한이 찾아왔다.

그리하여 케플러는 비가 오는 우중충한 11월의 어느 날에 또다시 흐라드차니의 엘레니 프르지코프에 갔고 그곳에서

56　덴마크 출신의 천문학자로 망원경이 발명되기 이전 시대에 훌륭한 천체 관측 결과를 남겼다. 루돌프 2세의 후원을 받으며 프라하에서 천문학을 연구하다 1601년에 사망했다. 제자인 케플러가 그 뒤를 이었다.

황제의 사냥터 관리인 중 한 명으로부터 현물 급여인 장작을 받아 왔다. 케플러는 일꾼이나 하인을 둘 수 없었기에 몸소 이 일을 해야 했다. 짐은 무겁지 않았고 가져온 장작은 겨우 화덕 위 수프 냄비를 끓게 하고 병든 아내가 누운 방을 조금 덥힐 만큼이었다. 그리고 이제 케플러는 비에 젖어 아직 축축한 외투를 입고서 불을 때지 않은 큰 방에 앉아 황제의 추밀 비서관인 하니발트가 쏟아 내는 비난을 참을성 있게 듣고 있었다. 하니발트는 폐하의 뜻에 따라 천문표 작업에 대부분의 시간을 바쳐야 했던 케플러가 아직 천문표를 완성하지 못했다며 책망했다.

하니발트가 설교를 끝마치자 케플러가 말했다. 「요즘 시절이 얼마나 암담하고 얼마나 혼란스럽고 얼마나 가혹한지 잘 아시지 않습니까. 저희 집에는 먹을 것조차 변변치 않습니다. 이 말씀은 안 드리려고 했습니다만, 말씀드려서는 안 되겠지만, 그럼에도 이런 말을 하는 걸 용서하시기 바랍니다. 폐하의 명을 따랐다면 저는 제 식솔과 함께 굶어 죽을 수밖에 없었을 겁니다. 제가 카멜레온처럼 바람을 먹고살 수는 없으니까요. 그래서 폐하의 명예에 흠이 가지 않도록 저는 자비로 우선 폐하께서 맡기신 천문표 작업 대신에 예언을 작성하고 무가치한 달력을 만드는 일을 할 수밖에 없었습니다. 제게 아무런 명성도 안겨 주지 않는 일이죠. 하지만 그 일로 저와 제 식솔의 생계를 유지할 수 있었습니다. 제가 매일같이 부탁과 불평과 항의로 폐하를 성가시게 해드리는 것보다는 그편이 조금은 낫지 않습니까.」

「당신이 딱 한 번 폐하의 눈앞에 나타나 그리했더라도 아무 소용이 없었을 것이오.」하니발트가 말했다. 그는 프로테스탄트 교의의 신봉자인 요하네스 케플러를 전혀 좋게 생각하지 않았다.

「그러니 더더욱 저와 제 식솔에게 필요한 변변찮은 양식을 마련하는 일에 신경을 쓸 수밖에 없었지요.」케플러가 전혀 짜증을 드러내지 않고 신랄한 기색이라곤 전혀 없는 목소리로 말을 이었다.「그것은 쉽지 않은 일이었습니다. 그리고 전부 말씀드리자면 바로 오늘이 단돈 2그로셴도 마음대로 쓸 수 없는 그런 날이지요. 저는 신에게 그것을 하소연합니다. 모든 걸 바꿀 수 있는 존재인 신을 믿고 의지합니다만 요약하자면 비참한 인생이지요.」

케플러는 기운이 다 빠져 침묵했고 손수건을 입에 대고 기침을 했다.

케플러의 하소연에는 아랑곳하지 않고 하니발트가 이야기했다.「폐하께서는 또한 교황 성하와 베네치아 공화국 간의 싸움[57]에 관한 그분의 명을 당신이 이토록 완전히 무시한 데 진노하셨소.」

「폐하께서는 얼마 전 시종인 필리프 랑을 제게 보내셨지요.」케플러가 기침 때문에 여전히 애를 먹으며 답했다.「그가 장황하게 말하길 저보고 그 싸움이 앞으로 어떻게 진행될

57 교회의 사법권과 면책 특권을 둘러싸고 교황청과 세속 정부 사이에 갈등이 일어나 1606년 교황 바오로 5세가 베네치아 공화국 정부를 파문하고 성무 금지령을 내린 사건을 가리킨다.

것이며 어떤 결말을 맺을지에 대해 점성학적 평가를 작성하라더군요. 저는 그에게 마땅한 경의를 표하며 말했지요. 못한다고요. 왜냐하면 천체의 운동과 향후 배치 외에 감히 인간과 국가의 운명을 예고하는 천문학자는, 그러니까 오직 신만이 예견하는 것을 주제넘게 예고하는 자는 다름 아닌 천박한 거짓말쟁이니까요.」

「그렇다면 나는 옛날부터 우리에게 전해 왔으며 수천 번 검증된, 또한 많은 영주와 위대한 군주 들이 자신들의 영원한 구원은 물론이고 세속적인 이득을 위해서도 사용해 온 분과이자 학문인 점성학을, 그러니까 점성학 전체를 당신이 거부한다고 이해할 수밖에 없소.」하니발트가 확언했다.

「전부는 아닙니다! 아니, 점성학 전체를 거부하는 건 아니에요.」요하네스 케플러가 항변했다. 「하늘의 12하우스 분할, 트라이곤[58]의 지배 같은 것들은 하찮은 정신을 가진 자들이 순전히 상상하여 지어낸 것입니다. 저는 이 모든 걸 거부합니다. 하지만 하늘의 조화는 인정합니다.」

「그럼 천체의 배치는 어떻소? 그건 어떻게 생각하오?」하니발트가 계속 캐물었다.

「여러 가지 제약이 있지만 그것 역시 어느 정도 중요한 요소로서 인정합니다.」케플러가 설명했다. 「출생 시에 천체의 빛이 어떻게 배치되어 있는지에 따라서 신생아에게 삶이 이

---

58 점성학에서 〈12하우스 분할〉이란 하늘을 평면으로 형상화한 천궁도(天宮圖)를 열두 개의 공간으로 나눈 것이다. 〈트라이곤〉(또는 트라인)은 두 행성이 120도 각도를 이룬 상태를 뜻한다.

런 형태 또는 저런 형태로 주어지니까요. 배치가 조화로우면 아름다운 형태의 마음이 생겨나죠.」

「만일 내가 제대로 알아들은 거라면 말이오.」 하니발트가 생각에 잠겨 말했다. 「당신이 이야기하는 점성학은 완전히 새로운 분과는 아니더라도 그 토대가 아주 달라진 분과처럼 여겨지오. 당신의 가설을 교회의 가르침과 조화시키려고 시도해 보았소?」

「언젠가 그럴 일이 없도록 하느님께서 보살펴 주시길!」 요하네스 케플러가 말했다. 「신학자들의 논쟁에는 관여하고 싶지 않습니다. 제가 말하고 쓰고 행하는 건 수학에 전념하는 사람으로서 말하고 쓰고 행하는 겁니다. 저는 교회의 문제에는 관여하지 않습니다.」

황제의 추밀 비서관이 고개를 가로저었다.

「우려스러운 대답이오, 도미네[59] 케플러. 그리고 심히 언짢고 말이오.」 그가 이야기했다. 「당신은 입으로는 겸손한 말을 하지만 당신이 하는 말은 교만하고 별로 기독교적이지 않게 들리오. 그렇소, 내가 느끼기에 당신의 대답에는 마치 염소발과 뿔이 달린 것 같소. 하지만 이 방면으로 당신을 시험하는 건 내 소관이 아니오. 자비로우신 주군께서 나를 당신에게로 보낸 건 당신이 여러 차례 빌미를 제공해서 그분을 진노하게 했기 때문이오. 나는 당신이 변명으로 내놓은 이야기를 들었고, 오직 그뿐이오. 폐하께 보고를 드릴 때 나는 당신이 하소연한 곤란한 형편을 잊지 않고 언급할 것이오. 그럼

59 라틴어 존칭.

이만, 도미네 케플러…….」

하니발트가 일어나서 모자를 조금 뒤로 밀었다. 이로써 그는 케플러에게 마땅한 경의를 표했다. 그리고 이제 그는 마치 모욕을 당한 사람처럼 뻣뻣한 자세로 쌀쌀맞은 표정을 하고 문으로 나가려 했다. 하지만 요하네스 케플러가 그를 붙잡았다.

「저는 5년이 지난 지금도 여전히 이 도시에서 이방인이고 이 나라의 귀족들과 별로 교류가 없습니다.」케플러가 하니발트에게 말했다. 「중요한 사람들도 많이 알지 못하고요. 비서관님, 젊은 귀족이자 장교로 이름이…….」

케플러는 작업용 책상 위에 돌로 고정해 놓은 종이쪽지를 흘깃 보았다.

이어서 그가 말했다. 「알브레히트 벤첼 오이제비우스 폰 발트슈타인이란 사람을 혹시 아십니까?」

「발트슈타인 가문은 유서 깊은 보헤미아 가문으로 12세기에 살았던 두 형제 하벨과 자비츠로부터 유래했소.」하니발트가 설명하기 시작했다. 말이 길어질수록 그는 점점 이야기에 열중했고 〈염소 발과 뿔이 달린〉 케플러의 대답은 더 이상 생각하지 않았다. 「발슈타인, 발렌슈타인 혹은 바르텐베르크라고도 불리오. 나는 그 가문 사람을 세 명 알고 있소. 크리니츠의 하인리히, 이자는 우트라크파요. 라코브니크군(郡)의 슬로비츠에 사는 에른스트 요한, 이 사람은 태어날 때부터 한쪽 팔만 있었소. 그리고 흐라데츠키군의 즐로티츠에 사는 에른스트 야코프, 이자는 제국 추밀 고문관인데 젊은 시절에

알제리 태수에게 포로로 잡혀 있었던 까닭에 튀르키예인이라 불리오. 그는 그곳에서 아마포를 짜야 했소. 그리고 내가 알던 사람이 또 하나 있는데 빌헬름이라는 자로 역시 흐라데츠키군에 있는 헤르마니츠의 영지에서 살았고 스미르지츠카 가문의 여자랑 결혼했는데 둘 다 죽었소. 하지만 알브레히트 벤첼 그리고 뭐라고 했소? 오이제비우스? 아니, 모르는 사람이오.」

유서 깊은 보헤미아 귀족 가문의 신사 중 자기가 모르는 자가 있다는 생각에 하니발트는 안절부절못했다. 그는 자리에 앉아 손으로 머리를 괴고 생각에 잠겼다.

「알브레히트 벤첼 오이제비우스 폰 발트슈타인.」 그가 되뇌었다. 「이제야 생각이 나는군. 틀림없이 한번 들어 본 이름이오. 아니, 들은 게 아니라 서류에서 읽었지. 분명 그리 오래되지 않았을 거요. 아마도 그자가 폐하께 청원서를 올렸고 그게 내 손을 거쳐 갔던가 할 거요. 장교? 그자가 장교라 하지 않았소? 최근에 그자가 헝가리에 주둔 중인 부대에 배속해 달라고 지원하지 않았소? 혹은 비복무 기간 동안 대기 수당을 달라고 신청하지 않았소? 아니면 전쟁터에서 보인 훌륭한 태도와 품행에 대해 여타의 보상을 신청하지 않았소? 뭔가 그런 내용을 읽은 것 같아서 말이오. 누가 그의 청원이 타당하다고 옹호해 주었소? 그가 제국 추밀 고문관인 삼촌이나 다른 누군가의 추천서를 받았소? 그렇지 않다면 필리프 랑은 청원서에 〈기다릴 것!〉이라고 쓰고 그걸 옆으로 치워 버리니까 말이오.」

「전부 금시초문입니다.」케플러가 이야기했다. 「그 젊은 귀족이 심부름꾼을 시켜 제게 짧은 편지를 보냈습니다. 〈하늘의 일〉과 관련해서 오늘 저를 방문하고 싶으니 그렇게 알아 달라고요.」

「하늘의 일?」하니발트가 놀라서 말했다. 「그럼 그자가 성직자요?」

「아닙니다.」케플러가 말했다. 「하늘의 일이라 함은, 그가 태어날 때 행성들의 위치가 어땠는지 알아본 다음에 미래를 예언해 달라는 뜻입니다. 제 생각에 그자는 아주 중요한 결정을 앞두고 있는 것 같습니다. 어쩌면 인생의 전환점일지 모르는 일을 말이죠. 그래서 제 조언을 바라는 겁니다.」

「그런데 인간의 운명은 오직 신만이 예견하는 것이고 주제넘게 그걸 예고하는 자는 다름 아닌 천박한 거짓말쟁이다. 안 그렇소, 도미네 케플러?」하니발트가 비꼬듯 말했다.

「그렇습니다. 네, 맞습니다.」요하네스 케플러가 확인해 주었다. 그는 어떤 생각에 너무도 골몰한 나머지 상대방의 조롱을 알아차리지 못했다. 「왜냐하면 그냥 오로지 하늘만 보고 예언하는 자는 제대로 된 토대 위에서 작업하는 게 아니니까요. 만일 그자의 예언이 들어맞는다면 그건 운이 좋아서 그런 거지요. 하지만 제게는 사람의 천성과 성향, 심성과 영혼의 분별이 어떤 천체보다도 중요합니다. 하지만 이 모든 게…….」

그는 책상에서 발트슈타인의 편지를 집어 한동안 말없이 그것을 들여다보았다.

「이 모든 게 사람의 필체에 반영되지요.」그가 말했다.

「내가 제대로 들은 게 맞소?」하니발트가 물었다.「한 사람의 천성과 성향과 심성을 바로 그 사람의 필체로 알 수 있다고? 도미네 케플러…….」

「그 모든 것뿐 아니라 훨씬 더 많은 걸 알 수 있죠.」케플러가 상대의 말을 끊었다.「한 사람의 필체를 한동안 아주 유심히 관찰하면 그 필체는 생명을 얻고 제게 말을 합니다. 그 사람의 가장 은밀한 생각들과 숨겨진 계획들을 밝혀 주지요. 그럼 저는 그 사람을 철두철미하게 알게 됩니다. 마치 오랜 세월 동안 알고 지낸 것처럼 그 사람을 잘 알게 되죠.」

케플러의 마지막 말은 하니발트의 우렁찬 폭소 속에 묻혔다.

「그건 몰랐군.」황제의 추밀 비서관이 외쳤다.「맹세코 몰랐소. 그런 종이쪽지를 눈앞에 갖다 놓기만 하면 종이쪽지가 고백을 하기 시작한다니. 맹세코 만일 내가 당신이 몽상가이자 지독한 공상가라는 걸 몰랐더라면, 도미네 케플러, 정말이지 내가 쓴 글이 언젠가 당신 손에 들어가지 않도록 조심해야겠소. 어쨌거나 말해 보시오. 그 발트슈타인의 필체가 무엇을 말해 주었소?」

「대단한 것들입니다, 비서관님, 대단한 것들이에요!」요하네스 케플러가 말했다.「나쁜 것도 많았어요. 소스라칠 정도로 많았죠. 하지만 전반적으로는 대단한 것들입니다. 이 발트슈타인이란 자는 가만히 있지 못하는 자로 변화를 열망하고 자신의 계획을 추진하기 위해 이상한 수단들을 추구하고 의심이 많고 때때로 우울하고 인간의 규범을 경멸하고 그 때문에 또한 당국과 자주 갈등을 빚습니다. 자신을 위장하고 자기의 진짜 견해를 숨기는 법을 배울 때까지 말입니다. 자비심과 형제애가 없지요. 그럼에도 지금 그에게 권력과 위엄을 추구하라고 명하는 그의 비범한 천성은, 언젠가 그것이 무르익어 완전히 만개하면 고귀하고 숭고한 행위를 할 수 있을 겁니다.」

「어렵쇼! 아마 이 발트슈타인이란 자에 대해 훗날 또 이야기를 듣게 되겠군.」하니발트가 말했다.「물론 아직까지는 그 자가 세상을 떠들썩하게 하지 않았지만 말이오. 그리고 당신은 그 모든 것을 이 종이쪽지에서 알아냈고, 자, 도미네 케플러, 나는 자신을 위장하고 자기의 진짜 견해를 숨기는 법을 배운 사람이 아니오. 그래서 숨김없이 말하건대 나는 이 모든 걸 박식한 두뇌를 가진 사람의 장난으로 여기오. 이만 물러나겠소, 도미네 케플러, 안녕히 계시오!」

요하네스 케플러는 황제의 추밀 비서관과 함께 층계를 내려가서 현관문을 열어 주었다. 밖에는 눈이 오고 있었다. 올가을 들어 첫눈이었다.

다시 방으로 돌아왔을 때 케플러는 더 이상 하니발트에 대해, 하니발트와 나눈 대화에 대해 생각하지 않았다. 그는 자기 외투의 소매에 달린 눈송이를 하나 보았고 그것을 집광 렌즈로 관찰했다. 이어서 그는 펜을 집었고 자기 생각이 다시금 입증되었음을 확인한 사람처럼 미소를 짓고서 종이 위에 다음과 같은 말을 적었다.

〈데 니베 섹상굴라[60] — 본질상 특이하고 형태가 다양하지만 항상 육각형인 눈송이에 대하여.〉

요하네스 케플러는 〈하늘의 일〉과 관련하여 자신을 찾아온 젊은 장교가 한시도 가만히 앉아 있지 못하고 처음에는 이리저리 몸을 움직이다가 나중에는 벌떡 일어나 방 안을 서성대는 모습을 보고 속으로 생각했다. 〈실로 가만히 있지 못하는 사람이군. 아니면 무언가가 그를 짜증 나게 하고 조급하게 만들고 있는 거야.〉

이제 케플러가 다시금 방문객에게 몸을 돌리고 말했다. 「그러니까 당신은 오늘로 태어난 지 스물세 해 하고 2개월 6일이 되는군요.」

「그렇습니다.」 젊은 귀족이 말했다. 그는 창가에서 난로로 다가가 불을 쬐려 양손을 쭉 뻗었다. 그러고 나서야 비로소 그는 난로에 불이 없다는 것을 알아차렸다. 혹은 알아차리지 못했다. 「그렇습니다. 그리고 만일 선생님께서 다른 자들은 이 나이면 벌써 기억될 만한 중요한 일을 완수하고 자기 이름을 역사의 방명록에 남겼다는 뜻으로 그런 말씀을 하신 거라면, 만일 그런 것이라면, 전적으로 옳으신 생각입니다. 저는 파도바와 볼로냐에서 군사학을 공부했다는 것, 그 후에 바스타 장군 휘하에서 튀르키예인들에 맞서 싸웠다는 것 말고는 말씀드릴 수 있는 게 하나도 없습니다. 파샤인가 베그[61]인가

---

60 De nive sexangula. 결정체나 식물의 형태를 과학적으로 설명하려고 한 케플러의 논문으로 〈육각형 눈송이에 대하여〉라는 뜻의 라틴어.

를 진영에서 잡아 왔지요. 하지만 그것 말고도 내세울 수 있는 게 있습니다. 그란에서의 사건 이후에 저는 군에서 나왔고 그러고 나서…… 견딜 수가 없군요!」 그가 말을 멎더니 손을 관자놀이에 대고 눌렀다. 마치 그곳에서 급작스럽고 지독한 통증을 느끼는 듯했다.

「어디 편찮으십니까?」 케플러가 물었다.

「견딜 수가 없군요. 저 아래 길에서 나는 소음 말입니다.」 젊은 귀족이 설명했다. 이제 그의 목소리는 더 이상 끙끙대지 않았고 오히려 노기를 띠고 있었다. 「제가 주제넘은 소리를 한다고 불쾌하게 생각하지 마십시오. 하지만 저는 당신이 이런 소음 속에서 책을 읽을 수 있다는 게, 생각을 가다듬고 정리할 수 있다는 게 이해가 안 되는군요.」

「소음이라고요? 지금 저 아래 길은 아주 조용한 것 같습니다만.」 케플러가 말했다. 「못 제조공은 일과를 끝마쳤고 술집의 군인들은 늦은 저녁이 되어야 노래를 부르고 욕을 하고 소란을 피우고 싸움을 벌이기 시작하니까요.」

「제가 말하는 건 군인들이 아닙니다. 저는 군인들이 떠들어 대는 소리에 익숙합니다.」 젊은 귀족이 말했다. 「저는 개구리들의 불경한 울음소리를 말하는 겁니다. 저 아래에 백 마리도 넘게 모여 있는 게 분명해요. 그 소리가 들리시지 않습니까?」

「들리기도 하고 들리지 않기도 하죠.」 케플러가 답했다. 「나일강에 대해 이야기하길 그 거칠고 사나운 물소리 때문에

61 튀르키예의 고위직을 뜻하는 칭호.

주변에 사는 사람들이 귀가 먹었다더군요. 하지만 저는 다르게 생각합니다. 그곳 사람들은 소음에 익숙해져서 거기에 신경을 안 쓰는 겁니다. 그리고 저 또한 개구리 울음소리에 신경 쓰지 않고 녀석들을 불경하다 하고 싶지도 않습니다. 모든 피조물처럼 녀석들도 하느님의 영광을 찬양하기 위해 목소리를 높이는 거니까요.」

「제가 만일 하느님이라면 더 나은 영광을 누릴 것이고 개구리들에게 괴롭힘을 당하지는 않을 겁니다.」 젊은 귀족이 짜증스럽게 말했다. 「저는 이 소음을 견딜 수 없습니다. 개든 고양이든 당나귀든 염소든 동물의 울음소리는 듣기 싫어하거든요. 그 소리는 저를 고통스럽게 합니다. 어쨌거나 하던 얘기를 계속하죠!」 그가 달라진 어조로 말을 이었다. 「호라 루이트, 즉 시간은 흐르니까요. 선생님의 시간을 빼앗고 싶지는 않습니다.」

「출생 시 별의 위치로 운명을 점쳐 달라는 겁니까?」 요하네스 케플러가 물었다.

「아뇨, 이번에는 그게 아닙니다. 아주 감사한 일입니다만 저는 점을 보러 온 게 아닙니다.」 젊은 귀족이 이야기했다. 「제가 선생님을 찾아온 것은 그저 딱 하나 여쭤볼 게 있어서입니다. 사납게 불타는 화성이 내일 밤 수레자리[62] 영역을 지배합니까?」

「그게 다인가요? 그렇다면 바로 대답을 드릴 수 있습니

62 〈큰 수레〉와 〈작은 수레〉는 각각 〈큰곰자리〉와 〈작은곰자리〉에 해당한다.

다.」케플러가 말했다. 「아뇨, 화성이 아니라 금성이 내일 밤 수레자리 영역에 있거나 그곳을 지배합니다. 그리고 당신이 사납게 불탄다고 한 화성은 전갈자리 영역으로 가는 중입니다.」

「그럴 수가 있습니까?」젊은 귀족이 몹시 당황해서 소리쳤다. 「금성이라고요? 화성이 아니라? 금성? 그럴 리가 없습니다. 착각하신 게 틀림없어요.」

「아뇨, 착각이 아닙니다.」케플러가 장담했다. 「화성이 아니라 금성입니다. 믿으셔도 좋습니다.」

젊은 귀족은 생각에 잠겨 한동안 말없이 서 있었다. 이윽고 그는 요하네스 케플러를 향해서라기보다는 자기 자신을 향해 다시 말하기 시작했다.

「그렇다면 일이 시작하기도 전에 어그러졌군.」그가 말했다. 「그래도 결행할 수밖에.」그가 잠시 곰곰이 생각한 뒤 말했다. 「에라레 후마눔.[63] 그 일의 성공에는 너무도 많은 게 달렸어.」

그는 다시금 침묵했다. 그러고는 마치 질문이 하나 더 있는 양 케플러를 바라보았다. 하지만 그것을 입 밖에 내지 않았다. 그는 어깨를 으쓱했고 그의 손동작은 마치 이렇게 말하려는 듯했다. 이제 홀로 자신의 일을 끝내야 한다고. 그는 가려고 몸을 돌렸다.

아래층 출입구에서 그가 모자를 흔들고 몸을 숙이며 케플러에게 경의를 표했다.

63 Errare humanum. 〈실수하는 것은 인간적이다〉라는 뜻의 라틴어.

「선생님께 큰 은혜를 입었습니다. 곧, 아마 모레면 제 소식을 들으시게 될 겁니다. 만일 선생님 말씀이 옳고 일이 실패로 돌아간다면…… 뭐, 좋습니다. 그래도 저한테는 튀르키예 전쟁에서 가져온 귀한 전리품인 반지가 남아 있으니까요. 그걸로 제가 뭘 이룰 수 있을지 두고 보죠. 그때까지 안녕히 계시길 바랍니다.」

그는 한 번 더 모자를 흔든 다음 가파른 거리를 올라갔고 판자 울타리 옆을 지나갔다. 그 너머에 있는 개구리들이 마치 그에게 반항하듯 전보다 더 목청을 높여 울었다.

그 무렵 구시가 광장에서 멀지 않은 야코프 거리의 어느 집에 바르비티우스라는 이름의 늙은 남자가 살고 있었다. 그는 한때 왕국의 고관이었고 마지막에는 추밀 고문관까지 지냈지만 황제의 시종인 필리프 랑의 노여움을 사 관직을 박탈당했다. 또한 가진 돈과 재산을 일부는 노름으로 잃고 일부는 사업 실패로 날려 버렸다. 정상적인 상황이라면 그는 가난과 궁핍 속에서 노년을 보내야 했을 것이다. 하지만 그는 예전과 변함없는 생활을 지속했다. 그는 손님들을 집에 초대하고 하인들을 두고 말과 마차도 가지고 있었으며 — 비록 스스로 말하듯 건강을 위해 대체로 걸어다니는 편을 선호했지만 말이다 — 여러 귀족 집안의 게임 테이블에서 그를 만날 수 있었다. 그리고 좋은 음식과 고급 포도주를 고수했다. 요컨대 그는 아무것도 포기하지 않았다.

바로 이 사람에게서 수상쩍은 일이 벌어지고 있었다. 그가 일요일과 공휴일에 지팡이를 짚고 성령 교회나 틴 교회에 설교를 들으러 가는 모습을 본 사람이라면 훌륭한 겉모습을 지닌, 심지어 존귀해 보이기까지 하는 이 늙은 남자가 도적단의 우두머리라고는 생각하지 못할 것이다.

바르비티우스는 도적질을 위해 무리를 끌어모았는데 그 자들은 대부분 근본적으로 타락하고 방탕한 젊은이들로 출신이 불분명했으며 반 굴덴을 위해 하느님과 성자들을 팔아넘길 작자들이었다. 실로 교수대의 먹잇감이 될 자들이었다. 하지만 무리 가운데에는 훌륭한 시민 집안의 아들들도 있었다. 그들은 악마가 성수반을 두려워하듯 정직한 일을 두려워했기에 나쁜 길로 빠져들었다. 반대로 그들은 돈이 된다면 뭐든 부정한 짓을 저지를 용의가 있었고, 달리 방법이 없는 경우에는 칼부림을 할 준비도 되어 있었다. 그중에는 소광장에 사는 금사 직물공의 아들로 전직 대학생인 게오르크 라이트니처라는 자가 있었다. 그는 그럭저럭 괜찮은 예의범절을 갖췄고 머리가 민첩하게 돌아갔기에 바르비티우스에게 특별한 신임을 받았다. 바르비티우스는 이 게오르크 라이트니처를 거의 매일같이 불렀다. 반면 다른 자들은 기회가 있을 때 드물게만, 그것도 오직 밤에 양초 불빛 속에서 복면을 쓰거나 다른 방법으로 알아볼 수 없게 변장한 바르비티우스를 볼 수 있었다.

하지만 그들 모두가 바르비티우스에게 맹목적으로 복종했다. 그들은 자신들이 바르비티우스 없이는 아무것도 할 수 없다는 걸 알았다. 바르비티우스는 기회를 엿봤다. 그는 혹시 모를 모든 상황을 고려해 계획을 짰다. 그리고 아주 신중하게 준비를 갖췄기에 거사가 실패하는 경우는 몹시 드물었다.

11월의 어느 날, 아직 이른 아침에 라이트니처가 다시 바르비티우스를 찾아갔다. 라이트니처가 도착했을 때 바르비티우스는 집에서 혼자 카드놀이를 하고 있었다. 그는 한번은 이 카드에, 또 한번은 저 카드에 1, 2굴덴을 걸었고 게임에서 지면 맹렬하게 욕을 퍼부었다. 라이트니처는 그 모습이 마뜩잖았다. 왜냐하면 바르비티우스는 대개 기분이 나쁠 때, 자신이 벌이는 일이 예기치 못한 난관에 부닥쳤을 때 그렇게 시간을 보냈기 때문이다. 그리고 가끔은 통풍으로 고생할 때도 그랬다. 통풍은 그를 몹시 괴롭혔다.

라이트니처가 보니 바르비티우스는 기분이 최악인 듯했다.

「또 왔는가?」 바르비티우스가 라이트니처를 향해 씩씩대며 말했다. 「내가 자네를 불렀던가? 자네는 하루도 날 가만히 내버려둘 수 없는 건가?」

「비가 오고 있습니다. 발이 차가워졌어요.」 라이트니처가 말했다. 그는 벽난로 앞에 앉아 신발을 벗고 다리를 앞으로 뻗었다. 마치 그저 바르비티우스의 난롯불에 발을 데우러 온 양 행동했다.

바르비티우스는 계속해서 카드놀이를 하고, 욕을 퍼붓고, 이 카드에서 저 카드로 굴덴을 옮기고, 주먹으로 탁자를 때리고, 카드를 뒤죽박죽으로 섞어서 다시 놓았다. 그는 라이트니처를 거들떠보지도 않았다. 그렇게 15분쯤 지났을 때 그가 카드를 옆으로 치우고 딴 돈과 잃은 돈을 함께 쓸어 넣었고 자기가 하수(下手)라고 했다. 어떻게 시작하든 자신은 카드 테이블에서 항상 다른 이들에게 호구가 될 수밖에 없다고 했다. 이어서 그는 깜짝 놀란 듯한, 하지만 라이트니처가 여기 있는 것이 못마땅하지는 않은 듯한 얼굴로 상대방에게 몸을 돌렸다.

「잘 왔네, 게오르크. 자네와 할 이야기가 있어.」 바르비티우스가 말했다. 그러자 라이트니처가 일어나서 신발을 신고 탁자로 다가왔다. 「더는 숨기지 않겠네, 게오르크. 자네도 알아야지. 일이 잘 풀리지 않고 있어.」

「그렇습니다.」 라이트니처가 동의했다. 그러면서 그는 자기 신발이 다 말랐는지 눈으로 확인했다. 「흔히 말하듯 우리는 지난 몇 주간 돈을 벌기보다 등기름을 더 많이 태웠습니다.」

「그 말이 아니야.」 바르비티우스가 말했다. 「그것만이라면 얼마나 좋을까! 잘 듣게, 게오르크. 다른 이들한테는 말하지 말고 자네만 알고 있게. 저 위에 있는 내 좋은 친구들 중 하나가,」 그가 엄지손가락으로 자신의 오른쪽 어깨 너머를 가리켰다. 라이트니처는 〈저 위〉라는 표현이 프라하성을 뜻한다는 것을 이해했다. 「나를 극진히 대하는 친구 중 하나가 얼마 전 우리가 게임 테이블에 앉기 전에 나를 한쪽으로 끌고 가더니 필리프 랑에 대해 말하기 시작했고 이런저런 얘기를 하더군. 랑을 적으로 두는 게 얼마나 위험한지, 그리고 그가 모든 일에 관여하고 있으며 시 수비대장이 하필 지금 몹시 바쁘 움직이고 있다고 말이야. 그러고 나서 우리가 게임 테이블에 앉았을 때 그 사람은 여행이 얼마나 권장할 만하고 건강에 유익한 일인지 말하더군.」

「아마 그냥 지껄이는 소리겠지요.」라이트니처가 말했다.

「그건 경고였네. 똑바로 알아 두게, 게오르크. 필리프 랑은 전부터 늘 나를 주시하고 있었어.」바르비티우스가 설명했다. 「나를 극진히 대하는 사람이 한 충고라고. 그리고 그 이후로 나는 마음이 놓이지가 않아. 항상 누가 몰래 내 뒤를 밟는 느낌이야. 길거리를 걸을 때면 뒤에서 발걸음 소리가 들리는데 주위를 둘러보면 아무도 없지.」

「뭐 그럼,」라이트니처가 말했다. 「그런 거죠. 아무도 없는 거죠.」

「그리고 간밤에 꿈속에서 자네를 보았네.」바르비티우스가 계속 말했다. 「사형 집행인이 자네를 채찍질하며 어느 거리에서 다른 거리로 오르내렸지. 자네는 손이 등 뒤로 묶여 있었고.」

라이트니처는 돌연 아주 활발해졌다.

「꿈풀이책에서 한번 찾아봐야겠군요.」그가 외쳤다. 「채찍이 길던가요? 그러니까 제 말은, 채찍 소리가 휙휙 제대로 나던가요? 왜냐하면 휙휙 소리가 나는 채찍은 뭔가 의미가 있으니까요. 제 생각에 그건 집 안으로 돈이 굴러들어 오려는 거예요. 한번…….」

「내 말 잘 듣게, 게오르크!」바르비티우스가 말허리를 잘랐다. 「우리 수하들을 머릿속에 떠올려 보게. 그들을 한 명 한 명 살펴보고 점검하고 잘 생각해 봐. 그런 다음 내게 말하게. 그들 가운데 딴생각을 품고 있다고 여겨지는 자가 있는가?」

「두목!」 라이트니처가 엄숙한 어조로 말했다. 「그들은 한 사람도 빠짐없이 두목을 위해서라면 불에 타고 살가죽이 벗겨지고 수레바퀴에 묶이는 형벌을 받으려 할 것입니다.」

「수레바퀴형 이야기는 그만둬!」 바르비티우스가 호통쳤다. 「내가 듣기 싫어하는 소리라는 거 자네도 알잖나. 내게는 통풍으로 충분하네. 통풍이 매일 사형 집행인처럼 내게 수레바퀴형을 가하니까.」

한동안 그는 이맛살을 찌푸리고 말없이 앉아 있었다.

이어서 그가 다시 말하기 시작했다. 「언젠가 내가 스스로에게 이렇게 말할 수밖에 없는 날이 오겠지? 너는 좋은 기회를 제 발로 차버렸어. 훌륭한 조언을 무시했지. 자업자득이야. 그러니까 무슨 말인고 하니, 나는 여행을 떠나려 하네. 하지만 그 전에…… 자네는 어떤가, 게오르크?」 그가 잠시 이야기를 멈췄다. 「프랑스와 네덜란드 혹은 베네치아의 산마르코 대성당을 구경할 생각이 있나?」

「그곳을 압니다.」 라이트니처가 이야기했다. 「베네치아의 산마르코 대성당을 알아요. 동판화에서 봤습니다. 저기 니클라스 거리에서 한 남자가 노점에 앉아 동판화를 팔지요. 그런데 우리 수하 중 하나를 데려가야 하지 않을까요? 스무트니나 라이센키텔을요. 외국에서 우리 방을 청소하고 침대를 정돈하고 난로를 피울 사람이 필요하니까요.」

「하인이라면 어디에나 널렸네.」 바르비티우스가 말했다. 「다만 우리가 출발하기 전에, 그러니까 내가 프라하를 떠나기 전에…….」

그가 입을 다물고는 한동안 생각에 잠겨 멍하니 앞을 바라보았다.

이어서 그가 말을 이었다. 「우리가 출발하기 전에 나는 한 가지 일을 마저 실행하려 하네. 벌써 오래전부터 염두에 뒀던 일이지. 분주하신 시 수비대장께서 뒤늦게 입맛을 다시는 것 외에 아무것도 할 수 없게 만드는 일이야, 게오르크. 수년이 지난 뒤에도 프라하 사람들, 아니 온 왕국 사람들의 입에 오르내릴 일 말이야.」

「그게 무슨 일입니까, 두목?」 라이트니처가 열성적으로 물었다.

바르비티우스는 의자에 등을 기대고 가슴 앞에 팔짱을 꼈다.

「자네도 알다시피 나는 모든 곳에 눈과 귀를 가지고 있네.」 그가 말하기 시작했다. 「심지어 유대인 도시에도 말이야. 그런데 그곳에는 내가 이미 오래전부터 관계 맺기를 열망하던 자가 하나 있어. 파리들이 우유 단지 주위를 맴돌듯 유대인들과 기독교인들이 그 사람 집 주위를 맴돌지. 그자는 일을 벌이는 족족 성공을 거둔다네. 유대인들이 그자에 대해 말하길 온 도시가 힘든 한 해를 보낼 때도 그는 유복한 생활을 한다고 하지. 그리고 또 말하길 그는 너무도 부유해서 심지어

꿀 위에 설탕을 뿌려 먹는다고. ── 자네는 그 유대인을 아는 가? 그자의 이름이 무엇인지 아나?」

「모르데카이 마이슬입니다. 스스로를 마르쿠스 마이슬이 라고도 부르죠. 드라이브루넨 광장에 살고요.」 라이트니처가 대답했다.

「맞아. 그 사람 이야기일세.」 바르비티우스가 말했다. 「그 자는 아무도 받으려 들지 않는 보잘것없는 물건을 담보로 영 세한 수공업자들한테 돈을 빌려주면서 사업을 시작했지. 구 리 저울대며 형편없는 염소 가죽이며 찌그러진 놋쇠 대야 같 은 온갖 잡동사니들을 담보로 말이야. 또 양모가 거래되는 이친, 흐루딤, 벨바리, 차슬라프의 시장에 가서 능력이 닿는 대로 한껏 양모를 사들인 다음 구시가의 방직공들을 찾아가 고급 천과 교환하고는 그걸 린츠의 바르톨로메 연시(年市)로 보내 두 배를 벌었네. 그렇게 하는 일마다 성공했지. 그자가 돈을 사랑했다면 돈은 그자를 더 많이 사랑했어. 돈이 그자 를 찾아다니는 것 같았어. 돈이 그자의 뒤를 따랐지. 그자의 사업은 계속해서 팽창했어. 그러던 중 황제가 칙허장을 통해 그자를 자신의 보호 아래 두고 후원했고 많은 특권을 부여했 지. 그리고 저 위에는,」 다시금 그가 엄지손가락으로 자신의 오른쪽 어깨 너머를 가리켰다. 「폐하, 즉 황제가 마이슬과 은 밀한 관계를 맺고 있다며 이러쿵저러쿵 숙덕대고 수군대는 자들이 있어.」

「황제가요? 그 마이슬이랑요? 유대인 거리의 유대인이랑 말입니까?」 라이트니처가 당황하고 격분해서 소리쳤다.

바르비티우스가 어깨를 으쓱했다.

「그들 말이 그렇다고.」그가 말했다. 「그리고 그들은 또 말하길 그 칙허장을 내린 이후로 황제의 금고에는 늘 돈이 있다는 거야. 사람들은 황제가 묵은빚은 갚지 않으면서 자신의 미술품과 희귀품 진열실을 채우기 위해 전 세계 온 지역에서 귀한 물건들을 구해 오게 한다고 불평한다네. 만스펠트는 네덜란드에서 황제를 위해 그림을 사들이고 케벤휠러는 마드리드에서, 하라흐는 로마와 피렌체에서 그 일을 하고 있지. 만토바에서는 대리석상과 부조가 오고 있어. 브장송에 있는 생모리스의 수도원장은 로마 무덤에서 발견된 반지와 석제 조각을 황제에게 보내고. 아우크스부르크의 벨저 가문과 호흐슈테터 가문에서는 신세계의 진기한 새들을 보내와. 팔츠 선제후는 그리스도의 생애 속 장면들이 묘사된 상아 제단을 황제에게 보냈고 알렉산드리아의 한 수도승은 모세의 지팡이와 함께 그것이 진품임을 입증하는 증명서를 보냈는데 황제는 지팡이를 받으려 들지 않았지. 황제는 그 지팡이가 옛날에 뱀이었으니 다시 뱀이 될지 모른다고 했다지. 안토니오 디 조르조는 황제를 위해 구형과 포물선형 거울을 제작하고 미세로니는 크리스털 잔을 제작하지. ─ 그런데 이 모든 것을 위한 돈이 있는 거야. 그 돈이 어디서 났을까, 이게 내 질문이네.」

「황제가 유대인 거리의 그 유대인하고! 믿을 수가 없군요.」라이트니처가 중얼거렸다.

「대체 자네는 세상이 어떻게 돌아가는지 알기는 하는가?

자네가 세상에 대해 뭘 알아? 자네는 아무것도 몰라.」바르비티우스가 나무랐다. 「우리는 폐하, 즉 황제가 아니라 유대인 마이슬에게 관심을 둬야 해. 그리고 잽싸게 행동해야 하네. 안 그러면 아무것도 얻지 못해. 왜냐하면 그자는 지금 바보가 돼서 남들한테 돈을 내주니까 말이야.」

「저도 바보를 하나 알고 있지요.」라이트니처가 말했다. 「그자는 셔츠 바람으로 길거리를 돌아다니면서 자기한테 물을 뿌려 달라고 소리를 질러 댑니다. 자기가 연옥에 있는 영혼이라면서요. 제가 아는 또 다른 바보는 자기가 물고기라 여기고 온종일 큰 통 속에 앉아 있지요. 밤에 잠자리에 들 때가 되면 낚싯바늘과 줄로 그자를 통에서 꺼내야 하죠. 그렇지만 남들한테 돈을 내주는 바보라니 그런 건 듣도 보도 못했습니다. 저는 오래전부터 그런 사람을 만났으면 하고 바랐지요.」

「바보건 아니건 간에 그자는 남들한테 제 돈을 내주고 있어.」바르비티우스가 이야기했다. 「굉장히 은밀하게 말이야. 그자는 그 일이 공공연하게 알려지는 것을 원하지 않는 듯하네. 게다가 그냥 남들한테 돈을 주는 데 그치지 않고 돈을 뿌려 대고 자신에게서 밀쳐 내고 있어. 그래, 믿기지 않겠지만 길거리에다 돈을 내던지고 있다고. 그자는 자신을 찾아오는 사람들한테 담보 없이, 차용증 없이, 보증 없이 돈을 빌려주고 다만 비밀을 지킬 것을 요구할 뿐이네. 누가 그에게서 돈을 빌렸는지 서로가 모르도록 말이야. 결혼을 원하는 가난한 아가씨들은 혼수를 마련할 돈을 받지만 그게 누구한테서 나온 돈인지 알지 못하네. 옛 목욕탕을 헐게 하고 새 목욕탕을 지은 게 그자야. 그가 보기에는 옛 목욕탕이 충분히 으리으리하지 않았던 거지. 그리고 유대인 거리에 새 시청을 지어야 하고 병원과 보육원도 세워야 하는데 누구 돈으로 그걸 할까? 마이슬의 돈이지. 그리고 마치 이런 식으로는 돈이 수중에서 충분히 빨리 새어 나가지 않는다는 양, 듣자 하니 그자는 이제 유대인 지구의 모든 거리와 외진 곳과 웅덩이에 좋은 포석을 깔려 한다더군.」

「그러니까 두목, 그자가 제 돈을 길거리에 내던지고 있다고 말씀하신 건 그런 뜻이었군요.」라이트니처가 말했다.

바르비티우스가 일어서서 나지막이 웃었다.

「그자가 계속 그러지는 않을 걸세. 내가 개입할 때가 됐어.」그가 말했다. 「나는 그자를 집에서 끌어내 안전한 장소로 옮겨다 놓으려 하네. 그자는 몸값을 치를 때까지 그곳에 머무르게 될 거야. 그리고 그자는 우리가 평생 써도 다 못 쓸 만큼의 금액을 몸값으로 치를 걸세. 나는 그자에게 많은 돈을 남겨 두지 않을 거야. 즉 유대인 도시에는 포석이 깔리지 않을 거라는 소리지.」

라이트니처가 고개를 끄덕였다. 그가 생각하기에 괜찮은 계획이었다. 그는 얼마만큼의 금액이면 자기와 바르비티우스가 평생 먹고살 수 있을지 머릿속에서 계산기를 두드리기 시작했지만 계산을 끝내지 못했다. 왜냐하면 마이슬의 집과 주변 유대인 거리의 지도 혹은 약도를 앞에 있는 탁자에 펼쳐 놓고 들여다보던 바르비티우스가 이제 시선을 들어 물어

보았기 때문이다.

「이 일에 쓸 수 있는 인원이 몇이나 있지, 게오르크?」

「우리는 열한 명입니다. 그리고 필요하다면 열네 명까지 동원할 수 있고요.」 라이트니처가 알렸다.

「열한 명이든 열네 명이든 한 사람이 부족하군.」 바르비티우스가 말했다. 「그래, 한 사람이 부족해.」 그가 힘주어 반복했다. 라이트니처는 어리둥절해서 바르비티우스를 바라보았다. 「자네는 이번 일에서 지휘를 맡지 않을 걸세. 다른 자들 중에도 적임자는 없고 말이야. 왜냐하면 이 일은 전시에나 수행되는 작전과도 같으니까. 이번 일을 진행하는 동안에는 어느 정도의 소란과 추적과 소규모 교전이 불가피할 거네. 그래서 나한테는 전쟁 중에 소수 인원으로 습격을 가하고 진영에 있는 자를 잡아서 안전하게 데려오는 법을 배운 사람이 필요해. 장애물에 부닥쳤을 때 어떻게 대처해야 하는지 스스로 아는 자, 일단 내 명령을 기다리는 게 아니라 알아서 행동하는 자가 필요해. 요컨대, 나는 용병술에 철저히 통달하고 이런 일을 마다하지 않는 사람을 찾고 있네. 그러니까 군인으로서 자신에게 명성과 진급을 가져다주는 일은 아니겠지만 그 대신……」

바르비티우스는 돈을 세는 시늉을 했다.

「그런 사람을 하나 압니다.」 라이트니처가 말했다. 「네, 두목. 제 생각에 두목께서 찾으시는 그런 남자가 있습니다. 젊은 귀족이고 발트슈타인 가문 사람이죠. 튀르키예 전쟁에서 용맹하게 싸웠는데 나중에 자기 지휘관과 다툼이 있었고 군에서 나왔죠. 그러고 나서 프라하로 왔고 이제 이곳에 머무르며 연구를 하고 있습니다. 방 안에 책이 가득하죠…….」

「뭘 연구하는 거지?」바르비티우스가 궁금해했다.

「그는 페트로바라딘의 도시와 성 혹은 죄르 요새를 어떻게 강습하여 탈취할지 연구합니다. 부대를 집결시키고 지뢰를 설치하고 포병대를 배치하지요. 로마인들이 칸나에에서 어떻게 기동했더라면 한니발에게 승리를 거뒀을지 세세하게 설명할 줄도 알고요…….」

「좋아. 계속하게!」바르비티우스가 명령했다.

「그는 점성학과 관련된 미신에 매달립니다.」라이트니처가 보고를 이어 갔다. 「화성과 수레자리가 하늘에 있는 자신의 수호성인이라 말하죠. 화성이 수레자리 영역에 있으면 그날은 자기의 날이고 뭘 하든 전부 성공한다면서요. 하지만 그토록 하늘의 수호를 받는데도 불구하고 그는 형편이 궁핍한 나머지 매주 한 번만 음식점에서 구운 고기 한 조각을 먹고 포도주 한 잔을 마실 수 있습니다. 본인 말마따나 돈 없이는 큰일을 벌일 수 없기에 불만이 가득한 상태지요. 그는 어떻게 하면 빨리 돈을 마련할 수 있느냐고 벌써 여러 번 제게 물어보았습니다. 아무리 위험한 일이라도, 심지어 그것이 왕국의 질서에 반하는 일이라도 뭐든 괜찮다는 뜻을 비치고 있지요. 이 시대에 정도(正道)를 걸으면서 무언가를 얻는 것은 어렵다면서요.」

「아주 좋은데. 전망이 밝아 보이는군.」바르비티우스가 말했다. 「그런데 말이야, 그 귀족이 몇 살인가?」

「스무 살을 조금 넘겼습니다.」

「오, 이런!」 바르비티우스가 외쳤다. 「파릇파릇한 덤불 땔 나무로군······.」

「저도 압니다.」 라이트니처가 말했다. 「······잘 타지는 않으면서 연기는 많이 나죠. 하지만 발트슈타인은 그렇지가 않습니다. 그는 적임자예요. 그 녀석한테는 어떤 해자도 깊지 않고 어떤 담장도 높지 않죠. 그는 휘하의 용기병 몇 명을 데리고 튀르키예의 베지르[64]를 튀르키예 진영 한복판에서 잡아끌고 온 적이 있습니다.」

「그렇다면 그자가 적임자일지도 모르겠군.」 바르비티우스가 인정했다. 「가서 그자와 이야기하게! 하지만 조심해야 해. 너무 많은 걸 말하지는 말게. 그런 젊은 친구는 양심이 망아지 같은 경우가 많으니까. 누가 너무 가까이 다가가면 마구 날뛰는 망아지 말이야.」

「걱정하지 마십시오.」 라이트니처가 말했다. 「이 일에 구미가 당기게끔 잘 이야기할 테니까요.」

라이트니처의 판단과 견해에 따르면 바르비티우스의 습격 계획을 실행에 옮길 적임자인 젊은 알브레히트 폰 발트슈타인, 이 폰 발트슈타인 씨는 당시 재단사 남편을 먼저 떠나보낸 과부의 집에 살고 있었다. 조금 기울어진 이 작은 집은 흐라드차니 아래편으로 현재 〈말라 스트라나〉라 불리는 구역에 있었다. 그는 좁은 다락방 창문으로 저 아래 스트라호

64 이슬람 국가의 고관을 뜻하는 칭호.

프 수도원까지 훤히 내다볼 수 있었다. 하지만 아침마다 창가에 섰을 때 그의 눈이 가장 먼저 향하는 곳은 과부의 조그만 채마밭이었다. 그곳에서는 과부가 키우는 염소 두 마리와 닭들과 개 룸푸스가 이리저리 돌아다니며 매매 울고 꼬꼬댁거리고 컹컹 짖으면서 폰 발트슈타인 씨를 굉장히 불쾌하게 했다. 하지만 제일 짜증스러웠던 건 깃털이 헝클어진 작은 수탉이었다. 이 수탉은 마치 세상의 비참함을 증명이라도 하는 듯 너무도 애처롭고 구슬픈 소리로 울부짖었기에 과부는 이 녀석을 〈예레미아스〉[65]라 불렀다. 시끄러운 소리가 견딜 수 없을 만큼 심해질 때면 폰 발트슈타인 씨는 열심히 들여다보던 폴리비오스[66]를 내려놓고 층계를 내려가 부엌으로 갔다. 그곳에서는 과부가 거품을 떠내는 국자와 프라이팬과 냄비를 가지고 분주히 일하고 있었다. 그는 더는 못 참겠다고, 여긴 정말 지옥이라고 소리를 질렀다. 이 소음을 끝장내 달라고, 안 그러면 자기는 떠날 수밖에 없다면서. 그러면 과부는 자기가 닭을 키우는 건 꼬꼬댁 소리 때문이 아니라고, 선생님께서 우유수프와 팬케이크를 원한다면 염소들과 닭들을 그냥 좀 내버려두라고, 그리고 예레미아스의 일이라면 그 녀석은 살날이 얼마 남지 않았고 곧 일요일 식탁에 구이 요리로 오를 거라고 웃으며 말했다.

오후에는 채마밭이 그나마 덜 소란스러웠다. 룸푸스는 더 이상 염소와 닭 들을 뒤쫓지 않았다. 녀석은 밖에 나가 말라

65 성서에서 유대 민족의 고난을 예언한 예레미야를 가리킨다.
66 고대 그리스의 역사가.

스트라나의 거리를 돌아다녔다. 그러고는 밤중에나 돌아왔는데 항상 똑같은 시각에, 그러니까 로레토 교회의 종이 12시를 치고 난 후에 집으로 왔다. 녀석은 문을 열어 달라며 집 앞에서 컹컹 짖고 끼낑댔고 그 때문에 예레미아스가 잠에서 깨어 세상의 비참함을 한탄하기 시작했다. 이어서 염소들도 여기에 가세했다. 그러면 발트슈타인은 두 손으로 관자놀이를 누르면서 끙끙대고 소리를 질러 댔다. 여긴 정말 지옥이라며, 이 집에서 하룻밤도 더 있고 싶지 않다며, 낮이나 밤이나 조용히 있을 수가 없다며. 그사이 과부가 룸푸스를 들여보내 주면 녀석은 구석에 있는 자기 자리로 조용히 기어들어 갔고 염소들은 만족해했으며 결국 예레미아스도 잠이 들어 세상의 비참함을 잊었다.

그렇게 닭들과 염소들과 룸푸스와 예레미아스가 있는 채마밭이 발트슈타인에게 지옥이었다면 바로 그 너머에는 천국이 있었다. 그것은 아름다운 격자 구조물과 주목 산울타리로 둘러싸인 넓은 정원이었는데 그곳에 있는 오래된 나무들 뒤로 어느 작은 별장의 합각머리와 굴뚝과 풍향계를 알아볼 수 있었다. 여기 이 정원은 조용했다. 아무것도 움직이지 않았고 오직 바람만이 잎을 떨군 수관을 지나며 한탄을 내뱉었고 이따금 멀리서 딱따구리가 울거나 가볍게 딱딱거리는 소리가 들렸다.

이 정원과 별장은 젊은 과부인 루크레치아 폰 란데크의 소유였다. 그녀는 온 왕국에서 가장 부유한 여자 상속인으로 통했다. 사람들이 이야기하길 숱한 기사들과 고관대작들이 그녀에게 구애했지만 전부 거절당했다고 했다. 전하는 말에 따르면 그녀는 죽을 때 자신의 재산을 고스란히 교회에 남겨 주기 위해 독신을 지키고 싶어 했다. 그녀는 독실한 사람이었다. 사람들 말로는 그녀가 날마다 로레토 교회에서 미사에 참석하고 작은 복음서를 늘 지니고 다닌다고 했다. 어디에 있건 신의 말씀을 눈앞에 두기 위함이었다. 그녀는 대도시가 기분 전환을 위해 제공하는 온갖 오락에 거의 참여하지 않았고 궁정 모임에도 별로 모습을 드러내지 않았다. 그녀가 교제하는 사람은 장크트 파이트의 주교좌성당 참사회원인 친척 남자, 흐라드차니의 귀족 수녀원에 사는 초로의 여인 둘, 장크트 살바토르의 예수회 신부 정도였다.

알브레히트 폰 발트슈타인은 자주 창가에 서서 그 정원을 건너다보았다. 왜 그러는지는 자기도 몰랐다. 때때로 우울함이 마음속에 스며들었고 그러면 그는 아버지에게 상속받았던 작은 영지를 떠올릴 수밖에 없었다. 이 영지는 그가 소년이던 시절에 엄청난 빚더미 때문에 경매에 부쳐지고 말았다. 언젠가 그는 루크레치아 폰 란데크를 본 적이 있었다. 그녀는 갓 자른 장미를 한가득 팔에 안은 정원사 조수와 대화를 나누고 있었다. 키가 별로 크지는 않았지만 우아하고 섬세한 몸매를 지닌 듯 보였다. 얼굴 생김새는 알아볼 수가 없었다. 나중에 그는 자기가 정말로 루크레치아 폰 란데크를 본 게 맞는지 의구심이 일었다. 그녀의 시녀 중 한 명을 본 걸 수도 있었다.

이렇듯 지옥과 천국을 내다보며 살던 알브레히트 폰 발트슈타인의 다락방에 어느 날 라이트니처가 찾아왔다.

라이트니처는 이 일을 가지고 어떻게 하면 발트슈타인에게 가장 잘 접근할 수 있을지 계획을 세워 두었다. 우선 그는 자신의 〈두목〉인 바르비티우스를 입에 침이 마르도록 칭찬하기 시작했다. 라이트니처는 그가 얼마나 보기 드문 사람인지, 궁정에서 모두가 그를 얼마나 존경하는지, 어디서든 그가 얼마나 환영받는지, 그는 언제든 친구들의 이익을 위해 자신의 영향력을 행사할 줄 아는 사람이며 그와 관계를 맺는 것이 발트슈타인에게 얼마나 권할 만한 일인지 이야기했다.

「그런데 당신이 이야기하는 분이 누구입니까?」 발트슈타인이 물었다. 「궁정에서 관직을 맡고 있는 분인가요? 아니면 왕국의 행정 관료인가요?」

라이트니처는 그만두자는 몸짓을 해 보였다.

「그 얘기는 나중에.」 그가 발트슈타인에게 일렀다. 「하지만 내가 말할 수 있는 건 그분이 남의 지배를 받지 않는 사람이란 겁니다. 지금 이 순간 그분의 이름은 전혀 중요하지가 않아요. 우리는 그분을 오로지 두목이라 부를 뿐이죠. 우리란 건 내 친구들을 말하는 겁니다. 내 친구들 역시 그분을 모시고 있죠. 곧장 전부 이야기하자면, 나는 이미 그분과 당신에 대해 이야기를 나눴습니다. 그리고 다른 누구도 아닌 오직 당신만이 그분의 일을 도울 수 있을 거라고 말씀드렸죠.」

「그런데 그 일이 뭡니까?」 발트슈타인이 물었다.

「그 얘기는 나중에.」 라이트니처가 말했다. 「지금 미리 말할 수 있는 건 그 일이 보헤미아 궁정파가 스페인 궁정파에 맞서 벌이는 행동이란 겁니다. 왜냐하면 스페인파 수장이…….」

「고맙습니다만 나와는 맞지 않는 일입니다. 궁정의 음모나 국정과 관련된 일에는 얽히고 싶지 않습니다.」발트슈타인이 라이트니처의 이야기를 끊으며 말했다. 그는 자신의 미래를 생각했고 궁정에서 권력을 두고 싸우는 당파들, 그러니까 스페인파든 보헤미아파든 아니면 오스트리아 대공파든 어느 쪽도 적으로 만들기를 원하지 않았다.

라이트니처는 자신이 저지른 실수를 곧장 깨닫고는 서둘러 그것을 만회하려 했다.

「국정과는 상관없는 일입니다.」그가 발트슈타인에게 장담했다. 「지금 말하기에는 너무 이른 것 같습니다. 하지만 날 믿으십시오. 우리가 집에서 끌어내 안전한 장소로 옮겨다 놓으려는 남자는 저 아래 뜰에 있는 닭들만큼이나 궁정 정치나 국정과 관련이 없습니다.」

「집에서 끌어내 안전한 장소로 옮겨다 놓아야 하는 그자가 누굽니까?」발트슈타인이 물었다. 「듣자 하니 그다지 마음에 드는 일도 아니군요.」

「누가 말했을 때 듣기에는 안 좋을지 몰라도 하고 나면 누구나 마음에 들어 하는 일들이 있죠.」라이트니처가 이의를 제기했다. 「그리고, 잘 생각해 봐요. 5백이나 6백 두카텐을 일거에 벌 수 있는 이런 기회는 평생 두 번 다시 찾아오지 않을 겁니다.」

「6백 두카텐.」발트슈타인이 깜짝 놀라서 따라 말했다. 그는 곰곰이 생각하고 계산했다. 이 금액이면 경기병 소대 하나를 모아 무장시킬 수 있었다. 그리고 경기병 소대 하나가 있으면 튀르키예의 변경 지방을 침입해 약탈할 수 있고 어쩌면 그런 식으로 성공의 토대를 마련할 수 있을지 몰랐다.

그는 자신이 놀랐다는 것을 드러내지 않았다.

「6백 두카텐이라.」 그가 말했다. 「악마를 위해 성촉에 불을 켜야만 성공할 것 같아 보이는 일에 대한 대가치고는 별로 많은 금액이 아니군요.」

발트슈타인이 악마를 위해 성촉에 불을 켜야만 한다고 말했을 때 라이트니처는 그가 비록 이 일을 나쁘다고 여기지만 이미 넘어온 거나 다름없으며 이제는 그가 대가로 받을 액수에 대해서만 합의를 보면 된다는 것을 알았다.

「6백 두카텐이 많은 금액이 아니라고 했죠?」 라이트니처가 말했다. 「자, 때로는 좋은 시작으로 만족할 줄 알아야 하는 법이죠. 하지만 악마에 대해서라면 신경 쓸 필요 없습니다. 이 일은 하늘의 보호를 받고 있으니까요. 내가 듣기로 이틀 후면 당신의 별인 화성이 수레자리 영역을 지배합니다. 그럼 당신은 실패할 리가 없어요.」

「이틀 후가 거사일입니까?」 발트슈타인이 물었다. 「그런데 그자가 누구…….」

「그 얘기는 나중에.」 라이트니처가 말했다. 그는 자신이 거둔 성과에 몹시 흡족해했다. 「이제 가봐야겠습니다. 두목께서 기다리고 계시는지라.」

라이트니처는 이후 다시 찾아왔고 나중에 한 번 더 왔다.

세 번째로 찾아왔을 때부터는 이제 〈그 얘기는 나중에〉라는 말은 없었다. 그는 발트슈타인과 함께 모든 낱낱의 사항에 합의했다.

「두목께서 오늘 저녁에 몸소 당신과 이야기를 나누고 싶어 하십니다.」 라이트니처가 떠나기 전에 말했다. 「아무한테나 그런 영예가 주어지지는 않지요. 날이 어둑해지기 시작하면 집 앞에 나와 한동안 왔다 갔다 하십시오. 사람들이 당신을 데리러 올 겁니다. 그런데 그때 몇 가지 의식이 진행될 테니 놀라지 마십시오. 왜냐하면 두목께서는 본인의 얼굴을 보이기를 좋아하지 않으시거든요. 또한 자신의 거처가 알려지는 걸 원하지 않으시고요. 그것이 그분의 특징입니다.」

날이 어둑해지기 한참 전부터 발트슈타인은 대문 앞에 나와 왔다 갔다 했다. 한 시간 전에 그는 요하네스 케플러에게서 습격 당일 밤에 화성이 아니라 금성이 수레자리 영역을 지배한다는 이야기를 들은 터였다. 그래서 그는 마음이 심란하고 불안했다. 하지만 이 일에서 손을 떼고 물러나기에는 이미 늦었다.

발트슈타인이 그렇게 왔다 갔다 하다가 벌써 초조해지기 시작했을 때 마차 한 대가 울퉁불퉁한 길을 따라 내려왔다. 마차는 집 앞에 멈춰 섰다. 마부가 마부석에서 내려와 마차 문을 열었다. 마부는 모자를 푹 눌러쓰고 있었다.

「마음이 있으면 타십시오.」 마부가 말했다. 「그분께서 기다리고 계십니다.」

젊은 발트슈타인은 마차에 올라탔다. 등 뒤에서 문이 닫히고 그가 자리에 앉았을 때 어둠 속 옆자리에서 이렇게 말하는 목소리가 들렸다.

「눈을 안대로 가리는 걸 양해해 주시기 바랍니다. 그렇게 명을 받았습니다.」

마차가 이미 움직이고 있었다.

마차는 오래도록 달렸다.

어느새 15분쯤 지났을 때 발트슈타인은 자신이 더 이상 프라하의 포석 위가 아니라 비에 흠뻑 젖은 국도 위에서 개활지를 달리고 있음을 곧 알아차리고 놀랐다. 말없이 옆에 앉아 있던 남자가 이제 마차 창문 하나를 열었다. 선선한 한 줄기 가을바람이 느껴졌고 젖은 농토의 냄새가 났다. 근처 숲에서 바람이 윙윙거리는 소리와 올빼미 울음소리가 들려왔다. 개 짖는 소리와 소 울부짖는 소리가 들리는 걸로 미루어 보아 마을이나 시골 영지로 다가가고 있는 것 같았다. 그곳은 마을이었다. 마차가 지나가는 동안 시골 여관의 음악, 즉 바이올린과 백파이프 소리가 들렸기 때문이다.

「여기는 블라시츠입니다.」 옆자리 남자가 이렇게 말하고는 다시 창문을 닫았다. 「우리는 블라시츠를 지나고 있습니다. 이곳에서 블루베리와 버섯이 프라하의 시장으로 오죠.」

「두목님의 거처까지 가려면 아직 멀었습니까?」 발트슈타인이 물어보았다.

「어디라고요?」 옆자리 남자가 물었다.

「두목님의 거처요.」 발트슈타인이 다시 말했다. 「그분의 거처가 시내에 있을 거라고 생각했는데 말입니다.」

「몇 마일 더 가야 합니다. 사오 마일 정도요.」 남자가 알려주었다.

「이상한 일이야. 이해가 잘 안 가는군.」 발트슈타인이 반쯤 혼잣말로 말했다.

이어서 다시 침묵이 감돌았다. 발트슈타인은 외투로 몸을 더 단단히 감쌌다. 비가 몹시 격렬하게 마차 지붕을 두드렸고 바퀴와 말발굽 밑에서 웅덩이 물이 폭포처럼 튀어 올랐다. 우두둑우두둑 내리는 빗속을 반 시간쯤 지났을 때 남자가 다시금 발트슈타인에게로 몸을 돌려 말했다.

「우리는 지금 호호아우츠에 있습니다. 이곳의 슐리크 영지에서는 독한 맥주를 양조하죠. 모두가 칭찬하는 맥주입니다. 이제 절반쯤 왔습니다.」

발트슈타인은 남자의 말을 듣고 있지 않았다. 그는 고개를 숙여 팔에 얹은 채로 자고 있었다.

마차가 멈춰 섰을 때 발트슈타인은 벌떡 일어나 눈을 비비려다 안대를 만졌다. 그러자 기억이 다시 돌아왔다. 그는 마차에서 내렸다. 비는 더 이상 오지 않았다. 발밑에서 자갈이 바스락거렸고 누군가의 손이 그의 손을 붙잡았다.

「그냥 똑바로 가십시오. 그분께서 기다리고 계십니다.」 어느 목소리가 말했다. 마차를 함께 타고 온 남자의 목소리는 아니었다.

발트슈타인은 자갈길을 걷고 있었다. 가을답게 늦장미와 누레진 나뭇잎 냄새가 났다.

「계단이 있습니다!」목소리가 경고했다.

발트슈타인은 충계를 오른 다음 상대방의 손이 이끄는 대로 석재 타일 위에서 오른쪽으로, 왼쪽으로, 똑바로, 그리고 다시 오른쪽으로 갔다. 이제 인도자의 손이 그의 손을 놓았다. 그가 멈춰 섰다. 눈을 가린 안대에도 불구하고 그는 자신이 환히 불을 밝힌 방 안에 있다는 것을 알았다. 뒤에서 속삭이는 소리가 들렸다.

「주인님이십니다.」

이와 동시에 그는 억누른 웃음소리와 밝은 목소리를 들었다.

「무슨 테미스[67]처럼 그렇게 엄한 눈초리로 보지 마세요. 이제 눈을 가린 안대를 벗고 다가오세요. 환영합니다.」

발트슈타인이 안대를 벗었다. 그가 있는 방은 짐작했던 것만큼 환하지는 않았다. 벽난로 불빛, 그리고 식탁 위 은촛대에 있는 양초 두 개의 불빛만이 방을 비추고 있었다. 식탁은 두 사람이 식사를 할 수 있게 준비되어 있었다. 난롯가에 진보라색 벨벳 드레스 차림의 숙녀가 앉아 있었다. 드레스는 전혀 유행을 따르지는 않았지만 그 대신 여인의 몸 선을 우아하게 드러냈다. 그녀의 머리카락은 불그스레한 기가 돌았고 손은 갸름했으며 손마디는 섬세했다. 하지만 발트슈타인이 알아볼 수 있는 것은 이게 다였다. 여인의 얼굴이 검은색 비단 가면 뒤에 숨겨져 있었기 때문이다.

〈저 사람이군! 저 사람이 두목인 거야. 여자였어.〉 발트슈

67 그리스 신화에 나오는 율법의 여신.

165

타인이 속으로 생각하면서 절을 했다.

「이렇게 와주시다니 굉장히 기쁘네요. 감히 바라지 못하던 일인데.」 가면 뒤에서 숙녀의 목소리가 울렸다. 「저를 위해 궂은 날씨 속에서 진창길을 힘들게 달려오셨군요.」

「전혀 그렇지 않습니다.」 젊은 발트슈타인이 장담했다. 「저는 여행에 익숙합니다. 물론 마차보다는 말을 타고 움직이기를 더 좋아하죠.」

「당신이 용기병 부대에서 대위였다는 거 알아요.」 숙녀가 말했다.

「뭐든 말씀만 하십시오.」 발트슈타인이 다시 한번 절을 하며 말했다.

주인과 마찬가지로 가면을 쓴 하인 두 사람이 그사이 들어와 있었다. 그들은 저녁 식사의 첫 번째 코스를 차렸다. 포도주를 탄 수프, 속을 채운 어린양 가슴살, 새끼 돼지 요리, 적양배추, 닭 날개, 닭 간, 멧돼지 넓적다리였다. 그리고 숙녀가 발트슈타인에게 함께 식사를 하자고 권했다.

하인들이 잔을 채우는 동안 그녀가 부탁했다. 「이 집과 주방 형편상 내놓을 수 있는 건 이 정도예요. 차린 게 많지가 않죠. 양해해 주세요.」

「천만의 말씀입니다.」 젊은 발트슈타인이 예의범절에 맞게 말했다. 그러고 나서 그는 어린양 가슴살 한 조각과 닭 날개 두 개, 적양배추 약간과 멧돼지 넓적다리 두 조각을 접시에 올렸다.

송아지고기와 사냥고기를 포함한 두 번째 코스가 끝나고

하인들이 식탁에 후식을 올린 뒤 떠나자 이제 발트슈타인은 자신에게 6백 두카텐을 가져다줄 일에 대해 두목과 이야기를 나눌 때가 되었다고 생각했다.

발트슈타인이 잔을 들고 집주인의 눈을 들여다보며 말했다. 「내일 밤 일의 성공을 위하여.」

「기꺼이 함께 건배할게요.」 가면 쓴 숙녀가 말했다. 「말씀하시는 내일 밤 일이라는 게 뭔지는 모르겠지만 말이에요. 하지만 그 일 때문에 오늘 일을 잊으시지는 않았으면 해요. 저는 오늘 밤을 좀 기대하고 있으니까요. 아니면 당신은 혹시 어떤 일을 하는 중에 벌써 다음 일을 생각하는 분인가요?」

「네? 제가 제대로 알아들은 게 맞습니까? 오늘 중으로 일을 진행해야 한다고요?」 발트슈타인이 우려하며 물었다. 「시간이 충분하지 않을까 봐 걱정입니다. 왜냐하면 저는…….」

「왜 시간이 충분하지 않다는 거죠? 그 과부네 집으로 그리 급하게 돌아가야 하나요?」 가면 쓴 숙녀가 조금 날 선 어조로 물었다.

「그게 아닙니다, 두목님.」 발트슈타인이 대답했다. 「하지만 오늘 중으로 일이…….」

「뭐라고요?」 집주인이 소리쳤다. 「두목님이라고요? 지금껏 저를 그렇게 부른 사람은 없었어요. 우리 집에 손님으로 온 신사들 중에 누구도 저를 그렇게 부른 적은 없어요. 두목님이라니! 숙녀한테, 그것도 신분과 출신이 당신네 중 누구에게도 뒤처지지 않는 여자한테 그게 할 소리예요?」

「용서해 주십시오!」 젊은 발트슈타인이 완전히 당황해서 웅얼거렸다. 「당신을 모시는 사람 중 하나가 당신을 그렇게 불러야 한다고 했습니다.」

「정말로요?」 숙녀가 격노해서 소리쳤다. 「제 하인들 중 누가 당신한테 그런 헛소리를 늘어놓을 만큼 그토록 어리석고 그토록 미련하다는 거죠?」

「오늘 아침에 당신의 전갈을 가지고 저희 집에 온 남자입니다. 어제도 왔고요.」 발트슈타인이 이야기했다. 「그 사람 이름이 뭔지 아는데 지금 당장은 좀체 떠오르지가 않네요.」

「거짓말도 정도껏이지 너무 막 나가다 막다른 골목에 다다른 격이군요.」 가면 쓴 숙녀가 일어서서 발트슈타인 주위를 고양이처럼 맴도는 동안 흥얼대며 말했다. 「들어 보세요, 대위님. 저는 당신이 하는 이야기를 한마디도 믿지 않아요. 왜냐면 저는 어제도, 오늘 아침에도 하인이나 다른 누군가를 시켜 당신한테 전갈을 보낸 적이 없으니까요.」

「하지만 그자 말로는 당신이 보내서 왔다고 했습니다.」 발트슈타인이 항변했다. 「그리고 당신이 저와 일에 대해 이야기할 게 있으니 저보고 준비해 두라고 했습니다.」

「일에 대해서요?」 숙녀가 웃으며 말했다. 「점점 가관이군요. 아뇨, 대위님! 면전에 대고 당신을 지나치게 칭찬하고 싶지는 않지만 제가 당신같이 잘생기고 젊은 장교를 초대하는 건 일에 대해 이야기하려고 그러는 게 아니랍니다. 아뇨, 대위님. 그런 말을 했다면 그자는 저를 모르는 거예요. 당신이 꼬리에 꼬리를 무는 착각에 빠진 게 아닌가 하는 생각이 드네요.」

「저 역시 그렇습니다.」젊은 발트슈타인이 침울해하며 말했다. 그는 자신의 6백 두카텐이 멀어져 가는 것을 보았다. 「그런데 무슨 의도로 저를 이곳으로 데려온 건지 설명해 주시겠습니까?」

「정말이지 당신 입에서 아직 젖비린내가 난다고 해도 믿을 지경이네요.」가면 쓴 숙녀가 웃으면서 말했다. 그러고는 다시금 장난스러운 고양이처럼 발트슈타인 주위를 맴돌며 때로는 이쪽에서, 때로는 저쪽에서 그를 바라보았다. 「왜 당신을 이곳으로 데려왔을까요? 그걸 알아맞히는 게 그리 어렵나요? 한번 잘 생각해 봐요!」

이 순간 발트슈타인은 사랑의 모험을 제외한 온갖 것을 생각했다. 6백 두카텐을 벌 수 있는 이런 기회는 평생 두 번 다시 찾아오지 않을 거라는 라이트니처의 말이 귓가에 맴돌았다. 발트슈타인은 기분을 잡쳐서 멍하니 앞을 바라보며 침묵했다.

「사람들 말로는 당신이 아주 명석한 두뇌의 소유자라더군요.」숙녀가 말을 이었다. 「그런데 당신은 그 두뇌를 온전히 사용하고 있지 않은 것 같네요. 그게 아니라면, 대위님, 당신은 제가 어떤 처지인지 알아차리셨을 테니까요. 저는 이미 여러 번 당신과 마주쳤고 당신과 대화할 기회를 노리고 있었어요. 왜냐하면 당신한테는 무언가 특별한 점이 있어 보였으니까요. 제가 아는 모든 남자들과 당신을 구별해 주는 무언가가요. 제가 착각한 걸까요? 하지만 당신 자신은 그걸 모르는 것 같아요. 요컨대 저는 당신이 마음에 들어요. 그리고 당신도 저를 좀 사랑하게 만들고 싶어요.」

그녀는 마지막 말을 하면서 전혀 저어하거나 수줍어하지 않았다. 오히려 자신이 원하는 그것이 세상에서 가장 당연한 일인 양 말했다. 젊은 발트슈타인은 미소를 지었고 불쾌감은 사라져 버렸다. 그리고 그는 화성이 아니라 금성이 그의 모험을 비출 것이라 말한 요하네스 케플러를 떠올릴 수밖에 없었다.

「그러니까 세상에서 제일 아름다운 숙녀가…….」그가 말을 하면서 그녀의 손을 잡았다. 「저를 애인으로 삼고 싶어서…….」

「제 의도를 제대로 이해하시길. 하룻밤만이에요!」세상에서 제일 아름다운 숙녀가 그의 말을 끊고는 진보라색 벨벳 드레스를 만지작거리기 시작했다. 「하룻밤만이에요, 대위님, 명심하세요! 왜냐하면 저는 자유롭게 살면서 제가 원하는 일을 하고 싶거든요. 하지만 이 하룻밤은 당신에게 백 날 밤만큼이나 좋을 거예요.」

「그러니까 당신이 오늘 밤 저를 애인으로 삼고 싶었던 거라면 말입니다.」젊은 발트슈타인이 별로 실망하는 기색 없이 말했다. 「왜 얼굴을 보여 주지 않는 거죠? 이대로는 제가 당신 얼굴을 손으로 감싸고 애정을 담아 어루만질 수가 없지 않습니까.」

「왜냐하면 저는 당신이 생각하는 것보다 평판에 신경을 쓰고 남자들을 믿지 않으니까요.」여전히 드레스를 만지작거리며 숙녀가 대답했다. 「남자들은 자기 애인을 자랑하기를 너무나 좋아하고 비밀을 지킬 줄 모르죠.」

「어쩌면 바로 그것이 저를 다른 남자들과 구별해 주는 점일지도요. 저는 비밀을 지킬 수 있습니다.」발트슈타인이 단언했다.

「어쩌면 그럴지도요.」숙녀가 인정했다. 「하지만 비밀을 지킬 줄 아는 남자들도 어마어마한 실수를 저지를 때가 많아요. 온 세상이 그들의 비밀을 알게 되는 거죠. 아뇨, 내 사랑! 당신은 오늘 밤 나에게 뭐든 요구해도 괜찮아요. 그러나 가면은 벗을 수 없답니다.」

그녀가 고개를 뒤로 젖히고 팔을 내려뜨렸고 진보라색 벨벳이 그녀 몸을 따라 바닥으로 미끄러졌다.

두 사람이 쾌락을 만끽한 후 부드럽게 포옹한 채로 나란히 누워 있을 때 숙녀는 수다를 떨고 싶어졌다. 이제 그녀는 조용히 있을 수가 없었고 머릿속에 떠오르는 대로 온갖 것을 말하기 시작했다.

「나는 정신이 아주 말똥말똥해요.」그녀가 말했다. 「하지만 내 사랑, 당신은 잠을 좀 자둬야 해요. 아침에 해가 뜨면 이곳에서 3마일 떨어진 곳에 있어야 하니까. 당신은 집으로 가야 하죠. 그곳에서는 모든 게 예전과 똑같을 거고 당신은 내 생각을 하지 않게 될 거예요. 사람들이 나한테 말해 주길 당신은 밤낮으로 앉아서 책만 읽는다죠. 당신이 그토록 열심히 들여다보는 게 성서인가요?」

「아뇨.」발트슈타인이 설명해 주었다. 「라틴어와 그리스어

저자들이 군사학에 대해 쓴 책들이에요.」

「그렇다면 당신은 그야말로 지식의 보고로군요.」숙녀가 반은 조롱 조로, 반은 경탄조로 말했다. 「나도 라틴어를 할 줄 안답니다. 얼마나 잘하는지 들어 볼래요? 호디에는 오늘, 크라스는 내일, 알리퀴드[68]가 버터 만드는 통 속에 떠 있다. 그래요, 내 사랑. 호디에에 당신은 내 곁에 있고 크라스면, 아아, 당신은 떠나가요. 그래요, 아쉽게도, 모든 게 원하는 대로 되지는 않는 법이죠. 그리고 버터 만드는 통 속에 떠 있는 알리퀴드가 뭔지 그것도 알았는데 지금은 잊어버렸네요. 당신은 아주 박식한 사람이니까 그게 뭔지 알려 줄래요?」

「당신 얼굴을 보여 준다면 말해 주지요.」발트슈타인이 제안했다.

그녀가 고개를 가로저었다. 그녀는 발트슈타인에게 입맞춤을 받고 답례로 입맞춤을 해주었다. 그리고 그녀의 생각은 다른 방향으로 뻗었다.

「내 사랑, 당신은 아주 박식한 사람이니까 말해 봐요. 왜 여자들은 그토록 쉬이, 그리고 그토록 자주 죄에 빠지는 거죠? 당신이 그걸 모른다면, 당신의 책 속에도 그 답이 없다면, 내가 말해 줄게요. 내가 죄를 범하는 데에는 세 가지 중요한 이유가 있어요. 첫째, 세상에 드러나지 않으니까. 아무도 내 일에 간섭하지 않죠. 둘째, 신께서는 자비로우시니까. 신께서는 죄인들에게 회개할 시간을 주세요. 우리 신부님이 그러셨죠. 그리고 셋째, 다른 여자들도 그러니까. 이건 당신이 나

68 aliquid. 〈무언가〉, 〈누군가〉를 뜻하는 라틴어.

보다 더 잘 알겠죠. 아니면 모르나요?」

교회 탑에서 종소리가 울렸다. 발트슈타인은 종이 몇 번 치는지 셌다. 열두 번이었다. 그리고 마지막 종소리가 사라졌을 때 멀리서 나지막이 짖고 낑낑대는 소리가 들렸다. 처음에 발트슈타인은 그 소리에 주의를 기울이지 않았다. 너무도 나지막한 소리여서 겨우 들릴락 말락 했다. 하지만 이제 염소가 매매 우는 소리가 거기에 가세했다. 이어서 어떻게 이런 일이? 이건 예레미아스의 애처로운 닭 울음소리와 비슷하지 않나? 의심의 여지가 없었다. 세상의 죄를 한탄하는 예레미아스였다.

한순간 발트슈타인은 몹시 당황스러웠고 머리를 얻어맞은 것 같았다. 곧이어 그는 이게 어찌 된 일인지 깨달았다. 이제 그는 자신이 어디에 있으며 자기 옆에 누워 있는 게 누군지 알았다.

「12시네요.」그사이 숙녀가 말했다.「내 사랑, 이제 잠 좀 자둬요. 일찍 떠나야 하잖아요. 당신은 먼 길을 가야 해요.」

하지만 그녀는 그를 자게 내버려두지 않고 계속 수다를 떨었다.

「6마일. 5마일, 당신은 아직 내 생각을 해요. 4마일, 당신은 나를 잊죠. 3마일, 당신은 초조해져요. ─ 마부, 빨리 가세! 그러면 마부가 채찍질을 하고 길에서 산산이 흩어진 거위들이 목을 뻗고 당신 뒤로 꽥꽥 울죠. 2마일, 1마일 더, 그럼 프라하 신시가죠.

173

그리고 당신이 신시가 입구에 가면

그 앞에 돌로 된 황소가 서 있죠.

하나, 둘, 음매!

그 황소는 당신이에요!」

「조용, 루크레치아!」 젊은 발트슈타인이 말했다. 「장난은
이제 그만둬요! 나는 먼 길을 가지도 않고, 신시가 입구로 가
지도 않아요.」

그녀가 고개를 들고는 경악한 눈으로 발트슈타인을 쳐다
보았다. 그녀는 자신이 당황했다는 것을 웃음으로 감추려
했다.

「나를 뭐라고 부른 거죠?」 그녀가 물었다. 「나를 위해 무슨
새로운 이름을 생각해 낸 거죠? 처음에는 두목이랬다가 이제
는 뭐라고 했죠?」

「아, 그만둬요!」 발트슈타인이 소리쳤다. 「처음부터 나는
당신이 누군지 알고 있었어요. 아뇨, 내 사랑 루크레치아, 나
는 당신의 마차 안에 또다시 두 시간 동안 앉아 있고 싶지 않
아요. 정원을 달리고 울타리를 뛰어넘으면 바로 집인걸요.」

루크레치아 폰 란데크는 한숨을 내쉬고 그를 바라보고 다
시 한숨을 내쉬고는 비단 가면을 벗었다. 그러자 큰 눈과 긴
속눈썹을 가진 갸름하고 창백하고 깜짝 놀란 얼굴이 드러났
다. 뾰족하고 작은 코와 고집스럽게 생긴 입이 보였다.

「아, 내 사랑!」 그녀가 한탄했다. 「무슨 짓을 한 거죠? 대체
무슨 짓을! 아아, 이제 당신은 끝장이에요. 당신은 죽어야만

하고 나는 앞으로 평생 행복을 누릴 수가 없어요.」

그녀는 일어나서 벽에 붙은 옷장으로 갔고 한동안 그 안에서 무언가를 찾았다. 다시 돌아왔을 때 그녀의 두 손에는 작은 권총이 들려 있었다. 그녀는 권총을 발트슈타인에게 겨눴다.

「이봐요!」 그녀가 말했다. 「난 이런 상황을 자주 생각하고 상상하고 머릿속에 그려 봤어요. 내 비밀을 알아차린 자는 살아서 이 집을 나가서는 안 된다고. 살려 달라고 아무리 애걸복걸해도 인정사정 봐줄 수 없다고. 머릿속에 그려 보는 건 어렵지 않아요. 하지만 실제 상황이 닥치면, 그래요, 나는 이 물건을 다룰 줄 몰라요. 어떻게 쥐는지도 제대로 모르죠. 나는 군사학을 공부한 적이 없으니까요.」

「그걸 어떻게 다루는지 가르쳐 줄까요?」 발트슈타인이 제안했다. 「어렵지 않아요. 먼저 화약을 넣고, 조심해요, 화약이 바람에 날아가지 않도록 말이에요.」

그녀는 권총을 내려놓고 어쩔 줄 모르는 눈빛으로 발트슈타인을 바라보았다.

「어떡하죠?」 그녀가 하소연했다. 「알려 줘요, 내 사랑. 내가 어떡해야 하죠?」

「루크레치아, 당신을 아예 만나지 말았어야 했는데.」 젊은 발트슈타인이 말했다. 「하지만 이미 엎질러진 일, 나는 내 안에서 생명의 숨이 다할 때까지 당신을 사랑할 수밖에 없어요.」

마치 이 말을 기다린 것처럼 그녀의 얼굴이 환해졌다.

「그래요, 이 길밖에는 없어요.」그녀가 확고한 목소리로 이 야기했다. 「당신은 내 남편으로서 비밀을 간직하고 죽을 때까지 내 명예를 지켜 줄 거예요. 우리는 신분과 출신이 같고 부부지간처럼 서로를 잘 알기도 하고요. 어때요, 좋나요? 신부님과 증인 두 명을 금방 불러올 수 있어요.」

「네, 좋아요. 어떻게 안 좋을 수가 있겠어요! 신부님과 증인들을 불러와요!」젊은 발트슈타인이 외쳤다. 루크레치아가 깜짝 놀라 움찔할 만큼 큰 소리로.

「조용!」그녀가 속삭이고는 손가락을 입술에 갖다 댔다. 「떠들지 마요. 당신이 아직 당신의 아내가 아닌 숙녀와 침대에 누워 있다는 사실을 잊지 말라고요. 정말이지 온 도시 사람들이 몰려오기를 원하는 건가요?」

다음 날 아침, 결혼식을 마치고 자신의 다락방으로 돌아온 발트슈타인은 라이트니처가 방 한구석에 서서 자기를 기다리고 있는 것을 발견했다. 라이트니처는 딱할 정도로 피로하고 심란해 보였다. 머리카락이며 신발이며 짓눌린 옷에 지푸라기가 꽂혀 있는 걸 보니 헛간의 건초 위에서 밤을 보낸 게 분명했다.

발트슈타인이 등 뒤로 문을 닫자마자 라이트니처가 소리쳤다. 「어제 어디에 있었던 겁니까? 여기서 안 잔 겁니까? 누군가가 경고해 줬습니까?」

「경고라뇨? 무엇을요?」발트슈타인이 물었다.

라이트니처가 두 손으로 얼굴을 감싸더니 흐느끼기 시작

했다.

「그분이 체포됐습니다!」 그가 울먹이며 말했다. 「알겠어요? 그분이 체포됐다고요! 나는 당신을 기다렸습니다. 두 시간 동안 기다렸어요. 당신이 오지 않아서 두목께 보고를 드리려고 돌아갔는데, 가니까 그들이 집을 포위하고 있었습니다. 바르비티우스가 발에 쇠사슬이 채워지고 양손이 등 뒤로 묶인 채 끌려 나오고 있었습니다.」

「바르비티우스요? 그게 누굽니까?」 별 관심을 두지 않으면서 발트슈타인이 물었다.

「두목님 말입니다!」 라이트니처가 신음하듯 말했다. 「그분은 그걸 예견했는데! 예견하고 계셨는데 나는 그분 말씀을 들으려 하지 않았습니다. 결국에는 어떻게 될까요? 감옥, 쇠사슬, 교수대 혹은 갤리선이겠죠. 그럼 나는? 그분 없이 나는 뭘 하죠? 프랑스가 어딜까! 네덜란드는 어디지?」

그는 성난 눈초리로 발트슈타인을 노려보며 소리쳤다.

「이런 상황에서도 연민을 느끼지 않는다면 분명 목석일 테지.」

「나는 그 모든 일과 아무런 관계가 없습니다.」 발트슈타인이 해명했다.

「하지만 당신도 완전히 안심하고 있지는 않잖아요.」 라이트니처가 말했다. 「그러니 집 밖에서 밤을 보냈겠죠. 그리고 그건 잘한 일입니다. 왜냐하면 그들은 틀림없이 나를 미행하고 내가 몇 차례 당신 집에 들른 걸 보았을 테니까요. 나는 달아날 겁니다. 프라하를 뜰 거예요. 당신도 서둘러 다른 거처를 찾는 게 좋을 겁니다.」

「벌써 찾았습니다.」 발트슈타인이 말했다.

같은 날 요하네스 케플러는 알브레히트 벤첼 오이제비우스 폰 발트슈타인 씨의 편지를 받았다. 편지에서 발트슈타인은 그에게 〈굉장히 유익한 정보를 알려 준 데 마땅한 감사〉를 표했다. 이어서 하지만 금성이 지난밤에 이미 수레자리 영역에 있었던 게 틀림없다고, 왜냐하면 〈선생님의 충직한 종〉인 자신이 바로 지난밤에 혁혁한 성과를 거두었기 때문이라고 썼다.

편지에는 입구를 봉한 주머니가 하나 딸려 있었고 그 안에 5헝가리 두카텐이 들어 있었다.

요하네스 케플러는 주머니를 들고 병든 아내가 누운 방으로 갔다. 그는 침대 옆에 앉아 아내 입에 약 한 숟갈을 흘려넣어 주고 이마의 땀방울을 닦아 주었다.

「당신도 알지.」 그가 아내에게 이야기했다. 「내가 말했잖아. 분별없는 무리들이 그토록 격찬하는 점성학이란 고상한 천체학의 타락한 나쁜 딸이라고. 나는 점성학을 좋아하지 않아. 하지만 많은 타락한 자식이 그렇듯 점성학은 다른 누구도 거들떠보지 않는 가난한 어미를 자신의 매력으로 먹여 살리지.」

이어서 그는 5두카텐을 병든 아내의 침대 위에 놓았다.

「짖는 개와 울부짖는 수탉이 발렌슈타인에게 행운을 가져다준 거야.」 11월의 어느 비 내리고 안개 긴 날에 나의 가정 교사인 의대생 마이슬이 사인과 코사인을 사용하는 계산의 신비로 나를 안내하는 대신 이렇게 말했다. 「물론 김나지움 에서는 이런 얘기를 전혀 안 해주겠지. 왜냐하면 그곳에서는 너희한테 연도만 주입시키니까. 나는 그에 대해 나쁘게 말하 려는 건 아니야, 그건 말도 안 되지. 하지만 그는 전쟁에 있어 서나 사랑에 있어서나 계산을 잘하는 사람이었어. 발렌슈타 인 말이야. 그래서 나는 당시 정말로 그저 금성이 수레자리 영역에 있었던 것뿐인지 의심스러워. 왜냐하면 내가 루크레 치아 폰 란데크에 관해 처음에 이야기한 걸 떠올려 봐. 그녀 는 보헤미아 왕국에서 가장 부유한 여자 상속인이랬잖아. 그 녀는 일찍 죽었어. 하지만 그녀의 재산 덕분에 발렌슈타인은 베네치아와의 전쟁이 터졌을 때 용기병 연대 둘을 만들어 황 제에게 제공할 수 있었지. 이로써 그는 가파른 출세 가도를 달리기 시작했어. 나중에 에거에서 미늘창을 맞을 때까지 말 이야.」[69]

의대생 마이슬은 긴 학생용 파이프에 오스트리아-헝가리 제국 국영 담배 공장의 어느 싸구려 제품을 채워 넣었다. 파 이프의 도자기 담배통에는 볼테르의 초상이 있었다. 이어서 그가 말했다.

「우주의 법칙을 그토록 깊이 들여다봤던 요하네스 케플러 는 분명 착각한 게 아니었어. 금성은 그날 밤 수레자리 영역 을 지배했어. 하지만 내가 보기에는 바로 근처에 더 작고 눈

69 발렌슈타인은 에거에서 암살당했다.

에 띄지 않는 별 하나가 또 있었던 것 같아. 발렌슈타인의 진짜 별, 즉 수성 말이야. 비록 너는 라틴어 실력이 형편없는 학생이고 오비디우스[70]의 쉬운 구절도 결코 제대로 번역할 줄 모르지만, 너도 알잖아, 고대의 메르쿠리우스가 돈의 신이었다는 걸.」[71]

---

70 고대 로마의 시인.
71 메르쿠리우스는 수성을 뜻하기도 한다.

화가 브라반치오

프라하에 한 화가가 살았다. 후세에 별로 알려지지 않은 이 화가는 이름이 보이테흐 혹은 아달베르트 브라베네츠였으나 그는 시뇨르[72] 브라반치오라 불리는 걸 싫어하지 않았다. 물론 사람들은 그를 화가보다는 오히려 부랑자나 방랑자라 일컬을 만했다. 그는 해마다 보헤미아와 오스트리아 땅, 헝가리와 롬바르디아를 편력하곤 했다. 그러나 정말 드물게만 훌륭한 장인에게서 일을 받아 했는데 어디에도 오래 머무르지는 않았다. 그것은 그가 회화술에 관해 나름의 관점을 가지고 있었으며 장인의 지시에 순순히 따르지 않았기 때문이다. 그 밖에도 그는 성정상 가만히 있지 못하는 사람이어서 어디에 있건 간에 당국에 대해 불온한 언사를 일삼았고 신분과 명망이 높은 모든 이들에게, 심지어 단지 옷차림이 말쑥할 뿐인 사람들에게도 경멸을 표했다. 따라서 그는 대개 시골 주점과 항구 술집과 평판 나쁜 가게 들을 돌아다녔다. 그곳에서 만나는 사람들은 그가 하는 선동적인 말을 듣기 좋

72 〈누구 씨〉 혹은 〈선생님〉을 뜻하는 이탈리아어 호칭.

아했고 붓놀림 몇 번으로 술친구의 얼굴을 그려 내는 그의
능력 또한 인정해 주었기 때문이다. 그는 술에 취하지 않았
을 때도, 심지어 일요일에도 길가 시궁창에서 막 건져 낸 사
람 같은 꼴이었으며 얼굴에는 간밤에 치른 난투의 흔적이 남
아 있었다. 그와 그의 친구들은 싸움이 일어나면 언제든 바
로 칼을 집을 태세를 갖추고 있었기 때문이다.

싸움질과 방랑 생활이 얼마간 지긋지긋해질 때면 그는 다
해진 신발을 신고 셔츠도 입지 않고서 주머니 속에 땡전 한
푼 없이, 때로는 심지어 화구도 없이 프라하로 돌아왔다.

그럴 때면 그는 아그네스 수도원에서 멀지 않은 블타바강
가에서 옷 수선공으로 일을 하는 형제의 작업장에서 지냈다.
두 사람은 우애가 깊었지만 서로 사이좋게 지내지는 못했다.
옷 수선공은 자신의 형제가 명망 있는 사람들은 물론이고 성
모 마리아나 성자들도 그리지 않고 늘 천한 서민들과 행실
나쁜 불량배들만 그리는 것을 싫어했다. 화가는 술 취한 군
인, 집시, 개장수, 소매치기, 빨래 바구니를 지닌 블타바강 가
의 세탁부, 돌팔이 의사, 발치사, 악사, 게토 거리의 온갖 군
상들과 소광장에서 직접 만든 자두잼과자를 파는 노점상 여
자들 따위만 그렸기 때문이다. 또한 옷 수선공은 자기 형제
가 이따금 형편없는 그림으로 벌어들인 돈을 알뜰히 쓸 줄
모르는 것도 못마땅했다. 왜냐하면 속담에서 말하듯 바보와
동전은 단 하루도 함께 있지 못하니까.

그런데 이 화가가 대강 휘갈긴 스케치와 초안 등 몇몇 소
품이 그림에 대해 좀 알거나 아는 척하는 사람들의 수중에

들어갔다. 그리고 그런 소품 가운데 수염을 기른 구부정한 카푸친 수도사가 자신이 약탈하거나 탁발해 얻은 치즈 덩어리를 탐욕스러운 눈으로 쳐다보는 모습을 그린 작품이 하나 있었는데 그게 로마 황제의 눈에 띄게 되었다.

그 당시 황제 루돌프 2세는 자신의 미술품과 희귀품 진열실을 풍성하게 만드는 일에 엄청난 열성을 쏟고 있었다. 황제는 여기에 필요한 돈을 온 구석구석에서 긁어모았고 그 탓에 궁정 재무국은 그 빚을 갚느라 고생이 이만저만이 아니었다. 그 시절에 황제는 국사를 거의 내팽개치다시피 했다. 그는 미술품을 사랑했고 오직 미술품만을 위해 살았다. 비록 이 화가가 그런 대상을 골라 묘사한 것이 교회의 입장에서 볼 때 못마땅했으나 훌륭한 회화 작품을 배출한 적이 별로 없는 자신의 보헤미아에, 이 구시가의 지저분하고 구석진 곳에 그 시대 이탈리아나 네덜란드의 대가들에 뒤지지 않는 화가가 살고 있다는 것이 놀랍게 여겨졌고 거의 믿기지 않을 정도였다.

당시만 해도 황제는 가끔씩 프라하성 밖으로 나가곤 했다. 아직 황제가 동생 마티아스와 다른 적대자들의 암살 기도를 끊임없이 두려워하며 살지 않던 때였다. 그래서 어느 날 아침에 황제는 관청 서기의 복장으로, 즉 닳아빠진 신발을 신고 남루한 웃옷을 걸치고 깃펜 두 개와 잉크병을 허리띠에 차고 모든 서기의 수호성인인 성 카타리나의 초상이 달린 펜던트를 하고서 옐레니 프르지코프의 샛문을 빠져나왔고 시종 체르벤카의 수행을 받으며 인적 없고 좁은 거리를 지나

강을 건너 〈바스가이게〉라는 이름의 집 앞에 당도했다. 이 집의 뒤편에 옷 수선공과 화가의 작업장이 있었다.

때는 2월이었고 차가운 소나기가 막 내린 뒤였다. 황제는 오슬오슬 몸을 떨며 체르벤카와 헤어졌다. 그리고 자신의 변장에서 핵심이라 여기는 펜던트를 바로잡고는 작은 뜰의 흠뻑 젖은 땅 위로 조심스럽게 발걸음을 내디뎠다. 폭이 좁고 처량할 만큼 휑한 뜰 안에서 고양이 한 마리가 참새들을 쫓고 있었다. 곧이어 그는 작업장으로 들어섰다.

적당한 크기의 방 안에 세 사람이 있었다. 옷 수선공은 자신이 쓴 안경을 끊임없이 바로잡으면서 등받이 없는 의자에 앉아 이글이글한 작은 석탄 더미가 든 놋쇠 화로 위로 양쪽 발을 번갈아 대며 불을 쬐고 있었다. 그는 〈쉬르투〉라 불리는 종류의 낡은 외투를 앞에 펼쳐 놓고서 해진 안감을 수선하고 있었다. 작업장 가운데에 나란히 붙여 놓은 의자 두 개에는 블타바강의 뗏목꾼인 수염 난 거한이 나들이옷 차림으로 앉아 있었다. 시뇨르 브라반치오가 그의 초상화를 그리고 있었는데 거한의 모습이 몹시 애처로웠다. 그는 굳은살이 박이고 털이 숭숭 난 자신의 거대한 두 손을 어디에 둘지 몰라 쩔쩔매는 듯했다. 이 순간 그는 두 손을 쭉 뻗고서 기도하듯 깍지를 끼고 있었다. 앞서 화가가 움직이지 말 것을 신신당부한 까닭에 그는 자신이 서투르게 손을 움직이다 작업장 안의 물건을 깨뜨리거나 망가뜨릴까 염려했다. 하지만 수염 난 얼굴에 떠오른, 어린애처럼 어색하고 조금은 부자연스러운 이 표정이야말로 화가가 보고 그리기를 바라던 것이었다. 상간[73]을 든 화가는 불안감에 땀을 흘리는 뗏목꾼 주위를 돌면서 때로는 오른쪽에서, 때로는 왼쪽에서 그를 관찰하더니 그의 귀나 수염을 잡아당겨 얼굴을 바로잡고는 뒤로 물러났다 다시 다가간 다음 초상화에 작은 획 하나를 추가했다. 초상화는 이미 완성된 것이나 다름없어 보였다.

로마 황제인 루돌프 2세가 등 뒤로 문을 닫고 모자를 살짝 들어 올려 보였다. 황제는 낯선 얼굴들을 대할 때면 늘 그렇듯 불안감과 어색함을 느끼며 절을 하려고 했다. 그는 추밀 고문관인 헤겔뮐러가 계산서나 서류 다발을 가지고 방으로 들어올 때 하는 것처럼 절을 해보려 했지만 고개를 살짝 숙이고 왼쪽 어깨를 으쓱한 것이 고작이었다. 이어서 황제는 이렇게 불쑥 들이닥쳐 죄송하다며 몸을 좀 녹이고 가고 싶다고 했다. 자신이 고질적인 가슴병을 앓고 있는 터라 바깥의 추운 날씨와 습기가 건강에 몹시 해롭다고 말했다. 그리고 이것이 사실임을 보여 주려고 손에 대고 기침을 좀 했다.

「괜찮으시다면 여기 불가에 앉으십시오.」옷 수선공이 권했다. 「선생님은 가슴이 문제로군요. 저는 위가 말썽이랍니다. 돼지기름 바른 빵 한 덩이, 구운 소시지 한 도막, 이 정도는 괜찮아요. 하지만 여기에다 맥주 한 모금을 마시면 성스러운 순교자들의 모든 고통이 저를 덮칩니다.」

「맥주가 뭐가 필요해?」화가가 말했다. 「제대로 된 수선공이라면 치즈 한 조각이면 취할 텐데.」

「이제 일어나도 되나요, 선생님?」뗏목꾼이 물었다.

73 초상화나 데생 등에 사용하던 붉은색 분필.

「그리고 저기 저자는 보시다시피 머리에 문제가 있죠」 옷 수선공이 수선 바늘로 자기 형제를 가리키며 이야기했다. 「저 자는 바보입니다. 그래서 우리 모두에게 고난을 안기고 있죠」

수선공은 다시 한번 손짓하여 손님에게 앉기를 권했다. 그러고 나서 비로소 그는 뗏목꾼이 의자 두 개를 혼자 차지하고 있다는 것을 알아차렸다. 작업장에는 의자가 더 없었다. 그는 벌컥 화를 냈다.

「일어나, 이 반죽 통아! 이 연통 같은 놈!」 그가 뗏목꾼에게 호통을 쳤다. 「다른 사람도 앉아야 할 것 아냐」

특이한 욕설을 얻어먹은 뗏목꾼이 무겁게 자리에서 일어났다. 하지만 그는 이제 꼼짝 않고 앉아 있지 않아도 되어 몹시 흡족해했다. 그는 의자 하나를 자청 서기에게 밀어 주었다. 그사이 화가는 초상화를 완성했다. 그는 쭉 뻗은 손으로 그것을 들고 뜯어보았다. 그러면서 고개를 이쪽저쪽으로 움직였고 자신이 완성해 낸 것이 완전히 만족스럽지는 않은 양 입을 찡그렸다. 이어서 그는 수염 난 거한에게 그림을 건넸고 거한은 조심스레, 그리고 기대에 가득 부풀어 그것을 두 손가락 사이에 끼어 받았다.

뗏목꾼은 자신에게 익숙하며 십중팔구 자신의 것일 얼굴을 보았다. 자기가 목에 두르고 있는 손수건도 알아보았다. 하지만 새 나들이옷은 그림에서 전혀 보이지 않았다.

뗏목꾼은 실망했다. 그는 간절한 소망과 이 소망이 충족되지 않은 데 대한 불만을 어떻게 표현해야 할지 머릿속으로 고심했다.

「왜죠?」뗏목꾼이 물었다. 「선생님, 왜 제가 나들이옷을 입고 온 거죠?」

「나도 그게 궁금하네.」화가가 말했다. 「그리고 왜 자네가 수염을 자르고 온 건지도 모르겠고. 어제 같은 모습이 자네한테 더 어울렸는데 말이야. 이제 가게, 가게나. 자네하고 이러고 있을 시간이 없네.」

그러고 나서 화가는 자신의 나들이옷이 아주 조금이라도 그림에 들어가기를 기대하며 자꾸만 멈춰 서는 뗏목꾼을 한 발짝 한 발짝 문 쪽으로 밀어 밖으로 내보냈다.

황제는 화로 옆에 앉아 손에 불을 쬐고 있었다. 이제 그가 옷 수선공에게로 몸을 돌렸다.

「위병이라고 했소? 그리고 의사들도 어떻게 손을 쓸지 모르고요? 당신이 저주받은 자의 구원을 위해 기도한 적이 있는지 잘 생각해 보시오.」

「제가요? 누구를 위해서요?」옷 수선공이 안경을 바로잡으며 물었다.

「성 그레고리우스는 어느 대리석 관에서 이교도 황제인 트라야누스의 초상을 본 적이 있고 꿈에서도 여러 번 그를 보았소.」황제가 설명했다. 「그래서 언젠가 그의 영혼을 위해 열렬히 기도한 적이 있소. 그의 영혼을 저주에서 구원해 달라고 말이오. 하느님께서는 성 그레고리우스의 기도를 들어주셨지만 그 대신 그는 위병을 감수해야 했고 평생 그 병을 앓아야 했소.」

「선생님도 아마 여기 위쪽에 문제가 있나 보군요.」옷 수선공이 수선 바늘로 황제의 이마를 가리키며 말했다.

황제는 침묵했다. 그의 시선이 벽에 걸린 작은 수채화에 가닿았다. 조금 전에 그가 거들떠보지도 않고 지나온 바로 그 작은 뜰을 그린 것이었다. 그림에는 가시자두 덤불, 가지가 가늘고 잎이 진 나무 한 그루, 눈웅덩이, 울타리 판자 외에는 별다른 게 없었다. 하지만 이 모든 것에는 이루 말로 표현할 수 없는 마력이 서려 있었다. 그것은 겨울의 우울함과 봄의 예감이었다. 아니면 때때로 하찮고 초라한 것만이 가지게 되는 우아함일 뿐일지도.

이 그림은 위대한 거장의 작품이었고 황제는 그것을 알아보았다. 그리고 그는 기필코 이 그림을 자기 것으로 만들고 미술품 진열실에서 다른 거장들의 작품 옆에 이 그림에 걸맞은 자리를 마련해 주어야 했다. 자신이 제일 사랑하는 뤼카스 판 팔켄보르흐의 풍경화 옆에 이 그림이 걸린 모습이 벌써 머릿속에 선했다. 하지만 동시에 그는 자신이 서기의 복장으로 체르벤카와 성을 나설 때 돈을 챙겨 오지 않았음을 깨달았다. 짜증스러운 일이었다. 〈괜찮아, 괜찮아.〉 황제가 속으로 말하면서 위안을 삼았다. 〈내일 이른 아침에 체르벤카를 보내는 거야. 2, 3굴덴 아니면 4굴덴을 주고서. 체르벤카는 수완이 아주 좋아, 사람들과 상대하는 법을 알지. 속임수를 쓰는 일이라면 아주 박사지. 그게 체르벤카야. 그가 이 희귀한 작품을 푼돈으로 손에 넣을 거야. 그는 늘 싼값에 물건을 사들이니까.〉

이어서 황제는 이 그림과 이 화가의 다른 멋진 작품들을 수중에 넣기 위해 다른 계획을 고려했다.

「참 좋은 작품이고 보기에도 좋군요.」황제가 그 그림을 가리키며 말했다.

「저기 저거요? 똥칠한 저거 말입니까?」옷 수선공이 놀라워하며 안경을 바로잡았다.

「저 그림을 가지고 성으로 가시오.」이제 황제가 화가에게로 몸을 돌려 말했다. 「저 위에 있는 사람들이 당신의 예술적 재능을 알아볼 거요.」

「조언에 감사드립니다.」화가가 말했다. 그는 이제 막 상긴과 분필을 깎던 참이었다. 「저게 굴덴이라면 주머니에 넣었을 텐데.」

황제가 아랑곳하지 않고 계속 말했다. 「황제의 궁정에서 자리를 얻을 수 있을지 모르니 한번 시도해 보시오.」

「그렇게까지 출세하고 싶은 생각은 없습니다. 나는 지금 이대로 만족합니다.」화가가 말했다.

「그것 봐요. 생각하는 게 딱 그 정도밖에 안 되는 자입니다.」옷 수선공이 성을 내며 소리쳤다. 「안정적인 생활에는 전혀 흥미가 없어요. 자기 말마따나 코에 거친 바람을 쐬기를 원하죠. 저와 같이 있지 않으면 빵 한 조각 먹지 못할 때가 많습니다.」

「빵이 없으면 그냥 버터만 먹으면 되지.」화가가 위안 삼아 말하고는 계속 분필을 깎았다.

「폐하께서는 필시 당신의 귀한 작품에 대해 은혜와 호의를 한껏 베푸실 거요.」황제가 이렇게 말하며 의자에서 살짝 일어났다.

「그리고 제 급료는 체불되겠지요.」 화가가 말했다. 「황제의 궁정 하인이자 보석 세공사인 미세로니처럼요. 그 사람 집에는 이제 자기 것이라고 할 만한 게 아무것도 없죠. 그래요, 주머니 속 지갑으로 손이 가는 건 폐하한테 아주 머나먼 여정이죠.」

「감히 네가……!」 황제의 입에서 불쑥 이 말이 튀어나왔다. 하지만 그는 역정과 불쾌함을 억눌렀고 심지어 조금은 잘못을 고백하는 듯한 목소리로 이렇게 말했다. 「황제께서는 2주 전에 미세로니에게 12굴덴을 내주게 하셨소.」

「맞습니다, 미세로니에게 줘야 할 120굴덴 중 12굴덴을요.」

「12굴덴은 보석 세공사에게 적잖은 돈이라고 생각합니다.」 옷 수선공이 한마디 거들었다. 그는 그 보석 세공사를 일종의 조합원으로 여겼다.[74] 「그런데 황제이자 보헤미아 왕에 관해 사람들이 말하길 그분을 보려면 마구간지기나 마필 관리인 혹은 정원사로 변장을 해야 한다던데요. 왜냐면 그분이 매일 오는 곳은 정원과 마구간뿐이라고요.」

「어쩌면 그럴지도요.」 황제가 이마에 주름을 잡으며 말했다. 「그분은 항상 똑같은 소리만 늘어놓는 사람들을 피하시니까요. 도와주십시오, 황제 폐하! 주십시오! 내주십시오! 베풀어 주십시오! 절 기쁘게 해주십시오! 절 부자로 만들어 주십시오!」

---

74 독일어에서 〈옷 수선공Flickschneider〉과 〈보석 세공사Steinschneider〉는 〈자르는 사람Schneider〉이라는 표현을 공통으로 포함한다.

옷 수선공이 계속해서 말했다. 「그리고 또 항간에서 말하길 저 위 성에서는 세 사람이, 그러니까 시종과 점성가와 골동품상이 황제 대신에 나라를 통치하고 세금을 부과한다더군요.」

「내일 이 시간쯤에 황제의 정원으로 가시오.」 황제가 화가에게로 몸을 돌려 말했다. 「그곳에 가면 폐하를 만나서 청을 드릴 수 있을 거요.」

「청이라고요?」 화가가 놀라서 말했다.

「그렇소. 당신의 예술로 폐하를 섬기고 싶다고 말이오.」 황제가 설명했다.

화가 브라반치오는 상긴과 분필을 집어 창문턱에 가지런히 정돈해 두었다.

「왕을 섬기는 자들은 바보입니다.」 그가 말했다. 「그리고 이런 문장도 있지요. 〈군주들을 믿지 말라. 그들에게서는 복을 얻을 수 없으니.〉 선생님! 나는 싫습니다. 그 왕도 다른 왕도 섬기고 싶지 않아요.」

「거봐요.」 옷 수선공이 흥분해서 말했다. 「제가 말했듯이 이자는 바보입니다. 좋은 조언을 해줘 봐야 죽은 사람한테 부항을 뜨는 격이지요. 저는 매일 신께 그를 위해 기도를 드립니다. 〈주여, 그를 마비시켜 주십시오. 꾸부정하게 만들어 주십시오. 하지만 그에게 분별력을 조금 주십시오. 그가 바보 꼴을 면하게 해주십시오.〉」

「그 유대인이 또 오는군.」 창가에 선 화가가 말했다. 「염소 수염을 기른 저자 말입니다. 이번이 세 번째입니다. 나는 그를 도와주고 싶지만 그럴 수가 없지요.」

화가 브라반치오가 자신이 도와줄 수 없다고 생각하는 염소수염을 기른 유대인은 모르데카이 마이슬이었다.

그는 아내인 에스터 때문에 온 것이었다. 죽음의 천사인 멜라흐 하모베드가 그녀를 거두어 간 그날 밤 이후로 3년이 지났다. 하지만 시간은 그의 아픔을 누그러뜨리지 못했다. 그는 늘 죽은 아내를 생각했다. 그는 아내의 초상화를 가지고 싶어 했다.

그는 오래전에 저세상으로 떠난 사람을 아주 똑같이 모사한다는 화가들에 대해 들었다. 그들은 두 손에 계명 판을 든 족장 모세, 요아킴의 아내 수산나, 그리고 지난 시대의 로마 황제들과 보헤미아 왕들도 정확히 그려 낸다고 했다. 그 자신도 한 귀족의 성에서 애처롭게 머리카락에 매달린 소년 압살롬[75]의 초상을 본 적이 있었다. 그래서 마이슬은 자신이 나의 작은 비둘기, 귀여운 내 사랑, 순결한 여인이라 부르는 에스터를 제대로 묘사해 주기만 한다면 화가 브라반치오가 틀림없이 그녀의 초상화를 그릴 수 있으리라고 굳게 믿고 있었다. 그리고 그는 자신이 브라반치오에게 그녀의 생전 모습을 눈앞에 보는 듯 생생하게 말로 설명할 수 있다고 자신했다.

물론 성서에 〈모상(模像)을 만들지 말라〉라고 쓰여 있는 것은 사실이었다. 하지만 망명 생활의 지도자이며 가온[76]이

---

75 나윗의 아들로 전투 중에 머리카락이 나무에 걸려 죽임을 당한다.
76 유대교의 호칭으로 〈훌륭한 자〉를 뜻한다.

고 지식을 가진 자들 가운데 으뜸인 고매한 랍비 뢰브는 마이슬에게 그것이 노아의 7계명 중 하나가 아니라고,[77] 노아의 계명을 지키기만 한다면 하느님 나라에 함께할 수 있다고 가르쳐 준 바 있었다.

「세상의 질서를 주재하시는 분으로부터 생명과 축복을 받기를, 평화가 당신과 함께하기를.」 마이슬이 들어오면서 유대인의 관습대로 인사를 했다. 그는 황제를 알아보지 못했고 황제도 그를 알아보지 못했다.

「이봐요.」 화가가 마이슬에게 말했다. 화가는 어쩔 줄 몰라 당황하고 근심에 싸인 모습이었다. 「헛걸음하는 겁니다. 당신이 원하는 건 누구도 해낼 수 없어요. 불가능한 일이라고요.」

「당신이 의지만 있다면 해낼 수 있을 겁니다.」 모르데카이 마이슬이 말했다. 「그리 어려울 리가 없어요. 내 부탁을 너그러이 들어주세요. 다시 한번 시도해 보세요. 당신의 노고에 대해서는 뭐든 보답해 주겠습니다.」

「압니다.」 화가가 대답했다. 「8굴덴을 주겠다고 약속하셨죠. 하지만 그건 내가 받을 수 있는 돈이 아니니 나는 계속 가난하게 살 수밖에요.」

「8굴덴?」 옷 수선공이 소리쳤다. 「유대인의 소매에서 날마다 그런 돈이 떨어지는 줄 알아? 자, 당장 작업을 시작해. 저 사람을 만족시키라고. 나한테 한 소리 듣기 싫으면 말이야.」

<hr />

77 유대교에서 지키는 노아의 7계명에는 우상 숭배 금지가 포함되지만 모상을 만들지 말라는 이야기는 없다.

그러고 나서 그는 마치 화가에게 좋은 모범을 보이려는 양 전보다 더 열심히 외투 안감을 깁기 시작했다.

화가는 자칭 서기 옆의 화롯가에 다가가서 손을 녹이고 있었다.

「어떤 사람의 초상화를 그리자면 얼굴을 관찰하는 것으로는 충분하지 않습니다.」화가가 옆 사람에게라기보다는 자기 자신에게 말했다. 「얼굴은 변할 수 있어요. 오늘은 이렇게 보였다가 내일은 또 다르게 보이지요. 나는 그 사람에게 질문을 합니다. 그의 마음속을 들여다볼 수 있을 때까지 계속해서요. 그래야만 좋은 결과물을 만들어 낼 수 있으니까요.」

「그 방법은 당신의 이름을 빛내 주고 아마 언젠가 당신에게 명예를 가져다줄 거요.」황제가 말했다.

화가 브라반치오는 마치 명성과 명예가 자기에게는 한 줄기 바람에 불과하다는 듯 몸짓으로 경멸과 거부를 드러냈다.

「나한테 중요한 건 8굴덴이 아닙니다.」그가 이야기했다. 「나는 저 사람이 사랑하는 죽은 아내를 그려야 합니다. 나는 오디세우스처럼 망자들이 있는 곳으로 내려갈 수 없습니다. 하지만 어쩌면 엔돌의 그 여자[78]처럼 그녀의 그림자를 불러낼 수 있을지도 모르죠.」

이어서 그는 이제 결심이 섰다는 듯이 모르데카이 마이슬에게로 몸을 돌렸다.

「아내분이 무척 아름다웠다고 했죠. 그분은 어떤 종류의

78 성서에 등장하는 무녀. 이스라엘 왕 사울의 죽은 스승인 사무엘의 영혼을 불러낸다.

아름다움을 지니고 있었습니까?」

「그녀는 은빛 달처럼 아름다웠습니다. 아비가일[79]처럼 아름답고 경건했어요.」 모르데카이 마이슬이 말했다. 그의 눈은 과거를 되돌아보고 있었다. 「내 머리에 있는 왕관을 신께서 가져가신 겁니다. 아마 그분께서는 나의 죄가 많고 크다는 것을 알게 되신 거고, 그래서 나는 그녀를 잃을 수밖에 없었던 거죠. 나는 더 이상 행복한 이들과 함께 웃을 수 없고 고통과 비탄이 무장한 추적자들처럼 나를 덮쳤습니다.」

「행복이란 게 변화하며 불안정하다는 것을 잘 알 수 있게 하는 이야기군.」 옷 수선공이 말했다.

「아내분이 어떤 종류의 아름다움을 지녔는지, 그걸 말해 주십시오.」 화가가 마이슬에게 다시 질문을 상기시켰다.

「그녀는 온전한 번제(燔祭)와도 같았습니다. 그토록 아름답고 흠이 없었습니다.」 모르데카이 마이슬이 말을 이었다. 「그녀는 들판에 핀 꽃 같았어요. 상대의 눈에 매우 사랑스럽게 보였지요. 그래요, 또 그녀는 글을 읽고 쓰고 계산을 할 줄 알았고 비단으로 작은 수공품도 만들 줄 알았습니다. 그리고 나와 함께 식탁에 앉을 때면 깍듯이 시중을 들어 줬습니다. 그녀는 어찌나 영리했던지 황제 앞에서 연설을 할 수도 있었을 거예요. 그녀는 고양이를 한 마리 키웠는데 그 고양이를 몹시 아꼈고 날마다 우유를 주었습니다. 이따금 그녀는 우울해했죠. 시간이 아주 더디 흘러간다고 말했고 빨리 밤이 되었으면 좋겠다고 했습니다.」

79 다윗의 아내 가운데 한 명.

「당신네 창조주한테 가서 따지쇼.」옷 수선공이 못마땅한 투로 말했다. 「누가 불행에 맞설 수 있겠소?」

「우리는 저녁 식사를 했습니다.」모르데카이 마이슬이 계속해서 말했다. 「그러고 나서 잠자리에 들었죠. 그녀는 잠이 들었고 평온하게 숨을 쉬었어요. 밤중에 그녀가 큰 소리로 끙끙대며 도와 달라고 하는 소리를 들었습니다. ─ 맞아요, 도와 달라고 했습니다. 나는 그녀 위로 몸을 숙였고……」

마이슬이 말을 멎었다. 이윽고 그가 말을 이었다.

「그리고 이웃들이 왔지요. 그다음에 무슨 일이 있었는지는 모릅니다. 정신이 돌아왔을 때 나는 방 안 동쪽 편에서 작은 석유등이, 넋을 기리는 작은 불빛이 타고 있는 것을 보았습니다. 그때 그녀가 죽었다는 것을 알았죠.」

황제가 조용히 전도서 구절을 읊었다.

「인간이란 입김이니, 그들이 저울 위에 오르면 다 합쳐도 입김보다 가볍도다.」

「다 합쳐도 입김보다 가볍도다.」마이슬이 되받았다. 그는 유대인 아이들의 교실인 헤데르에 결코 다닌 적 없는 문외한의 입에서 성스러운 구절이 나와 놀란 듯 황제에게 눈길을 보냈다.

마이슬이 이어서 말했다. 「지고의 존재께서 결정하신 일입니다. 일어난 일은 그분의 뜻에 따라 일어난 것이죠. 그녀는 죽었고 나는 이 세상에서 더 이상 낙이 없습니다. 낮은 고생과 번민 속에서 흘러가고 때로 밤이 망각을 가져다주지만 새 아침이 올 때마다 지난 괴로움이 다시 찾아옵니다.」

모르데카이 마이슬이 이 말을 할 때 황제에게 기이한 일이 일어났다. 황제는 마치 그 유대인이 아니라 자기 자신이 그 말을 한 것만 같았다. 새 아침이 올 때마다 지난 괴로움이 다시 찾아온다, 이것은 그 자신의 운명에도 해당하는 말이었다. 꿈속 연인을 빼앗긴 그날 밤 이후로 그의 상태가 그러했다.

황제는 생각에 잠겨 앉아 있었다. 그는 화가와 유대인이 나누는 이야기를 더 이상 듣지 않았다. 자신이 어디에 있는지도 잊었다. 앞선 그 말이 꿈속 연인의 영상을 불러내 그의 눈앞에 보여 주었다. 그는 어느 때보다도 더 분명하고 더 똑똑하게 그녀의 모습을 보았다. 완전히 무아지경에 빠진 채로 그는 그녀의 모습을 그리기 위해 웃옷 주머니에서 은첨필을 꺼내고 종이 한 장을 집었다.

황제가 그림을 완성하자 마법이 풀렸다. 그는 구불구불하고 거의 보이지 않는 작은 글씨로 아래에 〈루돌푸스 페키트〉[80]라고 적었다. 그러고는 다시 한번 그림을 보았다. 하지만 오래 들여다볼수록 만족스럽지 않았다. 그는 한숨을 내쉬고는 고개를 절레절레했다.

아니, 그것은 그녀가 아니었다. 다른 여자였다. 여러 면에서 닮긴 했으나 그녀는 아니었다. 그것은 깜짝 놀라 눈이 휘둥그레진 어느 유대인 아가씨였다. 그가 말을 타고 유대인 도시의 거리를 지날 때 그의 시선이 가닿았을지 모를 유대인 아가씨였다. 하지만 그녀는 아니었다. 그의 꿈속 연인은 아니었다.

80 Rudolfus fecit. 〈루돌프 그림〉이란 뜻의 라틴어.

황제는 속으로 생각했다. 〈어쩌면 나는 그녀의 얼굴은 너무 많이 들여다보았지만 그녀의 마음은 너무 조금 들여다본 걸지도 몰라. 그래서 그녀의 모습을 그리지 못한 거야.〉 그는 무심코 그림을 바닥에 떨어뜨렸다. 그리고 자리에서 일어났다. 오슬오슬 몸이 떨렸다. 이제야 그녀를 영원히 잃은 것 같았다.

그 유대인은 여전히 화가를 설득하고 있었고 화가는 고개를 가로저으며 어깨를 으쓱하고 있었다. 황제는 눈웅덩이와 가시자두 덤불이 있는 그림으로 한 번 더 눈길을 보냈다. 그러고는 고개를 숙이고 어깨를 으쓱했다. 이렇게 인사를 하고 나서 그가 문으로 향했다. 하지만 그를 신경 쓰는 사람은 아무도 없었다.

황제가 떠나가면서 등 뒤로 문을 닫았을 때 한 줄기 바람이 작업장으로 들이닥쳤다. 바닥에 놓여 있던 종이가 바람을 타고 빙빙 돌다가 화가의 발밑에 떨어졌다. 모르데카이 마이슬이 종이를 주워 잠시 들고 있다가 그림을 보고는 외마디 소리를 질렀다.

「이건 그녀잖아요.」 그가 외쳤다. 「왜 작업을 이미 마쳤다고 말하지 않은 겁니까? 아무 말 않고 내 말을 듣기만 하고 말입니다. 나의 작은 비둘기! 나의 영혼!」

화가가 마이슬의 손에서 그림을 집어 갔다. 그는 그것을 살펴보고 이리저리 돌리고 입을 조금 실룩이더니 마이슬에게 다시 돌려주었다.

「정말로 이게 아내분이라고 생각합니까?」 그가 믿기지 않는다는 듯 놀라워하며 물었다.

「그래요. 감사합니다, 선생님. 그녀가 맞습니다. 내가 설명한 모습 그대롭니다.」마이슬이 이렇게 말하고는 자신의 모피 웃옷 속에 그림을 숨겼다. 마치 화가가 그림을 다시 가져갈까 봐 두려워하는 듯했다.

그러고 나서 그는 금화 8굴덴을 세어 탁자에 놓았다. 모르데카이 마이슬이 가고 난 후에 화가가 금화를 집었다. 그는 손에 든 돈을 쩔그럭거리고 쟁그랑거리게 하며 익숙지 않은 그 음악 소리에 즐거워했다. 그러고는 금화 두 개를 공중으로 던졌다가 잡더니 이어서 금화 세 개를, 또 이어서 네 개를, 그리고 다시 다섯 개를, 마지막에는 연시의 곡예사처럼 능숙하게 여덟 개 전부를 공중에서 빙글빙글 돌게 했다. 옷 수선공은 입을 떡 벌리고 그 모습을 지켜보았다.

그러다 이 놀이에 질리자 화가는 금화를 하나하나 주머니 속에 집어넣었다.

「그래, 돈은 훌륭한 물건이야.」그가 만족스레 말했다. 「여름에는 상하지 않고 겨울에는 얼지 않고 때로 아주 수월하게 손에 넣을 수 있지. 나는 모르겠어. 유대인이 가져간 그 그림을 내가 그렸다니, 도무지 생각이 나지 않는걸. 이해할 수 없는 일이야. 내가 그린 것처럼 보이지도 않았고.」

「나한테도 그런 일이 자주 있지.」옷 수선공이 말했다. 「내가 수선한 바지를 길거리에서 마주치는 거야. 나는 바지를 살펴보게 되지. 왜냐면 그게 내 버릇이니까. 하지만 그 바지를 알아보지는 못해. 너도 알다시피 사람이 모든 걸 기억할 순 없는 일이야.」

　「그래, 애야!」 나의 가정 교사인 의대생 야코프 마이슬이
이야기를 마쳤다. 「나의 증증증종조부인 모르데카이 마이슬
이 황제가 어설픈 솜씨로 그린 그림의 대가로 지불한 그 8굴
덴에 대해 나는 늘 안타까워하고 있어. 그건 나 자신 때문이
아니야. 정말이야. 왜냐하면 마이슬의 재산 중에서, 그 믿기
지 않는 어마어마한 전 재산 중에서 나한테는 땡전 한 푼도
남지 않았으니까. 마이슬의 재산이 어떻게 됐는지는 너도 알
잖아. 하지만 그 8굴덴 탓에, 황제가 그토록 마음에 들어 하
던 그 작은 그림은 황제의 미술품 진열실로 들어가지 않았고
브라반치오의 이름은 미술사에 남지 않았어. 그 8굴덴을 호
주머니에 지닌 보이테흐 브라베네츠 혹은 브라반치오는 더
이상 형제의 작업장에 머물러 있지 못했으니까. 머나먼 곳이
그를 유혹했고 그는 다시 편력길에 올랐지. 자신이 가진 모
든 걸 지니고 말이야. 황제의 시종인 체르벤카가 다음 날 아
침에 찾아갔을 때는 작업장에서 그림도 화가도 발견할 수가
없었어. 화가 브라반치오는 베네치아로 가는 중이었지. 베네
치아에서 어떤 전염병이 그를 기다리고 있었고 화가는 병에
걸려 죽었어. 그리고 〈브라반치오 페키트〉라는 서명이 적힌
그림은 세상에 단 한 점만 남았지. 그 그림은 밀라노의 작은
개인 갤러리에 걸려 있는데 어쩌면 화가 자신일지도 모를 한
남자가 항구 술집에 앉아 있는 모습이 그려져 있어. 추한 노
파 둘이 몰려와 그를 껴안으려 하고 있고. 내 생각에는 말이

야, 한 노파는 전염병이고 다른 한 노파, 그러니까 수의처럼 회색인 노파는 망각이야.」

잊혀 버린 연금술사

모르데카이 마이슬의 가슴속에는 너무도 오랜 시간 동안 오로지 고통과 애도만 가득했지만 세월이 감에 따라 새로운 손님이 그 안으로 슬그머니 들어왔다. 그것은 명예욕이었다. 돈과 재산, 그리고 하루하루 늘어나는 부는 그에게 아무런 의미가 없었다. 자신이 유대인 도시에서 으뜸가는 사람이라 는 것으로는 충분치가 않았다. 그는 자신의 신분을 뛰어넘게 해줄 자유와 권리와 특권을 얻고자 힘썼다. 또한 칙허장을 통해, 자기가 하는 모든 일에서 보장과 후원을 받으려 했다. 그리하여 그는 황제의 시종인 필리프 랑과 손을 잡았다. 필 리프 랑은 황제에게 굉장히 중요한 사람이었으나 미천한 평 민들에게는 — 기독교인에게나 유대인에게나 — 증오와 두 려움의 대상이었다. 그도 그럴 것이 왕국에서 뭐든 안 좋은 일이 일어나면 사람들은 그를 탓했기 때문이다. 사람들은 그 가 나쁜 짓을 꾸미는 데 선수이며 속임수에 능하다고 했다. 성실한 사람에게 그만큼이나 많은 재앙을 불러온 악당은 이 제껏 어느 궁정에도 없었다고 했다. 그런데 이제 그가 이따금 유대인 거리를 지나가고 드라이브루넨 광장에 있는 모르데카이 마이슬의 집 안으로 사라지는 모습이 목격되곤 했다.

당시에 로마 황제는 프라하의 궁성에서 몹시 곤경에 처해 있었다. 그 어느 때보다 돈이 모자랐던 까닭이다. 황실의 살림을 꾸리기 위한 필수품조차 마련할 수 없는 형편이었다. 날아오는 청구서를 검토하고 황제의 빚을 정리하고 갚는 임무를 맡은 궁정 재무국에서는 이러지도 저러지도 못하고 있었다. 이러한 이유로 폐하의 측근 고문관인 슈트랄렌도르프와 트라우트존과 헤겔뮐러, 그리고 몇몇 이들이 모여 작금의 재정난을 해결할 수단과 방도를 궁리했다. 몇 가지 안이 제시되어 논의되기도 했으나 찬반이 오간 끝에 기각되었다. 이런저런 좋은 말들이 없지는 않았지만 그것들은 뜨거운 수프를 불어 식히는 데 말고는 아무짝에도 쓸모가 없었다. 결국 폐하의 측근 고문관들은 상황을 그냥 내버려두기로 합의를 보았다. 그들은 황제 폐하가 종복들의 조언을 따르지 않고 본인 좋을 대로 생활하고 행동하고 돈을 쓰기를 고집하는 한 이 문제를 해결할 가망이 없다고 결론을 내렸다.

자신의 고문관들이 이러한 결정과 답을 내렸다는 사실을 뒷구멍으로 전해 듣게 된 황제는 격분하여 길길이 날뛰었다. 황제는 손에 장검을 들고 프라하성의 복도와 방과 홀 들을 뛰어다니면서 소리를 질러 댔다. 헤겔뮐러가 자기 눈앞에 나타나기만 하면 목숨이 달아날 거라고, 트라우트존도 마찬가지라고, 이 두 사람이 자기의 형제인 마티아스에게 고용되었으며 자기를 속이려 들고 있다고, 하지만 자신은 모든 악당

203

들과 형제들과 음모꾼들과 대공들이 자신을 기만하려 해도 속아 넘어가지 않는다며. 이렇게 소리를 지르고 광분하는 동안 황제는 어쩌다 큰 식당에 들어가게 되었다. 그곳에서 그는 식탁 위에 있는 식기를 밀치고 컷글라스를 산산조각 냈다.

이제 광란이 물러나고 깊은 낙담이 그 자리를 차지했다. 황제는 어떤 기독교 나라에도 자기처럼 이토록 비참한 생활을 하는 군주는 없을 거라며 한탄했다. 자기는 적들에게 둘러싸여 있으며 오로지 근심과 걱정에 고생만 하고 있다고, 어떤 현세의 기쁨도 자기에게 허락되지 않았다고 탄식했다. 그는 트라우트존과 헤겔밀러를 용서했다. 심지어는 형제답지 않게, 그리고 기독교인답지 않게 자신의 목숨을 노리는 동생 마티아스도 용서했다. 그는 떨리는 목소리로 신에게 용서를 구하고 나서 장검을 자기 자신에게 겨누고는 목을 찌르려 했다. 황급히 층계를 오르내리고 넓은 복도를 지나고 방과 갤러리와 홀 들을 지나 황제를 쫓아온 필리프 랑이 때마침 도착하여 황제의 손에서 검을 낚아챘다.

이어서 황제가 자신의 침실에서 마음을 더욱 가라앉혔을 때 — 하지만 맥이 풀린 상태에 가까웠다 — 필리프 랑이 황제를 달래기 시작했다. 그는 지금 이 순간이 자신의 계획을 실행에 옮길 적기라 여겼다. 그는 황제를 마이슬의 다채롭고 광범위한 사업에 관여하는 은밀한 동업자로, 하지만 이와 동시에 수익자이자 그 재산의 유일한 상속자로 만들고자 했다. 마이슬에게는 살날이 얼마 남지 않았다는 것을 필리프 랑은 알고 있었다. 마이슬은 자주 열이 났으며 손수건에 대고 기침을 하고 피를 뱉었다. 마이슬은 권리와 특권을 통해, 그리고 그 자신과 그의 재산을 황제의 보호 아래 두는 칙허장을 통해 보답을 받고 만족하게 될 터였다. 하지만 실상은 그를 속여 모든 것을 빼앗으려는 게 필리프 랑의 계획이었다. 마이슬의 재산은 황제의 주머니로 들어갈 것이고 이 과정에서 필리프 랑 본인 역시 섭섭지 않게 재미를 보려 했다. 그는 이 일과 관련하여 자신의 주인인 황제 쪽에서는 별 어려움이 없으리라 예상했다. 왜냐하면 황제는 돈이 필요했고 돈을 어떻게 얻었는가에 대해서는 아무래도 상관하지 않았기 때문이다. 그럼에도 그는 신중하게 일을 진행해야 했다.

「폐하께서는 낙담하지 않으셔도 됩니다.」 그가 황제를 달랬다. 「상황은 그리 나쁘지가 않습니다. 아직 뭔가 방도를 마련할 수 있을지 모릅니다. 물론 빚이란 달갑잖은 것입니다. 세상 무슨 일이 있어도 빚을 늘려서도, 키워서도 안 되지요. 빚을 진다는 건 뱀한테 물리는 것과 같습니다. 처음에는 아무것도 아니라고 생각하지요. 하지만 그러다 파멸에 이르게 됩니다.」

황제는 침묵을 고수했다. 빚이 아무리 많을지라도 황제는 그다지 괴롭지 않았다. 그것은 궁정 재무국이 신경 쓸 일이었다. 황제가 그토록 노여워하고 절망한 것은 자기에게는 돈이 필요한데 고문관들이 그것을 승인하려 하지 않았기 때문이다. 로마와 마드리드에 있는 황제의 대리인인 하라흐 백작과 케벤휠러 백작이 높은 가치를 지닌 그림 몇 점을 황제에게 제안했고 황제는 대금을 지불해야 했다. 그 가운데는 로스와 파르미자니노의 중요한 작품들이 있었는데 이 두 거장의 그림은 아직 황제의 미술품 진열실에 없었다. 그래서 이 그림들이 다른 자의 수중에 들어갈지도 모른다는 생각에 황제는 잠 못 이루는 밤을 보냈다.

「폐하께서는 연금술에 희망을 거셨습니다.」 그사이 필리프 랑이 말을 이었다. 「저는 연금술사들이며 대가들이며 전문가들이 한 사람 한 사람씩 화려하게 궁정에 들어왔다가 치욕스럽게 다시 사라지는 모습을 보아 왔지요. 남자인지 여자인지 모를 에제키엘 라이자허, 제가 유일하게 좋은 추억을 간직하고 있는 제로니모 스코토 — 왜냐면 그는 귀가 윙윙 울리고 눈물이 날 때 쓸 수 있는 약을 처방해 주었거든요 — 그리고 연금술사가 되기 전에 파이 굽는 일을 했던 타데우스 크렌플라이슈, 에드워드 켈리…….」

마지막 이름이 언급되자 황제가 입을 찡그리고는 뒤통수에 손을 갖다 댔다.

「그렇습니다. 그자의 머리카락은 그의 용광로 속에 든 이글이글한 석탄처럼 불타는 빨간색이었죠.」 필리프 랑이 말했다. 「그리고 그자는 밤마다 근위대 장교들과 술판을 벌여서 폐하의 노여움을 샀지요. 그 사람 다음에는 브라가디노 백작이 왔습니다. 그는 백작이 아니라 어느 배의 일꾼이었고 파마구스타 출신이었죠. 이어서 온 비투스 레나투스라는 자는 평생 학자들과만 교류하느라 잘 쓰지 않아서 모국어인 보헤미아어를 잊어버렸고 라틴어만 할 줄 안다고 둘러댔지요. 이렇게 여섯 명이 이곳 성에 왔는데 그중 둘이 사기꾼으로 확인되어 교수형에 처해졌습니다.」

황제는 못마땅하다는 듯한 몸짓을 했다. 마치 어떤 기억을 몰아내려는 듯 보였다. 하지만 필리프 랑은 황제의 몸짓을 올바로 해석했다. 즉 폐하께서는 피곤해서 잠자리에 들고 싶으셨던 것이다.

잠시 후 필리프 랑이 황제가 옷을 벗는 것을 거들며 계속 말했다. 「그리고 이제 폐하께서 야코부스 판 델레를 고용하신 지 2년이 되었습니다. 그자는 광대를 친구로 삼았지요. 난로 관리인 브로우자 말입니다. 제가 그자에 대해 아는 건 그게 다입니다. 하지만 제 생각에는 그자 역시 트리스메기스투스[81]의 비둘기를 잡지 못할 것 같습니다. 브로우자가 제게 말해 주길 이 비둘기란 가루 혹은 묘약을 뜻하는데 그자는 그것을 이용하여 두꺼운 납판을 가장 순수한 금으로 바꾸려 한다더군요.」

황제가 짜증스럽게 발을 굴렀다.

「폐하께서 그자에게 기한을 정해 두셨고 기다리느라 지치셨다는 것 압니다.」 필리프 랑이 말했다. 그러면서 그는 밤에 입는 잠옷을 황제에게 건넸다. 잠옷은 비단으로 만들어졌고 금으로 수가 놓였으나 이미 조금 닳아 있었다. 「그 일이 어떻게 될지는 시간이 지나면 알게 되겠지요. 그러나 제 생각에는……..」

그가 어깨를 으쓱했다. 그런 다음 말을 이었다.

---

81 서양에서 연금술을 포함한 신비주의 전통의 뿌리가 되는 신적 존재 혹은 전설적인 연금술사인 헤르메스 트리스메기스투스를 가리킨다.

「진정한 연금술사는 왕국에 단 한 명뿐입니다. 그건 바로 유대인 마이슬입니다.」

「유대인 누구?」 황제가 물었다. 황제는 커다란 주철 십자 가상 앞에서 무릎을 꿇고 고개를 숙여 기도를 드린 뒤 성호를 그었다.

황제가 기도를 끝내자 필리프 랑이 설명했다. 「유대인 도시의 모르데케우스 마이슬 말입니다. 그자한테는 판 델레가 그토록 필사적으로 뒤쫓는 트리스메기스투스의 비둘기가 필요 없습니다. 그자의 손을 거치면 모든 게 황금이 되지요. 제가 폐하의 은혜를 받아 백 굴덴이나 50굴덴이 생겨서 그걸 농부에게 준다면 농부는 그 돈으로 쟁기와 마소를 살 것입니다. 그럼 농부가 그걸로 뭘 얻을 수 있겠습니까? 일용할 빵 한 조각에다 거기에 뿌릴 소금, 그 정도가 다지요. 제가 저 아래 광장에 있는 재단사한테 그 돈을 준다면 재단사는 그걸로 좋은 메헬렌산 옷감을 장만해서 그 옷감과 바늘과 가위를 가지고 날마다 굽거나 삶은 고기 한 조각과 포도주 1쇼펜을 얻을 테지요. 하지만 제가 그 백 굴덴을 모르데케우스 마이슬한테 주면 그자는 그걸로 순식간에 2백 굴덴을 만듭니다. 그러니 폐하, 이게 진정한 연금술이 아니면 무엇이겠습니까.」

「그 유대인은 몹시 위험한 자로구나.」 황제가 말했다. 「그자는 악령과 악마 들과 은밀한 관계를 맺고 있어. 그것들이 그자에게 돈을 가져다주는 거야.」

「그런 얘기는 금시초문입니다.」 필리프 랑이 다급하게 단언했다. 「그자에 대해 이런저런 나쁜 소문이 퍼져 있는 건 사실입니다. 사람들은 그자를 시샘한 나머지 별의별 이야기를 다 하지요. 하지만 자기가 소유한 모든 것으로 폐하를 조력하고 섬기도록 허락해 주십사 하는 게 그자가 삼가 청하고 원하는 바입니다.」

「그자한테 세례를 받을 뜻이 있는가?」 황제가 물었다.

「아닙니다. 그럴 의향은 없습니다.」 필리프 랑이 대답하고는 침대에 있는 황제를 위해 베개를 바로잡아 주었다. 「그 점에 있어서는 그자도 다른 유대인들과 똑같습니다. 유대인들이란 정말이지 고집불통에다 구제 불능이고 불쾌한 종족이지요. 이미 성서와 역대기가 그것을 증명하고 있죠.」

「그래도 우리의 신앙과 구원은 유대인들에게서 비롯되지 않았는가.」 황제가 말했다.

「그렇습니다. 그래서 우리는 기독교인의 관대함으로 그자들을 지금 모습 그대로 용인해야 하지요.」 필리프 랑이 말했다. 「폐하, 편히 쉬시옵소서.」

황제가 신호를 주자 필리프 랑이 불을 후 불어서 껐다.

판 델레 외에도 또 한 명의 연금술사가 프라하성에 있었다. 바로 안톤 브로우자였다. 그는 비록 무식한 사람이었지만 자신이 맞은 매를 금화로 바꾸는 재주가 있었다. 이 브로우자는 뾰족한 턱에 납작하게 눌린 코, 그리고 예전에는 붉은색이었으나 이제는 하얗게 센 뻣뻣한 콧수염을 가지고 있었다. 과거에 그는 고인이 된 막시밀리안 황제의 어릿광대였다. 막시밀리안 황제는 브로우자의 실없는 농담과 음담패설과 이상한 착상들을 몹시 좋아한 나머지 후계자인 아들 루돌프에게서 안톤 브로우자를 절대 해고하거나 곁에서 멀리 떨어뜨려 놓지 않겠다는 약속을 받아 냈다. 하지만 이제 황제 루돌프 2세는 어릿광대를 곁에 두고 싶지 않았고, 그래서 브로우자를 황제의 방들을 담당하는 난로 관리인으로 만들었다. 브로우자는 그 일을 순순히 받아들였다. 왜냐하면 그가 황제에게 말했듯이 한 지붕 아래에 바보 둘이 있는 것은 좋지 않았기 때문이다. 그럼에도 그는 계속해서 평소 습관대로 황제를 〈젊은 주인 나리〉라거나 〈젊은 공자님〉 혹은 〈동무〉라고도 부르며 황제와 다투고 싸움박질을 했다. 그러다 황제가 더는 못 견디고 막대기로 그의 등을 흠씬 두들겨 패면 브로우자는 만족해하며 가만히 있었다. 이제 자신이 맞은 매의 대가로 황제에게 돈이나 다른 선물을 요구할 구실이 생기기 때문이었다. 브로우자는 황제의 노여움이 풀린 것을 보자마자 꺼이꺼이 울면서 한탄을 늘어놓기 시작했다. 언젠가 저 위 하늘나라에서 돌아가신 옛 주인님을 만나면 맹세코 자기가 이 궁궐에서 어떻게 지냈는지 고해바칠 거라고, 이곳이 사람들을 고문하고 죽이는 형리의 지하실보다 더 나쁘다고 말할 거라고 했다. 그리고 이러한 협박과 한탄과 원망은 그칠 줄을 몰랐다. 그러면 황제는 마침내 평화를 얻기 위해, 그리고 정말로 언젠가 브로우자가 고인이 된 선황에게 자신에 대한 원망을 늘어놓을 것이라 믿는 까닭에 주머니 속으로 손을 넣어 돈지갑으로 사태를 무마했다.

야코부스 판 델레는 성에 올 때 하인을 한 명도 데려오지 않았다. 그의 작업실에 날마다 엄청난 무게의 땔나무와 석탄을 끌고 가서 그곳에 있는 용광로 두 개에 불을 피우는 일 역시 브로우자의 임무 중 하나였다. 큰 용광로는 아타노르[82]라 불렸고 작은 용광로는 난쟁이라 일컬어졌다. 일을 마치고 나면 브로우자는 자주 방 한구석에 웅크리고 앉아 있었다. 연금술사의 작업실에 있는 기이한 모양의 유리관과 병과 도가니와 플라스크와 증류기와 레토르트 들이 그의 호기심을 자극했던 까닭이다. 이따금 그는 연금술사의 손이 불꽃 위를 스치고 지나가자마자 불꽃이 믿기지 않을 만큼 순순히 색을 바꾸어 푸른색이나 사프란 같은 노란색 혹은 초록색이나 보라색으로 빛나는 모습을 보며 놀라움과 경탄을 금치 못했다. 그는 활활 타오르는 불길이 연금술사의 몸을 태우지 못하는 것을 보았다. 연금술사는 불길을 가지고 놀았다. 연금술사의 눈빛이 불길을 제어했으며 불길은 거기에 복종했다. 또한 브로우자는 야코부스 판 델레가 작은 관을 불어서 유리구슬이 생겨나게 하고 그것을 손으로 빚어 부드럽고 빛나는 형상으로 만드는 것도 보았다. 이 섬세하고 갸름하고 능숙한 연금술사의 손은 프랑스식으로 깎은 수염과 불꽃색 웃옷, 비단 모자 아래로 삐져나온 하얀 머리 다발과 함께 브로우자를 매료시켰다. 그래서 브로우자는 작업실에 더 오래 머무르려고 연금술사의 일을 거들었다. 그는 연금술사가 풀무질을 하고 쇠막대로 납물을 젓고 절구로 황이나 인을 빻는 것을 도왔다. 또한 주방에서 판 델레를 위해 식사를 날라 왔고 밤 1시를 알

82 연금술에 사용되는 용광로를 이르는 말.

리는 종이 울리면 잠이 잘 들게 하는, 향료로 만든 음료를 가져다주었다.

처음에 판 델레는 그를 거의 거들떠보지도 않았고 말 한마디 던지는 일도 드물었으나 브로우자는 결국 판 델레의 신뢰를 얻는 데 성공했다. 자신이 불신 어린 시선에 둘러싸였다고 느끼고 성안에 진정한 친구 하나 없는 자, 심지어 사람들과의 교류가 완전히 끊기다시피 한 자에게 브로우자가 보이는 굽실거리는 공손한 태도는 당연하게도 기분 좋게 여겨졌다. 그도 그럴 것이 판 델레는 오직 일요일에만 바르나바회교회에서 미사를 드리기 위해 성을 나왔으며 황제의 시종관들 중 하나가 드문드문 그의 작업실을 찾아올 뿐이었다. 그가 작업의 진척 상황을 말하면 시종관은 거만한 태도로 듣고나서는 그 죽을 얼마나 더 끓일 셈이냐며 조롱하듯 물었다.

그리하여 시간이 가면서 판 델레와 브로우자 사이에는 무언가가 생겨났다. 두 사람은 서로 너무나도 달랐고 신분과출신도 아주 판이했기에 그것을 우정이라 할 수는 없었지만일종의 유대라 할 만했다. 브로우자는 판 델레에게 한없는애정과 찬탄을 표했고 판 델레는 마치 털은 좀 부스스하지만그 대신 말 잘 듣고 착한 개를 대하는 주인처럼 너그러운 호의로 거기에 보답했다.

평소 말수가 적은 연금술사는 이따금 브로우자에게 터놓고 이런저런 이야기를 했다. 반면 브로우자는 연금술사와 있을 때면 평소의 바보짓과 추잡한 언행을 철저히 자제했다.연금술사와 난로 관리인, 이 둘은 여러 사안에서 의견이 일치했는데 오로지 선한 일에는 맞지 않고 선한 뜻을 품지 않는 자들에게만 황제의 궁정이 몹시 행복한 거처라는 데 있어서도 마찬가지였다. 브로우자는 프라하성 안에서 일어나는 모든 일을 판 델레에게 남몰래 알려 주었다. 궁정 주방과 의상실과 은식기 진열실, 심지어는 궁정 예배당에서 금과 값진 물건들이 슬쩍슬쩍 사라지고 있으며 필리프 랑은 그 사실을 알면서도 입을 다물고 있다고, 왜냐하면 그는 이 모든 것에서 자기 몫을 받기 때문이라고 했다. 그리고 아름다운 젊은 여인인 에바 폰 로브코비츠가 알현을 허락받지 못하자 마구간지기로 변장하고 성안으로 들어와 황제의 발밑에 몸을 던지고는 로케트의 성탑에 감금되어 고초를 겪고 있는 자기 아버지에게 은혜를 베풀어 줄 것을 청했다고 했다. 황제는 모자를 살짝 들어 올려 보이고 그녀의 이름을 부르면서 일어날 것을 명했고 청을 들어주겠다고 약속했으며 작은 책자에 그 사안을 적어 두었다고 했다. 그럼에도 며칠 뒤 황제는 수석 마필 관리관인 슈테른베르크 백작을 불러서 호되게 야단쳤다고 했다. 황제는 마구간지기가 자기가 가는 길에 뛰어들어 하찮은 일을 가지고 자기를 귀찮게 했다며, 아랫사람들을 잘 좀 단속하라고 백작을 나무랐다는 것이다. 브로우자가 이야기하길 한 요리사가 고기 굽는 꼬챙이를 손에 들고 주방에서 달려 나오더니 제자리에서 여러 차례 빙빙 돌며 소리를 질러 댔다고 했다. 자기 배가 뒤에 있고 등이 앞에 있다면서 제발 좀 도와 달라고. 사람들이 그에게 찬물을 끼얹자 그는 이성을 되찾았고 배와 등이 제 위치에 있는 것을 보고 만족했다고 했다. 고인이 된 선황의 시대에는 — 브로우자는 이 말을 하면서 눈물을 흘렸다 — 자기가 똑똑한 자 백 명 가운데 바보 한 명이었다면 이제는 바보 백 명 가운데 똑똑한 자 한 명이, 도둑놈 백 명 가운데 정직한 자 한 명이 필요하다고 했다.

베로운까지, 어쩌면 그곳에서 피세크 혹은 라코브니크까지가 세상의 전부일 브로우자에게 야코부스 판 델레는 자신이 여행한 낯선 나라들에 대해 이야기해 주었다. 자신이 학문의 중심지인 이스탄불에 가서 훌륭한 옛 필사본들을 연구했다고, 그곳에서 자신들의 신을 배반하고 다른 신을 숭배하는 유대인들을 발견했는데 그들은 그 신을 아스모데우스,[83] 즉 영혼들의 군주라 부른다고. 그리고 영원한 유대인[84]과 만난 적이 있는데 그는 자기에게 세상의 이치에 대해 경이롭고 비밀스럽기 그지없는 지식을 전수해 주었으나 이어서 노잣돈을 좀 보태 달라고 말했다고 했다. 또한 시나이산을 볼 수는 있으나 그곳에 오를 수는 없다고, 왜냐하면 거대한 흰색 전갈이 그 주위를 에워싸며 지키고 있기 때문이라고. 그리고 자기가 인공적으로 초석(硝石)을 만드는 법을 알아낼 자신이 있지만 황제는 초석에는 아무 관심도 없다고, 황제는 금을 원한다고. 루비색 유리의 비밀을 추적하려고 베네치아에 간 적이 있다고, 하지만 베네치아의 유리 제조공들은 자신들의

83 유대 신화에 나오는 악마를 가리킨다.
84 〈방랑하는 유대인〉이라고도 불린다. 골고다 언덕으로 가는 예수를 모욕한 죄로 최후의 심판 날까지 계속 방랑하는 운명을 짊어진 전설의 유대인을 가리킨다. 다른 한편으로는 조국을 잃고 이곳저곳을 떠도는 유대 민족을 상징한다.

비밀을 내주려 들지 않았다고. 이 과정에서 그는 여러 가지 위험을 극복했으나 결국 목적을 이루지 못했다고. 그럼에도 언젠가는 루비색 유리를 제조하여 승리의 개가를 올리길 바란다고. 그는 자신이 늘 기복이 심한 삶을 살았다고 했다. 브로우자는 이 말을 자기 나름의 언어로 옮겼다. 자기도 잘 안다고, 오늘은 기름진 고기구이, 내일은 묽은 죽, 자비롭기 그지없던 막시밀리안 황제가 세상을 떠난 이후로 자기 생활도 그런 식이라고 했다. 그리고 이제 다시금 옛 주인이 생각난 브로우자는 흐느껴 울면서 눈에서 눈물을 훔쳐 내기 시작했다. 이에 판 델레는 위로의 말을 건네는 수밖에 없었다. 그는 세상사가 다 그렇다고, 모든 제왕 중의 제왕도 한갓 머슴보다 오래가지는 못한다고 했다.

언젠가 황제는 기분이 언짢은 상태에서 연금술을 비방하고 연금술사를 전부 싸잡아 사기꾼이라 일컬은 적이 있었다. 야코부스 판 델레는 여기에 반박하며 보헤미아에서 거행되는 큰 축제인 성 바츨라프의 날[85]에 자신의 연금술 능력을 입증하는 맛보기로 12파운드 무게의 금괴 하나를 바치겠다고 약속했다. 황제가 판 델레에게 감히 거기에 본인의 머리를 걸 수 있겠느냐며 조롱하듯 묻자 판 델레는 좋다고, 머리를 걸겠다고 했고 그렇게 일이 결정되었다. 판 델레가 그리한 까닭은 자신의 명예가 훼손되었기 때문이었다. 또한 그토록 오랜 세월 동안 노력한 끝에 이제 마침내 저급한 금속을 귀한 금속으로 바꾸는 올바른 길을 찾았다고 믿었기 때문이었

85 보헤미아의 군주이자 성인인 바츨라프를 기리는 날.

다. 하지만 무엇보다도 그가 앞으로 몇 주간 특별한 별자리
가 나타날 것을 예측했기 때문이었다. 그 별자리는 이제껏
아주 드물게 나타났지만 판 델레 자신과 그의 작업에 늘 굉
장히 유리하게 작용해 왔던 것이다.

하지만 그 별자리는 지나가 버렸고 모든 새로운 일에 불리
하게 작용하는 토성이 머나먼 변두리에서 물뱀자리의 비늘
덮인 꼬리에 있다가 자신의 옛 영역에 돌아와 있었다. 그리
고 판 델레는 원소들을 변화시켜 위대한 마기스테리움[86]을
만드는 데 성공하지 못했다. 그렇다, 그는 자신이 이 목표에
서 어느 때보다 더 멀리 떨어져 있음을 깨달았다. 황제에게
약속한 말이 그의 마음을 무겁게 짓눌렀다. 그는 박차만 찰
까닥댈 뿐 마구간에 말은 없는 사람처럼 행동한 꼴이었다.
성 바츨라프의 날이 다가올수록 연금술사는 점점 더 깊은 수
심과 불안과 우울에 빠져들었다. 때때로 그는 뭐에 쫓기는
사람처럼 허겁지겁 작업에 달려들어 이것저것 일을 벌였지
만 아무것도 끝을 맺지 못했고 그러고 나서는 다시 몇 시간,
아니 며칠이고 하는 일 없이 앉아 멍하니 허공을 바라보았다.

브로우자는 연금술사에게 일어난 변화를 근심 걱정에 차
서 바라보았다. 그는 이게 어찌 된 일인지 통 영문을 몰랐다.
자기가 주방에서 가져다준 음식을 연금술사가 또다시 건드
리지도 않자 브로우자는 너는 견딜 수가 없었다. 그는 연금
술사에게 무슨 나쁜 일이 일어난 건지 이제는 말 좀 해달라

---

86 연금술에서 신비한 힘을 가진 물질이라 여겨지는 〈현자의 돌〉을 이르
는 표현.

고 채근했다.

판 델레는 묵묵히 입을 다물고 허공을 응시했다. 하지만 브로우자가 계속해서 애걸하고 달달 볶아 대자 그는 자신이 얼마나 안 좋은 상황에 처했는지 이야기해 주었다. 그는 자신의 작업이 실패했으며 황제가 자기 머리를 저당 잡고 있다고, 이제는 머리를 잃을 걸 두려워할 수밖에 없다고 말했다.

「나는 떠나야 해, 도망쳐야 해. 하지만 어떻게 달아나지?」 판 델레가 이야기를 마치며 말했다. 「나는 감시를 받고 있네. 자네도 눈치챘겠지만 몇 주 전부터 바깥 복도에, 내 방문에서 멀지 않은 곳에 화승총병 둘이 배치되어 있어. 한 명은 오른쪽에, 다른 한 명은 왼쪽에. 그리고 일요일에 내가 미사에 갈 때면 그 둘이 내 뒤를 바짝 따라오고 교회 안에서도 내게서 눈을 떼지 않아. 나를 이 궁정으로 이끈 운명을 저주할지어다!」

브로우자는 이 이야기를 듣자 어안이 벙벙하고 당황해서 처음에는 그저 씨근씨근 숨을 쉬고 이를 갈기만 할 뿐 한마디도 하지 못했다. 격심한 아픔이 그의 목을 졸랐다. 그러다 마침내 그는 한 가지 생각을 떠올렸고 그것을 표현할 몇 마디 말을 찾아냈다. 그는 한 번 더 시도해 보라고 연금술사에게 권했다. 그럼 성공할 거라고, 선생님은 뭐든 해내지 않느냐고, 희망의 끈을 놓지만 않으면 된다고 했다.

「그 희망은 헛된 희망일세.」 판 델레가 침울한 미소를 띠며 말했다. 「그런 희망을 품는 건 아직 뿌리지도 않은 씨앗을 가지고 빵을 구우려는 거나 마찬가지야. 아니, 브로우자, 나는

217

끝장이네.」

이에 브로우자가 조언했다. 「그렇다면 황제한테 가서 자비를 베풀어 달라고 청하세요.」

연금술사가 고개를 가로저었다.

「자네는 황제가 웃는 걸 본 적이 있는가?」 그가 물었다.

「아뇨.」 브로우자가 말했다. 「물론 노여워하는 모습은 자주 보았죠. 하지만 저는 단 한 번도 황제를 웃게 만든 적이 없어요.」

「웃을 줄 모르는 자에게는 자비 또한 기대할 수 없는 법이네.」 연금술사가 이야기했다. 「황제 폐하보다는 빽빽한 밀림에 사는 키클롭스와 야수 들에게서 더 많은 자비를 기대할 수 있지.」

브로우자는 키클롭스란 게 숯쟁이를 가리키는 것인지 궁금해했다. 그러나 지금 판 델레는 오디세우스에 대해, 그리고 오디세우스가 폴리페모스의 동굴에서 겪은 모험에 대해 브로우자에게 설명해 줄 경황이 없었다. 그래서 그는 키클롭스가 숯쟁이가 아니라 염소지기라고, 하지만 나쁜 풍습을 가진 거칠고 위험한 자들이라고만 말했다. 그러고 나서 다시 자기는 끝장이라고 했다.

「천만에요.」 평정심을 되찾은 브로우자가 외쳤다. 「선생님은 가져갈 것들을 챙기만 두세요. 나머지는 제가 알아서 처리할 테니까요. 선생님을 남의 눈에 띄지 않게 옐레니 프르지코프로 데려간 다음 그곳에서 밖으로 내보내 드릴게요. 그리고 만일 숲속에 있는 키클롭스들한테 가시고 싶다면 제가 함께 가드리죠. 저는 염소지기라면 무섭지 않아요.」

연금술사는 브로우자에게 자기는 키클롭스들한테가 아니라 바이에른 지방으로 도망가려 한다고, 그곳에 있는 친구들이 자기를 받아 줄 거라고 설명했다. 하지만 그러자면 돈이 필요하다고, 돈을 어떻게 마련할지 모르겠다고 했다.

돈 이야기가 나오면, 그리고 한 사람한테 돈이 있고 다른 사람이 그것을 원하면 우정이 깨지기 십상이다. 하지만 이 두 사람의 경우에는 그렇지 않았다.

「돈만 있으면 되나요?」 브로우자가 물었다. 「돈이라면 문제없어요. 저한테 그동안 모아 둔 돈이 있고 오늘 몇 굴덴을 더 마련할 거니까요.」

그러고 나서 브로우자는 판 델레를 두고 떠났다. 다시 한번, 그리고 자기 생각에는 마지막으로 황제에게 자신만의 연금술을 시험해 보기 위해.

브로우자가 방에 들어갔을 때 황제는 마이슬의 사업에서 나온 돈으로 구입한 그림 가운데 하나를 푹 빠져서 들여다보고 있었다. 황제는 기분이 좋았고 브로우자를 보고는 고개를 끄덕였다.

「이리 오너라.」 황제가 말했다. 「와서 이 그림 좀 보아라! 여기에 뭐가 그려져 있지?」

그것은 파르미자니노의 작품으로 제자들과 함께 최후의 만찬 자리에 앉은 구세주를 표현한 그림이었다. 브로우자는 그리로 다가가서 몸을 들이밀고는 코를 문질러 원래보다 납작하게 만들고 이마에 주름을 잡고 아랫입술을 내밀어 뭔가를 철저히 따져 보는 사람 같은 표정을 지었다.

그러고 나서 그가 말했다. 「이건 족장 야곱의 열두 아들이군요. 장담컨대 이들은 히브리어로 대화를 나누는 것 같군요.」

그리고 그는 몇 개의 거친 후음(喉音)으로 히브리어를 흉내 냈다.

「하지만 이 그림에 있는 건 열세 명이지 열두 명이 아니다.」 황제가 말했다.

「야곱과 열두 아들, 합치면 열세 명이잖아요.」 브로우자가 나무랐다.

「그리스도를 못 알아보는 것이냐?」 황제가 알록달록한 마노를 깎아 만든 칼로 구세주의 형상을 가리키며 물었다.

「젊은 주인 나리가 이렇게 알려 주니까 이제 알아보겠군요.」 브로우자가 말했다. 「그리스도여, 신이 당신과 함께하길! ― 그리스도가 식탁에 앉아서 희희낙락하고 있군요.」 그는 마치 마음 같아서는 그리스도가 언제나 십자가를 짊어지고 비틀비틀 걸어가야만 하는 양 짜증스러운 어조로 덧붙였다.

「그리스도께서 자기를 배신하고 팔아먹은 유다와 이야기를 나누고 계신 거다.」 황제가 설명해 주었다.

「그게 나랑 무슨 상관이죠? 배신하거나 말거나 맘대로 하라죠.」 브로우자가 황제에게 호통을 쳤다. 「나는 나리들이 티격태격 다투는 데 끼어들지 않아요. 누가 뭘 하든 알 바 아니죠. 아무한테도 신경 안 쓴다고요.」

브로우자는 충분히 신성 모독적으로 들리는 이 말에 이제 황제가 지팡이를 집어 자기를 흠씬 두들겨 패리라 생각했다. 하지만 황제는 부드러운 말로 그를 나무랄 뿐이었다.

「신성한 일에 대해 말할 때는 존경심을 가져야지.」 황제가 말했다. 「너는 기독교인이지 않으냐.」

「그러는 당신은? 당신은 기독교인이면서도 그리스도를 팔아 폭리를 취하는 걸 신성한 일이라 부르나?」 브로우자가 황제를 공격했다. 「그래, 스스로 그리스도를 가지고 장사를 하는 사람이 말이야.」

「내가 그리스도를 가지고 장사를 한다고?」 황제가 놀라서 말했다.

브로우자가 마치 황제에게 해명을 요구하듯 말했다.

「대체 어떤 유다가 여기 이 그리스도를 당신한테 팔았고 당신은 이걸 얼마 주고 산 거지?」

「이 훌륭한 그림을 내게 판 사람은 유다가 아니라 추기경의 조카인 그란벨라다. 그리고 난 그림값으로 40두카텐을 치렀고. 이제 가거라. 날 가만히 내버려둬라!」 황제가 말했다.

「40두카텐?」 브로우자가 소리쳤다. 「젊은 주인 나리, 내가 늘 말하지 않소. 당신은 정말 바보처럼 살림을 꾸린다고. 그리스도 그림을 살 40두카텐은 있으면서 살아 있는 그리스도는 값이 30그로셴을 넘지 않는다니.」

「내가 바보라고? 기다려라. 예법이란 게 뭔지, 황제에 대한 존경심이 무엇인지 똑똑히 가르쳐 주마.」 이제 인내심이 바닥난 황제가 고함을 질렀다. 브로우자는 조금만 더 애쓰면 자기가 호되게 매질을 당하리라는 걸 알았다. 그는 마치 황제를 달래려는 듯한 태도를 취했다.

「뭘 그리 고래고래 소리를 지르지? 뭐가 그렇게 화가 나는 거지?」 브로우자가 말했다. 「당신이 나한테 얼마나 존경을 받고 있는지 알잖아. 나는 당신을 다이아몬드 킹보다도 높게 친다고.」

이에 황제는 더는 참지 못했다. 분노가 그를 사로잡았고 납작코가 달린 브로우자의 천진난만한 얼굴이 흐릿해지더니 악마의 사나운 낯짝으로 보였다. 황제는 손에 집히는 대로 이것저것을 브로우자의 머리에 던졌다. 먼저 마노로 만든 칼을 던지고 이어서 버찌가 담긴 접시를 던졌다. 그리고 접시가 목표물을 비껴가자 지팡이를 가지고 브로우자에게 달려들었다.

브로우자는 오래도록 메말라 온 들판이 비를 받아들이듯 매질을 받아들였다. 그리고 이어서 황제가 거친 숨을 몰아쉬며 기진맥진한 채로 자신의 팔걸이의자에 앉고 나서 그의 분노가 가시자 이제 브로우자가 서럽게 흐느끼고 꺼이꺼이 울고 마구 넋두리를 늘어놓을 때가 되었다.

「신이여, 도와주소서.」 그가 한탄하며 등을 문질렀다. 「젊은 주인 나리, 어떻게 나한테 이런 지독한 고통을 가할 수가! 당신의 궁정에서 이런 일을 당하리라고는 생각지도 못했어요. 하지만 언젠가 내가 저 위에서 고인이 된 당신 아버지를 다시 받들어 모시게 되면 그분께서는 당신이 나를 쳐 죽이려

222

했다는 사실을 아시게 될 거예요.」

그리고 그는 산산조각 난 접시와 바닥에 흩어진 버찌와 자기 이마에 생채기를 낸 마노 칼을 가리켰다.

황제는 그에게 이마의 핏방울을 닦도록 자기 손수건을 건넸다. 이어서 그는 브로우자에게 기독교인의 너그러운 마음으로 자기를 용서해 달라고 했다. 자신이 분노에 사로잡혀 그런 거라고, 미안하게 생각한다고 했다. 하지만 브로우자는 호통을 치고 소리를 질러 댔다. 분노는 대죄이며 이번에는 말로 끝낼 수 없다고, 자기가 당한 고통이 너무 크다고, 자신이 맞은 매에 대해 7굴덴을, 그리고 여기에다 칼을 던진 일에 대해 1굴덴을 추가로 달라고 했다. 칼에 맞아 하마터면 시력을 잃을 뻔했다면서.

황제는 8굴덴이 지나치게 많은 액수라고, 그만큼은 줄 수 없다고 말했다.

브로우자는 양보할 용의가 있었다. 그는 황제의 주머니 사정이 얼마나 좋은지 몰랐기 때문이다.

「그럼 조금만 줘요, 젊은 주인 나리.」 그가 제안했다. 「일단 3굴덴을 주고 나머지는 나중에 지불하는 걸로 하죠. 그 대신 나한테 담보를 줘요.」

브로우자는 3굴덴을 받았다. 하지만 그가 나머지 5굴덴에 대한 담보로 파르미자니노의 그림을 가져가려 하자 황제가 다시금 분노에 휩싸여 지팡이를 들고 달려들었다. 이미 충분히 매를 맞은 브로우자는 3굴덴에 만족하고 문밖으로 휙 빠져나갔다.

브로우자는 황실 음료 담당관직을 맡고 있는 콜로레도 백작의 침실에서 비단으로 만든 줄사다리를 발견한 적이 있었다. 예전에 콜로레도는 대개 프라하성 주변을 무대로 펼쳐졌던 사랑의 모험에서 그 줄사다리를 사용했다. 물론 이제 세월이 가면서 그는 매우 살이 찌고 다소 숨이 찬 신사가 되었고 그에게는 다른 무엇보다 편안함이 최고였다. 그리하여 콜로레도는 이미 오래전부터 더는 말라 스트라나와 흐라드차니 시민 가정 딸들의 정조에 위협이 되지 않았다. 하지만 줄사다리의 상태는 여전히 양호했다. 브로우자는 평소 땔나무와 석탄을 지고 계단을 오를 때 쓰는 등짐 바구니에 그 줄사다리를 넣어 연금술사의 작업실로 가져갔다.

　　줄사다리는 그곳에 3주 동안 있었다. 도주하기로 계획한 시점이 여러 차례 미뤄졌기 때문이다. 처음에는 판 델레가 열을 동반한 목병에 걸리는 바람에 계획이 미뤄졌다. 그다음에는 나쁜 날씨 탓에 일정이 연기되었다. 이틀 밤낮으로 강한 비가 퍼부었던 것이다. 그리고 곧이어 나타난 별자리는 판 델레가 보기에 그런 모험을 감행하기에는 충분히 유리하지 않았고 따라서 또 한 번 계획이 지체되었다. 결국 두 사람은 성 바츨라프의 날 전야에 도주 계획을 실행에 옮기기로 결정했다. 거사를 앞두고 걱정과 불안에 사로잡힌 판 델레가 아무리 미루길 바란다 하더라도 이제는 더 이상 계획을 미룰 수가 없었다.

　　성 바츨라프의 날 전날 저녁에 브로우자는 연금술사에게 고기수프 한 접시와 닭고기파이 한 조각, 삶은 달걀, 치즈, 벌

꿀케이크 한 조각, 무화과빵 한 덩이와 포도주 한 주전자를 가져다주었다.

「이것 드시고 원기를 북돋우세요, 선생님!」 브로우자가 말했다. 「실컷 배를 채워 두시라고요! 내일이면 먹고 마실 게 제대로 있을지 모르니까요.」

이어서 브로우자는 연금술사에게 출발 전에 한두 시간 쉬어 둘 것을 권했다.

「젖 먹던 힘까지 다 써야 할 거예요.」 브로우자가 말했다. 「내일 날이 밝을 때까지 6마일은 가야 하거든요.」

판 델레는 식욕이 없어 께적거리며 식사를 했다. 그는 자신이 황제의 궁정에 올 때 품었던 당당한 포부에 대해 슬피 말했다.

「나는 작업을 하면서 가설에 지나치게 의존했어.」 그가 자책하며 말했다. 「순전한 공상에 이끌린 거야. 그래서 급기야는 이토록 불명예스럽고 수치스럽게 밤안개 속에서 궁정을 떠나야 하는 신세가 되었군.」

「안개가 낄지 안 낄지, 그것도 큰 문제예요.」 브로우자가 말했다. 「너무 심하지는 않고 조금 껴 있으면 그리 나쁘지 않을 거예요. 그렇지만 안개가 낄 것 같지는 않군요. 제 생각에는 안개가 없더라도 일이 잘 풀릴 거예요. 뭣보다 초승달이 뜨니까요.」

「내 마음속에서는 걱정과 희망이 서로 균형을 이루고 있네.」 연금술사가 말했다. 「하지만 이젠 어쩔 수 없는 일. 또 시인 페트라르카는 인생에서 희망보다 걱정이 훨씬 더 자주 현실이 된다고 했고 말이야. 그러니 쓰라린 운명에 의연하게 맞서는 것 말고 다른 도리가 있겠나?」

연금술사는 무거운 마음으로 책들을 남겨 두고 가기로 이미 결정을 내렸다. 그는 탑처럼 높이 쌓인 책 무더기로 가서 소책자를 한 권 찾아내 그것을 불꽃색 웃옷의 주머니에 넣었다. 그것은 세네카[87]의 논문인 「데 트랑퀼리타테 비타이De tranquillitate vitae」, 즉 〈삶의 평정에 관하여〉였다. 연금술사는 고된 여정에 이 책을 가져가려 했다.

그사이 브로우자가 말했다. 「이런 일을 실행하자면 고생과 위험이 따를 수밖에 없어요. 하지만 선생님께는 이득인 게 저는 지금껏 살면서 다른 사람이 도망가는 걸 도운 적이 없어요.」

「그게 어째서 나한테 이득이라는 건가?」 연금술사가 물었다.

「그건 말이죠.」 브로우자가 설명하기 시작했다. 그러면서 그는 잠시 예전의 어릿광대 모습으로 돌아가 익살을 부렸다. 「흔히 말하듯 성직자 놈들은 절대 첫 번째 미사 때만큼 잘하지는 못하니까요. 그러니 용기를 가지세요. 두고 보세요. 이 일에서도 묵주 기도 때처럼 마지막에는 영광[88]이 올 테니.」

밤 1시를 알리는 종이 울리자 브로우자는 앞서 돌출 창의 창문턱에 박아 넣고 나무쐐기로 고정해 둔 쇠갈고리 두 개에 줄사다리를 단단히 붙들어 맸다. 그러고 나서 그는 무서워서

---

87 고대 로마의 스토아학파 철학자.
88 원문의 Gloria는 묵주 기도 때 부르는 〈영광송〉을 뜻하기도 한다.

사지를 덜덜 떠는 판 델레에게 어떻게 하면 되는지 시범을 보였다. 그는 창문턱으로 뛰어오른 다음 그 납작코 얼굴이 더 이상 보이지 않을 때까지 사다리를 내려갔다. 그러고는 되돌아와서 연금술사의 자질구레한 물건이 든 보따리와 본인의 배낭을 건네받은 후 이렇게 말했다.

「어렵지 않아요. 위험하지도 않고요. 다만 명심할 것은 아래가 아니라 위를 봐야 해요. 서두르지 말고 한 발 한 발 내려오는 거예요. 발걸음 소리나 목소리나 그 밖에 무슨 소리가 들리면 멈춰서 가만히 계세요. 제가 다 내려가면 휘파람 소리가 들릴 거예요.」

그리고 브로우자는 사라졌다.

판 델레가 줄사다리를 밟고 섰을 때, 저 아래 엘레니 프르지코프의 우리에서 사육되는 황제의 사자들 가운데 한 마리가 포효하기 시작했다. 조금 뒤에는 갈고리발톱 하나가 사슬로 쇠막대에 묶인 독수리의 우울한 울음소리가 밤의 정적을 갈랐다. 이런 소리가 제아무리 사납게 들려도 판 델레는 소스라치지 않았다. 사자 소리나 독수리 소리나 그에게는 익숙했다. 하지만 박쥐 한 마리가 그의 머리 근처를 휙 지나갔을 때는 외마디 비명을 완전히 억누르지 못했다.

이제 한 발 한 발 사다리를 내려가다 보니 그의 두려움은 줄어들었다. 그는 아래에 다다르는 것이 어렵지 않음을 깨달았다. 또한 아무런 위험도 없었다. 아래에 있는 나무들이 내는 쏴쏴 소리가 점점 커졌고 깜짝 놀라 잠에서 깬 새들이 푸드덕 날아갔다. 머리 위에는 마부자리, 수레자리, 까마귀자리, 황소자리의 머리, 아리아드네의 왕관자리, 오리온자리의 허리띠같이 그에게 익숙한 별들이 떠 있었다.

거의 아래에 다다랐을 때 그는 과감하게 미리 사다리를 놓고 뛰어내렸다. 얼마 안 되는 높이였으나 어설프게 뛰어내린 바람에 비틀거리며 바닥에 넘어졌다.

그는 자기 위로 몸을 숙인 브로우자의 목소리를 들었다.

「일어나세요, 선생님. 일어나요! 다 잘되었어요. 하지만 이제 서둘러야 해요!」

판 델레는 브로우자의 부축을 받으며 일어나려 했으나 일어설 수가 없었다. 그는 신음 소리와 함께 다시 바닥에 쓰러졌다. 다리를 다치고 만 것이었다.

이제 도망가는 건 불가능해 보였다. 하지만 브로우자는 당황하지 않았다. 그는 판 델레를 짊어지고 끌고 당기고 하면서 어느 오두막으로 데려갔다. 옐레니 프르지코프의 외진 곳에 있는 이 오두막은 마치 술 취한 사람이 문설주에 기대듯 담장에 비스듬히 기대어 있었다. 이곳에서 브로우자는 끊임없이 신음하는 판 델레를 침낭에 뉘었다. 그는 불을 피우고 석유등을 켰다. 그러고 나서 판 델레의 신발을 조심스레 벗기고 튀르키예식 슬리퍼 한 켤레를 가져다주었다. 슬리퍼는 해지기는 했으나 굉장히 고급스러운 가젤 가죽으로 만든 것이었다.

「여기가 어딘가?」 연금술사가 물었다.

「저희 집이에요.」 브로우자가 설명했다. 「필요하신 게 있으면 뭐든 편히 쓰셔도 돼요. 아무도 이곳으로 선생님을 찾으러 오지 않아요. 이곳에 계시면 안전해요. 추적자들은 국도나 샅샅이 뒤지라지요. 고인이 된 선황께서 이 집을 저한테 하사하셨죠. 밖에 있는 사과나무 두 그루랑 채소를 기르는 작은 텃밭도요.」

그가 눈에서 눈물을 훔쳤다.

「그것 보게나.」 연금술사가 힘없는 목소리로 한탄했다. 「고난과 역경이 이 불쌍한 인생을 위협하고 있네. 그리고 운명이 다시금 나를 배반하고 음험한 악의를 드러내지 않았는가.」

「선생님은 사다리에서 뛰어내리실 때 신의 가호를 지나치게 믿었어요.」 브로우자가 말했다. 「더 나쁜 일을 당할 수도 있었어요.」

연금술사는 벽에 걸린 채찍을 가리켰다. 채찍에는 짧은 손잡이와 긴 가죽끈이 달려 있었다.

「저건 어디에 쓰는 물건인가?」 그가 물었다. 「자네, 개를 기르는가?」

「아뇨.」 브로우자가 말했다. 「제가 짜증스럽게 굴면 고인이 된 선황께서 때때로 저걸로 저를 때리셨어요. 이른바 성유물이죠. 제게는 선황께서 남기신 다른 성유물들도 있어요. 저기 있는 궤짝 두 개는 그분께 하사받은 물건이죠. 구리 세숫대야, 양말, 셔츠, 목도리, 기도서, 푸른 보석이 박힌 반지, 부항, 그리고 그 밖에 많은 걸 주셨죠. 그 슬리퍼도 그분 거고요. 자, 선생님께서는 성유물을 신고 계신 거라고요. 아아, 그분 같은 주인은 세상에 두 번 다시 없을 거예요!」

브로우자는 죽은 선황을 추억하느라 다시금 눈물을 쏟으려는 듯 보였다. 하지만 시간이 촉박했다. 그는 이제 가서 줄사다리를 치우고 도시 밖 어딘가에서 외과의나 군의를, 지나치게 호기심을 보이지 않을 사람을 하나 구해 와야겠다고 말했다. 그러고는 주머니에서 열쇠를 꺼냈다. 그 열쇠로 성벽의 쪽문 가운데 하나를 열고 밖으로 나갈 수 있었다. 그는 판델레에게 두려워하지 말고 참을성 있게 기다리고 발을 움직이지 말라고 조언했다.

한 시간 뒤에 브로우자가 마을 이발사 겸 의사를 데리고 돌아왔다. 그자는 군의 노릇도 좀 하는 사람이었는데 자기가 예순두 가지 골절상뿐 아니라 화상도 제대로 치료할 줄 안다고 자랑했다. 브로우자는 프라하성까지 소문이 닿기에는 너무 멀리 떨어진 작은 마을인 리벤의 술집에서 그자를 찾아서 데려왔다.

약간 취한 의사는 연금술사의 발과 발목 관절과 다리를 만져 보았다. 그러고 나서 말하길 상태가 나쁘지 않다고, 하지만 자기가 손을 볼 텐데 아플 거라고 했다.

이에 연금술사가 말했다. 「샐러맨더[89]가 불 속을 지나듯 고통의 바다를 지나야 하는 법.」

하지만 곧이어 그가 째지는 비명을 내지르는 바람에 브로우자는 그의 입을 손으로 막아야 했다. 연금술사가 미처 마음의 준비를 하기도 전에 의사가 그의 발을 거칠게 홱 당겨서 관절을 맞춘 것이었다. 더는 조치할 것이 별로 없었다. 의

89 뱀의 형상을 하고 불 속에서 산다는 전설상의 동물.

사는 다리에 부목을 대야 하니 작은 널빤지나 막대기를 두 개 달라고 요청했다. 그러고는 부목을 댄 상태로 이제 열이틀이나 열나흘 동안 누워 있어야 한다고, 그 기간이 지나야 조금씩 걸어 볼 수 있을 거라고 말했다. 그는 냉찜질 처방을 내리고 나서 판 델레에게 어쩌다 이런 불운한 일을 당했느냐고 물었다.

연금술사는 그것이 본인의 탓이 아니며 가장 중요한 행성들의 특수한 구(矩)[90]에서 그 원인을 찾을 수 있다고 설명했다.

「이봐요!」 의사가 외쳤다. 「당신의 발목을 삐게 하려고 그 행성들이 저 위에서 작당을 했다는 소리를 나보고 믿으라는 겁니까?」

「행성들은 우리에게 좋은 일과 나쁜 일을 가져다준다네.」 연금술사가 일러 주었다. 「그리고 우리는 자네가 이해하는 것보다 더 행성들의 배치에 예속되어 있지.」 연금술사가 덧붙였다. 「하지만 별다른 이의가 없다면 이 문제는 더 이상 논하지 않겠네.」

의사에게는 별다른 이의가 없었다. 그는 열병을 앓으며 누워 있거나 통증으로 괴로워하는 사람들의 견해가 아무리 불합리하더라도 반대 의견으로 그들을 자극하지 않는 편이 낫다는 것을 경험으로부터 배웠기 때문이다. 그사이 브로우자는 궤짝 속에 든 성유물들 가운데에서 진[91]이 든 주석 통을

90 지구에서 볼 때 행성의 위치가 태양과 직각을 이루는 것.
91 노간주나무 열매로 향을 낸 증류주.

꺼냈고 먼 길을 와 애써 준 데 대한 대가로 그것을 의사에게 주었다. 의사는 술을 맛보았다. 그의 얼굴이 환해졌다가 곧 이어 근심 어린 표정을 띠었다.

「고맙습니다.」 그가 말했다. 「언제든 제가 필요하면 불러만 주세요. 화상도 문제없으니 명심하세요! 그런데 어떻게 해야 그 교활한 악마한테 이 술을 빼앗기지 않을까요?」

「악마가 술을 빼앗는다고 했는가?」 판 델레가 물었다.

「네. 진은 물론이고 포도주며 발효한 포도즙이며 맥주도요. 요컨대 마실 거라면 뭐든요.」 의사가 이야기했다.

「평소에도 악마가 자네를 뒤쫓는 건가?」 판 델레가 물었다.

「말씀하신 그대로예요.」 의사가 대답했다. 「밤낮으로요.」

「그럼 악마가 자네의 영혼을 노리고 있는 건가?」 판 델레가 궁금해했다.

「아뇨.」 의사가 말했다. 「그런 종류의 악마가 아니에요. 누구한테나 자기만의 악마가 있지요. 그리고 제 악마는 저희 집 부부 침대에 누워 있고요.」

그는 통에 든 술을 한 모금 더 마시고 나서 브로우자의 안내를 받아 성벽 쪽문을 통해 국도로 나갔다.

아침이 되었을 때 브로우자는 땅바닥에서 일어나 눈을 비벼 잠을 몰아냈다. 판 델레는 잠에서 깨어 누워 있었다. 다리의 통증과 익숙지 않은 환경, 하지만 무엇보다도 이제 밝아 오는 날에 대한 두려움 탓에 그는 안정을 찾지 못했다. 브로우자가 역시 성유물 중 하나인 구리 세숫대야를 끌어다 놓고 물을 가져와서 연금술사의 얼굴과 목과 손을 씻겨 주었다. 그러고 나서 빵과 치즈를 가져다주면서 그가 날마다 하는 말을 읊었다.

「드세요, 선생님! 빵과 치즈라면 원하시는 만큼 있어요. 빵은 가볍고 치즈는 무겁죠.」

브로우자는 습포를 갈아 준 다음 판 델레에게 밖에 나갔다 오겠으니 양해해 달라고 했다. 성으로 돌아가 그곳 상황을 살피겠다는 것이었다.

「선생님이 달아나셨다는 게 알려지면 어마어마한 소동이 일어날 거예요.」 브로우자가 예견하며 말했다. 「그 소식을 황제에게 고하는 자들은 혹이 생기거나 살갗이 긁혀서 피가 날 거예요. 어쩌면 더 나쁜 걸 얻을지도 모르고요. 황제는 길길이 날뛰면서 자기 손에 든 걸 그자들 머리로 집어 던지겠죠. 촛대며 열쇠며 접시며 온갖 도구며 칼이며 통이며 목각상, 돌이나 무거운 쇠붙이를요. 황제의 방에는 사람들 머리에 던질 수 있도록 그런 물건들이 늘 있으니까요. 그리고 어쩌면 황제가 검을 들고 달려들지도 몰라요. 언젠가 황제는 그리스도의 수난을 표현한 그림들이 실린 책을 제 등을 향해 던진 적도 있어요. 나중에 황제는 그 행동을 후회하며 쓰라린 눈물을 쏟았지요. 하지만 그건 저 때문이 아니라 모욕당한 구세주 때문이었어요.」

「그런 다음에는 어떻게 되겠는가?」 판 델레가 걱정스럽게 물었다. 「촛대나 열쇠 정도로는 아마 끝나지 않을 텐데.」

「물론이죠.」 브로우자가 말했다. 「황제는 최고 궁내관과 최고 성백을 불러오라고 명한 다음 그들한테 달려들어 광분하고 소리를 질러 댈 거예요. 그들이 선생님이 달아나도록 도와줬고 그 대가로 마티아스한테 돈을 받았다고 하면서요. 최고 궁내관은 얼굴이 시뻘게지겠지만 최고 성백은 황제를 달래겠죠. 그는 선생님을 붙잡아 데려오겠다고 황제에게 약속할 거예요. 그리고 모든 국도와 모든 숙박소를 뒤지게 하겠죠. 하지만 고작 한두 주일 거예요. 그 정도면 황제가 이 일을 까맣게 잊을 테니까요. 황제의 머릿속에서는 인간적인 감정들, 그러니까 분노나 짜증이나 후회도 그렇고 희망이나 신뢰 역시 순식간에 정반대의 감정으로 바뀌는 일이 허다하니까요.」

「사람들이 이곳을 수색하지는 않겠나?」 판 델레가 물었다.

「아뇨, 이곳에 올 일은 없어요. 여기면 안전해요.」 브로우자가 그를 안심시켰다. 「어쩌면 선생님이 사다리에서 잘못 뛰어내리시는 바람에 더는 갈 수 없게 되었다는 것, 바로 이것이 하느님의 애정 어린 예비하심일지도요. 이제 가볼게요. 문은 잠가 둘게요. 저녁에 돌아올 거예요. 그동안 지루하지 않게 시간을 보내고 계세요.」

「그동안에 나는 내 인생의 수많은 부침과 곡절에 대해 곰곰이 생각해 보고 있겠네.」 연금술사가 말했다. 「또 이 책도 좀 들여다볼 걸세. 근심 어린 내 마음에 위로가 되어 줄 것이네.」

그리고 그는 주머니에서 세네카를 꺼냈다.

하지만 브로우자가 가버린 뒤에 그는 뭔가 생각에 매달릴 만큼 평온을 찾지 못했다. 그는 지금껏 살며 겪어 온 여러 모험과 우여곡절이 어떻게 진행되었고 어떻게 끝났는지를 생각하며 현재의 곤경 속에서 낙관을 얻고자 했지만 과거의 기억들은 온통 뒤섞여 흩어지고 아무것도 남지 않게 되었다. 또 세네카를 읽으려 해봐도 낱말들이 머릿속에 전혀 들어오지 않았다. 책을 읽으면서도 무엇을 읽었는지 알지 못했다. 그는 피곤했지만 잠을 이룰 수가 없었다. 시간은 좀체 흘러가지 않았고 그는 시간이 빨리 가게 할 술책을 찾았다. 그는 발을 움직였다. 통증이 찾아와 견딜 수 없이 계속되다가 누그러지며 약해졌고 한동안 더 머물다가 사라졌다. 그러자 얼마간 시간이 흘러가 있었다. 그는 이 놀이를 반복했지만 자신이 이렇게 시간을 보내는 대가로 너무 큰 고통을 치른다는 것을 깨달았다. 그의 눈은 오두막 판자벽을 기어가는 달팽이들에게 붙박였다. 연금술사에게는 그 모습이 마치 아주 굼뜨게 기어가는 이날의 시간과도 같아 보였다.

점심때쯤 그는 잠이 들었다. 짧고 불안한 잠이었다. 그러나 깨어났을 때는 기분이 한결 나았다. 몇 시간쯤 잔 것 같았다. 이제 그는 세네카를 좀 들여다보는 데 성공했다. 하지만 금방 책을 내려놓았다. 그는 이제 낮이 끝났고 곧 석양이 내릴 것이며 어둑어둑할 때 책을 읽는 것은 좋지 않다고 스스로에게 말했다. 그렇지만 그때는 아직 이른 오후였다.

그럼에도 나머지 낮 시간은 조금 더 빨리 흘러갔다. 왜냐하면 이제 근처 수도원에서 카푸친 수도사들이 종을 울리고 합창을 하기 시작했기 때문이다. 저녁 9시쯤 돌아온 브로우자는 연금술사가 예상보다 더 평온한 모습으로 있는 것을 보았다. 판 델레는 몸을 일으키려 했고 당장 모든 소식을 듣고 싶어 했다. 하지만 브로우자가 입술에 손가락을 갖다 댔다.

「조용, 조용히!」 그가 말했다. 「정원사 조수 둘이 바로 근처에 있어요. 선생님이 하시는 말을 들을지도 몰라요.」

판 델레는 저 위 상황이 어떤지, 소동이 크게 벌어졌는지, 벌써 국도와 숙박소에서 자기를 찾고 있는지 속삭이듯 물었다.

브로우자는 등짐 바구니를 땅에 내려놓고는 이마에서 땀을 닦았다. 그러고 나서 불을 피우고 등을 켰다.

「소동은 벌어지지 않았어요.」 그가 이야기했다. 「선생님이 달아난 걸 아직 전혀 모르고 있어요.」

「그럼 황제가 나를 찾지 않은 건가?」 판 델레가 외쳤다.

브로우자가 문을 살짝 열고 밖을 내다보았다. 정원사 조수들의 모습은 더 이상 보이지 않았다. 얼마간 떨어진 곳에서 그들의 목소리가 들렸다.

「이제 갔군요.」 브로우자가 말했다. 「네, 황제는 선생님에 대해 묻지 않았어요.」

「그럼 황제가 팔피나 말라스피나를 나한테 보내지도 않은 거고?」 판 델레가 궁금해했다.

「네, 황제의 시종관 중 누구도 선생님을 보러 오지 않았어요.」 브로우자가 말했다.

「이해가 안 되는군.」 판 델레가 고개를 가로저으며 외쳤다. 「오늘이 성 바츨라프의 날인데, 그게 아니면 오늘이 무슨 날이지?」

브로우자는 저녁 식사를 준비했다. 그는 테이블을 판 델레 가까이로 옮기고 흰 테이블보를 깔았다.

「어쩌면 오늘이 바로 성 바츨라프의 날이라서 황제가 선생 님 일을 신경 쓸 겨를이 없었나 보죠.」 그가 말했다. 「황제는 성 바츨라프의 날을 늘 짜증스럽게 여기니까요. 불붙은 초를 들고 행렬 속에서 걷고 대중 앞에 모습을 드러내야 하는데 그걸 좋아하지 않지요. 대주교와 올로모우츠 주교, 이 두 사 람이 황제를 알현했는데 그들은 황제에게 감동적으로 웅변 했지요. 왕국 전역에서 우트라크파가 이단의 머리를 들고 있 는 이 시기에 경건한 가톨릭 백성에게 예로부터 내려오는 익 숙한 구경거리와 화려한 행사를 베풀지 않는다면 그건 안 될 일이라고, 고인이 되어 하느님 안에서 안식을 누리고 있는 그의 아버지 막시밀리안 2세께서도 성 바츨라프의 날에 무 슨 일이 있어도 행렬에 참여했을 거라면서요.」

브로우자는 손으로 눈을 훑었다. 그러고는 바구니에서 생 선 요리를 꺼냈다. 그 밖에 차가운 요리와 삶은 달걀, 과일, 치즈, 포도주 한 주전자도 꺼냈다.

「내일이면 폐하가 기억할 거예요.」 마치 판 델레를 안심시 키고 위로해야겠다는 듯 브로우자가 말했다. 「선생님이 머리 를 건 내기에서 졌다는 걸요.」

판 델레는 17일 동안 은신처인 브로우자의 오두막에 머물 렀다. 17일 동안 아무 일도 일어나지 않았다. 마치 황제가 판 델레를 까맣게 잊어버린 것 같았다. 처음에 판 델레는 하는 일 없이 몽상에 잠겨 하루를 보내기가 어려웠다. 하지만 나중에 그는 무료함을 달랠 방법을 찾아냈다. 그는 오두막 안의 개미들을 관찰했다. 빨간색과 갈색, 이렇게 두 가지 종류 혹은 무리의 개미들이 있었는데 한쪽이 다른 쪽과 평화롭게 지내지 못하고 서로를 음흉하게 공격한다는 점에서 사람들과 비슷했다. 또 그는 거미줄을 관찰했는데 조그만 모기들은 거미줄에 걸린 채로 있는 반면 커다란 말벌들은 거미줄을 뚫고 나갔다. 여기에도 역시 시대와 인간사가 비유적으로 반영되어 있었다. 그는 묵주 기도를 세 번 외고 사도 신경을 두 번 읊으면 딱 8분이 지난다는 걸 알게 되었다. 그는 걷는 연습을 했다. 처음에는 지팡이를 짚다가 나중에는 그런 것 없이 걸음을 디뎠다. 그리고 밤이면 이따금 오두막 앞에 나가 별이 총총한 하늘을 바라보았다.

이제는 전처럼 조심할 필요가 없었기에 브로우자는 가끔 낮에도 오두막에 왔고 연금술사는 그와 오래도록 대화를 나눴다. 인간의 본성에 관해, 그리고 힘 있고 부유한 자들의 행복이 만족할 줄 모르는 그들의 소망에 견주면 얼마나 보잘것없는지에 관해. 보석과 금속 속에, 어떤 동물들의 핏속에, 그리고 보름달이 떴을 때 사람들이 꺾는 식물들 속에 숨겨져 있는 엄청난 힘들에 관해. 판 델레는 브로우자에게 어떤 바닷물고기에 대해 이야기해 주었다. 학자들이 〈우라노스코푸스〉라 부르는 이 물고기는 눈이 하나뿐이며 그 눈으로 언제나 하늘을 바라본다고 했다. 그런데 은총을 받아 두 눈을 가진 인간들은 하늘을 보지 않는다고. 그는 쉼 없이 동쪽으로 움직이며 알 수 없는 목적지로 향하고 있는 두 개의 천체를 가리켰다. 하나는 몹시 서둘러 달아나고 있고 다른 하나는 그 뒤를 쫓고 있었다. 그는 이것이 지체 높은 대공의 죽음, 하인들의 배신, 여러 나라의 종교와 정권에서 일어나는 변화, 요컨대 엄청난 참상을 뜻하는 신호라고 했다. 점성술사는 이러한 사건들을 예견할 수는 있겠지만 막을 수는 없다고 했다. 왜냐하면 도달할 수 있는 최고의 지혜는 이 말속에 담겨 있기 때문이라고. 〈주여, 아버지의 뜻이 하늘에서와 같이 땅에서도 이루어지게 하소서.〉[92]

한편 브로우자는 판 델레에게 황제가 행렬 중에 수염이 촛불에 타는 바람에 프라하 대주교와 올로모우츠 주교와 성 바츨라프에게 굉장히 성이 났다고 이야기해 주었다. 또한 황제는 황제의 식탁에 올라오는 멧돼지의 발굽에 금을 입히게끔 궁정 주방에 2두카텐을 승인해 주었다고 했다. 그리고 옐레니 프르지코프에서 사육 중인 야생 동물들에게 먹일 고기를 의무적으로 제공해야 하는 유대인 도시의 도축업자들이 최고 궁정청에 편지를 보냈는데 이 편지는 히브리어로 축복을 빌고 신을 부르는 말로 시작했으며 히브리 문자는 쇠 부지깽이, 손잡이 달린 지팡이, 난로 연통, 밀가루 삽처럼 생겼다고 했다.

18일째 되는 날에 브로우자는 아직 오전인데 평소와 달리 이른 시각에 오두막에 왔다.

92 「마태복음」6장 10절.

「선생님.」 그가 등 뒤로 문을 닫으며 말했다. 「헐레벌떡 서둘러 달려왔어요.」

「무슨 소식을 가져온 건가?」 연금술사가 말했다.

「선생님이 바랄 수 있는 가장 좋은 소식이에요.」 브로우자가 대답했다. 이어서 그는 작업장 문 앞을 지키던 화승총병 둘이 상관인 소위에게 판 델레가 벌써 두 주 전부터 보이지 않으며 일요일에도 평소처럼 미사에 가지 않았다는 사실을 보고했다고 했다. 소위는 근위대 지휘관에게 보고를 올리면서 문이 잠겨 있으며 두드려도 답이 없다고 덧붙였다고 했다. 근위대 지휘관은 최고 궁내관에게 이 사실을 보고했고 최고 궁내관은 작업장 문을 강제로 열도록 지시했다고 했다.

「그러니까 그 말은,」 판 델레가 브로우자의 말을 끊었다. 「지금 이미 그들이 나를 찾고 있을지 모른다는 소리군.」

「아뇨.」 브로우자가 말했다. 「더 들어 보세요. 선생님이 달아났다는 사실을 전했을 때 황제는 거의 눈을 들지도 않았어요. 우선 이마에 손을 댄 다음 귀에 얹었지요. 자기는 머리가 아프니 더는 듣고 싶지 않다는 뜻을 표현한 거죠. 그러고 나서 황제는 시계 장치를 분해하는 일을 계속했죠. 아침 내내 그 일에 푹 빠져 있었거든요. 그리고 거기 서 있던 필리프 랑이 이렇게 말했어요. 그 일로 폐하의 정신을 어지럽히지 말라고, 폐하께는 선생님이 더는 필요 없다고, 폐하께선 다른 연금술사를 고용했으며 그자는 어떤 철학자나 연금술사나 마법사나 집시보다도 연금술에 통달했다면서요.」

「다른 연금술사라고?」 판 델레가 몹시 흥분해서 소리쳤다.

「그자의 이름이 뭔가? 어디에서 온 자인가? 그자가 지금 어디 있지?」

「그건 모르겠어요.」브로우자가 이야기했다. 「필리프 랑이 좀처럼 말해 주려 하지 않더라고요. 그것이 그에게는 큰 비밀인 것 같았어요. 하지만 아마 그건 사실일 거예요. 왜냐면 몇 주 전부터 황제의 모든 주머니에 황금이 그득하니까요. 황제는 앞으로 훨씬 더 많은 황금이 들어올 예정인 양 아낌없이 그것을 쓰고 전처럼 구석과 틈새에 황금을 숨기지도 않아요. 어제는 비로소 그리스도의 초상화 값으로 15두카텐을 지불했지요. 황제한테는 이미 비슷한 그림이 여러 점이나 있는데 도무지 만족할 줄을 모르죠. 바보는 물건을 사면 안 되고 눈먼 자는 달리면 안 되는 법인데 말이죠. 만약 내일 제가 황제한테 거친 조약돌 하나를 가져가서 이게 족장 야곱이 하늘로 향하는 사다리를 봤을 때 앉아 있던 돌이라 말하면 장담컨대 황제는 그걸 살 거예요.」

판 델레는 묵묵히 멍하니 허공을 바라봤다. 상당한 시간이 지나고 나서야 그는 마치 꿈에서 깨어나듯 정신을 차렸다. 그는 브로우자에게 자기를 혼자 있게 해달라고 부탁했다. 이제 어떻게 할지 혼자서 생각을 좀 해봐야겠다고 했다. 판 델레는 브로우자의 손을 잡고서 꼭 쥐었고 그가 자기에게 너무도 많은 걸 해준 데 대해, 그리고 자기를 구하기 위해 심지어 목숨을 걸려고까지 한 데 대해 감사를 표했다.

「아이고, 뭐 그리 대단하게 감사할 일이라고요.」브로우자가 당황해서 어쩔 줄 몰라 하며 말했다. 「제가 선생님을 좋아

241

한다는 거 아시잖아요. 선생님을 위해서라면 쇠사슬에 묶인 노예도 될 수 있다고요.」

이어서 혼자 있게 되었을 때 엄청난 우울함이 판 델레를 엄습했다. 그는 자신의 삶이 무의미하고 무가치했다는 것을 뼈저리게 깨달았다. 그는 위대한 마기스테리움, 납을 금으로 바꾸는 정수, 〈붉은 사자〉며 〈제5원소〉며 〈트리스메기스투스의 비둘기〉[93]라고도 불리는 그 정수를 찾는 데 실패했다. 하지만 다른 사람은 그 일에 성공한 것이었다. 그는 애쓰고 또 애쓰면서 그리고 실망을 거듭하면서 온갖 고생 끝에 늙은이가 되어 버렸다. 그의 삶에 무엇이 더 남았는가? 희망이? 어떤 목표가?

그는 자신보다 운이 좋았던 위대하고 신비한 미지의 연금술사에게 마음속으로 몸을 숙여 경의를 표했다. 그리고 자신의 지난 삶을 다시 한번 돌아보았다. 그것은 그에게 헛되어 보였다. 그는 자신의 면도칼로 동맥을 끊었다.

브로우자는 의식 없이 피 속에 누워 있는 연금술사를 발견했다. 그는 비명을 질렀고 도움을 청하러 나가려다가 정신을 차렸다. 그는 죽은 선황의 셔츠 가운데 한 장을 집어 길쭉하게 찢었고 피가 더 흐르지 않도록 그걸로 판 델레의 손목을 동여맸다. 그런 다음 그는 의사를 데려오기 위해 달려 나갔다.

의사가 도착했을 때 판 델레에게서는 모든 생명의 흔적이 사라져 버린 뒤였다.

93 모두 〈현자의 돌〉을 뜻하는 표현.

저녁때 사람들이 판 델레를 축성된 땅에 매장하려고 운구해 갈 때 브로우자는 시신 뒤를 따르면서 울부짖고 통곡하고 정신 나간 사람처럼 행동하고 마구 날뛰며 자학했다. 언젠가 화려하기 그지없는 장례 행렬이 그의 주인인 막시밀리안 황제를 성 비투스 대성당의 무덤으로 운구해 갈 때 울부짖고 통곡하고 정신 나간 사람처럼 행동하고 마구 날뛰며 자학했던 것처럼.

브랜디 단지

　참회 주간이라 불리는, 신년 축제와 속죄일[94] 사이 주간의
어느 날 밤에 프라하 유대인 묘지에서는 과거의 망자들이 신
을 찬미하기 위해 무덤에서 일어난다. 산 자들처럼 죽은 자
들에게도 신년 축제가 허락되며 그들은 알트노이슐에서 축
제를 벌인다. 아주 오래된 이 예배당은 담장이 절반 높이만
큼 땅속으로 꺼진 듯 보인다. 망자들은 찬미가인 「오비누 말
케누」, 즉 〈우리 아버지, 우리 왕〉을 부르고 알메노르[95] 주위
를 세 번 돈 다음 토라[96]를 낭독할 자를 부른다. 이름이 불린
자들은 아직은 산 자들의 영역에 머무른다. 그러나 그들은
이 부름에 순순히 따라야 하며 그해가 끝나기 전에, 이곳에
모인 자들에게 합류해야 한다. 왜냐하면 그들의 죽음은 위에
서 결정한 것이니까.

　94　유대교의 최대 명절로 〈욤 키푸르〉라 불린다. 유대력을 기준으로 새
해의 열 번째 날이다.
　95　유대교 회당의 가운데에 있는 강단으로 〈비마〉라고도 불린다.
　96　유대교의 율법서. 여러 사람이 나누어 낭독하며 호명된 자가 강단에
올라 토라를 읽는다.

이날 밤 늦은 시각에 결혼식 악사이자 광대인 바보 예켈레와 곰 코펠, 이 늙고 지친 두 남자가 서로를 나무라고 싸우면서 유대인 도시의 거리를 지나고 있었다. 앞서 그들은 구시가에서 열린 결혼식 잔치에서 4분의 1굴덴을 받고 춤곡을 연주했다. 바보 예켈레는 바이올린을, 곰 코펠은 구금(口琴)을 연주했다. 유대인 악사들은 최신 춤곡을 잘 아는 까닭에 기독교도들에게도 평판이 좋았다. 그런데 자정이 지났을 무렵, 하객 몇 명이 독한 프라하 알트비어[97]에 이어 브랜디를 지나치게 마신 나머지 하객들 사이에서 싸움이 일어났다. 맥주 조끼들이 휙휙 공중을 가르기 시작했을 때 두 악사는 악기를 챙겨 꽁무니를 빼버렸다. 왜냐하면 그들이 서로 하는 말마따나에서가 술을 마실 때는 야곱이 매를 맞는 법이니까.[98] 그런데 모두가 너 나 할 것 없이 뒤엉킨 와중에 곰 코펠이 브랜디가 든 작은 단지 하나를 슬쩍 빼내서 챙겨 왔다. 그리고 이 브랜디 때문에 이제 두 사람이 다툼을 벌이게 된 것이다. 결혼식 잔치에서 가져온 브랜디를 자신과 곰 코펠이 한 모금 맛보는 걸 바보 예켈레가 거부한 건 아니다. 하지만 곰 코펠은 독한 술을 마시는 것이 금지되어 있었다. 그는 한 해 전에 뇌졸중이 와서 몇 주 동안 병석에 누워 있었고 지금도 걸을 때 왼발

97　상면 발효 맥주의 일종.
98　이삭의 아들로 쌍둥이 형제인 에서와 야곱은 어머니 배 속에서부터 사이가 좋지 않았다. 나중에 야곱은 형 에서에게서 장자의 권리와 축복을 가로챈다. 바보 예켈레와 곰 코펠은 기독교인 하객들과 유대인인 자신들을 사이 나쁜 형제인 에서와 야곱에 빗대어 자신들에게 괜한 불똥이 튈까 염려하고 있다.

을 끊었기 때문이다. 물론 그는 금주를 지키지 않았고 코웃음을 치며 말하길 죽음은 마비된 개들을 제일 오래 살게 놔둔다고 했다. 그러나 바보 예켈레는 친구의 목숨과 건강이 걱정된 나머지 거의 건강 염려증에 걸릴 지경이었다.

「넌 못된 도둑놈이야. 네가 부끄럽다.」 바보 예켈레가 곰 코펠을 힐난했다. 「네 도둑놈 손가락 앞에서는 그 무엇도 안전하지가 않지. 만일 보는 사람이 없다면 너는 모세 오경을 제8계명[99]과 함께 훔칠 거야. 적어도…… 그곳에는 꿀과 양귀비를 넣은 케이크가 한 종류 있었는데. 왕의 식탁에나 어울릴 음식이 말이야. 그리고 우리 집에는 콩알 한 접시와 작은 생선 토막 하나 말고는 안식일에 먹을 게 아무것도 없고. 그런데 브랜디? 브랜디를 뭐 하려고? 너는 그걸 마시면 안 되고 나는 브랜디라면 질색인데.」

「너는 곰이 꿀을 질색하듯 브랜디를 질색하지.」 곰 코펠이 말했다. 「그리고 너도 알다시피 성서에 이렇게 쓰여 있잖아. 생선에 브랜디를 곁들이면 식사가 즐거워진다고. 신께서는 우리에게 생선을 주셨지. 그런데 브랜디는 아직 주시지 않았어. 그래서 나는 에서의 식탁에서 야곱 몫으로 정해진 걸 가져옴으로써 칭찬받을 만한 좋은 일을 한 거라고. 신께서는 우리가 안식일을 즐겁게 보내기를 원하시니까.」

「하지만 훔친 브랜디로 즐겁게 보내기를 원하시는 건 아니지.」 바보 예켈레가 불같이 노여워하며 호통을 쳤다.

「사실을 말하자면 나는 브랜디를 훔친 게 아니야.」 곰 코펠

99 십계명 중 여덟 번째인 〈도둑질하지 말라〉를 뜻한다.

이 해명했다. 「단지 안에 브랜디가 들었는지도 전혀 몰랐다니까. 나는 그저 그곳에서 난폭하게 날뛰는 자들 가운데 하나가 이 단지로 다른 사람의 머리통을 깨부술까 봐 걱정이 돼서 그걸 막으려 했던 거라고. 그러니까 나는 이 단지를 가져옴으로써 한 사람을 일촉즉발의 위기에서 구하고 그 사람의 목숨과 건강을 지켜 준 거야. 이 행동에 대해 뭐라 하든 그건 네 맘이야, 바보 예켈레. 하지만 나는 이게 칭찬받을 만한 일이라고 생각해. 게다가 브랜디도 덤으로 얻었고 말이야.」

「그걸 마시다 목구멍이나 콱 막혀 버려라!」 바보 예켈레가 부아가 치밀어 짜증스레 말했다.

「어림없는 소리!」 곰 코펠이 소리쳤다. 「신께서 내 기분을 돋워 주려고 하시는데 나한테 질식해 죽으라고? 조심해, 바보 예켈레. 너도 알다시피 자정이 지나서 수탉이 한 발로 서고 수탉의 볏이 늑대 젖처럼 하얘지는 때, 그때는 사마엘[100]의 시간이야. 사악한 소원들이 이루어지는 때지.」

「그렇다면 나는 네가 그 브랜디를 가지고 꺼져 버렸으면 좋겠어.」 바보 예켈레가 말했다. 「가다가 목이랑 다리가 부러지고 더 이상 내 눈앞에 나타나지 않았으면 좋겠다.」

「그럼 갈게.」 곰 코펠이 울먹이는 어조로 말했다. 「그리고 두 번 다시 돌아오지 않을 거야. 이 생에서 네가 나를 보는 건 이번이 마지막이야.」

그가 가려는 시늉을 하면서 브랜디 단지를 챙겼다.

「가만있어!」 바보 예켈레가 외쳤다. 「이렇게 어두운데 어

100 유대교의 죽음의 천사.

247

딜 가려고?」

「너는 도저히 만족시킬 수가 없는 녀석이야.」곰 코펠이 불평을 늘어놓았다. 그는 바보 예켈레의 옆을 지나 계속 걸어 갔다. 「같이 있으면 꺼지라고 하고, 내가 가려고 하면 가만있으라고 소리를 지르고. 내가 앉아 있으면 빈둥빈둥 시간을 허비한다고 하고, 내가 달리면 신발이 찢어진다고 하고. 내가 말없이 있으면 입이 붙었느냐고 묻고, 내가 뭘 말하면 삐뚤게 받아들이고. 내가 비단을 가져오면 삼베를 원하고, 내가 맥주를 가져오면 우유를 요구하고, 내가 양배추를 요리하면 양파를 달라 하고, 내가 기분이 좋으면 기분이 나쁘고. 내가 경단을 만들면 죽을 원하고, 내가 따뜻하게 불을 피우면……」

「조용!」바보 예켈레가 친구의 말을 끊었다. 「뭐가 보이지 않아? 무슨 소리가 들리지 않아?」

「……땀이 난다며 소리를 지르고.」곰 코펠이 줄줄 읊기를 끝냈다. 그러고는 멈춰 서서 귀를 기울였다.

두 사람은 브라이테 거리를 가로지른 후 벨렐레스 골목을 지나 이제 알트노이슐의 다 쓰러져 가는 거무스름한 회색 담장 앞에 서 있던 참이었다. 이때 나지막이 노래하고 흥얼대는 소리가 들렸고 예배당의 좁은 창들로부터 한 줄기 불빛이 보였다.

「이상한 일이야. 이렇게 늦은 시간인데 저 안에 아직 사람들이 있다니.」곰 코펠이 말했다.

「안에서 〈오비누 말케누〉를 부르고 있어. 마치 오늘이 새

해 첫날인 것처럼 말이야.」바보 예켈레가 속닥였다. 「자, 가자고! 여기 있자니 꺼림칙한 기분이야.」

「사람들이 초에 불을 붙이고 노래를 부르고 있어.」곰 코펠이 말했다. 「저들이 누군지 봐야겠어. 꼭 알아야겠어…….」

「그걸 봐서 뭐 해, 그걸 알아서 뭐 하려고!」바보 예켈레가 끈덕지게 설득했다. 「내가 가자고 하잖아. 여기 있어서 좋을 거 없다고.」

하지만 곰 코펠은 귓등으로도 듣지 않았다. 그는 길을 건너서 불빛이 나오는 창문으로 다가갔다. 바보 예켈레는 후들후들 떨면서 그 뒤를 쫓았다. 아무리 무섭다 해도 오랜 세월 함께해 온 친구이자 동반자를 혼자 놔두고 갈 순 없는 노릇이었다. 그는 검은색 천으로 싼 바이올린을 겨드랑이에 끼고 있었다.

「뭔가 이상한데.」창가에 다가가 아래를 내려다보던 곰 코펠이 말했다. 「초들이 타고 있고 여러 목소리와 온갖 소리가 들리는데 사람의 모습이라곤 보이지가 않아. 그리고 누가 기침을 했는데 그 소리가 마치 죽은 네프텔 구트만이 기침하던 소리 같아. 그 있잖아, 레프쿠헨[101]을 구워 팔던 우리 이웃 사람 말이야. 저들이 작년에 그를 데려갔잖아.」

「그가 우리를 좋게 기억하기를!」바보 예켈레가 온몸을 덜덜 떨며 말했다. 차가운 땀방울이 그의 이마에 돋았다. 「그러니까 그는 죽어서도 기침을 하는군, 그 네프텔 구트만 말이야. 저세상에서도 그가 레프쿠헨을 구워도 되는 걸까? 만일

101 꿀과 생강 등을 넣어 만드는 과자의 일종.

그렇다면 누가 그걸 사 가지? 곰 코펠, 나 무서워. 우리 이곳을 떠나자. 여기는 왠지 으스스하다고 했잖아. 왜 내 말을 들으려 하지 않는 거야? 저들은 자신들의 축제를 벌이고 있는 거라고. 그게 우리랑 무슨 상관이야? 자, 우리 가는 거다. 이제 날이 추워졌어. 네 단지에 든 브랜디, 그게 훔친 거든 아니든 간에 잠자리에 들기 전에 그걸 한 모금 마시면 좋을 거야.」

「나는 안 가.」 곰 코펠이 말했다. 「무슨 일이 일어나는지 보고 싶다고. 무서우면 너나 가라고!」

「내가 무서운 건 너 때문이라고.」 바보 예켈레가 하소연했다. 「너는 백 살까지 살아야 한다고. 그런데 의사가 한 말을 너도 기억하잖아. 네 건강 상태가 어떤지 말이야. 나는 저들이 네 이름을 부르는 걸 듣고 싶지가 않다고.」

「나 때문에 무서워할 거 없어.」 곰 코펠이 친구에게 말했다. 「낡은 항아리가 새 단지보다 오래가는 건 자주 있는 일이야. 그리고 나한테 무슨 일이 일어날 수 있겠어. 기껏해야 곤궁에서 해방되고 조급함에서 구원받는 것뿐이지.」

「거봐, 너는 늘 너 자신만 생각하지.」 바보 예켈레가 깜짝 놀라고 당황해하며 소리쳤다. 「너는 해방되고 구원을 받겠지. 하지만 너 없이 홀로 남겨지면 나는 어떻게 될까, 너는 그 생각은 안 하지. 정말이지 훌륭한 의리와 형제애를 보여 주는구나!」

「조용히 해!」 곰 코펠이 지시했다. 「저들이 노래를 멈췄어. 〈오비누 말케누〉가 끝났다고.」

「이제 —」 바보 예켈레가 숨을 할딱할딱하며 말했다. 「이제 토라를 낭독할 자를 부를 거야.」

그가 이렇게 말했을 때 저 아래 보이지 않는 무리 속에서 어떤 목소리가 말하기 시작했다.

「지몬의 아들인 슈마예를 부르노라. 푸줏간 주인인 슈마예.」

「요아힘 거리에서 푸줏간을 하는 슈마예.」 다른 목소리가 덧붙여 설명했다. 마치 이 일에서 착오가 생기는 것을 막으려는 듯했다.

「지몬의 아들인 슈마예! 너는 부름을 받았노라.」 처음 말한 사람의 목소리가 울렸다. 그리고 이어서 정적이 감돌았다.

「지몬의 아들인 슈마예, 이건 푸줏간 주인인 노세크야. 나도 알고 너도 아는 사람이지.」 곰 코펠이 말했다. 「그는 조금 사팔눈이지만 평생 정직하게 고기를 팔아 왔어. 늘 무게를 정확히 달아 줬지.」

「이곳을 떠나자! 여기서 더는 아무것도 듣고 싶지 않아.」 바보 예켈레가 외쳤다.

「지금 그는 자기 방에 누워 잠을 자고 있고 자신에 대해 어떤 결정이 내려졌는지 모르고 있겠지.」 곰 코펠이 계속해서 말했다. 「그리고 죽음의 천사가 자신을 지배할 힘을 얻었다는 사실도 말이야. 내일도 이른 아침이면 평소처럼 일어나 평소처럼 일하러 가겠지. 우리 사람의 자식들은 왕겨고 주님의 천사가 우리를 후 불어 버리지. ― 우리가 들은 걸 슈마예 노세크한테 말해 줘야 한다고 생각하지 않아? 그가 곧 현세에서 영원으로 갈 준비를 할 수 있게 말이야.」

「아니.」바보 예켈레가 단언했다. 「그런 소식을 전하는 건 우리의 일이 아니야. 그의 이름이 불렸다고 말해 줘봐야 믿지도 않을 테고. 그는 우리가 잘못 들었다고, 어쩌면 심지어는 우리가 그저 꿈을 꾼 거라고 할 거야. 왜냐하면 사람이란 최악의 상황에서도 한 점 희망의 불꽃을 찾아내고 그 불을 살릴 줄 아는 법이니까. 이제 가자, 곰 코펠. 만일 저들이 너를 부른다면 나는 견딜 수 없을 거야.」

「이쉬엘의 아들인 멘들을 부르노라. 금 세공사인 멘들.」그 순간 예의 알 수 없는 자의 목소리가 울려 퍼지며 토라를 낭독할 자를 불렀다.

「낱개로 혹은 온스 단위로 진주도 사고파는 멘들.」다른 목소리가 말했다. 「슈바르체 거리에 집과 가게가 있는 멘들.」

「이쉬엘의 아들인 멘들! 너는 부름을 받았노라.」처음의 목소리가 다시 한번 울렸다.

「멘들 라우드니츠야.」다시금 정적이 찾아오자 곰 코펠이 말했다. 「그 사람이라면 그다지 가여워할 거 없지. 그는 아내가 이미 죽었고 여러 해 전부터 자식들과 사이가 안 좋으니까. 그는 엄격하고 거친 사람이야. 명절이면 회당에서 자기 자리에 앉아 이웃들과 티격태격 싸우지. 그는 누구에게도 좋은 일을 한 적이 없어. 자기 자신에게도 그렇고. 그가 부름을 받았다고, 이제 자식들과 화해할 때라고 그에게 말해 줘야 할까 봐.」

「아니.」바보 예켈레가 단언했다. 「곰 코펠, 너는 사람을 몰라. 그자는 그게 참말이 아니라 우리가 자기를 놀라게 하려

고 악의적으로 꾸며 낸 소리라고 할 거야. 그게 사실이라고
는 절대 믿지 않을 거야. 거짓말을 하나 생각해 내고 그걸로
스스로 위안을 삼을 거라고. 그자 역시 이 세상과, 가게에 있
는 금은과 흔쾌히 헤어지려 하지 않으니. 하지만 죽음이 길
거리에서 그를 데려가면 금은은 두고 갈 수밖에 없으리.」

곰 코펠은 마뜩잖은 듯 고개를 가로저었다. 시를 짓는 것[102]
은 그의 몫이고, 바보 예켈레의 일은 결혼식 잔치 때 할 농담
을 생각해 내는 것이었기 때문이다.

「왜 길이지?」곰 코펠이 이의를 제기했다.「신의 천사는 마
찬가지로 방이나 가게에서 그를 데려갈 수도 있잖아.」

「네 말이 옳아.」바보 예켈레가 인정했다.「그가 죽음의 손
아귀에 들어가면 금은은 두고 갈 수밖에 없으리.」

「손아귀에 들어간다, 이것도 그다지 맘에 들지 않는데. 거
친 느낌이야.」곰 코펠이 이야기했다.「이건 어떨까, 신께서
저세상으로 부르시면 그는 금은을 남겨 두고 가네, 이게 낫
지 않아?」

「……신께서 저세상으로 부르시면, 그래, 나쁘지 않네.」바
보 예켈레가 수긍했다.「듣자 하니 그는 머지않아 재혼할 생
각이라던데, 멘들 라우드니츠 말이야. 하지만 내가 그 결혼
식에서 연주를 할 수 있을지 어떨지. 왜냐면 그는 곧 — 뭐랬
지? — 저세상으로 가야 하니까. 그리고 내가 둘도 없이 멋진
농담을 하나 할 수 있을지 어떨지…….」

「누구랑 결혼한다는데?」곰 코펠이 궁금해하며 물었다.

102 바보 예켈레는 시를 읊듯 각운을 쓰며 말하고 있다.

「그걸 내가 들었는지 못 들었는지 일단 생각 좀 해봐야겠는데.」바보 예켈레가 대답했다. 「그런데 내가 그걸 들었다 해도 이미 잊어버렸는걸.」

「너는 뭐든 머릿속에 담아 두질 못하지.」곰 코펠이 친구를 타박했다. 「너는 뭐든 다 들으려 하고 모든 걸 알려 들지. 그게 너랑 관계가 있든 관계가 없든 말이야. 너는 늘 길거리에 있으면서 뭐라도 새로운 소식이 없을까 들쑤시고 다니잖아. 두 사람이 함께 서 있으면 너는 그리로 쪼르르 달려가지. 그런데 나중에 가서는 네가 들은 이야기든 듣지 않은 이야기든 죄다 잊어버리고 머릿속에 아무것도 남지 않아. 언젠가 너는 자신이 누구고 자기 이름이 뭔지도 모르게 될 거야.」

「유다의 아들인 야코프, 바보 예켈레라 불리는 자여! 너를 부르노라.」목소리가 울려 퍼졌다.

「평생 바이올린을 가지고 먹고살아 온 자. 또한 신성한 안식일에 자주 회당에서 연주로 신을 기리고 찬양하여 모두를 즐겁게 했던 자여.」다른 목소리가 설명했다. 마치 유대인 도시나 이 나라 어딘가에 또 한 명의 바보 예켈레가 있어 혼동을 일으키기라도 할 것처럼.

「유다의 아들인 야코프! 너는 부름을 받았노라.」첫 번째 목소리가 다시 말했다.

그리고 잠깐 겁먹은 침묵이 이어진 후에 바보 예켈레가 소스라치게 놀랐으면서도 태연하게 말했다.

「당신을 찬양할지어다, 영원하고 공정한 심판관이시여! 당신께서 하시는 일에는 오류가 없나이다.」

「전능한 분이시여!」 곰 코펠이 소리쳤다. 「내가 제대로 들은 거야? 너한테 무슨 일이 일어난 거지, 바보 예켈레? 저들이 널 어쩌려는 거지?」

〈자비로운 분이시여! 지금 제게 거짓말을 하나 주소서!〉 바보 예켈레가 신에게 간청했다. 그러나 단 한 순간이라도 곰 코펠을 속이고 기만할 수 있는 말은 아무것도 떠오르지 않았다. 그는 애써 아무렇지도 않은 듯한 목소리로 이렇게 말했다.

「이게 대체 무슨 일이지? 저들은 내가 안식일에 회당에서 연주를 하면 모두가 즐거워했다고 하잖아. 이건 대단한 영광이야. 이런 영광을 내게 허락하지 않을 셈이야?」

「물론 허락하지. 그리고 네가 건강하게 오래 살기를 바라고. 하지만 저들이 너를 불렀잖아! 그걸 못 들은 거야?」 곰 코펠이 한탄하며 흐느껴 울었다.

「들었지. 나는 귀가 먹지 않았다고.」 바보 예켈레가 이야기했다. 「하지만 모르겠어. 내가 이미 다른 세상에 속한 것 같다는 느낌은 전혀 안 드는걸. 아주 유쾌한 기분이라고. 곰 코펠, 맹세코 나는 믿지 않아. 뭔가 착오가 있는 거야. 아니면 결국 알고 보니 다 속임수인 걸까? 네가 느끼기에도 저 두 목소리가 아는 목소리 같지 않았어?」

하지만 바보 예켈레가 마침내 생각해 낸 그 거짓말은 좀체 효과가 없었다. 곰 코펠은 엉엉 울며 한탄하기를 그칠 줄 몰랐다. 그래서 바보 예켈레는 다른 위안거리를 가지고 친구를 진정시키려 했다.

「들어 봐, 곰 코펠!」 그가 말을 시작했다. 「오늘 결혼식 잔치에서 너는 사람들한테 이런 노래를 연주하고 불러 주지 않았어? 〈우리 호주머니 속에서 돈이 쩔그럭거린다면 이보다 아름다운 세상이 또 어디 있으랴.〉 자, 생각해 봐. 우리한테 돈이라면 부족하지 않을 거야. 벌써 한참 전부터 말하려고 했는데 자꾸 깜빡깜빡하는 바람에 지금까지 말하지 못했어. 나는 아끼고 아껴서 2.5굴덴을 모아 뒀다고. 우리 이제 그걸로 즐겁고 좋은 날들을 보내는 거야. 오늘 식탁에 닭이며 자고며 오리며 거위가 차려져 있는 거 봤잖아. 우리만 그걸 안 먹었지. 우리한테는 정결하지 못한 음식[103]이었으니까.

그러니 내일 나랑 같이 시장에 가서 안식일에 먹을 거세 닭이나 거위를 한 마리 사는 거야. 좋은 음식이란 무슨 맛이 나는지 나도 알고 싶으니까 말이야.」

「그런 소리 하지 마. 듣고 싶지 않아. 나한테 이제 좋은 날은 더 이상 없어.」 곰 코펠이 넋두리했다. 「나는 성서에 쓰여 있는 대로 될 거야. 〈재가 나의 양식이 될 것이며 내가 마시는 것에는 눈물을 섞을 것이니.〉[104] 사람들이 너를 형편없는 아마포에 싸서 들고 나갈 걸 생각하면…….」

바보 에켈레는 마치 곰 코펠이 수심에 차 있는 게 단지 형편없는 품질의 수의 때문인 양 굴었다.

「그깟 아마포 가지고 그리 야단법석을 떨 게 뭐 있어. 질이 좋을 수도 있고 나쁠 수도 있지.」 그가 말했다. 「대체 뭘 원하

---

103 유대교 율법에 맞지 않는 음식을 뜻한다.
104 「시편」 102편 9절.

는 거야? 가난한 사람의 장례를 치를 때 장례 조합에서는 엘
레[105]당 3크로이처 이상은 지불하지 않는다는 거 너도 알잖
아. 그런데 어떻게 다 해진 회색 아마포 말고 다른 걸 쓸 수
있겠어! 엘레당 3크로이처면 너무 많은 걸 요구해서는 안 돼.
그래, 만약 내가 모르데카이 마이슬이라면! 언젠가 사람들은
그를 엘레당 반 굴덴 값인 무거운 이중 다마스크[106]에 싸서
무덤으로 운구하겠지.」

「자무엘의 아들인 모르데카이, 너를 부르노라. 마르쿠스라
고도 불리는 자여.」 목소리가 울려 퍼졌다.

「가난한 자여.」 다른 목소리가 이어서 말했다. 「집 안에 반
굴덴도 없는 자여. 아무것도 소유하지 않은 자, 가진 게 하나
도 없는 자여.」

「자무엘의 아들인 모르데카이! 너는 부름을 받았노라.」 첫
번째 목소리가 다시 한번 말했다.

「들었어, 바보 예켈레?」 곰 코펠이 소리쳤다. 「모르데카이
마이슬이라니! 그 거상이! 그 사람도 부름을 받았어.」

「응, 모르데카이 마이슬도.」 바보 예켈레가 말했다. 그러면
서 그는 조용히 혼자 웃기 시작했다. 「가난한 자라니, 너도
들었어? 가진 게 하나도 없는 자라니. 어떻게 생각해? 뭔가
눈치채지 않았어, 곰 코펠?」

「그래, 이상한데. 이해가 안 가. 그게 무슨 뜻일까?」 곰 코
펠이 당혹스러워하며 말했다. 「그 사람이…… 네가…….」

---

105 옛날 길이 단위. 약 55~58센티미터에 해당한다.
106 문직물(紋織物).

「저 아래에 있는 두 놈이 우리를 가지고 장난을 친 거야. 정말이지 어처구니없는 장난을 말이야.」바보 예켈레가 설명했다.「그리고 이제 저놈들은 실없는 말을 늘어놓고 있어. 모르데카이 마이슬이 가난한 자고 집에 1굴덴도 없다니, 이게 실없는 소리가 아니면 뭐야? 모든 나라에서 돈이 쏟아져 들어오는 그 모르데카이 마이슬, 그가 가난하다고? 바보들이나 그런 터무니없는 소리를 지껄여 대지. 너는 저 두 놈한테 속아 넘어간 거야, 곰 코펠. 나는 왠지 처음부터 저들의 목소리가 귀에 익다 했어.」

「그럼 넌 저들이 누군지 안다고?」곰 코펠이 외쳤다. 그는 이 한 점 희망의 불꽃을 붙잡으려 했다.

「금실 자수업자인 리프만 히르슈, 하나는 이자야.」바보 예켈레가 말했다.「너도 기억날 거야. 그는 알트노이슐에 달린 금란 깃발의 자수를 수선하는 일을 의뢰받았어. 오늘 밤 그 일을 하고 있는 거야. 작업하는 동안 시간이 더디 갈까 봐 제 사촌인 하셀 젤리히를 데려온 거지. 그 있잖아, 단추 제조공 말이야. 두 놈은 항상 붙어 다니잖아.」

「그럼 네 말이 맞을 수도 있겠는데.」곰 코펠이 깊은 안도의 한숨을 내쉬며 신중하게 말했다.

「그들이 우리가 오는 소리를 들은 거지.」바보 예켈레가 이야기를 계속했다. 그러면서 그는 점점 더 자신의 설명이 옳다고, 심지어 그것이 유일하게 가능한 일이라고 확신했다.「우리가 말하는 소리가 그들에게 들릴 만큼 컸던 거지. 그래서 그들이 이런 장난을 생각해 내고는 우리를 웃음거리로 만들려 한 거야.」

「부끄러운 줄 알아야지!」곰 코펠이 격분해서 말했다. 「다 큰 어른이 돼가지고 그런 이상한 장난질이나 생각하고 말이야.」

「너희가 누군지 다 안다고, 그런 어린애 같은 장난을 저지른 걸 부끄러워하라고 아래에다 대고 소리칠까?」바보 예켈레가 물었다. 이제 그는 저 아래에서 금실 자수업자가 단추 제조공과 함께 앉아 작업을 하고 있다는 걸 한 치도 의심하지 않았다.

「아, 놔둬, 신경 쓰지 말라고!」곰 코펠이 말했다. 친구이자 동반자를 잃지 않게 되었다는 기쁨에 그는 마음이 너그러워졌다. 「성서에 이렇게 쓰여 있잖아. 〈미련한 자는 신경 쓰지 말고 그의 바보짓에 답하지 말라.〉[107]」

「그럼 이제 여기 서 있지 말고 집으로 가는 게 좋겠는데. 그리고 집에서 편안하고 즐겁게 우리의 브랜디를 마시는 거야.」바보 예켈레가 이야기했다. 「나 조금, 너 조금, 그러다 보면 어느새…….」

친구가 말을 멎고는 시구를 이어 가지 않자 곰 코펠이 덧붙여 말했다. 「……대접은 비어 있지.」

「대접이라고?」바보 예켈레가 외쳤다. 「웬 대접? 도대체 누가 대접으로 브랜디를 마시냐?」

「대접으로도 브랜디를 아주 잘 마실 수 있을걸.」곰 코펠이 자신을 방어하며 말했다. 「하지만 네가 원한다면 이렇게 해

107 「잠언」26장 4절.

도 좋아. 나 한 모금, 너 한 모금, 그러다 보면 어느새……
그럼?」

「……단지는 비어 있지.」 바보 예켈레가 인정한다는 뜻으
로 고개를 한 번 까딱하며 시구를 끝맺었다.

「그래, 그런데 단지가 어디 갔지? 나한테 없는데.」 곰 코펠
이 통탄하며 말했다. 「저 아래에 있는 놈들이 네 이름을 불렀
을 때 화들짝 놀라 떨어뜨린 게 분명해.」

바보 예켈레가 기면서 땅을 더듬더듬하다가 단지에 부딪
혔다.

「여기 있네.」 그가 일어서며 말했다. 「곰 코펠, 나 심장이
멎는 줄 알았어. 어휴, 이 정도로 끝나서 다행이야. 정말이지
깨진 줄 알았네.」

황제의 충복들

1621년 6월 11일 저녁 — 황제가 죽고 아홉 해가 지난 때 — 일찍이 광대였다가 나중에는 프라하성의 난로 관리인을 지냈으며 이제 자신을 〈고인이 된 폐하의 가까운 친구〉라 일 컫는 안톤 브로우자는 평소처럼 흐라드차니에 있는 거처를 나와 이리저리 굽은 계단을 거쳐 성문 아치와 좁은 통로와 가파른 골목길을 지나 말라 스트라나에 있는 여관 겸 술집들 가운데 한 곳으로 가는 중이었다. 그곳에서 그는 사람들한테 익살을 부리고 남의 돈으로 밥을 얻어먹곤 했다. 웬만해선 자기 돈을 쓰기를 좋아하지 않았기 때문이다. 이번에 그는 캄파섬에 있는 〈은색 강꼬치고기〉로 가기로 했다. 왜냐하면 그곳을 찾지 않은 지 벌써 몇 주나 되었고 그 집 주인은 열여 섯 살 때 프라하성의 주방에서 심부름꾼으로 일했던 자로 황 실 난로 관리인이었던 그를 아주 깍듯이 대했기 때문이다.

보헤미아의 운명이 결정된 빌라호라 전투 이후로 반년이 지난 때였고 이 시기에 온갖 일들이 일어났다. 보헤미아의 신분제 의회는 명문화되어 있던 자신들의 옛 권리와 자유를 잃었다. 겨울왕[108]이라 불리는 보헤미아의 마지막 왕은 도주 중이었고 프라하성에는 황제의 판무관이 주재하고 있었다. 프로테스탄트들과 〈보헤미아 형제단〉[109]에게서 빼앗은 교회들의 재산을 두고 이제 예수회원들이 도미니크파 및 아우구스티누스파와 싸움을 벌이고 있었다. 프로테스탄트 설교자들은 나라에서 추방당했다. 1618년의 반란[110]에 가담한 자는 물론이거니와, 반란을 좋게 여기거나 폭도들을 비호했다는 혐의가 있는 자까지도 투옥되었으며, 비록 죽음을 면한다 해도 전 재산이 국고에 귀속되었다. 유서 깊은 가문과 이름 들이 그렇게 보헤미아의 역사에서 사라져 버렸다.

어떤 이름들은 민중의 기억 속에서 계속 살아 있도록 운명 지어졌다. 1621년 6월 11일, 바로 이날 이른 아침에 구시가 광장에서 대역 죄인으로 처형을 당한 귀족, 기사, 시민 27인의 이름이 그러했다. 그들 가운데는 프로테스탄트 귀족의 지도자이자 〈보헤미아 형제단〉의 수장인 독일인 슐리크 백작, 본인 말마따나 곤경에 빠진 고국을 나 몰라라 할 수 없어 브란덴부르크의 도피처에서 보헤미아로 돌아온 부도바의 바츨

108 한때 보헤미아 국왕을 지낸 팔츠 선제후 프리드리히 5세를 가리킨다. 프리드리히 5세는 신성 로마 제국 황제와 가톨릭에 반기를 든 보헤미아 프로테스탄트 귀족들의 추대를 받아 1619년에 보헤미아 왕위에 올랐다. 가톨릭 세력은 그의 치세가 그해 겨울을 채 넘기지 못할 거라며 조롱하는 뜻으로 〈겨울왕〉이란 별명을 붙였고 실제로 그는 1620년 빌라호라 전투에서 패배한 이후 왕위를 잃고 망명자 신세가 되어 버렸다.

109 보헤미아의 종교 개혁을 이끈 단체 중 하나.

110 보헤미아 귀족들이 신성 로마 제국 황제 마티아스에게 반기를 들고 봉기를 일으킨 것을 가리킨다.

라프 부도베츠, 이름난 의사이자 해부학자로서 보헤미아에서 최초로 시체를 공개적으로 해부한 예세니우스 박사, 보헤미아 궁정 재무국의 국장으로 젊은 시절 레반트 지방의 나라들을 여행하고 이집트, 팔레스타인, 아라비아에서 겪은 모험에 관해 보헤미아어로 열두 권짜리 저작을 집필한 폴지츠의 크리슈토프 하란트가 있었다.

브로우자가 길에서 마주친 사람들의 얼굴에는 두려움과 불안감과 낙담이 드러났다. 하지만 브로우자가 보기에 이 일은 자신이 밥을 얻어먹을 가능성을 낮추기보다는 높여 주는 것이었다. 그는 사람들을 잘 알았다. 이런 날에는 혼자 있고 싶어 하는 이가 없다는 걸 알고 있었다. 어떤 이들은 남보다 더 소식에 정통하다고 자처하는 다른 사람들의 의견을 듣고 싶어 했고, 어떤 이들은 제 의견을 관철시키고 싶어 했으며, 누구나 다른 이로부터 약간의 위안과 위로와 격려를 얻기를 기대했다. 그래서 모두가 술집으로 가는 것이었다.

물론 힘든 시기였다. 이미 3년째 전쟁이 지속되고 있었고 곧 평화 조약이 체결되리라 믿는 자는 아무도 없었다. 상업과 교역이 멈췄고 시장에는 물건이 공급되지 않았고 물가가 치솟았고 돈은 제 가치를 잃었다. 루돌프 황제의 시대에는 반 굴덴으로 살 수 있었던 것을 이제는 2굴덴으로도 구할 수가 없었다. 사람들은 앞으로 어찌 될까 자문했다. 하지만 브로우자는 루돌프 2세와 그의 궁정과 신하들에 대해 직접 겪거나 지어낸 이야기를 들려주는 대가로 식사를 얻어먹거나 빵에 바를 버터를 얻기가 때로 전보다 쉬웠다. 프라하 시민들은 옛 시절에 관한 이야기를 좋아했기 때문이다. 그도 그럴 것이 현시대는 너무도 우울하고 너무도 암담하고 너무도 불안했으니까.

브로우자가 〈은색 강꼬치고기〉에 딸린 술집에 들어갔을 때 사람들은 죄다 이날 아침에 집행된 사형에 대해서만 이야기하고 있었다. 구경꾼 사이에서 좋은 자리를 확보하려고 밤새 구시가 광장에서 버텼던 정리(廷吏) 요한 코크르다가 그야말로 독무대를 펼치고 있었다. 그는 사람들이 질문을 던지고 중간에 소리를 지르는데도 아랑곳없이 자신이 보고 들은 것을 차례차례 이야기했다. 일꾼들이 밤 내내 횃불을 켜놓고 작업을 했으며 아침에 그 모든 뚝딱거리고 쿵쿵거리는 소리가 그치자 사형대가 무시무시한 모습으로 서 있었다고 했다. 사형대는 높이가 4엘레에 가로세로가 20엘레였고 단두대를 포함한 모든 것에 검은색 천이 덮여 있었다. 관리와 성직자와 귀족을 위해 관람석이 설치되었고 평민들은 밀집한 채로 광장과 주변 거리를 가득 메웠다. 발트슈타인 혹은 발렌슈타인 대령 휘하의 연대들에 소속된 미늘창병 3백 명과 기병 4백 명이 질서를 유지했다. 떠돌이 행상들은 기다리는 이들에게 제 손이 닿는 한 소시지며 치즈며 맥주며 화주(火酒)를 팔았다. 그러다 빠르게 연타하는 북소리가 울리는 가운데 죄인들이 계급에 따라 한 사람씩 차례대로 끌려왔다. 첫 번째로 끌려온 자는 당연히 슐리크 백작이었다. 그는 검은색 벨벳 옷을 입고 작은 책 한 권을 손에 들고 있었으며 보란 듯이 태연한 얼굴을 하고 있었다. 그의 머리가 떨어지자 군중 속에서 한 여자가 〈성스러운 순교자여!〉라고 외쳤고 그 소리가 관람석까지 들렸다. 이에 발트슈타인의 기병들이 여자를 붙잡으려고 그리로 다가가려 했는데 그 통에 몇 사람이 밀쳐져 쓰러졌고 한 명은 말굽에 맞아 죽었다. 하지만 여자는 무사히 도망갈 수 있었다. 소란이 가라앉고 질서가 회복되었을 때 부도베츠가 사제의 동행 없이 단두대에 올랐다. 왜냐하면 칼뱅파 사제에게 위로와 도움을 받는 일은 허용되지 않았고 그는 가톨릭 사제의 동행을 거부했기 때문이다. 그는 광장의 구경꾼들에게 친근하게 인사했으며 작별의 표시로 손을 흔들고 사형 집행인에게 얼마간의 돈을 건넸다. 그러자 아래에서 사람들이 그를 향해 소리쳤다. 「잘 가요, 바츨라프! 저세상에서 완전히 잘 지내요!」 사람들은 그가 이 〈완전히〉라는 말에 흡족해할 거라고 생각했다. 그것은 그가 즐겨 쓰는 말 가운데 하나였기 때문이다. 사람들은 그에게서 〈복음서를 완전히 높이 쳐드시오〉라든가 〈악마에게 완전히 맞서시오〉 같은 말을 자주 들어 왔던 것이다. 세 번째로 후데니츠의 디비시 폰 체르닌의 차례가 되었다. 그가 사형대의 계단을 오르는 동안 귀족 신분의 구경꾼 사이에 앉아 있던 그의 형제 헤르주만이 자리에서 일어나 관람석을 떴다. 그러면서 헤르주만이 코를 풀었든가, 아니면 눈을 훔쳤을지도 모른다고 했다. 그는, 그러니까 코크르다는 자기 자리에서 그것을 확실히 분간할 수 없었다고 했다.

브로우자는 이 모든 이야기를 귀담아듣지 않았다. 그 이야기는 그에게 중요하지 않았다. 그에게 중요한 것은 식사였다.

그는 탐색하듯 음식 냄새를 코로 들이마셨다. 그의 시선은 한 손님 앞에 방금 놓인 블루트부르스트[111]와 양배추와 경단이 담긴 대접을 향했다. 음식의 향기에 이끌려 탁자로 다가간 브로우자는 대접 뒤에서 친구이자 술 동무인 마구 제조공 보트루바를 알아보았다.

「자네로구먼. 맛있게 먹게나.」 브로우자가 거만한 태도로 인사를 건넸다. 전직 궁정 고용인으로서 그는 나머지 인류를 거만하게 대하는 것이 마땅하다고 여겼다. 「요즘 시대에 누구나 이렇게 잘 먹고 잘 사는 건 아니야. 하지만 자네를 시샘한다면 그야말로 개자식이지. 고인이 된 폐하의 수석 마필관리관인 아담 슈테른베르크가 늘 말했듯 말이야.」

입안이 꽉 찬 보트루바는 손짓으로 조용히 하고 앉아서 코크르다의 애기를 들으라는 신호를 보냈다. 코크르다는 죄인들 중 한 명인 즈다르의 자루바가 살려 줄 테니 목숨을 구걸하라는 것을 거부하고 다른 이들과 마찬가지로 사형 집행인의 손에 죽임을 당했다는 이야기를 하고 있었다.

「잘못 삼키지 않게 조심하라고!」 그동안 브로우자가 보트루바에게 말했다. 「양배추랑 경단을 곁들인 블루트부르스트를 먹다가 질식해 죽은 사람이 꽤나 있단 말이지. 그게 좋은 죽음인지 아닌지 모르겠어. 자네 목구멍에 든 걸 다 삼키거든, 이 나라에서 비가 오는 걸 가장 먼저 알아차리는 게 누군지 어디 대답해 보게. 언젠가 나는 고인이 된 황제 폐하께 이 질문을 던진 적이 있어. 황제께서는, 착한 폐하께서는 말이

111 선지를 넣어 만든 소시지의 일종.

야, 답을 말하지 못하셨고 그래서 나한테 2탈러를 내놓아야 하셨지. 어디 한번 머리를 잘 굴려 보게나. 어쩌면 답을 알아 낼지도 모를 일이니. 만일 맞히지 못한다면 자네한테는 싸게 해줄 테니 맥주 한 주전자만 내라고. 그렇게 하겠는가?」

보트루바는 이것이 자신에게 무슨 이득이 있을지 골똘히 생각했다. 그는 폐하 역시 자기와 똑같은 질문을 받았다는 점에 고무되었고 거기서 이득을 발견했다. 코크르다는 그사이 이야기를 마쳤다. 그는 몇몇과 악수를 나누고 곧 다시 오겠다고 약속하면서 작별을 고하고는 새로운 청중을 끌어모으기 위해 다른 술집으로 갔다.

「어때?」 브로우자가 보트루바에게 답을 재촉했다. 「하겠는가? 나는 자네의 결단과 대답을 기다리고 있네. 고인이 된 황제께서도 추밀 고문관인 헤겔뮐러에게 항상 이렇게 말씀하셨지.」

「헤겔뮐러? 누가 헤겔뮐러 이야기를 하는 거요?」 옆자리에서 누군가의 목소리가 들렸다. 「참말로, 브로우자 아닌가. 이 사람아, 얼굴 좀 보세나! 이게 몇 년 만인가. 자네의 그 도적놈 같은 납작코 얼굴을 마지막으로 본 게 언제더라?」

「이보시오!」 브로우자가 옆자리의 남자에게 기품 있게 말했다. 「말을 조심조심 골라 가며 하시오. 나는 당신이 누군지 모르오.」

「뭐라고?」 남자가 놀라워하고 재밌어하며 외쳤다. 「이 스바테크를 모른다고? 내가 폐하께 사혈을 해드리고 머리카락을 곱슬곱슬하게 지져 드리고 수염을 잘라 드리는 모습을 자네가 얼마나 자주 지켜보았는지 하느님께서 다 아시는데? 그런데도 이 스바테크를 모른다고, 이 석탄 가루 마시는 놈아?」

「스바테크! 그 이발사!」 이렇게 말하는 브로우자의 목소리에는 대단히 업신여기는 투가 깔려 있었다. 그도 그럴 것이 자신의 기억 속에서 그는 프라하성에 있을 때 예컨대 최고 궁정관이나 최고 재무관, 최고 사냥 담당관, 추밀 고문관같이 높은 사람들과만 교류했기 때문이다.

「머리를 박박 민 성직자 놈이 비를 가장 먼저 알아차리지.」 여태껏 답을 생각하느라 골머리를 썩이던 보트루바가 말했다. 그는 칭찬을 받기를 기대했건만 아무도 알아주지 않았다.

「이 스바테크를 모른다고, 이 쥐며느리 같은 놈아?」 고인이 된 황제의 이발사가 소리쳤다. 「폐하께서, 우리의 자비로우신 주군께서 네놈 등짝을 혹이 나도록 두들겨 패는 게 좋겠다고 여기셨을 때면 나중에 네놈 등짝에 뻔질나게 연고를 발라 주던 이 스바테크를 말이지.」

「폐하께서, 돌아가신 황제 폐하께서 친히, 그리고 손수…….」 주눅이 들어 사그라지는 보트루바의 목소리가 들렸다.

「그건 비열한 거짓말이야.」 브로우자가 단단히 격분해서 항변했다. 「폐하께선, 나의 자비로우신 주군께서는 항상 나를 존중하며 대하셨어. 나에게 여러 번 애정을 표하셨고 나의 봉사를 인정해 주셨다고.」

「존중? 애정? 네가 드리는…… 그 뭐? 봉사라고?」 이발사가 웃음을 터뜨렸다. 「내가 자빠지지 않게 누가 날 좀 잡아 줘.」

「나한테는 증거가 있다고.」 브로우자가 이야기했다.

「아무렴. 등짝에 말이지.」이발사가 말했다.

이제 브로우자는 말라 스트라나의 주민들 사이에서 자신의 평판에 이로울 리가 없는 이 대화를 끝내고 그가 마구 제조공에게서 얻어 내기를 바라는 맥주에나 신경 쓸 때라고 여겼다.

「둘은 늘 함께 있지만 원수지간이네.」그는 마치 이발사가 이제 거기에 없는 양 보트루바에게로 몸을 돌리고 말했다. 「이 둘이 누구지? 답을 말할 수 있겠나?」

「지팡이와 등짝, 답은 뻔하잖아.」보트루바가 채 입을 열기도 전에 이발사가 대답했다. 그는 브로우자가 염두에 둔 답이 무엇인지 정확히 알고 있었다. 그것은 〈그래〉와 〈하지만〉이었다.

「꺼져 버려!」브로우자가 성질을 내며 호통쳤다. 「나는 자네랑 아무 볼일이 없다고. 가서 비슷한 자들이랑 어울리고 나는 좀 가만히 내버려둬!」

「자, 자, 브로우자, 벌컥 화부터 내지 말고!」이발사가 브로우자를 달래려 했다. 「오늘 저녁에 자네는 나와 어울리는 걸 받아들일 수밖에 없을 거야. 자네도 늙은 체르벤카를 다시 만나러 여기에 온 거 아닌가?」

「내가? 체르벤카를? 무슨 체르벤카?」브로우자가 물었다.

「우리의 체르벤카지.」이발사가 일러 주었다. 「그 사람이 오늘 저녁 〈은색 강꼬치고기〉에 오면 자기를 만날 수 있다는 말을 자네한테도 전하지 않았나? 보아하니 조금 늦는 것 같군. 아니, 저기 오는군.」

두 남자가 술집 안으로 들어왔다. 브로우자는 마지막으로 그들을 본 지 아홉 해가 지났는데도 그 둘을 알아보았다. 한 사람, 성긴 백발을 이마에 드리운 채 손잡이 달린 지팡이를 짚고서 구부정하게 걷는 노신사는 고인이 된 황제의 제2시종인 체르벤카였다. 그리고 다른 사람, 조금 허름한 옷차림의 매부리코 남자는 수년간 황제의 류트 연주자였던 카스파 레크였다. 브로우자는 인사를 건네기 위해 자리에서 일어났다. 하지만 그 전에 그는 자기 몫의 맥주를 확보해 두려 했다.

그가 자리를 뜨기 전에 마구 제조공 보트루바에게 말했다. 「잘 생각해 보게나! 둘이 나란히 있는데 원수지간이야. 이 둘은 누굴까?」

「정말로 모르겠어.」 보트루바가 단언했다. 그는 이제 수수께끼는 생각하고 있지 않았다. 「여기 〈은색 강꼬치고기〉에서 나는 저들을 한 번도 본 적이 없어. 주인한테 물어보라고. 보아하니 저들을 아는 것 같으니. 저들 주위에서 아주 굽실굽실하면서 수백 번 절을 하고 있잖아.」

「내가 왔네.」 늙은 체르벤카가 주인이 가져다 놓은 수프를 숟가락으로 떠먹으면서 말했다. 「여기까지 오기가 결코 쉬운 일이 아니었다네. 나는 딸네 집에서 살고 있는데 딸이랑 사위인 프란타가 보내 주려 하지 않는 거야. 둘의 머릿속에는 이 여행길에서 나한테 무슨 일이 일어날지도 모른다는 생각이 가득하니까. 그 둘은 말했지. 〈그냥 여기 계세요! 이젠 이리저리 세상을 돌아다닐 연세가 아니잖아요. 노상 옛날 생각

만 하지 마시고요. 지나간 일은 지나간 일이에요. 그보단 저
희 정원 일을 도와주셔야 한다는 걸 잊지 마세요. 오늘은 양
배추에서 애벌레를 잡으셔야 하잖아요. 혹시 그 일이 하기
싫으셔서 피하시려는 거예요?〉하지만 나는 그 둘이 뭐라 하
거나 말거나 내버려뒀지. 그리고 애벌레들이 즐거운 나날을
보내게 놔뒀고. 그렇게 해서 이제 여기에 와 있네. 물론 베네
쇼프부터 프라하까지 이 고된 여정 전체가 하마터면 허사가
될 뻔했어. 나의 공손한 부탁을 들은 노스티츠 백작 각하께
서 관람석 맨 위쪽에 자그마한 자리를 마련해 주시지 않았더
라면 말이야. 그분께서는 우리가 저 위 성에서 날마다 서로
스쳐 지나던 시절을 떠올리셨지. 그 시절 나는 늘 〈각하, 안
녕하십니까〉하고 인사를 건넸고 그분께서는 폐하의 기분과
안부를 물으셨지. 혹은 바쁘실 때면 〈좋은 아침이네, 체르벤
카〉하고 인사만 하셨고. 그러니까 간략히 말하자면, 관람석
위쪽에 내 자리가 있었고 그리하여 나는 자비로우신 주군인
황제께서 말년에 나에게 예견하셨듯이 사형 집행인의 두 손
에 들린 예세니우스 박사의 머리를 진짜 이 두 눈으로 볼 수
가 있었네.」

그러고 나서 그는 옆에 서서 호기심 어린 얼굴로 이야기를
경청하던 주인에게로 몸을 돌렸다.

「잘 듣게나. 수프 다음에는 올로모우츠치즈와 무와 빵 한
조각, 그리고 데운 맥주 반 주전자를 내오게.」

「돌아가신 황제 폐하께서,」주인이 말문을 열었다. 그는 흥
분할 때면 숨이 가빠지곤 했다. 「집시들이 연시에서 그러듯

271

정말로, 진짜로……」 주인이 심호흡한 후에 말했다. 「나리의 손을 보고 미래를 예언하셨다고요?」

「빵 한 조각이라고 말했네. 그리고 무와 치즈와 데운 맥주 반 주전자. 그게 전부네. 당장 서두르게!」 고인이 된 황제의 시종이 주인을 쫓아냈다.

「체르벤카 님은 저를 못 알아보시는군요.」 주인이 기분이 상해서 말했다. 「저는 본드라라고요.」

「무슨 본드라 말인가?」 시종이 물었다.

「아래층 주방에서 후추를 빻던 본드라요.」 주인이 설명했다. 「종종 고기 굽는 꼬챙이를 돌리는 일을 맡기도 했고요. 저는 체르벤카 님을,」 그가 심호흡을 했다. 「자주 뵈었지요. 체르벤카 님은 폐하의 수프가 규정대로 조리되었는지 살펴보러 주방에 오시곤 했죠.」 그가 다시금 깊은숨을 쉬었다. 「대개는 닭고기수프였지요.」

「그래. 자네가 그 본드라로군.」 체르벤카가 말했다. 「자네를 여기서 보다니 좋구면. 여기서도 후추를 빻고 고기 꼬챙이 돌리는 일을 하는가?」

주인은 한 걸음 물러나 팔로 큰 원호를 그리면서 자신의 관할 구역이 얼마나 큰지를, 자신이 크고 작은 홀과 뜰과 주방과 식기실과 식료품실 그리고 포도주 저장고를 관리해야 한다는 것을 표현했다.

「여기서 저는 모든 걸 합니다.」 그가 흥분해서 자랑스럽게 말했다. 「이 〈강꼬치고기〉를 작년에 아버지한테 물려받았죠.」

「자네가 여기서 모든 걸 한다면 말이야, 그럼 이제 내가 지시한 것들을 가져다주게나.」 체르벤카가 명했다. 그의 눈에 본드라는 술집 주인이자 말라 스트라나의 주민이 아니라 옛날의 주방 보조 소년일 뿐이었다. 「빨리 내오게. 안 그러면 내쫓아 버릴 테니.」

「뛰어! 뛰어가라고!」 브로우자가 어리벙벙하게 서 있는 주인에게 귓속말을 했다. 「나는 저 사람을 알아. 기다리게 하는 걸 싫어하지.」

「폐하께 미래를 예언하는 재능이 있었다는 걸 전혀 몰랐습니다.」 한동안 이 문제를 놓고 곰곰 생각하던 이발사 스바테크가 말했다. 「사실을 말하자면, 그분께서는 현재 상황을 잘 헤쳐 나가기도 힘들 때가 많았으니까요. 불쌍한 분이셨죠. 폐하께서 예세니우스 박사의 머리에 관해 말씀하셨을 때가 대체 언제입니까? 우리 세 사람, 그러니까 이 자리에 함께 앉아 있는 우리가 왕국의 일을 돌보던 때보다 전인가요, 아니면 후인가요?」

이웃한 탁자에 앉은 몇몇 사람이 이 말을 듣고서는 머리를 맞대고 수군거리거나 서로 눈빛을 교환했다. 류트 연주자 카스파레크는 그것이 못마땅했다.

「자네는 가만히 입을 다물고 있지를 못하는군.」 카스파레크가 이발사를 나무랐다. 「내가 그런 이야기를 싫어하는 거 자네도 알지 않는가. 그것도 한때 지위가 높고 위세가 당당하던 이들의 머리가 간당간당한 지금 같은 시국에 말이야.」

「옳소! 맞는 말이야! 내가 늘 하는 말이 그거야.」 브로우자가 말했다. 그러면서 그는 마치 제 머리가 아직 붙어 있는지 확인이라도 하듯 손으로 목 주위를 더듬었다.

「모든 게 벌써 다 지나간 뒤의 일이었지.」늙은 시종이 생각에 잠겨 말했다.「카스파레크, 자네는 이미 총애를 잃은 때였고. 나의 자비로우신 주군께서는 왕국과 비밀 보물과 그 모든 광휘와 권력을 잃어버리신 뒤였지. 폐하께서 마지막으로 병석에 누워 계실 때였네. 이미 기운이 다 빠져 있으셨지. 왜냐하면 그자, 그러니까 항간에 도는 어처구니없는 소리에 따르면 파라켈수스[112]의 비법을 가졌다는 그 예세니우스 박사가 나흘간 엄격한 금식으로 폐하를 괴롭혔으니까.」

「그러니까 그자는 갈레노스[113]의 지침을 따른 거군요.」이발사가 이야기했다.「갈레노스는 고열이 있는 환자가 먹을 것과 마실 것을 달라고 할 때 원하는 대로 다 주면 안 된다고 했거든요.」

시종은 주인이 가져다준 무를 얇게 저몄다.

「그자는 폐하께 짜증 날 만큼 엄격하게 굴었네.」시종이 말을 이었다.「그 갈레노스라는 사람에 대해 나는 아무것도 모르네. 의학에는 문외한이니까. 하지만 한 가지는 알지. 하루에 한 번 고기수프 약간과 아침, 점심, 저녁으로 좋은 말라가산 포도주 세 숟가락, 이거면 폐하께서 원기를 유지하시는 데 충분했을 거네.」

「열이 날 때면 저는 삶은 민물고기 말고는 아무것도 안 먹

112 스위스 출신의 연금술사이자 의학자.
113 고대 그리스의 의학자.

습니다. 저한테는 효과가 아주 그만이지요.」 다시 탁자 옆에 다가와 있던 주인이 말했다.

황제의 시종은 성난 눈초리로 못마땅하게 그를 쳐다보았다.

「자네 의견을 물은 사람은 아무도 없네만. 자네의 천한 열병을 폐하의 열병과 맞대다니 머릿속에 대체 뭐가 들어간 건가? 자네들 주방 보조들은 모든 고기구이에 자네들 소스를 부어야 한다고 생각하지.」

시종은 이발사에게로 몸을 돌렸다.

「하지만 스바테크, 자네는 위층에 있었지. 나와 함께 폐하의 병실에 있었어. 자네는 틀림없이 알 거야. 그날 기억나나? 예세니우스가 병실에 들어와서는 그 잡초를 치워 버리라고 소리를 지르며 난리를 피웠던 날 말이야.」

「네. 마치 어제 일인 양 아직도 기억에 선합니다.」 이발사가 말했다. 「폐하께서 낮에도 밤에도 잠을 못 이루시고 자꾸 몸을 뒤척거리며 끙끙 앓으시는지라 제가 최고 성백 각하의 동의를 얻어 가지속(屬) 식물과 사리풀의 잎과 줄기를 약용 식물밭에서 가져와 바닥에 뿌렸지요. 그 냄새는 머리를 멍하게 하고 잠을 불러오니까요. 또 고양이 피를 적신 수건을 폐하의 이마에 둘러 드렸지요. 그것 역시 잠이 오게 해주니까요. 환자를 도울 수 있는 건 뭐든 해야 하는 법이죠. 폐하의 숨소리가 이미 평온해지고 더는 끙끙거리거나 그르렁거리는 소리도 들리지 않게 된 그때, 예세니우스 박사가 오더니…….」

「맞아.」 체르벤카가 이발사의 말을 끊었다. 「그랬지. 그리고 그자는 양쪽 창문을 활짝 열어젖히고는 소리쳤어. 환기를 시키고 잡초를 치워 버려야 한다고. 내가 이의를 제기하려 하니까 나한테 잠자코 있으라며 야단쳤지. 내가 말하지 않아도 자기는 폐하께서 무엇을 하소연하시는지 훤히 안다면서. 폐하께서는 목이 타고 열이 나고 두통이며 관절통이 있고 몸이 덜덜 떨리고 불안하고 피로하고 기운이 없다고 하실 거라고. 그러면서 그자는 병상으로 다가가 폐하의 맥을 짚은 다음 폐하께 일어나시라 했지. 하지만 폐하께서는 더는 일어나실 수가 없었어. 그러자 그자가 감히…….」

그는 말을 멈추고는 당시 벌어진 일을 여전히 이해할 수 없다는 듯 고개를 절레절레 가로저었다.

「그 예세니우스가 감히 나의 자비로우신 주군의 어깨와 머리를 잡더니 그분을 억지로 끌어 일으키는 게 아닌가.」체르벤카가 계속해서 말했다.「그러자 나의 자비로우신 주군께서는 그자를 바라보시고 한숨을 지으시고 다시 그자를 바라보신 다음 이렇게 말씀하셨네. 〈자네에게 하느님의 가호가 있기를. 자네는 짐의 몸에 손을 댔어. 자네가 그러지 않기를 바랐는데. 하지만 일이 그리되고 말았군. 언젠가 사형 집행인이 자네 몸에 손을 댈 걸세. 그가 자네의 머리를 자기 머리 위로 높이 치켜들 거야. 그리고 너, 이 빨강 머리야, 너는 그 광경을 목격하게 될 것이다.〉 나의 자비로우신 주군께서는 그러니까 여전히 나를 〈빨강 머리〉라고 부르셨네. 그때 내 머리카락은 이미 묘지처럼 우중충한 색이었는데도 말이지.」

그러고서 그는 자신의 성긴 백발을 쓸었다.

손님들 중 몇몇은 이야기를 잘 들으려고 체르벤카의 탁자 쪽으로 의자를 당기고서 앉아 있었다. 그들 가운데 한 명이 다른 이들을 대표하여 약간 몸을 일으키고 인사의 표시로 모자를 살짝 들어 올리고는 물었다.

　「질문을 드리는 게 허락된다면 한 가지 묻고 싶습니다만, 그 예세니우스 선생은 폐하의 말씀을 어떻게 받아들였습니까?」

　늙은 시종은 그에게 탐색하는 눈길을 던지고는 질문에 답해 주는 영광을 선사했다.

　「그자는 짧게 웃음을 터뜨렸네. 하지만 기분이 좋아 보이지는 않았지. 그자는 열병을 앓느라 폐하의 정기가 흐트러졌다고 말했네. 그리고 이 열병이란 것의 성질이 뚜렷하지 않고 베일에 싸여 있다고, 열병을 내버려두고 지켜보면서 각고의 노력을 다해 그것을 연구해야 한다고 했지. 그런 말을 하고 나서 그는 가버렸지. 그리고 나는 오늘 구시가 광장에서 하느님의 뜻에 따라 그자를 다시 보았고 말이야.」

　그는 성호를 긋고서 맥주 한 모금을 마셨고 치즈 조각과 작은 무 조각을 빵에 얹었다.

　「좋은 이야기야. 하느님과 성자들을 걸고 맹세컨대, 이런 이야기는 날이면 날마다 들을 수 있는 게 아니야.」 브로우자가 혼잣말을 했다. 죽은 주군을 떠올리자 그의 뺨에 눈물이 흘렀다. 다만 그는 〈강꼬치고기〉에 있는 사람들이 그 이야기를 함께 들었지만 그렇다고 자신이 식사를 얻어먹게 된 것은 아니기에 짜증이 났다. 그는 허기를 느꼈으나 손님들 중 누구도 오늘 그에게 뭐든 한 입 대접할 생각을 하지 않았다. 체르벤카에게서도 아무것도 기대할 수가 없었다. 체르벤카는 평생 동안 구두쇠에다 수전노였기 때문이다. 지금 먹고 있는 무와 치즈만 봐도 그가 좋은 음식을 먹는 데 전혀 돈을 쓰지 않는다는 것을 알 수 있었다.

「자네는 로레토 교회 뒤편에 작업장이 있는 철물 장인이 아닌가?」 류트 연주자 카스파레크가 〈질문을 드리는 게 허락된다면〉이라는 말과 함께 탁자로 다가온 남자에게 말을 걸었다.

「네, 맞습니다. 황실 철물공 게오르크 야로슈입니다. 뭐든 분부만 하십시오, 나리! 그리고 저는 유리 제조공, 목재 조각가, 석재 조각가, 메달 제작자, 밀랍 공예가 등등과 함께 황제 폐하의 관 뒤를 따르기도 했지요. 모두가 자신의 기예로 명예와 폐하의 찬사를 얻었으나 보잘것없는 돈만 벌었지요!」

「그럼 자네가 그 사람이군.」 류트 연주자가 존경이 가득 담긴 어조로 말했다. 「성 비투스 대성당에서 이르지 스 포데브라트[114]의 석상을 둘러싸고 있는 그 아름답고 정교한 격자를 만든 장본인이로군.」

「우리한테는 그런 분이 다시 필요해요.」 옆자리의 사람들 중 한 명이 외쳤다. 「우리한테 이르지 스 포데브라트 같은 보헤미아 왕이 생긴다면 더 나은 시대가 올 겁니다.」

늙은 시종이 고개를 가로저었다.

114 15세기 보헤미아의 왕. 후스파를 지지했으며 교황에게 파문을 당하기도 했다.

「아니.」그가 말했다. 「더 나은 날을 희망하지들 말게나! 자네들은 나의 자비로우신 주군인 폐하께서 불충한 도시인 프라하를 저주하고 이 도시에 분노를 내려 주십사 하고 하느님께 비신 걸 잊었단 말인가? 그리고 하느님께서는 폐하의 기도를 들어주셨고, 자네들은 오늘 그것을 보지 않았는가. 아아, 그 숱한 피여, 하느님께서 저 가련한 죄인들에게 자비를 베푸시길! 아니, 더 나은 시대는 이제 우리에게 오지 않아. 그리고 세상은 두 번 다시 보헤미아 왕을 보지 못할 걸세.」

「내가 늘 하던 말이 그거요.」브로우자가 자신의 청중에게로 몸을 돌리고 말했다. 그는 한 차례 묵직하게 고개를 끄덕이며 자기 말에 힘을 실었다.

「오, 맙소사, 두 사람 다 조용히 좀 해요!」방 한구석에서 마구 제조공 보트루바의 겁에 질린 목소리가 들려왔다.

「고인이 된 황제가 보헤미아를 좋아하지 않았다는 건 모두가 다 아는 일이오.」이웃한 탁자에서 한 사람이 말했다. 「황제는 모든 게 남국적이고 이국적이길 원했으니까 말이오.」

「황제가 프라하를 저주했다는 게 사실이라면 그건 황제의 정신이 흐렸기 때문이오.」다른 사람이 말했다.

「아니, 황제께서는 정신이 온전하셨소. 그날 황제께 사혈을 해드린 나보다 그걸 잘 아는 사람이 또 누가 있겠소.」이발사가 이야기했다. 「황제께서 해쓱한 얼굴로 덜덜 떠시면서 눈에는 눈물이 고인 채 창가에 서서 도시를 내려다보시던 모습이 지금도 눈앞에 선하오. 그날은 프로테스탄트 신분제 의회가 폐하를 성안에 연금해 둔 날이었소. 황제께서는 보헤미아 재상인 즈덴코 폰 로브코비츠 님이 휴가를 청하러 왔을 때 그분한테 이렇게 말씀하셨소. 〈프라하는 짐에게 도움을 주지 않았네. 프라하는 곤경에 빠진 짐을 홀로 내버려두고 아무것도 하지 않았어. 그래, 짐을 위해 말에 안장 한번 얹은 적도 없지.〉 그러고 나서 나의 주군인 황제께서는 노여움과 수심을 이기지 못하고 본인의 모자를 어찌나 세차게 바닥에 내던지셨는지 깃털 대신 모자에 달려 있던 홍옥이 떨어져서 어디론가 튀어 버렸소. 이곳저곳 아무리 뒤져 보아도 그것을 찾을 수가 없었소. 보석은 사라져 버렸고 다시 나타나지 않았다오.」

「뭘 그렇게 쳐다보는 거지?」 브로우자가 발끈하며 말했다. 「혹시 내가 그 보석을 발견해서 은근슬쩍 챙겼다는 소리를 하고 싶은 거라면, 그건 비열한 거짓말이야. 내가 로마 황제이신 폐하께서 맡기신 직무를 수행하느라 눈코 뜰 새 없이 바빠서 그런 사소한 일에 신경 쓸 겨를이 없었다는 건 모두가 아는 사실이라고.」

그는 자기가 무슨 모욕을 당한 양 여겼고 여전히 그 일에 온통 생각이 쏠린 채로 옆 사람, 즉 황실 철물공의 맥주잔을 들고 한 모금 쭉 들이켰다.

「만일 우리의 지고하신 주군께서 더 잘 처신하셨더라면!」 이제 류트 연주자 카스파레크가 말문을 열었다. 「그분께서 위험을 알아차리시고 때를 놓치지 않으시고 지갑을 닫아 두시지 않았더라면! 큰 노름판에서는 큰돈을 걸어야 하는 법인 것을. 만일 그때 나에게 좋은 기회가 주어졌더라면, 그토록 깊이 음악에 감동을 받으시던 나의 자비로우신 주군께서 전처럼 내 말을 귀담아들으셨다면. 하지만 나는 그분의 총애를 잃었고 그놈의 저주할 디오클레티아누스 때문에 더는 그분의 눈앞에 나타나서는 안 됐지.」

「그자는 지옥에 떨어졌다네, 자네의 그 디오클레티아누스 말일세. 그 점에 대해선 안심해도 되네.」 시종 체르벤카가 장담했다. 「그자는 완고한 이교도였고 게다가 성스러운 교회를 박해했으니.」

「다들 알 테지만 폐하께서는 고대 로마 동전을 굉장히 애호하셨소.」 그사이 이발사가 철물 장인과 다른 이들에게 설명했다. 「그 동전들을 모아 멋진 컬렉션을 만들기도 하셨고. 폐하께서는 그것을 〈나의 이교도 머리들〉이라고 부르셨소. 그리고 전 세계에서 학자들과 골동품상들이 그 컬렉션을 보러 찾아왔지. 보잘것없는 구리 동전 하나도 폐하께는 사소한 게 아니었소. 그런데 카스파레크가 폐하께 큼지막한 은화 하나를 바친 거지. 로마 황제인 디오클레티아누스의 초상이 있는…….」

「그건 희귀품이었지.」 카스파레크가 이발사의 말을 가로챘다. 「그리고 황제 폐하께선 그 물건에 굉장히 기뻐하셨을 거야. 만일 그 디오클레티아누스가 제위를 내려놓고 물러나지만 않았더라면 말이야. 나는 지지리도 운이 나빴던 거지. 그래서 황제께서는 얼토당토않은 생각을 하시게 된 거야. 다름 아니라 자기보고 디오클레티아누스와 똑같은 일을 할 것을 촉구하는 뜻으로 내가 그 은화를 바친 거라고, 내가 자신의 형제인 마티아스에게 고용된 게 틀림없다고 여기신 거지.」

카스파레크가 옛 추억에 사로잡혀 침묵할 때 황실 철물공이 한마디 했다. 「모든 궁정에는 요괴가 하나 살고 있지. 그 요괴의 이름은 의심이야.」

「아마 그 말이 맞을 거야. 하지만 나는 내 충직한 행동이 더 나은 보답을 받기를 바랐어.」 카스파레크가 비통한 어조로 말했다. 그러고는 이야기를 이었다. 「그러니까 당시에 신시가에서 반란이 일어났을 때, 나는 더 이상 폐하의 총애를 받고 있지 않았지. 다들 기억하겠지만 프로테스탄트 신분제 의회가 반기를 들고 모여서 신시가 시청을 점거했지. 그리고 슐리크 백작과 부도베츠가 그 선봉에 서서 예세니우스 박사를 최고 변호인으로 삼았고 벤첼 킨스키는 이리저리 돌아다니면서 관심을 보이는 모든 자들한테 이렇게 말했지. 〈이 왕은 아무짝에도 쓸모가 없다. 우리는 다른 왕을 가져야 한다.〉 그리고 작은 마을인 리벤에서는 마티아스와 협상이 진행되었고, 하지만 아직 폐하께는 희망이 남아 있었어. 그때 프라하에는 해고된 군인들이 한가득했고 그들은 무리 지어 길거리를 돌아다니며 시비를 걸고 드잡이를 하면서 황제께서 자기들을 고용하기를 기다리고 있었으니까. 만일 나의 지고하신 주군께서 그때 돈을 아끼시지 않았더라면, 만일 그분께서 병력을 모으셨더라면…….」

「만일! 만일! 만일!」 시종 체르벤카가 카스파레크의 말을 끊었다. 「하지만 돈이 없었던 걸 어떡하나. 생필품을 살 돈조차 없었다네. 폐하께서는 한탄하셨지. 〈나의 연금술사가 죽었어. 그자는 자신의 비법을 가지고 무덤 속으로 들어가 버렸고 1온스의 금도 내게 남겨 두지 않았어.〉」

「그렇게 좋지 않은 때에 죽다니. 폐하의 그 연금술사가 누구였죠?」철물 장인이 물었다.

「그건 필리프 랑한테 물어봤어야지.」체르벤카가 대답했다.「그가 줄로 목을 매고 이 세상을 떠나기 전에 말이야. 폐하께서는 필리프 랑과 그 비밀을 공유하고 계셨어. 나는 아는 게 하나도 없다네.」

「폐하께서는 저 위 성에서 온갖 연금술사와 대가 들을 고용하셨어. 하지만 훌륭한 성과를 올린 자는 하나도 없었지.」황제의 류트 연주자가 말했다.「하지만 그토록 사람들 입에 자주 오르내린 그 마지막 연금술사는, 내 생각에는 말이야, 실제로는 아예 존재하지 않았어. 누가 그 사람 얼굴을 본 적이 있나? 그자는 우리의 존귀하신 주군의 상상 속 존재, 그분의 몽상의 산물에 지나지 않는 거지.」

「아니!」브로우자가 말했다.「그 연금술사는 상상 속 존재도, 몽상의 산물도 아니야. 황제의 연금술사가 누구였는지 나는 알아. 그래, 날 똑똑히 봐. 나, 이 브로우자는 그걸 안다고. 그리고 만일 내가 이 자리에서 그 사람의 이름을 댄다면 자네들은 엄청나게 놀라며 고개를 가로저을 거야.」

「그자가 누군지 자네가 안다고?」시종이 말했다. 마치 자신도 그 비밀을 안다는 투였다.

「그럼요, 두말할 필요도 없지요.」브로우자가 말했다.「저는 필리프 랑의 뒤를 여러 번 쫓았습니다. 그가 어디로 갔고

매번 어느 집 안으로 사라졌는지 알아요. 그리고 저는 주군인 황제께 서슴없이 말씀드렸지요. 폐하의 연금술사는 숱한 가난한 자들에게 해를 입히고 있다고, 그건 기독교적인 일이 아니라고 말이에요. 나의 주군인 황제께서는 처음에는 갑자기 보헤미아 말을 못 알아듣는 것처럼 구셨죠. 하지만 제가 그치지 않고 계속해서 끈덕지게 괴롭히자 그분은 감정에 호소하며 하소연을 늘어놓기 시작하셨죠. 자신의 삶이 얼마나 불행한지, 자신이 어깨에 짊어진 짐이 얼마나 무거운지, 자신이 얼마나 많은 사람을 먹여 살려야 하는지, 그리고 그 연금술사의 도움 없이는 이 큰 황실 살림에 드는 비용을 치를 수가 없다면서요. 이어서 그분은 나에게 맹세를 시키셨죠. 신께서 나를 살아 있게 하시는 동안에는 그 이름을 발설하지 말고 그 일에 대해 아무한테도 말하지 말라고요. 그래서 저는 오늘날까지 그 맹세를 지켜 왔어요.」

「하지만 그토록 오랜 세월이 지난 지금은 그 맹세가 더 이상 유효하지 않네.」 이발사가 말했다. 「자네의 오랜 친구인 우리한테는 비밀을 말해 줄 거지?」

브로우자가 고개를 가로저었다.

「내가 해보지!」 황실 철물공이 말했다. 「그를 어떻게 상대해야 하는지 난 알거든.」

그러고서 그는 브로우자에게로 몸을 돌리고 물었다.

「이봐, 친구. 팬케이크에다가 채소샐러드면 어떤가?」

브로우자는 침묵하며 고개를 가로저었다.

「그러니까 내가 자네 앞에 삶은 고기며 구운 고기를 차려

주기를 원하는 거지?」 철물 장인이 말을 이었다. 「요즘 같은 때엔 더럽게 비싸긴 하지. 이 집 주인은 도둑놈이라니까. 뭐 좋아, 그리하지!」

브로우자는 묵묵부답이었다.

「자, 자! 자네의 구미가 당길 만한 게 있다고.」 철물 장인이 말했다. 「훌륭한 돼지고기구이랑 곁들이 전부면 되겠나?」

이제 브로우자가 시선을 들었다.

「돼지고기구이, 내가 좋아하는 방식으로?」 그가 물었다. 「비계가 너무 많지도 적지도 않게? 그리고 껍질도 조금 붙은 걸로?」

「그래, 껍질이 붙어 있는 걸로 양배추랑 경단을 곁들여서.」 황실 철물공이 확인해 주었다.

「맙소사! 오늘 운이 좋군, 브로우자 씨.」 옆 탁자에서 한 사람이 말했다.

브로우자가 한숨을 내쉬었다. 그는 자기 자신과 잠시 격렬한 싸움을 벌여야 했고 이제 유혹에 저항했다.

「아니.」 그가 말했다. 「나의 주군인 황제께 맹세한 일이야. 전능하신 신과 그분의 존귀하신 어머니 마리아, 그리고 내가 소망하는 내 영혼의 구원을 걸고 약속한 일이네. 그러니 이 생에서 내 입은 봉해져 있어. 하지만 어쩌면, 야로슈…….」

브로우자는 자신이 염두에 둔 일을 심사숙고해야 하는 양 조금 망설였다.

「어쩌면 신의 섭리에 따라 우리가 천국에서 다시 만날지도 모르는 일.」 그가 말을 이었다. 「그리되면 곧장 자네한테 가겠네. 내가 지상에서 말할 수 없는 것을 저 위에서 자네한테 말하겠네. 신께서 그런 은총을 우리에게 베풀어 주시길! 아멘.」

「아멘.」늙은 시종이 따라 말하고는 성호를 그었다. 다른 사람들도 똑같이 〈아멘〉 하고 말했다. 그때 브로우자에게 광대 시절의 익살스러움이 돌아왔다. 그는 자기가 철물 장인에게 이미 너무 많은 걸 약속했고 그 때문에 자신이 손해를 볼지도 모른다고 여겼다. 그래서 서둘러 자신의 실수를 바로잡으려 했다.

「그렇다고 해서 말일세.」브로우자가 황실 철물공에게 일깨워 주었다. 「그때 자네가 공짜로 이야기를 들을 수 있을 거라고는 생각하지 말게나. 아니, 그런 생각은 아예 집어치우라고. 이런 비밀은 늘 제 값어치를 지니니까. 저 위에서도 자네는 경단이랑 양배추를 곁들인 돼지고기구이를 내놓아야 할 거야.」

브로우자는 하늘을 가리키며 눈을 감았다. 그리고 그의 까끌까끌한 주름투성이 납작코 얼굴에는 천국의 돼지고기구이에 대한 생각이 영원한 기쁨의 반영처럼 감돌았다.

사그라지는 촛불

　필리프 랑이 드라이브루넨 광장의 집에 나타나는 것은 늘 늦은 저녁이었다. 그곳에서 모르데카이 마이슬의 측근 하인인 멘델이 그를 기다리다가 층계를 통해 위층에 있는 주인에게로 안내해 주었다.

　이 집에는 하루 종일 사람들과 그들의 소란스럽고 분주한 움직임이 가득했다. 만국에서 온 상인들이 모르데카이 마이슬을 예방하고 벨벳, 담비 가죽, 모자 끈, 금몰, 아시아산 향료, 설탕, 인도남, 신세계 제도의 알로에 등 자신들의 상품을 제안했다. 머리카락이 센 서기들이 서류로 덮인 책상에 앉아 편지와 계약서의 초안을 잡거나 계산서를 작성했다. 모르데카이 마이슬 밑에서 상업을 배우기 위해 빈, 암스테르담, 함부르크 혹은 단치히에서 온 젊은이들은 귀 뒤에 펜을 꽂은 채로 분주하게 왔다 갔다 하거나 사본을 만들어야 하는 서류 위로 몸을 숙이고 앉아 있었다. 차용증을 쓰고 돈을 빌리기를 원하는 보헤미아 귀족들은 기다리라는 소리를 들으면 성을 냈고 소출이 너무도 형편없다는 둥, 요즘에는 소나 양을 치는 걸로는 전혀 이익을 낼 수 없다는 둥, 유대인들처럼 돈을 꿔주고 이자를 받을 수만 있다면 살 만할 거라는 둥, 그게 유대인들에게는 써레며 쟁기라는 둥 자기들끼리 신세 한탄을 늘어놓았다. 심부름꾼들은 우편국에서 바삐 편지를 가져왔다. 서기 하나가 봉랍을 달라고 외쳤고 다른 서기는 뾰족하게 깎은 펜을 찾았다. 그리고 뜰의 아케이드 아래에는 몇 날 며칠을 길에서 보낸 마부들이 앉아 땀을 흘리며 맥주를 마시고 다리를 쭉 뻗은 채로 잡담을 했다. 이제 그들은 느긋하게 시간을 보내면서 무거운 짐 꾸러미며 상자며 통 들이 마차에서 내려져 창고 안으로 사라지는 모습을 지켜보았다. 그리고 마부들과 말들과 짐꾼들 사이에서 모르데카이 마이슬의 작은 푸들이 이리저리 돌아다니며 즐거이 짖고 뒷발로 서고 꼬리를 치고 있었다.

저녁은 고요했다. 서기들과 수습생들과 하인들은 집을 떠났고 가끔 집주인이 필요로 할 때면 멘델만이 집에 남아 다락방에서 잠을 잤다. 오늘도 멘델이 남아 있었다. 밤에 마이슬과 필리프 랑의 식사 시중을 들어야 했기 때문이다.

이날 모르데카이 마이슬은 함부르크의 탁세이라 은행에서 온 정산서를 쭉 살펴보고 서기들에게 편지 몇 통을 받아쓰게 했다. 또한 황제의 궁정 재무관인 귀족 출신의 얀 슬로브스키 폰 슬로비츠를 영접했다. 그는 마이슬에게 대부금 8백 골트굴덴의 상환을 조금 더 인내심을 갖고 기다려 달라고 부탁했다. 그리고 마이슬은 밀라노, 아우크스부르크, 마르세유, 니즈니노브고로드에서 온 대리인들의 보고를 귀 기울여 들었고 그런 다음 평소보다 일찍 거실로 들어갔다.

그곳에서 저녁 식사로 수프를 먹고 나자 멘델이 알테아와 앵초와 아마씨를 우린 물을 가져다주었다. 모르데카이 마이슬은 수년 전부터 가슴병을 앓아 왔는데 통증이 한동안 잠잠한 척 그를 속이더니 다시금 공격을 시작했고 열과 매서운 기침이 점점 더 짧은 간격으로 그를 덮쳤던 것이다. 이따금 발작 기침이 너무도 심해서 눈앞이 깜깜해질 지경이었다.

뜨거운 약초 물을 한 모금씩 마시는 동안 그는 아무것도 안 하고 가만히 있을 수가 없어서 돈 이삭 아바르바넬[115]의 책인 『신의 시선』을 들여다보려 했다. 하지만 이 저명한 학자의 생각을 좀체 파악할 수가 없었고 단어들의 의미가 머리에 들어오지 않았다. 그는 피로하고 실망한 채로 책을 내려놓았고 고독한 시간이면 늘 그를 찾아오는 똑같은 생각들에 몸을 맡겼다.

〈신께서 나에게 아들 하나만 주셨더라면! 이 세상에 남겨두고 갈 아들 하나만 있다면! 그랬다면 나는 그 아이가 지혜와 가르침 속에서 자라나도록 키웠을 텐데. 지식이 꽉 찬 그 아이는 활짝 터진 석류 열매와 같았을 테지. 그 아이라면 아바르바넬의 책을 거뜬히 읽고 어둠에 싸인 단어들을 해석할 수 있었을 텐데. 그 아이의 숨결은 지혜와 깨달음이 되었을 텐데. 신께서 그걸 원치 않으셨어. 나는 자식 없이 저세상으로 떠나고 내 재산을 남들에게 남겨 두는구나. 신의 지혜로운 계획에서 나의 불행은 다른 사람의 행복을 마련해 주기

115 스페인 출신의 유대인 학자.

위해 필연적인 것이었을까? 그걸 누가 알까? 그걸 누가 말할
수 있을까? 신의 법은 바다처럼 깊으니.〉

그가 일어섰다. 그의 생각은 익숙한 길을 따라갔고 태어나
지 않은 아들에게서 이미 오래전에 죽은 아내에게로 넘어갔
다. 그는 벽에 붙은 장에서 장미목을 조각해 만든 작은 상자
를 꺼냈다. 그 안에는 아내가 생전에 좋아하던 물건이 보관
되어 있었다. 별로 많은 것이 들어 있지는 않았다. 작은 물건
들, 사소한 물건들이었다. 알록달록한 깃털들, 빛바랜 비단
띠, 언젠가 그녀 수중에 들어온 카드, 만지면 바스러져 가루
가 돼버리는 시든 장미 꽃잎, 작은 은제 나이프, 줄무늬가 있
는 사람 손 모양의 돌멩이, 호박 구슬, 유리구슬, 한때 알록달
록한 나비 날개였던 것. 이 모든 것을 모르데카이 마이슬은
생각에 잠겨 들여다보았다. 그가 이 상자를 집어 든 것은 몇
년 만이었다. 그는 한숨을 내쉬고는 상자를 닫고서 장에 도
로 넣었다. 상자 속 물건들은 그에게 너무도 불가해하고 너
무도 수수께끼 같고 너무도 해석하기가 어려웠다. 돈 이삭
아바르바넬의 책 속에 있는 어둠에 싸이고 비밀로 가득한 단
어들처럼.

〈그분께서 그리 결정하셨고 그리될 수밖에 없었어.〉마이
슬은 속으로 생각했다. 〈그분께서는 그녀를 영원한 행복으로
데려가셨어. 그리고 나는…… 인간은 마음속에 온갖 생각과
소망을 품고 있지. 그러나 신의 뜻만이 존재할 뿐. 우리는 앉
아 있었지. 여느 때와 같았어. 나는 식사 전에 축복 기도를 드
렸고 그녀는 내 식사 시중을 들어 주었지. 그러고 나서 ─ 밤

에……. 고통스럽게 숨이 끊어질 때 그녀는 누구한테 도와 달라고 외친 걸까? 낯선 남자, 기독교도의 이름이었어. 그녀는 로마 황제를 한 번, 단 한 번 봤는데. 황제가 말을 타고 구시가를 통과해 유대인 지구로 들어갈 때였어. 원로들과 위원들이 황제를 기다리고 있었고 트럼펫 주자들이 트럼펫을 불었고 고매한 랍비가 두 손에 토라를 들고 있었지. ― 그녀의 목소리, 단말마 속 그 외침. 루돌프, 도와주세요! 그녀가 부른 게 황제였을까? 내가 전혀 모르는 다른 사람이었을까? 아아, 나는 결코 그걸 알지 못하겠지.〉

기침이 그를 덮쳤고 그는 손수건을 입에 대고 눌렀다. 문이 열리고 멘델이 염려스럽게 방 안으로 고개를 들이밀었다. 모르데카이 마이슬은 아무것도 아니라고, 그만 가보라고 신호를 주었다.

그의 생각은 다른 방향으로 접어들었다. 그는 이제 상업 활동에서 로마 황제와 은밀히 연결되어 있었다. 그의 사업은 황제의 사업이기도 했다. 오늘 그의 집에 다녀간 황제의 궁정 재무관은 그가 황제에게 다달이 이자를 지급한다는 걸 꿈에도 모르고 있었다. 이제껏 어떤 유대인도 모르데카이 마이슬처럼 황제로부터 권리와 특권과 자유와 위엄을 부여받은 적은 없었다. 〈신의 은총에 의해 선출된 로마 황제[116]이자 보헤미아 왕이며 언제나 제국의 확장자인 짐 루돌프 2세는 짐의 충직한 유대인인 모르데카이 마이슬을……〉 황제의 보호

116 전통적으로 신성 로마 제국 황제는 황제 선출권을 가진 선제후들의 투표에 의해 결정된다.

및 특권을 보장하는 칙허장은 이렇게 시작했다. 어떤 법원도 마이슬의 인격이나 재산을 침해해서는 안 되었고 어떤 법원 사람도 마이슬이 살아 있는 동안 그의 집에 들어올 수 없었 다. 누가 마이슬을 고발하면 그 건은 황제 앞으로 이관되어 야 했다. 왕국의 은 수출은 마이슬이 맡게 되었다. 오직 마이 슬만이 귀족과 기사 신분의 개인은 물론이고 수도원, 종교 재단, 대수도원에 차용증을 받고 돈을 빌려줄 수 있었다. 마 이슬은 로마 제국 전역에서 자유로이 이동하고 상행위를 하 도록 허락받았다. 또한 지체 높은 귀족이나 고위 성직자처럼 여행 중에 마부와 말에 부과되는 통행세를 면제받았다. 그리 고 필리프 랑은 황제가 자신의 충직한 유대인인 모르데카이 마이슬을 보헤미아 기사 신분으로 격상시키려는 생각을 가 지고 있음을 누차 넌지시 알린 바 있었다.

　마이슬 쪽에서는 황제가 신임하는 사자인 필리프 랑에게 분기마다 수입 및 지출에 관한 결산서를 주었고 제날짜에 딱 딱 맞춰 황제 몫의 수익을 건넸다. 마이슬이 죽는다면 그가 남긴 모든 돈과 재산의 절반이 황제의 손에 떨어질 터였다. ── 황제는 내가 죽기를 기다리고 있을까? 분기마다 수익을 얻기보다 전액을 가지고 싶어 할까? 필리프 랑은 돈을 받아 갈 때 종종 어깨를 으쓱하며 말하곤 했다. 〈한 줌이로군. 이 걸로 사자의 배가 부르겠나.〉 한 줌이라니! 황금이 든 주머니 네 개가 봉해진 채로 탁자 위에 놓여 있고 거기에다 도합 4만 제국 탈러 금액의 환어음 세 장이 있었다. 그중 두 장은 프랑 크푸르트 견본시(見本市)에서 지급받을 수 있었고 나머지 하나는 〈추운 견본시〉라고도 불리는 라이프치히 신년 견본시에서 돈으로 바꿀 수 있었다. 한 분기가 지났기 때문에 이날 밤 필리프 랑은 정산서를 받고 황제의 돈을 가져가려고 찾아오는 것이었다.

마이슬의 머릿속에 다음과 같은 생각이 스쳐 지나갔다. 다른 이들에게는 황금을 얻는 것이 굉장한 노력과 고생을 요하는 일이었고 그러한 노력과 고생은 허사로 돌아가기 일쑤였다. 많은 이들이 거기에 목숨을 걸었고 목숨을 잃었다. 마이슬에게는 그것이 늘 그저 식은 죽 먹기일 뿐이었다. 평생 동안 황금이 그의 뒤를 따라다니며 그에게 구애했고 그가 밀쳐내면 다시 찾아왔다. 이따금 그는 자신의 행운에 신물이 났다. 그렇다, 황금은 가끔 그에게 공포의 대상이 되었다. 황금은 그를 괴롭혔고 그의 소유가 되려 했으며 다른 누구도 섬기려 하지 않았다. 그리고 그의 소유가 되고 나면 상자와 궤짝 속에 가만히 있는 게 아니라 그의 종으로서 그를 위해 온 세상을 누비고 다녔다. 그렇다, 황금은 그를 사랑했고 그에게 복종했다. 그런데 그가 이 세상에 황금을 남겨 두고 간다면, 이제 그의 손에 의해 제어되지 않는 고삐 풀린 돈이 무엇을 시작하고 무슨 일을 일으킬까?

짧지만 극도로 격렬한 발작 기침이 찾아와 그를 뒤흔들어 놓았다. 이제 영락없이 저세상으로 가는구나 하는 생각이 들 만큼 심한 기침이었다. 그리고 기침이 멎었을 때 그의 손에 들린 손수건은 빨갛게 물들어 있었다. 얼룩진 피를 바라보던 그는 자신이 아직 살아 있다는 데 놀랐다. 그는 벌써 한참 전에 삶의 끝에 다다른 듯한 느낌이었다. 하지만 그에게는 죽음이 허락되지 않았다. 망명 생활의 빛이자 이스라엘의 보물인 고매한 랍비 뢰브, 당대의 유일무이한 존재인 그가 어느 날 밤 자신의 방에 앉아 신의 비밀이 기록된 성스러운 책들을 들여다보고 있었다. 그때 방 안을 환히 비추던 밀랍 양초 토막이 다 타는 바람에 불빛이 타닥거리고 가물거리면서 꺼지려 했다. 그런데 고매한 랍비의 집에는 다른 양초가 없었다. 그래서 고매한 랍비는 사그라지는 촛불에다 대고 마법의 주문을 외웠다. 그는 열 가지 이름으로 촛불을 부르며 꺼지지 말라고 했다. 그러자 촛불이 그 말을 따랐다. 양초 토막은 평화롭게 조용히 계속 타면서 밤 내내 빛을 비췄고 그 덕에 고매한 랍비는 신의 비밀을 파고들 수 있었다. 날이 밝자 비로소 촛불이 꺼지고 흔적 없이 사라져 버렸다. ─ 나 모르데카이 마이슬 역시 이미 오래전에 꺼졌어야 함에도 계속 타고 있는 사그라지는 촛불이 아닌가? 왜 신께서는 나를 꺼지게 하지 않으실까? 왜 내가 살아 있는 걸까? 그는 손에 든 피에 젖은 손수건을 계속 들여다보며 자문했다. 신께서는 무엇 때문에 이 세상에서 아직 나를 필요로 하시는 걸까?

문 두드리는 소리가 들렸다. 모르데카이 마이슬은 손수건을 감췄다. 멘델이 필리프 랑을 방으로 들여보냈다. 모르데카이 마이슬은 관례에 따라 문 쪽으로 두 걸음 다가가 손님을 맞이했다.

필리프 랑은 키가 크고 비쩍 마른 남자였고 모르데카이 마이슬 앞에 서면 그보다 머리 하나만큼 우뚝 솟았다. 그의 머리카락과 수염은 희끗희끗했다. 그는 스페인식으로 옷을 입었고 가슴에 있는 금사슬에는 로레토의 마돈나상이 달려 있었다.

방으로 들어올 때 그는 눈으로 탁자에 놓인 봉해진 주머니 네 개와 환어음을 훑었다. 그는 이날 벌써 여러 번 그랬듯이, 이번에 황제를 만족시키려면 얼마만큼의 금액이 필요할지 따져 보았다. 황제가 로마의 골동품상에게 구입한 그리스 대리석 조각상이 도착했고 그 대금을 지불해야 했다. 덜 급한 다른 빚들도 아직 남아 있었다. 하지만 황제는 뒤러가 그린 초상화도 살 생각이었다. 비텐베르크의 알러하일리겐 교회에 있는 「동방 박사의 경배」가 그것이었다. 비텐베르크의 관청에서 황제에게 그 그림의 구매를 제안한 것이었다.

필리프 랑의 말에는 지금 그가 어떤 생각에 몰두하고 있는지가 드러나지 않았다. 그는 마이슬에게 이렇게 말했다.

「좋지 않은 때에 찾아온 게 아니길 바라네. 바깥에는 바람이 사납게 휘몰아치고 있어. 곧 비가 내릴 걸세. 나의 소중한 친구여, 건강은 좀 어떤가?」

앞서 그는 모르데카이 마이슬의 손을 잡았는데 그것을 쥐고 있으면서 맥박을 느끼고 점검해 볼 수 있었다. 〈이 친구 몸이 아주 안 좋군.〉 그가 생각했다. 맥박이 몹시 빨랐다. 열이 있는 게 분명했다.

모르데카이 마이슬은 자신의 건강을 묻는 말을 들을 때면 늘 아무 의미 없는 똑같은 대답을 하곤 했다. 자신의 실제 몸 상태가 어떤지를 누구한테도 말하는 법이 없었다.

「좋습니다. 감사합니다. 몸은 아주 좋아요.」 그가 말했다. 「오늘은 병 기운이 좀 남아 있지만 내일이면 씻은 듯이 사라질 겁니다.」

그리고 그는 황제의 시종의 손에서 자기 손을 뗐다.

필리프 랑은 마이슬을 바라보고는 속으로 진단을 내렸다. 의심의 여지가 없었다. 이 쇠약한 육신 속에는 좀먹는 병과 임박한 소멸에 맞서 싸울 힘이 더는 없었다. 내일 그는 자신의 주군에게 이제 조금만 더 있으면, 이삼 주만 더 기다리면 비밀 보물을, 두카텐이며 도펠두카텐이며 로즈 노블이며 도블론을 손에 넣게 될 거라고 보고할 수 있었다. 그리고 유대인 마이슬이 남긴 돈과 재산의 절반이 아니라, 아무렴, 전체가, 모든 것이 필리프 랑의 계획과 뜻대로 황제의 것이 되어야 했다. 왜냐하면 사자와 황제는 누구와도 뭘 나누는 법이 없으니까.

필리프 랑이 마이슬에게 말했다.

「그래, 우리가 바로 이 시대에 살고 있다는 건 기뻐할 일이네. 지금 의사들은 찬란한 발명을 무수히 해내고 그걸 우리의 건강을 위해 쓸 줄 아니 말이야.」

「네, 좋은 일이죠.」 마이슬이 말했다. 「하지만 제게는 의사의 도움이 필요 없습니다. 날이 갈수록 몸이 나아지고 있으니까요.」

「좋은 소식이로군. 나의 자비로우신 주군께 그 소식을 전해 드리겠네.」 필리프 랑이 말했다. 「나의 자비로우신 주군께선 자네가 건강에 신경 쓰고 몸을 잘 돌보도록 신신당부하라고 내게 엄명을 내리셨다네.」

「드높은 명을 마땅히 받잡아 그리하겠습니다.」 모르데카이 마이슬이 말했다. 「세상의 주께서 폐하께 장수와 더 큰 명성과 평화를 가져다주시길.」

이렇듯 양쪽에서 예의범절에 맞게 충분히 인사치레를 한 뒤 이제 두 사람은 사업 이야기를 하기 시작했다.

자정쯤 두 사람이 긴 협상 끝에 의견의 일치를 보았을 때 멘델이 포도주와 차가운 음식을 차렸다. 그리고 그날 밤 빵집에서 가져온, 기름에 구운 따끈한 아몬드케이크도 내놓았다. 필리프 랑은 편안하게 먹고 마시는 동안 황제의 궁정에 대해 이야기했고 그곳에서 요즘 이상한 일이 자주 일어난다고 했다. 황제의 시종관인 팔피 남작이란 자에게는 하인이 하나 있는데 그 하인은 불쾌한 일이 있을 때마다 남작을 대신해 무시무시하게 욕설을 퍼부어야 한다고 했다. 왜냐하면 남작 본인은 그렇게 욕을 내뱉기에는 너무도 경건하기 때문이라는 것이었다. 황제의 궁정에 있는 스페인 사절인 돈 발타사르 데 수니가는 — 누구나 아는 사실인데 — 매주 다른 여자와 놀아나면서 아름답고 젊은 아내를 속인다고 했다. 그런데 그는 세례명이 마리아인 여자와는 절대 사귀지 않는다고 했다. 그것이 성모를 모욕하는 일일 수 있다고 여긴다는 것이었다. 황제의 궁정에 있는 두 명의 박식한 사람, 그러니까 페르페투움 모빌레[117]를 제작하는 마르틴 룰란트와 포물

117 perpetuum mobile. 〈영구 기관〉을 뜻한다.

면 거울을 만드는 이탈리아인 디 조르조가 서로 싸움을 벌이고 있다고 했다. 그것은 두 사람 각자가 상대방이 자기보다 더 높은 보수를 받는다고 생각하기 때문이라 했다. 길을 가다 둘이 마주치면 그들은 독일어와 로망어 알파벳을 합친 것보다 더 많은 수의 경칭으로 서로를 부른다고 했다. 한쪽에서 〈사기꾼! 멍텅구리! 무뢰한!〉이라고 하면 다른 쪽에서는 〈비르보네! 푸르판테! 마스칼초네! 푸르보!〉[118]라고 외친다는 것이었다. 이 와중에 황제는 논란이 되는 그 보수를 두 사람 모두에게 몇 년째 체불하고 있다고 했다. 황제의 기마 근위대 소위인 젊은 케벤휠러 백작은 튀르키예 전쟁에서 군도에 목 부분이 가로로 베인 채로 돌아왔는데 그 탓에 힘줄이 끊어졌다고 했다. 그래서 그는 머리를 받치려고 은으로 된 목 띠를 두르고 다닌다고 했다. 그러다 그가 장교들의 식사 자리에서 지금이 얼마나 힘든 때인지 모른다고, 요즘 시내에 놀러 가면 돈이 한참 부족하다고, 모든 게 너무 비싸다고 하소연을 늘어놓자 맞은편에 앉은 화승총병 부대 중대장이 그에게 이렇게 소리쳤다는 것이다. 〈네 목을 저당 잡히라고, 이 바보야. 그럼 네 창녀들한테로 달려갈 수 있잖아!〉 그러자 한 바탕 치고받고 싸움이 벌어졌다고 했다.

필리프 랑이 말을 멈췄다. 다시 기침이 모르데카이 마이슬을 괴롭혔기 때문이다. 그러자 마치 문밖에서 엿듣고 있던 양 멘델이 어느새 약병을 가지고 방 안에 나타났다. 그는 그

118 각각 〈비열한 놈〉, 〈악당〉, 〈불량배〉, 〈교활한 놈〉을 뜻하는 이탈리아어.

림자처럼 스르르 주인에게 다가가 주인 손에서 손수건을 가져가고 새 손수건을 건넸다.

「아무것도 아닙니다.」호흡이 돌아오자 모르데카이 마이슬이 말했다. 「기침 좀 한 거예요. 공기가 습해서 기침이 난 겁니다. 별다른 일이 없으면 내일 싹 가실 거예요. 날씨가 다시 따뜻하고 건조해지면 말이죠.」

그리고 그는 멘델에게 고개를 끄덕이며 이제 가도 된다는 신호를 보냈다.

「그때까지 자네가 지내는 모든 방의 바닥에 소금을 넉넉히 뿌려 두게나.」필리프 랑이 조언했다. 「소금은 강력한 자석이라 공기 중의 물을 끌어당기니 말이야.」

식사 중에 마신 헝가리산과 포르투갈산 포도주의 취기가 필리프 랑의 머리로 올라오기 시작했다. 평소보다 술을 조금 더 마시면 호전적이 되고 아무한테나 시비를 거는 사람이 있다. 다른 한편으로는 고개를 축 늘어뜨리고 눈물을 쏟으며 세상이 얼마나 나쁜지 한탄하는 사람도 있다. 그는 두 부류의 술꾼 중 어느 쪽에도 속하지 않았다. 그저 포도주를 마시면 수다스러워지고 호언장담을 늘어놓을 뿐이었다. 그리하여 그는 자기 자신과 본인의 뛰어난 재능에 대해 떠벌리고 자신이 행사하는 권력을 자랑하기 시작했다. 그는 황궁에서 모든 사안에 대한 최종 결정권이 자기에게 있다고 했다. 자기는 뭐든 이룰 수 있고 친구들에게 도움을 줄 수 있으며 자기 뜻에 반하는 일은 아무것도 추진될 수 없다고 했다. 여러 지체 높은 귀족들이 그의 우정을 얻고자 애쓰지만 헛일이라고, 그러니 그의 호의를 얻을 수 있는 자는 실로 사람들의 부러움을 살 만하다고 했다. 이어서 그는 잔을 들어 올리고는 소중한 친구인 모르데카이 마이슬의 안녕과 지속적인 행복을 기원하며 잔을 비웠다.

그런 다음 그가 말했다. 「내가 지금의 자리에 있으면서 이 왕국을 감독하는 동안, 그리고 나의 자비로우신 주군께서 그분이 원하는 대로 음악으로 시간을 보내거나 미술품 진열실에서 그림으로 심심풀이를 하시는 동안 말일세.」

마이슬은 묵묵히 생각에 빠져 있었다. 선출된 로마 황제이자 보헤미아 왕으로서 시종과 이발사 들에게 왕국을 다스리고 경영하게 하는, 저 위 성에 사는 이상한 남자에 대해서는 이미 숱하게 이야기를 들어 왔다. 이날 아침에도 슬로브스키 폰 슬로비츠가 황제의 차용증 때문에 그의 집에 들렀다가 자신의 주군에 대해 이야기했다. ⟨그분은 사람을 좋아하지 않으시네.⟩ 궁정 재무관이 말했다. ⟨그분은 모든 사람을 대수롭지 않게 여기고 경멸하고 조롱하시지. 그분은 화가와 악사, 모험가와 사기꾼, 온갖 학자와 예술가, 돌팔이 의사와 협잡꾼 들의 시끌벅적한 무리에 둘러싸여 실로 고독한 사람으로서 인생을 보내고 계신다네.⟩

모르데카이 마이슬, 그 역시 시끄러운 소음과 분주함으로 가득한 이 집에서 고독했다.

「그런데 왜 폐하께는, 로마 황제께는 ─ 신께서 그분의 명성을 높여 주시고 그분의 치세를 늘려 주시길 ─ 그분께는 아내도 자식도 없는 겁니까?」 그가 필리프 랑에게 물었다.

「아주 대놓고 말하는군.」 필리프 랑이 가볍게 나무라는 투로 말했다. 「하지만 우리는 오랫동안 우정으로 결합된 사이인데 서로 터놓고 말하지 못할 게 뭐 있겠나? 자네한테 진실을 말하지 못할 게 뭐 있겠나? 나의 자비로우신 주군을 위한 결혼 계획이 없지는 않았네. 마드리드, 그리고 피렌체와 교섭이 있었지. 비밀 특사가 말을 타고 오가고 유명한 대가의 손으로 완성된 초상화가 도착해서 폐하께 선보였지. 그러나 나의 자비로우신 주군께서는 한사코 결혼을 거부하셨네. 무슨 말씀을 드려도 소용이 없었네.」

그는 한동안 침묵하다가 속삭이는 어조로 말을 이었다. 마치 마이슬 외에 이런 은밀한 이야기를 들어서는 안 될 다른 사람이 방 안에 있는 양 속닥거렸다.

「나의 자비로우신 주군께선 내게 속내를 털어놓으셨지. 그분은 결혼을 원하지 않는다고 하셨어. 옛날에 만나던 애인을, 그녀가 돌아오기를 기다리신다면서. 그녀가 돌아오기를 바란다고, 그녀를 잊을 수가 없다고, 자신의 마음속에는 늘 그녀가 있다고 말씀하셨네. 폐하께서 하신 말씀은 너무도 앞뒤가 안 맞고 혼란스러워서 나는 말뜻을 이해할 수가 없었지. 폐하께서는 그녀를 빼앗겼다고 하셨네. 하지만 어쩌다 그리 되었는지는 말씀하실 수 없다고 하셨어. 그녀가 그분께 다시 돌아오지 않았다고 하셨어. 하지만 나의 자비로우신 주군께서 그녀가 신의 노여움을 살까 끊임없이 두려워했다고 말씀하신 걸로 미루어 보아, 내 생각엔 그녀가 다른 남자의 아내였던 것 같네.」

마이슬은 필리프 랑의 입에서 황제의 애인에 대한 말을 듣자 왠지 모르게 마음이 무거워졌다. 가슴이 두방망이질하면서 좀처럼 진정되지 않았으며 고통으로 가득 찼다.

그는 왜 갑자기 이런 불안하고 우울한 감정이 자신을 덮쳤는지 골똘히 생각했다. 도무지 이해가 되지 않았다. 나쁜 일은 하나도 일어나지 않았는데. 그는 스스로에게 놀라면서 곰곰이 생각하고 또 생각했다. 그러다 자기가 어쩌면 큰 과오를 범했을지 모른다는 생각이 퍼뜩 떠올랐다. 그것이 그의 영혼을 이토록 무겁게 누르고 있었다. 그는 상업 활동과 관련해 자신과 연결된 그 남자, 수수께끼와 기이함으로 가득한, 찬란함과 영광으로 가득한 그 남자, 로마 황제를 단 한 번도 대면한 적이 없었던 것이다. 바로 이 사실이 자신을 그렇게 짓누르는 것처럼 여겨졌다. 그걸 깨닫고 나자 그는 마음이 한결 가벼워졌다. 그리고 그 일을 오래 곱씹을수록 그의 안에서는 저 위 성에서 황제를 만나고 싶은 소망이 점점 더 강렬해졌다.

마이슬이 필리프 랑에게로 몸을 돌렸다. 그는 자신이 받은 모든 자선과 은혜와 자유에 대해 로마 황제 폐하께 감사의 말을 드려야 마땅하다며 자기가 그것을 얼마나 간절히 바라고 열망하는지를 적절한 표현을 찾으려 애쓰면서 떠듬떠듬 필리프 랑에게 이야기했다.

이 말에 필리프 랑은 느닷없이 벌레를 본 사람과 같은 표정을 지었다.

「내가 제대로 들은 게 맞나?」 그가 소리쳤다. 「진심으로 하는 소리인가? 로마 황제 폐하를 알현하고 싶다고? 염병할, 대체 누가 자네 머릿속에 그런 어처구니없는 생각을 주입한 거지?」

필리프 랑의 마음속에 의구심이 일었고 그것은 그를 불안에 빠뜨렸다. 그는 모르데카이 마이슬이 화를 불러일으키고 황제에게 자신을 고발할 속셈이라고 여겼다. ── 그런데 나 필리프 랑이 충직한 봉사의 정당한 대가로 때로는 황제의 돈 중 4분의 1을, 때로는 5분의 1을 차지한 것을 이 유대인은 어떻게 아는 걸까? 어떤 방법으로 알게 된 걸까? 이 유대인 마이슬은 도처에 염탐꾼과 정보원을 가지고 있는 걸까? ── 필리프 랑은 격분해서 속으로 생각했다. 유대인들이란 이 얼마나 구제 불능이고 음험한 민족이고 종놈들이란 말인가, 늘 나쁜 일만 생각하고 절대 분수에 맞게 얌전히 처신하려 들지 않지.

모르데카이 마이슬이 말했다. 「황제 폐하께서는 유대인이 보통 얻고 누릴 수 있는 것보다 더 많은 명예와 영광을 제게 누리게 해주셨습니다. 따라서 몹시 간절히 청하건대……」

「논 시 푸오.」[119] 필리프 랑이 성을 내며 말허리를 잘랐다. 그는 트리에스테 지방에서 태어났고 화가 나거나 흥분하면 독일 말 대신 이탈리아 말이 입에서 튀어나왔다. 「논 시 푸오. 불가능한 일이야. 안 될 소리야. 자네는 궁정을 몰라. 폐하의 궁정에서 그런 일이 어떻게 돌아가는지 모른다고. 영국 왕의 사절은 폐하께 신임장을 전하려고 두 달 전부터 기다리고 있

119 Non si può. 〈그건 안 된다〉라는 뜻의 이탈리아어.

네만 폐하를 알현하지 못했어. 조금만 더 기다리라고 달래고는 있지만 그는 항의서와 탄원서를 쓰고, 프라하를 떠나겠다고 위협하고 있어. 그런데도 알현을 허락받지 못하고 있지. 폰 귄더로데 대령은 브란덴부르크 선제후의 친서를 전해야 하는데 어쩔 도리가 없어. 알현을 허락받지 못하고 있으니. 교황 성하의 조카인 교황 대사 보르게세 대공은 폐하께서 차마 물리치지 못하셨지. 하지만 폐하께서는 그의 말을 끊으시더니 요점만 간추려서 간단히 말하라고 하셨네. 그렇지 않아도 이런저런 일들이 자기를 충분히 성가시게 한다면서 말이야. 그런데 자네가 폐하를 알현하겠다고? 폐하께 무엇을 원하는 거지? 나의 자비로우신 주군께 무슨 소리를 쑥덕거리고 무엇을 이러쿵저러쿵 고해바치려는 거지? 내가 언제 자네한테 불만 가질 일을 한 게 있나? 자네가 아는 나는 — 자네들이 그걸 뭐라 하더라? — 오헤브 이스라엘,[120] 유대인의 친구가 아닌가? 그리고 나는 자네를 늘 형제처럼 대하지 않았나?」

「불만을 호소할 일은 하나도 없습니다. 고해바칠 일도 하나도 없고요.」 모르데카이 마이슬이 말했다. 「그냥 부탁일 뿐입니다. 왜냐하면 온화함과 관대함을 타고나신 폐하께서는……..」

「좋아.」 필리프 랑이 말했다. 그는 모르데카이 마이슬이 제 뜻을 굽히지 않는 것을 보았다. 하지만 동시에 그는 이 일이 그다지 위험하지 않으며 자신이 그것을 쉽게 막을 수 있다는

---

120 Ohew Israel. 〈이스라엘을 사랑한다〉라는 뜻의 히브리어.

것을 깨달았다. 「자네에 대한 나의 우정은 너무나도 크기에 나는 자네의 소망을 거절할 수가 없어.」 이제 그는 완전히 다른 어조로 말을 이었다. 「그게 제아무리 이루기 어려운 일이더라도 말이지. 자네는 바라는 바를 이룰 수 있을 거야. 다만 한 가지 부탁하지. 조금 인내심을 갖게나. 오늘내일 중으로 되지 않는다고 그걸로 끝난 게 아니야. 나는 폐하와 단둘이 방해받지 않고 이 일에 대해 이야기할 수 있도록 편한 날과 장소를 찾아야 해. 나의 자비로우신 주군을 대할 때는 조심조심해야 하거든. 무슨 일이든 지나치게 서둘러서는 안 되고 적당한 때를 잡아야만 한다네. 내 말을 오해하지는 말게. 조금 기다려야 한다는 거야, 이삼 주 정도. 이게 내가 요구하는 전부일세.」

모르데카이 마이슬은 필리프 랑을 훤히 꿰뚫어 보았다. 목소리의 울림에, 얼굴 표정에 드러나 있는 무언가를 통해 그는 이 번지르르한 말 뒤에 숨겨진 의도를 알아차렸다. 필리프 랑은 벌써 그를 죽은 사람 취급했으며 이삼 주 뒤면 그의 목숨이 더는 붙어 있지 않으리라 생각했던 것이다. 또한 그는 시기를 뒤로 미뤄 둠으로써 수고스러운 일에서 해방되기를 바라고 있었다.

「감사합니다. 무슨 말씀인지 알겠습니다.」 모르데카이 마이슬이 말했다.

필리프 랑은 니클라스 거리에 자신의 마차를 세워 두었다. 멘델이 램프를 들고 그곳까지 그를 배웅해 주었다. 유대인 도시의 좁고 구불구불한 어지러운 골목에서는 자칫하면 길을 잃기가 십상이었던 까닭이다.

드라이브루넨 광장의 집으로 돌아온 멘델은 자신의 주인이 아직 잠자리에 들지 않은 것을 보았다.

「날이 밝거든 푸줏간을 여러 군데 찾아가게나.」모르데카이 마이슬이 지시했다. 「그리고 푸줏간 주인들한테 물어보게. 그들 중 누가 이번 주에 헝가리산 소고기를 옐레니 프르지코프로 싣고 가는지 말이야.」

로마 황제가 아무리 세상을 피해 숨어 지낸다 하더라도 유대인 도시에는 본인이 원하면 날마다 황제를 볼 수 있는 이가 몇 사람 있었다. 그건 푸줏간 주인들과 그 일꾼들이었다. 프라하의 유대인 푸줏간 주인들은 황제가 기르는 두 마리 사자와 독수리, 그리고 다른 야생 동물들을 위해 의무적으로 매일 34파운드의 좋은 헝가리산 소고기를 옐레니 프르지코프로 가져가야 했기 때문이다. 그래서 이들은 푸줏간 마차를 타고 아무 제지 없이 문을 통과할 수 있었다. 다른 한편으로 황제는 자기 동물들에게 먹이를 줄 때 어김없이 그 자리에 있었고 동물 한 마리 한 마리가 제 몫을 받게끔 신경 썼다. 황제는 본인이 친히 길들였으며 천체의 영향에 의해 자신과 불가사의하게 연결되었다고 느끼는 두 마리 사자와 새장 안에 고독하고 우울하게 앉아 있는 독수리에게는 이따금 손수 고기를 주었다.

가죽 앞치마를 두르고 멜빵을 메고 허리띠에 도축용 칼을 차고서 푸줏간 일꾼으로 변장한 모르데카이 마이슬은 푸줏간 주인 슈마예 노세크와 함께 마차를 타고 블타바 다리를 건너 흐라드차니로 올라갔다. 점심때 그들은 옐레니 프르지코프에 도착했다. 옐레니 프르지코프를 둘러싼 담 안의 문지기실 앞에서 그들은 말과 마차를 세웠다. 그리고 나머지 길을 도보로 가기 위해 고기를 걸머졌다. 야생 동물 냄새가 풍겨 오면 말이 불안해했기 때문이다.

맑은 하늘에 칼바람이 부는 몹시 추운 날이었다. 바람이 시든 나뭇잎을 몰고 갔다. 그들이 접어든 길은 처음에 과수원과 채소밭 사이를 지나 풀밭으로 이어졌다. 그들은 관목림을 통과한 다음 노루가 풀을 뜯고 여우 굴이 있는 성긴 너도밤나무 숲을 가로질렀다. 숲에서 빠져나왔을 때 그들 앞에는 성의 측면 부속 건물이 있었다. 그 건물은 동물원과 맞닿아 있었다.

너도밤나무와 느릅나무 고목들의 그늘 속에 새장과 우리들이 있었다. 궁정 주방에서 먹이를 구걸하곤 하는 길들인 곰 한 마리가 완전히 자유롭게 터벅터벅 길을 걷고 있었다. 작은 단층 벽돌 건물에 사육사들의 숙소가 있었다. 사육사는 세 명이었는데 한 명만 모습을 드러냈다. 그리고 이 사육사가 사자들이 포효하고 원숭이들이 끽끽거리는 가운데 고기를 점검하고 무게를 재는 동안에 푸줏간 주인 노세크는 마이슬에게 황제가 어느 문으로 정원에 들어올지 일러 주었다. 그는 황제가 곱슬곱슬한 수염이 있고 키가 작으며 몸놀림이 몹시 날랜 사람이라고 설명했다. 요즘 같은 계절에 황제는 금줄을 두른 짧은 외투를 입는다고 했다. 자기, 즉 노세크가 보기에 그 금줄은 엘레당 반 굴덴일 거라고 했다. 하지만 황제를 쉽게 알아볼 수 있는 특징이 또 하나 있는데 황제는 걸을 때 마치 자기 자신에게 길을 가리키듯 오른손을 앞으로 뻗는다고 했다. 그 손은 갸름하고 푸른 핏줄이 보인다고 했다. 노세크는 오래지 않아 황제가 올 것이라고 했다. 동물들은 배가 고프고 사자들의 포효 소리가 황제의 창문까지 들린다는 것이었다.

고기 무게가 측정되고 고기 상태가 양호하다는 것이 확인되자 두 사람은 보수를 받았다. 푸줏간 주인에게는 새로 찍어 낸 4보헤미아 그로센을, 수하 일꾼에게는 반 보헤미아 그로센을 주었다.

나머지 두 사육사가 황제를 맞이하기 위해 집에서 나왔다. 황제는 아직 보이지 않았다. 슈마예 노세크가 멀지 않은 곳에서 장미 덤불숲을 다듬고 있는 정원사 조수를 가리켰다. 하지만 그러면서도 성문에서 눈을 떼지 않았다. 노세크는 저 녀석이 전혀 정원사 조수같이 보이지 않는다고, 원예용 가위와 칼도 제대로 다룰 줄 모른다고 말했다. 정체가 무엇이든 간에 저 녀석이 황제를 만나기 위해 정원사의 도움으로 여기에 몰래 들어왔다는 것이 밝혀지더라도 자기는 놀라지 않을 거라 했다.

문 앞에 선 두 명의 보초가 호령을 들은 듯 미늘창으로 땅바닥을 쳤다. 문이 열리고 노세크의 설명대로 황제가 금줄을 두른 외투 차림으로 오른손을 조금 앞으로 뻗은 채 옐레니 프르지코프로 들어섰다.

로마 황제 루돌프 2세는 간밤에 악몽에 시달렸다. 오스트리아 대공인 형제 마티아스가 수퇘지의 모습으로 그를 뒤쫓고 위협했다. 잠에서 깨었을 때, 늘 마음속에 자리하던 우울함에 꿈속의 불안감과 위축감이 더해졌고 그는 그것을 떨칠 수가 없었다. 이날 아침에 시중을 맡은 제2시종 체르벤카는 자기가 무엇을 해야 황제의 기분이 조금 나아질지 알았다. 그는 황제의 스페인산과 이탈리아산 말들을 침실 창문 아래로 데려오게 했다. 그 아름답고 당당한 동물들의 모습은 황제를 기쁘게 했다. 비록 아직 잠옷 차림이었으나 황제는 거친 바람이 방으로 들이치는데도 아랑곳없이 창문을 열어젖혔다. 그는 창밖으로 몸을 내밀고는 이 말을 불렀다, 저 말을 불렀다 했다.「디에고! 브루스코! 아델란테! 카르부초! 콘데!」그러자 그가 부르는 말마다 고개를 들고 우렁차게 히힝하고 울었다. 하지만 황제의 마음속에서는 우울함이 가시지 않았다.

황제의 아침 식사가 차려지는 동안 난로 관리인 브로우자가 부삽과 통을 들고 방에 나타났다. 벽난로의 재를 치우려는 것이었다. 황제는 한동안 그를 지켜보더니 이렇게 물었다.

「브로우자, 너는 어떤가? 내 편인가, 아니면 마티아스 편인가?」

「이 친구야.」브로우자가 일을 멈추지 않으면서 대답했다.「나는 너희 중 누구 편도 아니라네. 나는 내 빗자루와 부삽 편이지. 이 녀석들은 신용할 수 있거든. 너와 마티아스는 도토리 키 재기야. 가난한 사람을 대할 때 한 놈이 다른 놈보다

나을 게 없지.」

「지금 네가 가난한 사람이라고 한 게냐?」 황제가 말했다.
「너는 부자야. 모아 둔 돈이 있잖아. 내게 백 굴덴을 빌려주
겠느냐? 나는 돈이 부족하다.」

브로우자가 일에서 눈을 떼고는 석탄 가루와 재가 덕지덕
지한 자신의 납작코 얼굴을 가리켰다.

「성가신 돈에 그리도 집착하다니!」 그가 황제를 힐난했다.
「보증인은 어디 있고 뭘 담보로 내놓는다는 거지?」

「나한테 백 굴덴을 담보 없이, 보증인 없이 빌려주는 거다.
오직 내 말을 믿고 내 얼굴을 보고 말이다.」 황제가 요구했다.

「아니, 젊은 주인 나리.」 브로우자가 말했다. 「당신 얼굴을
보고 2굴덴을 빌려주느니 차라리 이 재 통을 보고 백 굴덴을
빌려주겠어.」

브로우자는 통과 부삽을 세워 두고 문으로 휙 내뺐다. 황
제가 묵직한 은제 빵 바구니를 집었기 때문이다. 브로우자는
속으로 생각했다. 〈머리에 구멍이 나지 않았으니 반창고는
필요 없군.〉

황제는 도장 조각가 두 명과 밀랍 공예가 한 명이 작업장
으로 쓰는 방에서 한 시간을 보냈다. 황제는 세 사람이 작업
하는 모습을 묵묵히 지켜보았다. 그들은 마치 황제가 온 걸
알아차리지 못한 양 굴었다. 황제가 생각하는 중에 방해를
받으면 언짢아한다는 것을 알았기 때문이다.

이어서 황제는 브뤼헐, 뒤러, 크라나흐의 작품들과 알트도
르퍼의 그림 한 점, 홀바인의 그림 한 점이 벽에 걸린 홀로 갔

다. 홀 한가운데에는 전날 그의 소유가 된 대리석상이 있었다. 이 대리석상은 이름이 전해지지 않은 어느 고대 조각술 거장의 작품으로 오만하게도 신들을 도발하여 그들의 노여움을 산 니오베의 아들들 중 하나인 소년 일리오네우스를 표현한 것이었다.

아폴론의 화살에 맞은 소년 일리오네우스가 바닥에 쓰러져 있었다. 하지만 소년은 아무런 저항 없이 죽음에 굴복하지 않았다. 오른손으로는 가슴에서 화살을 뽑으려 했고 왼손은 바닥을 짚으며 몸을 일으키려 하고 있었다. 어머니인 니오베에게로 도망가서 보호와 도움을 받으려는 것이었다. 소년의 자세는 너무도 고상했고, 죽음의 기운이 서렸으나 아직 삶을 향하고 있는 소년의 얼굴은 너무도 아름다웠기에 황제의 눈에는 눈물이 그득 고였다. 황제는 마음이 한결 가벼워졌다. 이 경이로운 작품이 다시 세상의 빛을 보았다는 사실, 그것이 자신의 손에 들어왔다는 사실이 그에게 위안과 확신을 주었고 그를 일으켜 주었다.

그사이 점심때가 되었고 황제는 사자들이 포효하고 독수리가 울부짖으며 자신을 부르는 것을 들었다.

그는 층계를 내려가 시종의 손에서 모자와 외투를 집어 드는 동안 몽상에 잠겼다.

근위대 장교 두 사람의 호위를 받으며 정원으로 들어갈 때 그는 상상했다. 만일 내가 신의 뜻에 따라 지금 시대가 아니라 미지의 거장이 일리오네우스를 조각한 저 옛 시대에 이 세상에 왔더라면 어땠을까? 그는 계속해서 상상의 나래를 펼쳤다. 만일 내가 아우구스투스 대신에, 네로 대신에 로마 제국을 통치했다면 그 시대의 사상가와 학자 들 가운데 누구를 궁정으로 데려왔을까? 황제는 시인이나 희극 작가는 그다지 높이 평가하지 않았지만 베르길리우스는 학자로서 인정했고, 그와 플리니우스와 세네카를 늘 곁에 두었을 것이다. 그런데 잘 생각해 보니 그가 최고로 치는 플라톤과 아리스토텔레스, 유클리드와 에피쿠로스는 아우구스투스의 시대보다 한참 전에 이미 저세상 사람이었고 이에 쓰라린 실망감이 그를 찾아왔다.

황제의 생각은 그 대리석상으로 돌아갔다.

그는 상상을 이어 갔다. 만일 내가 이교 로마에서 황제가 아니라 이 죽어 가는 소년의 창조자였다면 나의 명성이 황제들보다 높지 않았을까? 티치아노의 영광과 명성은 막시밀리안 대제를 능가하지 않았던가? 그리고 그가 예술가와 황제의 영광과 명성에 대해 사색하고 이교 로마의 황제가 되었다, 똑같은 로마의 대리석 조각가가 되었다 하는 동안에, 그렇게 몽상에 잠겨 걷는 동안에 정원사 조수의 복장을 한 아가씨가 그의 길을 가로막더니 앞에 털썩 무릎을 꿇고는 낭랑한 목소리로 외쳤다.

「루돌프, 도와주세요!」

황제가 화들짝 놀라 얼른 한 발짝 물러섰고 저리 가라는 손짓을 했다.

그의 앞에 무릎을 꿇은 아가씨는 황제의 야전 연대장 중 하나로 그동안 많은 공을 세웠으나 튀르키예의 포로가 돼버린 군인의 딸이었다. 그녀의 아버지는 연로한 데다 튀르키예인들에게 붙잡혀 고초를 겪고 있었기에 그녀는 아버지를 다시 보지 못할까 봐 걱정이 이만저만이 아니었다. 그녀는 아버지의 몸값을 일부만 마련할 수 있었다. 그리고 이미 한번 황제의 발밑에 엎드린 적이 있었다. 황제가 이따금 말들을 보러 가는 마구간에서였다. 그때 황제는 그녀의 말을 경청했고 그 일을 보살펴 주겠노라고 약속했다. 그러나 아무런 조치도 취해지지 않았다.

황제는 그녀를 알아보지 못했다. 황제는 그녀가 — 체르벤카가 보고한 것처럼 — 벌써 두 번이나 고기를 굽다 잠이 들었고 궁정 하인들에게 재판권을 행사하는 최고 궁내관의 명에 따라 이제 흠씬 매질을 당하게 된 궁정 주방 보조라 여겼다.

「네가 그리한 건 두 번째야.」 황제가 무릎 꿇은 아가씨에게 말했다. 「다시는 그러지 말라! 리히텐슈타인에게 사면해 달라고 이야기하마.」 리히텐슈타인은 최고 궁내관이었다. 「너는 손해를 끼쳤어. 가거라. 그리고 다시는 그러지 말라!」

황제는 빠른 걸음으로 가던 길을 계속 갔다. 연대장의 딸이 일어나서 어리둥절한 눈으로 황제의 뒷모습을 바라봤다. 황제는 관대한 어조로 말했고 큰 힘을 가진 누군가에게 그녀의 일에 관해 이야기하겠다고 약속했다. 하지만 그녀는 자기가 두 번째로 황제 앞에 나타남으로써 대체 무슨 손해를 끼쳤다는 것인지 영문을 알 수가 없었다. 아니면 내가 원예용 가위로 장미 덤불 하나를 망가뜨렸다고 그러는 걸까? 그녀가 이런 생각에 골몰하는 동안 두 근위대 장교 중 한 명이 그녀에게 다가와 모자를 살짝 들어 올려 보이고는 귀족을 대할 때 취하는 정중한 태도로 자기를 따라올 것을 청했다.

〈체르벤카를 리히텐슈타인한테 보내야지.〉 황제는 속으로 생각했다. 〈체르벤카에게 이 일에 대한 나의 뜻을 전하게 하는 거야. 나는 리히텐슈타인을 만나고 싶지 않아. 그는 나에게 돈을 달라고 하니까. 모두가 내게서 돈을 원해. 리히텐슈타인, 노스티츠, 슈테른베르크, 하라흐, 주방 사람들, 은식기 진열실 사람들, 예배당의 사제와 그곳의 악공과 가수 들도. 그들 모두가 돈을, 더 많은 돈을, 그리고 또 돈을 원해. 모두가 비밀 보물에서 자기 몫을 가지려 해. 하지만 거기에 손을 대게 할 순 없지. 마티아스의 형제애에 맞서 나 자신을 지키기 위해 그 보물이 절실하게 꼭 필요한 때가 올 거야.〉

이제 황제는 사자 우리에 도착했다. 그는 사육사의 손에서 헝가리산 소고기 한 조각을 집어 들고 우리 안으로 들어갔다. 그를 기다리던 암사자가 몸을 일으켜서 앞발을 그의 가슴에 부드럽게 얹었다. 암사자는 그의 손에서 고기를 가져갔고 그동안 수사자는 황제에게 인사하려고 거대한 머리를 그의 어깨에 비벼 댔다.

황제는 자신의 사자들과 대화했다. 그의 마음이 홀가분하고 즐거운 시간이었다. 그는 미처 몰랐다. 알 수가 없었다. 그 순간 그가 자신의 비밀 보물을 영원히 잃었다는 사실을.

루돌프, 도와주세요! — 문지기실 앞에 선 모르데카이 마

이슬은 기침이 찾아와 입에 손수건을 대고 있었다. 앞서 그
는 자신의 젊은 아내 에스터가 죽음의 천사가 손을 뻗는 것
을 느꼈을 때 외쳤던 그 말을 다시 들었다. 루돌프, 도와주세
요! 죽기 전 마지막 순간에 그녀는 지금 그의 옆을 지나가는
이 남자를 생각한 것이었다.

성에 사는 로마 황제는 이때껏 마이슬에게 하나의 빛이자
체감되는 권력이자 아득한 광채일 뿐이었다. 그런데 이제 그
는 황제를 보았다. 어깨를 움츠리고 고개를 숙인 채 잰걸음
으로 제 길을 가는 한 남자를. 그리고 이 남자의 신발 밑에서
자갈이 바스락거렸다. 그가 가장 사랑하는 것을 이 남자가
빼앗은 것이었다.

그의 아내, 그가 잊지 못하는 에스터가 낯선 남자와 통정
했다는 생각, 그녀가 황제의 연인, 저기 걸어가는 남자의 애
인 ― 그렇다, 필리프 랑이 포도주를 마시다 술기운에 말한
그 애인 ― 이라는 생각이 그를 완전히 사로잡았다. 그리고
그녀, 즉 황제의 애인이 자기 옆에서 잠결에 중얼거리거나
속삭인 말들이 기억 속에 떠올랐다. 이제 마이슬은 그 말뜻
을 해석할 수 있었다. 마치 자신이 진즉에 진실을 알았어야
만 했던 것 같았다.

그는 마음속으로 비통함을 느꼈다. 하지만 비통함보다 더
큰 것은 증오와 자신의 아내를 빼앗은 저 남자에게 복수하고
싶은 불타는 열망이었다.

다시 드라이브루넨 광장의 집에 돌아왔을 때 마이슬은 이

미 계획을 세워 두었다.

그가 남기는 모든 돈과 재산의 절반은 황제의 몫이었다. 따라서 그는 돈도 재산도 세상에 남겨 두어서는 안 되었다.

그에게는 주어진 시간이 많지 않았다. 그는 부자가 되는 법을 알았다. 그것은 그에게 쉬운 일이었고 거의 식은 죽 먹기였다. 하지만 가난한 사람이 되는 것, 그걸 할 수 있을까? 황금은 그에게 매달렸다. 황금을 없애 버려야 했다. 그는 황금을 밀쳐 내고 마지막 반 굴덴까지 마구 쓰고 낭비하고 탕진해야 했다. 그에게는 혈육이 있었다. 여자 형제 하나와 남자 형제 하나가 살아 있었고 조카 셋이 있었다. 하지만 그의 돈과 재산이 한 푼이라도 그들 손에 들어가서는 안 되었다. 황제의 재판관과 고문관 들이 감옥과 고문을 이용하여 그들에게서 그것을 쉽게 되찾을 수 있을 테니까. 그의 혈육들은 하찮은 것들, 찢어지게 가난한 사람에게도 있는 그런 물건만 받아야 했다. 그가 잠자는 침대, 그가 입는 웃옷, 양피지로 만든 기도서 같은 것만.

그럼 황금은 어쩌지?

유대인 도시의 빈자들을 위한 건물. 병자들을 위한 건물. 고아들을 위한 건물. 새 시청. 읽고 배우기 위한 건물. 크고 작은 회당. 이 모든 것으로도 충분치 않았다. 여전히 돈이 남을 터였다. 궤짝에 든 두카텐, 지하실 안의 재물들, 다른 사람들 손에 있는 돈 ─ 전부 없애야 했다. 유대인 도시의 좁고 구불구불한 거리에 포석을 깔고 조명 시설을 갖추는 것이다.

황제와 그의 고문관들은 유대인 도시의 포석이나 집으

라지!

　돈과 재산을 치워 없앨 시간이 남아 있다면! 가진 거 하나 없는, 자기 소유라 할 만한 게 없는 가난한 사람이 되는 것, 이것이 그에게 남은 유일한 소망이었다. 사그라지는 촛불이여, 그리될 때까지 너는 계속 타야 한다. 그러고 나서…….

　그러고 나서 잠들어라, 모르데카이 마이슬! 잠을 자면서 너의 슬픔을 잊어라, 잠을 자면서 너의 고통을 잊어라! 사그라지는 촛불이여, 꺼져라!

천사 아사엘

초승달이 뜨는 밤이면 천국에서 〈마기드〉, 곧 가르침을 주는 천사가 내려와 왕관이자 다이아뎀[121]이자 선동가이자 당대의 유일무이한 존재라 불리는 고매한 랍비의 방에 들어갔다. 천사는 고매한 랍비에게 산 자가 밝혀낼 수 없는 천상의 비밀을 계시하기 위해 보내졌다. 그리고 그런 비밀은 한두 가지가 아니었다.

천사는 인간의 형상으로 오지 않았다. 그의 모습에서 인간의 눈에 익은 것은 아무것도 없었다. 하지만 천사는 몹시 아름다웠다.

「너희가 말을 만들 때 쓰는 문자들에는 세상의 운행을 유지하는 거대한 힘들이 들어 있다.」 천사가 고매한 랍비에게 가르쳤다. 「지상에서 말을 이루는 모든 것은 천상에 그 흔적을 남긴다는 것을 알아 두라. 첫 번째 문자인 알레프는 진리를 내포한다. 두 번째 문자인 베트는 위대함을 포함한다. 고양(高揚)이 그 뒤를 따른다. 네 번째 문자는 신의 세계의 영광

121 왕이나 권력자가 머리에 쓰는 장신구. 주로 보석으로 장식되어 있다.

을 안에 간직하고 있다. 그리고 다섯 번째 문자에는 희생의 힘이 들어 있다. 여섯 번째는 연민이다. 그다음은 정결이고 빛이 뒤를 잇는다. 파고듦과 깨달음. 정의. 사물 속의 질서. 영원한 운동. 그러나 문자들 가운데 마지막 것이 가장 고귀하다. 안식일의 끝을 장식하는 타프가 그것이다. 이 글자 속에 세상의 균형이 들어 있다. 그 수호자로 임명된 것이 최고로 신성한 다섯 천사이니, 암석과 금속의 지배자인 미카엘, 인간과 동물을 관장하는 가브리엘, 물을 지배하는 라파엘, 풀과 모든 식물을 맡은 페리엘, 불을 다스리는 우리엘이 그들이다. 이들이 세상의 균형을 감독하지. 그런데 너, 경박한 자여, 모래알이여, 티끌의 아들이여, 너는 언젠가 그 균형을 깨뜨렸다.」

「알고 있습니다, 아사엘.」고매한 랍비가 가르침을 주는 천사에게 말했다. 그리고 그의 생각은 로마 황제가 백마를 타고 유대인 도시에 온 그날로 돌아갔다. 그때 고매한 랍비는 두 손에 토라를 들고 황제를 기다리다가 제사장의 축복의 말을 내려 주었다. 그런데 황제의 측근으로 최고위층 보헤미아 귀족에 속하는 부크 폰 로젠베르크가 황제를 시해하기 위해 바로 그 장소와 그 시각을 택한 것이었다. 그는 황제가 보헤미아 왕위에 있는 것을 못마땅해했다. 그의 하인 중 하나가 어느 유대인 집 지붕 위에 숨어 있었다. 그자는 낡은 담벼락에서 무거운 돌 하나를 떼어 가지고 있다가 트럼펫 소리가 울려 퍼지고 사방에서 환호성이 터져 나왔을 때 그것을 황제의 머리에 맞을 수밖에 없게 공중에서 떨어뜨렸다. 그리고 결과는 확인하지도 않고 곧바로 부리나케 내려가 몸을 피했고 구시가 거리를 돌아다니며 유대인들이 폐하를 암살하려고 역모를 꾸미고 공격을 가했다는 소문을 퍼뜨렸다.

하지만 고매한 랍비가 공중에서 떨어지는 돌을 발견했다. 그리고 자신에게 주어진 힘으로 그 돌을 한 쌍의 제비로 만들었다. 제비들은 황제의 머리 위에서 미끄러지듯 날아올라 솟구쳤고 공중으로 사라졌다.

천사는 고매한 랍비의 생각을 미리 읽고 있었다. 천사가 말했다.

「죽은 돌을 제비로 만들었을 때 너는 창조의 계획에 개입하여 세상의 균형을 깨뜨렸다. 세상에서 살아 있는 것의 무게가 죽은 것보다 무거워졌다. 너는 미카엘의 관할 구역을 줄이고 가브리엘의 관할 구역을 늘렸다. 그리하여 최고로 신성한 다섯 천사들 가운데서 불화가 생겨났다. 천사 라파엘, 우리엘, 페리엘도 저마다 편을 들며 싸움에 끼어들었으니까. 만일 이 싸움이 조금만 더 오래 지속되었더라면 지상에서 강과 하천 들이 거꾸로 흐르고 숲들이 제 자리와 땅에서 움직이고 산들이 산산이 무너졌을 것이다. 신의 손가락이 건드린 소돔처럼 세상이 멸망했을 테지.」

천사는 신의 이름 중 아홉 번째 것으로 신을 일컬었다. 그것은 샤다이였다.

「하지만 싸움은 끝났다.」 천사가 말을 이었다. 「왜냐하면 족장 아브라함, 이삭, 야곱이 일어나 한데 모여서 함께 기도를 올렸기 때문이다. 그리고 세 사람이 행한 이 기도는 일어나지 않은 일을 일어난 것으로, 일어난 일을 일어나지 않은 것으로 만들 수 있는 근원적인 힘을 지녔다. 그렇게 해서 세상의 균형이 회복되었고 천사들의 합창이 다시 조화를 이루게 되었지.」

「알고 있습니다, 아사엘. 저는 이중의 죄를 멍에로 쓰고 있습니다.」 고매한 랍비가 말했다. 그는 자신이 황제를 위하여 또다시 죄를 저지르고 만 그때를 떠올렸다.

황제는 말을 타고 유대인 지구로 들어올 때 좌우에서 몰려드는 군중 속에서 한 얼굴을 보았다. 그 얼굴은 그를 사로잡고 놓아주지 않았다. 그는 그 얼굴이 늘 자기 마음속에 머물리라는 걸 알았다. 그가 보기에 그것은 어린아이의 얼굴, 유대인 아가씨의 얼굴 같았다. 그녀는 어느 집 문기둥에 몸을 붙이고 서 있었는데 큰 눈은 그를 향하고 있었고 입은 반쯤 벌어져 있었으며 갈색 곱슬머리가 이마로 늘어져 있었다. 그리고 황제의 눈이 그녀의 눈에서 떨어졌을 때, 황제가 계속 길을 가고 그녀가 뒤에 남았을 때, 어떤 슬픔이 황제를 덮쳤고 그는 자신이 사랑에 빠졌다는 걸 깨달았다.

황제는 몸을 돌리고는 행렬 속에서 말을 타고 뒤따라오는 하인에게 여기 남아 저 아가씨가 어디로 가든 놓치지 말고 따라가라고 지시를 내렸다. 저 아름다운 아가씨가 누구이며 어디 가면 그녀를 다시 찾을 수 있는지 알아내기로 마음먹었던 것이다.

하인은 명을 따랐다. 그는 남아서 말을 돌보았고 군중이 흩어지기 시작하자 아가씨 뒤를 따라 유대인 지구로 갔다.

그녀는 빨리 집에 가야 하는 듯 서둘러 걸어갔다. 좌우를 살
피지 않았고 주위를 둘러보지도 않았다. 날이 어두워지기 시
작했기에 하인은 그녀 뒤를 바짝 따라갔다. 그런데 드라이브
루넨 광장으로 이어지는 길 가운데 한 곳에서 램프를 들고
유대인 도시를 다니던 행상 몇 명이 운 나쁘게도 그의 길을
가로막고는 좋은 물건이 있으니 사라고 권했다. 그가 행상들
에게서 빠져나왔을 때 아가씨의 모습은 더 이상 보이지 않았
다. 그녀는 사라져 버렸고 아무리 찾아봐도 헛일이었다. 그
래서 그는 황제에게 유대인 도시에서 그만 그녀를 놓쳤다고
보고하는 수밖에 없었다.

처음에 황제는 그 아가씨를 다시 찾는 게 어려울 리 없다
고, 오늘 못 찾으면 내일 찾을 수 있을 거라고 생각했다. 그리
하여 하인은 황제의 분부를 받아 날마다 유대인 도시로 가서
길거리를 돌아다니며 이곳저곳을 정탐했다. 그러나 그 아름
다운 여인의 모습은 보이지 않았다.

사랑하는 여인을 다시 찾으리라는 황제의 희망은 시간이
흐르면서 사라져 갔다. 하지만 황제는 그녀의 얼굴을 잊을
수가 없었다. 자신의 눈을 찾던 그녀의 눈을 잊을 수가 없었
다. 그는 우울함에 사로잡혔다. 낮이나 밤이나 평온과 위안
을 얻을 수 없었다. 어찌하면 좋을지 도무지 답을 찾을 수 없
던 황제는 고매한 랍비를 불러오게 했다.

황제는 유대인 지구로 가는 길에 본 유대인 아가씨에 대해
고매한 랍비에게 이야기헀다. 그는 자신이 어쩌다 이렇게 되
었는지 모르겠다고, 그녀를 잊을 수가 없다고, 밤낮으로 그

녀 생각뿐이라고 하소연했다. 그는 자신을 괴롭히는 그 얼굴을 말로 묘사했고 고매한 랍비는 황제가 본 것이 젊은 에스터임을 알아차렸다. 그녀는 모르데카이 마이슬의 아내였고 절세미인이었다.

그는 황제에게 가망이 없는 일이니 더는 그녀 생각을 하지 말 것을 권했다. 그녀는 어느 유대인의 처이며 절대 다른 남자와 통정하지 않을 거라고 했다.

하지만 황제는 그 말을 귓등으로도 듣지 않았다.

「네가 그 여자를 성으로 데려오라.」황제가 고매한 랍비에게 명했다. 「그녀는 짐의 연인이 될 것이다. 짐을 오래 기다리게 하지 말라. 더는 참을 수 없다. 그녀는 이미 너무도 오래 짐을 기다리게 했으니 말이다. 짐은 다른 여인은 원치 않는다. 오직 그녀만을 원한다.」

「아니 될 일입니다.」고매한 랍비가 말했다. 「그녀는 신의 명을 어기지 않을 겁니다. 그녀는 유대인의 아내이며 다른 남자의 연인이 되지 않을 겁니다.」

고매한 랍비가 또다시 자기 뜻에 반대하며 도움을 주려 하지 않자 분노가 폭풍우처럼 황제에게 몰려왔다. 황제는 이렇게 맹세했다.

「네가 짐의 뜻에 순종하지 않는다면, 그리고 짐이 늘 생각하는 그 여인이 짐을 사랑하게 되지 않는다면, 짐은 유대인 전부를 불충한 민족으로 규정하여 짐의 왕국과 나라들에서 추방할 것이다. 이것이 짐의 뜻이고 짐의 결심이다. 신께 맹세코 그리할 것이니라!」

이에 고매한 랍비는 그곳에서 물러나 블타바강 가의 돌다리 밑으로 가서 사람들 눈에 띄지 않는 곳에 장미 덤불과 로즈메리를 하나씩 심었다. 이어서 그 위에다 대고 마법의 주문을 외었다. 그러자 장미 덤불에서 빨간 장미 한 송이가 피었고 로즈메리꽃이 그쪽으로 뻗어 장미를 휘감았다. 이후 밤마다 황제의 영혼은 빨간 장미로, 그 유대 여인의 영혼은 로즈메리꽃으로 들어갔다.

그리고 매일 밤 황제는 자신의 애인인 아름다운 유대 여인을 포옹하는 꿈을 꾸었고, 매일 밤 모르데카이 마이슬의 아내 에스터는 황제의 품속에 안겨 있는 꿈을 꾸었다.

깊은 생각에 잠긴 고매한 랍비를 천사의 목소리가 불러 깨웠다. 불만과 질책이 담긴 목소리였다.

「너는 로즈메리꽃을 꺾었다.」천사가 말했다.「하지만 빨간 장미는 꺾지 않았어!」

고매한 랍비가 얼굴을 들었다.

「왕들의 마음을 저울질하는 건 저의 일이 아닙니다.」그가 말했다.「그 마음속에 어떤 죄가 있는지 따지는 건 저의 일이 아닙니다. 왕들의 손에 권력을 쥐여 준 건 제가 아닙니다. 만일 거룩하신 신께서 다윗이 목동으로 남게 허락하셨다면 그가 살인자이자 간부(姦夫)가 되었을까요?」[122]

122 목동이었던 다윗은 나중에 왕이 된 후 우리아의 아내인 밧세바에게 반해 간통을 저질렀고 자신의 죄를 숨기려 우리아를 위험한 전장에 보내 죽게 만들었다.

「너희 사람의 자식들이여.」천사가 계속 말했다. 「너희의 삶은 아주 가련하고 걱정으로 가득하구나. 왜 너희는 정신을 혼란케 하고 마음을 불행케 하는 사랑으로 괴로워하느냐?」

천상의 은밀한 길은 훤히 알지만 인간 마음의 길은 통 알 수 없게 된 천사를 올려다보며 고매한 랍비가 미소를 지었다.

「태초에 신의 자식들은 인간의 딸들과 사랑하지 않았던가요?」[123] 그가 천사에게 말했다. 「신의 자식들은 우물가와 샘 가에서 인간의 딸들을 기다리고 그들은 올리브와 떡갈나무 그늘에서 서로 입을 맞추지 않았던가요? 투발카인[124]의 누이인 나아마는 아름답지 않았던가요? 나아마 같은 여인을 또 본 적 있습니까?」

천사 아사엘이 고개를 숙였고 그의 생각은 수천 년을 거슬러 태초로 돌아갔다.

「그래, 아름다웠지. 쬠쇠와 금사슬을 만들던 투발카인의 누이 나아마.」천사가 조용히 말했다. 「그녀는 아름답고 사랑스러웠지. 봄철 동틀 무렵의 정원처럼 아름다웠어. 그래, 라멕과 실라의 딸인 그녀는 아름다웠지.」

그리고 머나먼 젊은 시절 자신의 연인을 떠올리는 동안 천사의 눈에서 눈물 두 방울이 떨어졌다. 그것은 인간의 눈물과 같았다.

---

123 「창세기」 6장 참조.
124 「창세기」에 나오는 인물로 〈두발가인〉이라고도 한다. 카인의 6대손이며 대장장이다.

에필로그

세기 전환기,[125] 열다섯 살 김나지움 학생이던 시절에 ——
계속해서 과외 수업을 받아야 하는 형편없는 학생이었다 ——
나는 프라하 유대인 도시를 마지막으로 보았다. 물론 〈유대
인 도시〉라는 이름은 이미 오래전에 없어졌고 그곳은 당시
〈요제프 도시〉라 불렸다.[126] 그리고 그곳은 당시 내가 본 모습
대로 나의 기억 속에 살아 있다. 빽빽하게 밀집된 노후한 건
물들, 몰락의 마지막 단계에 있으며 돌출부와 증축부로 좁은
길을 가로막는 건물들. 구불구불하게 굽은 길들. 조심하지
않으면 그 미로 속에서 가망 없이 길을 잃을 수 있었다. 불빛
한 점 없는 좁은 통로며 어두운 마당이며 담장 틈, 고물 장수
들이 물건을 파는 동굴 같은 지하실, 프라하의 질병인 티푸
스로 물이 오염된 두레우물과 지하 저수조, 그리고 구석구석

---

125 19세기 말에서 20세기 초를 가리킨다.
126 유대인 도시, 즉 게토는 1781년에 종교 관용령을 내린 요제프 2세의
이름을 따서 1850년부터 〈요제프 도시〉라 불리게 되었으며, 이후 19세기 말
부터 해체되기 시작했다.

모퉁이마다 프라하 지하 세계 사람들이 모이는 싸구려 술집.

그렇다, 나는 옛 유대인 구역을 안다. 나는 일주일에 세 번 그곳을 가로질러 치고이너 거리로 갔다. 그 거리는 옛 게토의 대로인 브라이테 거리에서 블타바강 가 지역으로 이어졌다. 여기 치고이너 거리에 위치한 집인 〈석회 가마〉의 다락에 나의 가정 교사인 의대생 야코프 마이슬의 셋방이 있었다.

지금도 그 셋방이 눈앞에 선하다. 그 방의 모습은 반세기가 지났는데도 내 기억 속에서 지워지지 않았다. 잘 닫히지 않아서 방문객에게 양복 두 벌, 레인코트 한 벌, 똑바로 선 긴 장화 한 켤레를 드러내 보이던 옷장이 내 눈앞에 보인다. 탁자와 의자와 침대와 석탄 상자와 바닥에 제각기 놓여 있거나 무더기로 쌓여 있는 책과 공책 들, 그리고 창문턱에는 푸크시아 화분 둘과 베고니아 화분 하나가 보인다. 나의 가정 교사가 말하길 그 화분들은 빌린 것이며 원래는 셋방 주인 여자의 것이라 했다. 침대 밑에는 장화를 벗을 때 쓰는 도구가 보였다. 그것은 거대한 뿔을 가진 사슴벌레의 형상을 하고 있었다. 그리고 곰팡이 얼룩이 지고 검게 그을고 잉크가 튄 벽에 의대생 마이슬의 펜싱 검 두 자루가 엇갈리게 걸린 것이 보이고 그의 담배 파이프 다섯 개도 보인다. 파이프에는 각각 도자기 담배통이 달려 있었는데 거기에 실러, 볼테르, 나폴레옹, 라데츠키 원수,[127] 후스파 지도자 얀 지슈카 즈 트로츠노바의 얼굴이 생생한 색으로 표현되어 있었다.

---

127   오스트리아의 명장 요제프 라데츠키를 가리킨다. 요한 슈트라우스 1세가 그의 이름을 따 「라데츠키 행진곡」을 작곡했다.

유대인 도시를 마지막으로 방문했던 일은 이전의 방문들보다 더 또렷이 내 기억에 남아 있다. 긴 여름 방학을 며칠 앞두었을 때였고 나는 공책을 끈으로 묶어 들고 바로 그 무렵 헐리기 시작한 옛 게토를 지났다. 그런데 놀랍게도 요아힘 거리와 골데네 거리에서 곡괭이로 뜯어낸 넓은 틈과 마주쳤고 그 틈을 통해 그때까지 몰랐던 거리와 골목 들을 들여다보았다. 그리고 나는 산처럼 쌓인 잔해와 폐허 더미, 깨진 벽돌, 지붕널, 흰 양철 관, 썩은 널빤지와 각목, 부서진 가재도구와 그 밖의 쓰레기 위로 길을 뚫고 가야 했다. 석회와 먼지를 겹겹이 뒤집어쓰고 지친 채로 정해진 시각보다 늦게 의대생 마이슬의 〈셋방〉에 들어갔다.

유대인 도시를 마지막으로 방문한 일이 이토록 생생하고 이토록 선명하게 기억 속에 남은 데에는 이뿐 아니라 한 가지 이유가 또 있다. 왜냐하면 그날 오후에 나의 가정 교사가 모르데카이 마이슬의 유언장을 보여 주었기 때문이다. 그 유언장은 상속을 통해 나의 가정 교사에게까지 전해진 것이었다. 그리고 두 사건, 그러니까 게토의 철거와 그 전설적인 유언장의 등장은 내가 보기에 서로 연관된 것 같았고 나의 가정 교사가 여러 겨울날 오후 동안 해준 이야기, 즉 〈마이슬의 재산〉 이야기의 종지부를 찍는 것 같았다.

〈마이슬의 재산〉, 이 말을 나는 옛날부터 알고 있었다. 그것은 부(富)를 내포한 말이었다. 온갖 종류의 소유물이며 금이며 보석이며 집이며 부동산, 그리고 꾸러미와 상자와 통에 든 온갖 종류의 물건들로 채워진 지하실. 〈마이슬의 재산〉,

이것은 그냥 부가 아니라 차고 넘치는 부였다. 그리고 씀씀이가 큰 나의 아버지가 남들의 기대와 달리 돈을 지출할 형편이 안 될 때면 이렇게 덧붙여 말씀하시곤 했다. 〈그래, 나한테 마이슬의 재산이 있다면!〉

　나의 가정 교사는 이런저런 문서와 가문의 오래된 편지를 보관해 두는 게 분명한 닳아빠진 가죽 가방에서 모르데카이 마이슬의 유언장을 꺼냈다. 그것은 심하게 누레지고 곰팡이 얼룩이 지고 대여섯 조각으로 갈라진 2절 판지였다. 추측건대 세월이 흐르며 문서가 너무 자주 펼쳐지고 읽히고 다시 접힌 나머지 그렇게 된 것 같았다. 의대생 마이슬은 조각 하나하나를 조심스레 집었고 탁자 위에서 온전한 문서로 짜맞췄다.

　유언장은 보헤미아어로 작성되어 있었다. 그 문서는 신을 부르는 말로 시작했다. 신은 영원히 살아 있는 자이자 세상의 건설자로 일컬어졌다. 뒤이어 글씨가 지워지고 해독이 쉽지 않은 몇 줄에서 모르데카이 마이슬은 자신을 돈도, 값진 물건도 없고 평상시나 명절 때 쓰는 몇 가지 물건 외에는 아무것도 남지 않은 가난한 자라 칭했다. 그 물건들도 이제 유언을 통해 처분하기를 원한다고 했다. 그러나 빚은 없으며 아무도 자신에게 무엇을 요구할 권리가 없다고 덧붙였다.

　이어지는 내용은 다음과 같았다.

　〈내가 잠자는 침대는 옷장과 함께 나의 여자 형제인 프루메트에게 주어 나를 추억하도록 한다. 그녀에게 축복을, 신께서 그녀에게 더 많은 행복을 가져다주시고 그녀를 고통으로부터 보호해 주시길. 평소 입는 웃옷과 명절용 웃옷은 〈알트슐〉의 내 자리와 함께 나의 남자 형제인 요제프에게 준다. 신께서 그가 자식들을 위해 오래 살게 해주시길. 평상시 보는 기도서와 양피지로 된 명절용 기도서는 나의 여자 형제 프루메트의 아들인 지몬에게 준다. 역시 양피지로 된 모세오경, 여기에 더해 무교병(無酵餠)[128]을 담는 주석 대접은 나의 남자 형제 요제프의 아들인 바루흐에게 준다. 돈 이삭 아바르바넬의 책 네 권, 『아버지들의 유산』, 『예언집』, 『신의 시선』, 『세상의 날들』은 나의 남자 형제 요제프의 아들이며 한 단계 한 단계 발전하는 학자인 엘리아스에게 남긴다. 그리고 바라건대 세상의 주께서 이들 모두에게 이들이 원하는 것을, 더불어 건강과 평화를 선사하시기를, 그리고 지혜와 가르침 속에서 사는 자손을 이들에게 주시기를.〉

축복을 기원하는 말을 곁들인 이러한 유언 아래에는 증인 두 사람의 서명이 있었다. 의대생 마이슬은 두 사람 중 한 명이 프라하 유대인 공동체의 비서이며 다른 한 명은 〈회당으로 부르는 자〉의 직무를 담당한다는 것, 즉 공동체의 구성원들이 빠짐없이 제시간에 예배에 오도록 하는 자라는 것을 알아냈다.

「모르데카이 마이슬이 땅에 묻힌 다음 날,」 나의 가정 교사가 이야기했다. 「법원 사람들과 보헤미아 궁정 재무국 사람

128 유대인들이 전통적으로 유월절 기간에 먹는 발효하지 않은 빵을 가리킨다.

330

들이 돈이며 값진 물건과 창고에 있는 재물을 몽땅 차지하기 위해 그의 집에 들이닥쳤지. 하지만 집에는 아무것도 없었으니 다들 굉장히 놀랐을 거야. 필리프 랑이 체포되었고 돈이 사라진 데 관여했다는 죄목으로 고발을 당했지. 모르데카이 마이슬의 친척들도 구금되었지만 곧 다시 풀려났어. 사라진 돈이 한 푼이라도 그들에게 갔다는 걸 확실히 증명할 수 없었으니까. 그러자 재무국은 프라하 유대인 공동체를 상대로 소송을 걸었고 마이슬의 재산을 반환하라고 요구했어. 이 소송은 180년 동안 이어졌고 황제 요제프 2세 치하에서 비로소 기각되었지. 소송 서류는 빈에 있는 오스트리아-헝가리 제국 황실 궁정 국가 기록 보관소에 있어. 만일 네가 그 서류들을 한 장 한 장 다 조사해 보면 황제들이 주장한 권리를 뒷받침하는 진짜 법적 근거는 한마디도 언급되지 않은 걸 발견할 거야.」

나의 가정 교사는 조각조각 나뉜 유언장을 세심하게 다시 모아 가죽 가방에 보관했다.

「한 단계 한 단계 발전하는 그 엘리아스가 나의 선조였다고 해.」그가 말했다. 「하지만 돈 이삭 아바르바넬의 책 네 권은 나에게까지 전해 내려오지 않았어. 그 책들은 3백 년의 세월을 지나오는 동안 길을 잃은 게 틀림없어. 전부 사라져 버렸지. 나의 조상 가운데 누가 그것들을 전당포에 갖다줬는지는 신만이 아실 일이지. 왜냐면 내 조상들은 전부 가난했으니까. 조상들 중에 제대로 된 뭔가를 해낸 사람은 아무도 없어. 어쩌면 그들은 왜 마이슬의 재산이 자기들 손에 하나도 들어오지 않았을까 하는 생각에 지나치게 골몰했을지도. 어쩌면 그들은 늘 잃어버린 유산만 되돌아보고 인생과 미래는 보지 않았을지도. 그들은 보잘것없는 사람으로 남았지. 그럼 나는 뭘까? 영락한 대학생이지! 하지만 지금, 어쩌면, 마이슬의 재산은……」

그는 머릿속을 스치는 생각을 말로 표현하지 않았다. 한동안 그는 말없이 방 안을 왔다 갔다 했다. 그러고 나서 목소리를 높이더니 철거되는 게토의 집들을 애도하기 시작했다. 그는 오래되고 사라질 운명에 처한 모든 것에 애착을 품고 있었기 때문이다.

「그들은 〈추운 여인숙〉을 헐어 버렸어.」 그가 말했다. 「그리고 〈뻐꾸기 알〉도. 그들은 내 어머니가 매주 안식일 케이크를 구우러 가시던 오래된 공동 제빵소를 헐어 버렸어. 한번은 어머니가 나를 그곳에 데려가셨고 나는 구리가 박힌 빵 반죽용 탁자들을 보았지. 그리고 오븐에서 빵을 꺼낼 때 쓰는 자루가 긴 삽들도 봤고. 그들은 〈양철 왕관〉을 허물었고 브라이테 거리에 있는 고매한 랍비 뢰브의 집을 부쉈어. 고매한 랍비의 집은 마지막에 상자 제작자가 창고로 사용했지. 사람들은 상자를 치울 때 온 벽에서 벽감을 발견했어. 신비한 목적에 쓰였던 곳이지. 고매한 랍비는 그 안에 카발라 책들을 보관해 뒀어.」

그가 멈춰 섰고 더 이상 존재하지 않는 집들을 계속 열거했다.

「〈쥐구멍〉, 〈왼쪽 장갑〉, 〈죽음〉, 〈후추 과자〉, 그리고 여기

이 거리에 있는 특이한 이름의 작은 집. 〈시간 없음〉이라는
이름의 그 집에는 얼마 전만 해도 하이두크[129] 재단사의 공방
이 있었어. 아직도 하이두크를 자칭하는 사람은 그가 마지막
이었지. 그는 귀족 하인들을 위한 제복을 만들었어.」

　그는 창가로 다가가 합각머리와 마당과 공사장과 폐허가
된 집터를 건너다보았다.

　「저기에 병원이 있었고,」 그가 말했다. 「저기 저쪽에 구빈
원이 있었지. 저기 보이는 게 마이슬의 재산이야.」

　그는 헐벗은 담장만 남은 두 집을 가리켰다. 곡괭이들이
그곳에서 계속 제 일을 하고 있었다. 그리고 우리는 마이슬
의 재산이 무너져 잔해와 폐허가 되는 모습을, 그것이 바닥
에서 불그레한 회색빛의 짙은 먼지구름으로 다시 한번 일어
나 공중으로 솟는 모습을 바라보았다. 여전히 그것은 마이슬
의 재산이었다. 그것은 그렇게 머물러 있었다. 그리고 우리
는 한 줄기 돌풍이 불어와 사라지게 할 때까지 그것을 바라
보았다.

129　오스만 제국이 동유럽 지역을 지배할 때 생겨나 활동하던 비정규 군
사 집단.

역자 해설

옛날 옛적 프라하에서
혹시 있었을지도 모를 이야기들

작품에 관하여

장편소설 『밤에 돌다리 밑에서』는 프라하 태생의 유대계 오스트리아 작가 레오 페루츠가 생전에 마지막으로 발표한 작품이다(마지막 집필 작품인 『레오나르도의 유다』는 사후 출간). 1924년에 쓰기 시작해서(원제는 〈마이슬의 재산 Meisls Gut〉) 1951년에 완성했고 1953년에 출간했다. 긴 작업 기간에서 미루어 짐작할 수 있듯 이 작품은 집필에서 출간까지 여러 우여곡절을 겪었다. 우선 나치 집권 이후 1938년에 오스트리아가 독일에 합병되자 페루츠는 팔레스타인으로 망명을 떠났고 이 때문에 집필 작업이 중단되었다. 동화된 유대인으로서 오스트리아인의 정체성을 가진 페루츠는 망명지의 새로운 생활과 문화에 적응하는 데 애를 먹었고 문학 활동의 기반을 완전히 상실했기에 글쓰기에도 공백이 생길 수밖에 없었다. 1943년에야 작품을 이어서 쓰기 시작했고 장장 27년 만인 1951년에 마침내 끝맺을 수 있었다. 출간 과정도 문제였다. 제2차 세계 대전 이후 사람들의 기억에서 망각

된 60대 노작가로서, 더군다나 유대인 작가로서 유대적 소재를 다룬 작품을 내기란 쉬운 일이 아니었다. 이 소설은 1953년에 겨우 출간되어 작품성에 대한 호평을 받았지만 독자들에게는 호응을 얻지 못했다. 설상가상으로 출판사가 파산하는 바람에 책을 제대로 팔지도 못했다. 이 작품은 작가 자신과 마찬가지로 오랜 세월 잊히다가 1980년대에 비로소 재조명되었고 그동안 영어, 프랑스어, 이탈리아어, 스페인어, 일본어, 체코어, 폴란드어, 히브리어 등 여러 언어로 번역되었다. 『밤에 돌다리 밑에서』는 발표 시기 면에서나 완성도 면에서나 작가 페루츠의 모든 역량과 개성이 집약된 소설로서 그의 대표작이자 페루츠 문학 세계의 완성판으로 평가할 만하다.

역사와 환상이 뒤섞인 무대에서 벌어지는 삶의 희비극

『밤에 돌다리 밑에서』는 16세기 말에서 17세기 초 프라하를 배경으로 한 역사 소설이다. 국사는 뒷전이고 학문과 예술, 연금술 등에 몰두하는 괴짜 황제 루돌프 2세(1575년에 보헤미아 왕에 즉위하고 1583년부터 프라하에 거주했다. 그에 관해서는 주세페 아르침볼도의 유명한 초상화를 찾아보기를 권한다), 유대인들의 정신적 지주로서 골렘을 만든 것으로 유명한 전설적인 랍비 뢰브, 뛰어난 천문학자이자 점성학자인 요하네스 케플러, 30년 전쟁에서 혁혁한 공을 세운 명장 알브레히트 발렌슈타인 등 실존 인물이 여럿 등장하고 가톨릭과 프로테스탄트 간 종교 갈등, 보헤미아 귀족들의 반란 등 역사적 배경도 자주 언급된다. 페루츠는 역사 속 인물과 사건을 밑바탕으로 삼으면서 성경, 전설, 민담 등에 나오는 악마, 천사, 유령, 마법 등 초자연적인 요소를 더해 상상력을 한껏 펼친다.

소설의 도입부를 간단히 정리하면 이렇다. 신성 로마 제국 황제 겸 보헤미아 왕인 루돌프 2세가 프라하를 다스리던 1589년 가을, 유대인 도시(게토)에서 원인 모를 역병이 일어나 수많은 아이들이 목숨을 잃는다. 가난한 광대인 바보 예켈레와 곰 코펠은 어느 날 밤 유대인 묘지를 찾는다. 굶주림에 시달리던 이들은 경건한 방문객들이 빈자들을 위해 무덤에 두고 가는 동전을 줍다가 뭔가 희미하게 빛나는 것들을 발견한다. 역병으로 죽은 아이들의 혼이 평화로이 잠들지 못하고 무덤 위를 떠다니고 있는 것이다. 겁을 집어먹고 화들짝 놀란 두 광대는 유대인들에게 존경을 받는 랍비 뢰브를 찾아가 이 사실을 알린다. 랍비 뢰브는 두 사람에게 한 아이의 영혼을 데려오게 해서 사정을 물어본다. 아이는 유대인 도시에 죄를 지은 여인이 있어 신이 역병을 내렸다고 알려 준다.

이렇듯 괴이한 수수께끼로 시작된 소설은 세 명의 주요 등장인물을 축으로 진행된다. 통치자인 루돌프 2세, 막대한 부를 가진 유대인 마이슬[실존 인물이던 모르데카이 마이젤 혹은 마이슬(1528~1601)에게서 이름을 따왔다]과 그 아내 에스터가 그들이다. 권력과 돈, 그리고 사랑으로 뒤얽힌 이 세 사람의 밀접한 관계가 점차 드러나면서 이야기는 예상하지 못한 결말로 이어진다. 이때 가장 두드러지는 핵심 모티프는 돈이다. 각 장의 에피소드에서 볼 수 있듯 때로는 아무리 쫓아도 닿을 수 없고 때로는 가만히 있는데도 절로 굴러들어오는 돈의 이미지는 작품 전체를 관통하며 인생사의 희로애락을 유머러스하면서 씁쓸하게 보여 준다. 무엇보다 막대했던 마이슬의 재산이 에필로그에서 잔해와 폐허로 무너져 내린 모습은 한 치 앞도 내다볼 수 없는 역설적이고 허망한 인생의 은유로 다가온다.

독특하면서 유기적인 구성

이 소설은 열네 개의 단편과 에필로그, 이렇게 총 열다섯 장으로 이루어졌다. 각 장의 제목과 그 배경이 되는 시간을 정리하면 다음과 같다.

1. 유대인 도시의 페스트 — 1589년 가을

2. 황제의 식탁 — 1598년 초여름

3. 개들의 대화 — 1609년 겨울

4. 사라반드 — 정확히 알 수 없음(랍비 뢰브가 살아 있을 때)

5. 지옥에서 온 하인리히 — 에스터가 죽은 후(1589년 가을 이후)

6. 훔친 탈러 — 1576년 이전, 루돌프 2세의 젊은 시절

7. 밤에 돌다리 밑에서 — 정확히 알 수 없음(루돌프 2세와 에스터가 살아 있을 때)

8. 발렌슈타인의 별 — 1606년 11월

338

9. 화가 브라반치오 ─ 에스터가 죽은 지 3년 후(1592년)

10. 잊혀 버린 연금술사 ─ 에스터가 죽은 후

11. 브랜디 단지 ─ 마이슬이 죽기 전

12. 황제의 충복들 ─ 1621년 6월 11일(루돌프 2세가 죽고 9년 후)

13. 사그라지는 촛불 ─ 에스터가 죽고 몇 년 후, 마이슬이 죽기 직전

14. 천사 아사엘 ─ 랍비 뢰브가 살아 있을 때, 에스터가 죽은 후

15. 에필로그 ─ 20세기 중반

이처럼 단편들은 시간순으로 배열되지 않았으며 사실 무작위로 골라서 읽어도 무방할 만큼 각기 나름의 완결된 구조를 가지고 있다. 하지만 책장이 뒤로 넘어갈수록 전체적인 사건과 줄거리, 인물들의 윤곽과 연결 관계가 밝혀지고 한 편의 장편소설이 완성된다. 또한 이 작품은 액자 소설의 구조를 가지고 있다. 열네 개의 단편은 19세기 말에 마이슬의 먼 후손인 유대인 가정 교사가 화자(나)에게 들려주는 이야기의 형식을 띠며, 에필로그에서는 20세기 중반을 사는 화자가 어린 시절을 회고하며 전체 이야기를 마무리 짓는다. 시간적으로 뒤죽박죽이고 어찌 보면 종잡을 수 없는 이야기들을 하나로 깔끔하게 엮어 내는 치밀한 구성에서 작가 페루츠의 솜씨가 돋보인다.

핍박받는 유대인, 그리고 옛 프라하에 대한 기억

이 소설에서 주요한 키워드 중 하나는 유대인이다. 유대인

의 운명을 좌지우지하는 권력자 루돌프 2세와 부유한 유대
상인 모르데카이 마이슬이 우연 혹은 운명에 의해 엮이면서
큰 틀의 이야기가 전개되며 핍박받는 유대인의 모습이 곳곳
에서 다뤄진다. 그런데 인물들의 이름은 성서의「에스더서」
를 연상시킨다.「에스더서」는 아하수에로왕(크세르크세스
1세) 치하의 페르시아 제국에서 중신 하만의 음모로 절멸될
위기에 처한 유대인들을 유대인 왕후 에스더(즉 에스터)와
그녀의 사촌 오빠 모르드개(즉 모르데카이)가 구해 내는 이
야기다.『밤에 돌다리 밑에서』에서는 에스터와 모르데카이
마이슬이 부부 사이고 에스터와 왕(루돌프 2세)이 불륜 관계
로 엮이는 등 인물 구도가 성서와 다르지만 유대인 박해라는
주제는 동일하다. 페루츠는 정치적인 작가가 아니었을뿐더
러 비록 유대인이지만 이전 작품들에서 유대 문화나 종교,
유대인 문제를 딱히 다룬 적이 없다. 오히려『9시에서 9시 사
이』에 등장하는 골동품상이나『심판의 날의 거장』에 나오는
대금업자처럼 당대의 전형적인 유대인 이미지를 그대로 사
용하곤 했다. 그러던 그가 말년에 쓴 작품인『밤에 돌다리 밑
에서』에서 핍박받는 유대인의 지난한 운명을 그린 것은 여러
모로 의미심장한 일이다. 이는 작품 집필 당시의 역사적이고
정치적인 상황, 그리고 나치의 유대인 박해를 피해 팔레스타
인으로 망명한 작가의 개인사와 떼어 놓고 생각할 수 없다.

　배경인 프라하에 대해서도 언급해야겠다. 프라하는 예나
지금이나 유서 깊고 고풍스러우며 무언가 신비한 도시의 이
미지를 가지고 있다. 페루츠는 프라하에서 태어나 어린 시절

을 보냈고 환상적 요소가 핵심을 이루는 그의 작품들은 프라하의 이미지와 아주 잘 맞아떨어진다. 에필로그의 화자는 대략적인 나이를 계산할 때 작가인 페루츠와 겹친다. 에필로그에서도 언급되듯 19세기 말 재개발을 통해 프라하 게토의 옛 모습은 사라져 가고, 한때 유럽에서 가장 큰 유대인 거주 구역이던 이곳의 주민들은 제2차 세계 대전 때 독일군의 점령과 유대인 말살을 겪으며 자취를 감추고 만다. 이러한 맥락에서 프라하 유대 문화의 옛 황금기를 배경으로 하는 이 소설을 통해 페루츠는 고향에 대한 애정과 향수를 드러내고, 유년 시절의 추억과 작별하며 사라진 것들에 대해 애도를 표하고, 자신의 문학 세계를 결산한다고 할 수 있다.

흥미진진한 이야기의 매력

프랑수아 레몽과 다니엘 콩페르는 『환상문학의 거장들』이란 책에서 페루츠의 문학을 이렇게 규정한다.

역사 속에 등장한 초자연성
시간과 공간, 꿈과 현실의 충돌, 숨겨진 저주, 페루츠의 환상 세계는 브뤼헐의 지옥과 보르헤스의 미로를 연상시킨다.[1]

역사와 허구, 현실과 환상을 결합하고 혼란 뒤에 숨은 완벽한 질서를, 우연 뒤에 숨은 필연적 운명을 묘사하는 페루

1 『환상문학의 거장들』, 고봉만 옮김, 자음과모음, 2001, 226면.

츠의 특징을 잘 보여 주는 문장이다. 그런데 여기에는 한 가지가 빠져 있다. 이야기꾼으로서 페루츠의 재능이 그것이다. 그리고 이를 가장 잘 보여 주는 작품이 바로 『밤에 돌다리 밑에서』다. 이 작품에서 페루츠는 실존했던 역사적 시공간을 바탕으로 다소 터무니없는 (그러나 매력적인) 상상력의 산물을 능청스럽게 풀어낸다. 에필로그에서 알 수 있듯 모든 것이 시간 속에서 무너지고 사라지지만 오직 이야기만은 남는다. 총 열다섯 편의 기상천외하고 극적인 이야기는 신성 로마 제국과 보헤미아의 과거사, 역사적 인물들의 뒷모습, 유대인의 기구한 처지는 물론이고 엇갈린 운명과 사랑, 성공과 실패, 부와 가난, 인생의 무상함과 고뇌, 애틋한 우정과 자비 등 인간과 삶에 관한 보편적 주제까지 아우르며 저마다의 개성으로 독자를 몰입시키고 공감을 불러일으킨다. 그리하여 벌써 수십 년도 전에 나온 소설이지만 오늘날 읽어도 여전히 재미있고 신비로우며 오래도록 기억에 남는다. 마치 어릴 적 어느 캄캄한 밤에 들었던 옛날이야기들처럼.

 끝으로 이 작품의 번역 원본으로는 Leo Perutz, *Nachts unter der steinernen Brücke* (München: dtv, 2012)를 사용했음을 밝힌다.

2024년 10월
신동화

레오 페루츠 연보

1882년 출생 11월 2일 프라하에서 방직업을 하는 부유한 유대인 사업가인 아버지 베네딕트 페루츠Benedikt Perutz와 어머니 에밀리에 Emilie 사이에서 4남매 중 맏이로 출생. 당시 프라하는 오스트리아–헝가리 제국의 영토였던 까닭에 오스트리아 국적 취득.

1888년 6세 9월 프라하의 유명한 사립 초등학교인 피아리스텐–슐레에 입학, 1893년 7월 졸업.

1893년 11세 프라하의 독일 국립 김나지움에 입학해 1899년까지 다님. 불성실한 학교생활로 인해 퇴학당한 것인지, 자발적으로 전학한 것인지 확실치 않음.

1899년 17세 크루마우 김나지움으로 옮겨 1901년까지 다님. 하지만 여기서도 학업 성적이 나빠 1901년도 졸업 시험에 응시하지 못함.

1901년 19세 가족과 함께 빈으로 이주. 에르츠헤어초크–라이너–김나지움에 편입.

1902년 20세 9월 졸업장을 받지 못하고 에르츠헤어초크–라이너–김나지움 수료.

1903년 21세 4월 징병 검사를 받고 12월에 자원입대.

1904년 22세 12월 건강상의 이유로 하사로 제대.

1905년 23세 겨울 학기에 빈 대학 인문학부에 〈특별 청강생〉으로 등록. 미적분학, 보험 수학, 경제학 등 수강.

1906년 24세 겨울 학기에 빈 공과 대학으로 옮김. 확률론, 통계학, 보험 수학, 경제학, 무역법과 사법(私法) 등 강의 수강. 2월 문학과 정치를 주로 다루는 주간지 『데어 베크*Der Weg*』에 첫 산문 스케치 게재. 본격적인 글쓰기와 함께 당대 빈의 젊은 문학인들과 교류 시작.

1907년 25세 3월 일간지 『차이트*Zeit*』 주말판에 단편소설 「측량사 로렌초 바르디의 죽음*Der Tod des Messer Lorenzo Bardi*」 게재. 이탈리아 르네상스 시대를 배경으로 한 페루츠 최초의 역사 소설. 7월 이탈리아 트리스트 소재 보험사 아시쿠라치오니 게네랄리*Assicurazioni Generali*에 취직. 직장 생활과 병행해 일간지 『테플리처 차이퉁*Teplitzer Zeitung*』에 평론과 서평, 단편소설 등을 발표하기 시작. 이 시기에 발표한 「슈라메크 하사*Der Feldwebel Schramek*」는 최초로 대중들의 인기를 끈 단편소설.

1908년 26세 10월 다시 빈으로 돌아와 앙커 보험사*Versicherungs gesellschaft Anker*에 취직해 1923년까지 일함. 1908년부터 1913년까지는 문학보다 보험 계리사로서의 활동에 더 치중함. 이 시기에 정확한 사망률 예측에 기반한 다수의 보험 관련 논문 발표. 1911년에 발표한 소위 〈페루츠의 보상 공식〉은 1920년대까지 보험업계에서 중요한 공식으로 널리 사용됨.

1909년 27세 이때부터 매년 휴가 때마다 한 달 이상의 긴 해외여행을 하기 시작. 1909년 이탈리아, 1910년 프랑스, 1911년 스칸디나비아, 1912년 스페인과 알제리, 1913년 부쿠레슈티, 콘스탄티노플, 베이루트, 로도스, 텔아비브, 카이로, 알렉산드리아 등을 여행.

1914년 32세 제1차 세계 대전이 발발하자 자원입대하나 근시로 인해 복무 부적합 판정을 받음.

1915년 33세 다시 징집 명령을 받고 신검에서 복무 적합 판정을 받아 10월에 부다페스트 전선에 배치됨. 군 복무 중이던 11월에 첫 장편소설

『세 번째 총알*Der dritte Kugel*』 출간. 코르테스의 멕시코 정복을 소재로 한 이 역사 소설에 감명받아 베르톨트 브레히트가 『코르테스의 병사들 *Von des Cortez Leuten*』을 썼다고 함.

1916년 [34세] 소설가이자 희곡 작가인 파울 프랑크Paul Frank와 공동 집필한 두 번째 장편소설 『망고나무의 비밀*Mangobaumwunder*』 출간. 이 작품으로 대중들의 주목을 받기 시작. 『망고나무의 비밀』은 1921년 〈키르히아이젠 박사의 모험Das Abenteuer des Dr. Kircheisen〉이라는 제목의 영화로 제작됨. 7월 러시아 전선에서 가슴에 총상을 입고 후방에서 수술받음. 9월에 빈으로 후송되었으나 11월 패혈증에 걸려 한때 목숨이 위태로움.

1917년 [35세] 7월 13세 연하의 이다 바일Ida Weil과 약혼. 8월 소위로 진급해 전시 보도 본부에서 일함. 거기서 에곤 에르빈 키슈Egon Erwin Kisch를 만나 교류 시작.

1918년 [36세] 세 번째 장편소설 『9시에서 9시 사이*Zwischen neun und neun*』 출간. 1923년까지 13쇄가 발행될 정도로 대성공을 거둠. 영어, 핀란드어, 노르웨이어, 러시아어, 폴란드어, 스웨덴어, 헝가리어 등 다수의 언어로 번역되어 독일어권 이외의 독자들에게도 널리 알려짐. 3월 이다 바일과 결혼. 4월 전시 보도 본부의 명령에 따라 우크라이나 시찰.

1920년 [38세] 역사 장편소설 『볼리바르 후작*Der Marques de Bolibar*』 출간. 이 작품은 1922년과 1929년 두 차례 영화로 제작됨. 3월 첫째 딸 미하엘라Michaela 출생.

1921년 [39세] 9월 단편소설 『적그리스도의 탄생*Die Geburt des Antichrist*』 출간. 이 작품은 1922년 동명의 영화로 제작됨.

1922년 [40세] 6월 21일 둘째 딸 레오노레Leonore 출생.

1923년 [41세] 4월 모친 사망. 장편소설 『심판의 날의 거장*Der Meister des Jüngsten Tages*』 출간. 이 작품의 대성공을 비롯해 로스엔젤레스에서는 『9시에서 9시 사이』가 영화로 제작되고, 런던에서는 『볼리바르 후작』이 무대에서 공연되는 등 작가로서 탄탄한 입지를 구축하게 된 페루츠는 7월 앙커 보험사를 그만두고 전업 작가로서의 삶을 시작.

1924년 [42세]   장편소설 『튀를뤼팽*Turlupin*』 출간. 3월부터 4월까지 한 달간 프랑스를 거쳐 이집트 카이로까지 북아프리카 일대 여행.

1925년 [43세]   프랑스 대혁명을 배경으로 한 빅토르 위고의 역사 소설 『93년*Quatrevingt-treize*』을 〈단두대의 해 Das Jahr der Guillotine〉라는 제목으로 번안.

1927년 [45세]   작품이 잘 팔리지 않아 경제적인 위기가 찾아오자 파울 프랑크와 공동으로 통속 소설 『카자크와 나이팅게일 *Der Kosak und die Nachtigall*』 집필을 시작해 1928년 출간. 이 작품은 1934년 영화로 제작됨.

1928년 [46세]   3월 장편소설 『사과야, 너는 어디로 굴러가니······ *Wohin rollst du, Äpfelchen...*』 출간. 먼저 일간지 『베를리너 일루스트리어텐 차이퉁 *Berliner Illustrierten Zeitung*』에서 연재를 시작했을 때 구독자 수가 엄청나게 증가했으며, 이후 장편소설로 정식 출간되어 대성공을 거둠. 셋째의 출산을 앞두고 있던 아내 이다가 폐렴으로 병원에 입원했다가 3월 13일 아들 펠릭스Felix를 건강하게 출산한 직후 사망. 아내의 사망 이후 한동안 슬픔과 우울증에 빠져 칩거 생활.

1929년 [47세]   8월 단편소설 「주여, 저를 불쌍히 여기소서Herr, erbarme Dich meiner」 탈고. 1930년 초기 작품들과 묶어 동명의 단편집으로 출간.

1930년 [48세]   9월 한스 아들러Hans Adler와 공동 집필한 희곡 「프레스부르크 여행 Die Reise nach Preßburg」 완성. 그해 빈에서 초연.

1933년 [51세]   9월 장편소설 『성 베드로의 눈*St. Petri-Schnee*』 출간. 이 작품은 1991년 영화로 제작됨. 1933년 히틀러의 집권 이후 오스트리아도 정치적으로 영향을 받기 시작. 뮌헨의 출판사로부터 『망고나무의 비밀』 증쇄가 취소되었다는 연락을 받음. 또한 그의 작품들이 금서 목록에 오르지는 않았지만, 빈에서 그의 책을 출간하는 곳이 유대인 출판사인 까닭에 독일로의 서적 수출이 금지됨. 이로 인해 페루츠의 가장 큰 출판

시장이 사라지게 됨.

1934년 ^{52세} 10월 한스 아들러 및 파울 프랑크와 공동 집필한 희곡
「내일은 휴일Morgen ist Feiertag」 탈고. 4월 독일 국민 극장에서 초연.

1935년 ^{53세} 6월 1년의 만남 끝에 22세 연하인 그레틀 훔부르거Gretl
Humburger와 재혼.

1936년 ^{54세} 5월 구상부터 탈고까지 무려 8년이 걸린 『스웨덴 기사
Der schwedische Reiter』 출간. 원래 오스트리아, 독일, 스위스 세 나라에
서 동시에 출간할 계획이었으나 정치적 상황으로 인해 독일과 스위스
출판사로부터는 출간이 거절됨. 오스트리아에서 출간된 서적은 독일로
수출이 금지되는 바람에 독일 독자들에게 작품을 선보일 기회가 박탈됨.

1938년 ^{56세} 오스트리아가 독일에 합병되자 팔레스타인으로 망명. 가
족들과 함께 베네치아를 거쳐 하이파에 갔다가 최종적으로 텔아비브에
정착. 원래는 유럽의 다른 나라나 미국으로 망명하고 싶었으나 경제적
으로 의지하고 있던 열렬한 시온주의자인 동생 한스의 강력한 권유에
따름.

1940년 ^{58세} 팔레스타인 국적 취득.

1941~45년 ^{59~63세} 페루츠의 작품에 반한 아르헨티나의 대문호 호르
헤 보르헤스의 지원으로 『뷔틀뤼팽』, 『9시에서 9시 사이』, 『볼리바르 후
작』 등이 스페인어로 번역 출간되어 남미에서 인기를 얻음. 이는 망명
기간 동안 페루츠가 거둔 유일한 문학적 성과라고 할 수 있음.

1945년 ^{63세} 제2차 세계 대전이 끝나자 오스트리아로 돌아가는 것과
팔레스타인에 그대로 머무는 것 사이에서 갈등. 이미 예루살렘을 제2의
고향으로 느끼고 있었고, 고령에 다시 생활 터전을 옮기는 것에 대한 불
안감이 더해져 쉽게 결정을 내리지 못함. 하지만 1948년 이스라엘이 정
식으로 건국된 이후 유럽과 오스트리아와 빈에 대한 그리움이 더욱
커짐.

1950년 ^{68세} 제2차 세계 대전이 끝난 후 처음으로 오스트리아와 영국

방문에 성공.

1952년 70세 오스트리아 국적을 다시 취득했지만 최종적으로 이스라엘에 남기로 결정. 하지만 오스트리아에 대한 그리움으로 매년 여름 몇 달간을 빈과 잘츠카머구트에서 보냄. 생계를 위해 다시 보험사 메노라 Menorah에 취직.

1953년 71세 장편소설『밤에 돌다리 밑에서 *Nachts unter der steinernen Brücke*』출간. 작품성에 대한 호평이 있었지만 출간 직후 출판사가 파산해 책을 제대로 팔지 못함.

1957년 75세 8월 25일 휴가차 방문한 오스트리아 바트이슐에서 갑자기 쓰러져 그곳 병원에서 별세, 바트이슐 공동묘지에 안치됨.

1959년 별세하기 6주 전에 완성한 유고 장편소설『레오나르도의 유다 *Der Judas des Leonardo*』출간.

1962년 『볼리바르 후작』이 프랑스에서 환상 소설을 대상으로 수여되는 녹턴 문학상 수상.

열린책들 세계문학 292 밤에 돌다리 밑에서

옮긴이 신동화 서울대학교 독어독문학과를 졸업하고, 같은 과 대학원에서 석사 학위를 받았다. 출판사에서 편집자로 일했으며 현재 번역가로 활동 중이다. 옮긴 책으로 『9시에서 9시 사이』, 『심판의 날의 거장』, 『실패한 시작과 열린 결말/프란츠 카프카의 시적 인류학』, 『무용수와 몸』, 『괴테와 톨스토이』, 『모래 사나이』, 『레티파크』, 『슈니츨러 작품선』, 『나르시시즘의 고통』 등이 있다.

지은이 레오 페루츠 **옮긴이** 신동화 **발행인** 홍예빈
발행처 주식회사 열린책들 **주소** 경기도 파주시 문발로 253 파주출판도시
전화 031-955-4000 **팩스** 031-955-4004
홈페이지 www.openbooks.co.kr **이메일** literature@openbooks.co.kr
Copyright (C) 주식회사 열린책들, 2024, *Printed in Korea.*
ISBN 978-89-329-1292-9 04850 **ISBN** 978-89-329-1499-2 (세트)
발행일 2024년 11월 10일 세계문학판 1쇄

열린책들 세계문학
Open Books World Literature